U0127769

CONTENTS

目录

仙岳儿女

西进三部曲之二

仙岳儿女

廖晁诚　著

华艺出版社
HUA YI PUBLISHING HOUSE

目录

第一章

从威尔京群岛来

1991年晚春的季节。

一架厦门航空公司的波音飞机从北京飞往厦门。

这天天气出奇的好。天高云淡，尽管天空中飘浮着依稀的几朵淡淡的白云。然而，却未能挡住飞机商务舱好奇旅客的目光，机翼下那青山绿水在眼前缓缓地掠过，那微微起伏的群山，那延绵的翠绿，那丘陵山区中星星点点的城镇和村庄，宛若一幅美妙绝伦的水墨画卷；而那湛蓝湛蓝的海，比起台湾东部海面平静了许多，没有太平洋撞击海岸掀起的冲天巨浪，也没有那不时翻卷的海涛，只是一艘艘货轮、客轮在那碧波中航行。那点点的帆在海上相互追逐，在微微的碧浪中起伏着……

"莫非这底下就是厦门？"机舱里发出了一句带有浓重台湾腔的闽南话。不用猜，这人一定是第一次来厦门。

随着大陆改革开放推进了十年，两岸关系得到明显的改善，鸡犬之声相闻，老死不相往来的状况得到了有效的改变。但是，人员往来，投资等方面却犹如冰冻之三尺，非一日之寒，化解坚冰，仍需要许多时间。

历史总是喜欢毫无情面地嘲弄海峡两岸的兄弟。

当年，两岸的人们亲如兄弟，东拉西扯个个连亲带故。从开台第一人颜思齐开始，他带着闽南乡亲东渡拓荒，驱逐荷兰鬼子；后来，郑成功父子以及后人们，前仆后继，不畏艰辛，将台湾建成一个富饶美丽的宝岛。然而，一九四五年两岸兄弟好不容易从日本侵略者手中夺回被殖民统治五十年之后的台湾，自家兄弟却在自家的人院里人施拳脚，近在咫尺的海峡成了无法逾越的鸿沟，两岸兄弟望眼欲穿却又老死不相往来。

两岸间的人员往来隔绝了。

无数已是风蚀残年的老兵，无数翘首期盼着亲人团聚的人，从少年熬到中年，又从中年熬到老年，直至临离世时仍然难以瞑目。

两岸间的直接贸易隔绝了。

运往对岸的货物要绕经日本的石垣岛、韩国的济州岛。日本人、韩国人看到这无限的商机，做起了无本生意，仅靠一枚橡皮图章，便吃完对岸的哥哥，再吃彼岸的弟弟，两岸通吃，坐收渔利。

本是自家锅里的油，正源源不断地流入他人的碗中。

两岸的直接贸易阻隔了，直接投资又谈何容易？

因为台湾当局严禁限制台商到大陆投资，凡总额超过50万美元的项目都要报主管部门的批准，这批准是什么碗糕，那不是要秋后算账么？谁会不怕？

眼睁睁地看到大陆坐拥投资优势，眼睁睁地看到世界各地投资者捷足先登，精明的台商们坐不住了。于是，他们想出了一个"曲线救国"的办法，先将准备到大陆投资的资金以到第三地投资为名转出去，然后给所在地的政府管理部门交一笔管理费，注册一家公司，旋即又以这家公司的名义转投大陆。

这一来一往，又一笔白花花的银子落入外国人的腰包，把那些外国人养得白白胖胖，怪不得外国人中胖子的比例那么高。

因此，从各地飞往厦门的航班上，总会有许多带着浓重台湾腔的闽南话出现。

"呦，真漂亮。"台湾闽南话音刚落，原本静悄悄的机舱内顿时活跃起来，已经闭目养神的旅客们一个个睁大眼睛，争相向舷窗外望去。

说来也巧，这话音刚落，机舱里原来播放的娱乐节目戛然而止。紧接着空乘小姐用那甜美的声音分别用闽南话、普通话和英文依次广播："亲爱的旅客，女士们，先生们，现在飞机正在做降落前的准备……"。

于是，靠近舷窗的旅客一个个伸长脖子睁大眼睛，向远处眺望，极力地欣赏着机翼下的无限风光，不时地、由衷地发出各种赞美之声。

"云生，云山，这大陆也讲台语么？"在9E的位置上坐着阿辉，他的左右坐着朱云生和张云山两个助手、在台湾安泰公司人们都戏称他们是阿辉身边的哼哈二将。

朱云生现在是台湾上市企业安泰电器股份公司主管技术创新和制造的高级主管；张云山，对，便是原来广达厂的副厂长，现在是安泰电器股份公司负责营销的高级主管。安泰公司经过将近十年的努力，已在台湾家电业享有半壁江山。为开拓大陆市场，经董事会研究，他们筹资几十万美元，先在威尔京群岛注册了一家公司。然后，以威尔京群岛这家公司的名义转道投资厦门。

安泰电器不早不晚赶在了这个时候投资厦门经济特区，实现了阿辉十年前的愿望，也在实现阿辉祖祖辈辈回厦门投资的遗愿。

此时的阿辉是即将在厦门设立的厦门安泰电子公司的董事长。

朱云生、张云山是副总经理。

总经理则是静娴。因为儿子还在上学仍留在台北，等阿辉他们在厦打好前站随后再过来……

而台湾安泰公司由李作良任总经理，荣生任副总经理；黄文斌任副总经理兼全胜厂厂长；同时，李作良兼任广达厂厂长，阿林、阿文则在他手下任副厂长。

"事业发展了，一帮兄弟都成了高管，都成长了。"阿辉此时带着多年的夙愿，带着助手经威尔京群岛回到了魂牵梦萦的原乡故土。

"噢，这个呀？"被阿辉一问，朱云生的头从舷窗转过来："阿辉，这我们以前所说的台语实际上就是闽南语。台湾人百分之七八十祖辈都是从大陆闽南迁徙过来的。对，包括你我的长辈。"

"这一点我清楚，你看我身上不是带着仙岳山土地庙里的掷筊么？"阿辉摸了摸身上，从西装贴身的口袋里拿出了那个祖传宝贝，这是离开台湾前静娴反复叮嘱他要带在身边的。女人的心很细，她反复交代丈夫，这是祖传的宝贝，带着土地公的灵气，可以保佑自己一路平安，逢凶化吉。"只是，为什么明明是闽南

话，我们台湾却说是台语呢？"

"这个……"朱云生被阿辉一问，反而有些语塞。朱云生是教书先生出身，处事非常周全，尽管他也是第一次来大陆，但在安泰公司工作了近十个年头。这次阿辉指定他和张云山随行，为了从容应对新的投资。在此之前他做了认真的准备，包括这里的投资条件、人文习俗等都像小学生做作业般进行了详尽研究，可对阿辉提出的看似非常简单的问题，一时却不知如何回答是好。

"云山，你能回答这个问题吗？"阿辉将头朝向张云山问道。

"这如果追溯，原因大概有两个方面。"张云山被阿辉点了名，沉思片刻回答道："一是先辈们赴台历史很长，这闽南话在台间延续数百年，大家习惯了，便成了自然；二是两岸沟通联络太少。自从1895年《马关条约》签定至1945年这半个世纪台湾是日本人的殖民地；1945年，尤其是1949年后两岸几乎隔绝，几十年过去了，每过一代，包括我们的同龄人对历史，对源流的认识几乎都不是很了解……"张云山是一个学者型的高管，对这些历史、源流倒很有钻研。

"难怪人家说你们是我的哼哈二将。"阿辉心里很满意。虽然，他们都没有将话说得很透，但根源却非常清楚，两岸因为历史原因隔绝太久，虽同根同宗同语一家人，但彼此间却多出几分生分来。自己此去投资，人生地疏，不知会遇到多少困难。

目的地就要到了，这是自己懂事以来梦中的追寻，这是祖祖辈辈数百年的期待。现在这目的地就在机翼之下。想到这十几年，为实现这一目标，自己锲而不舍地追寻，可是当目的地就在眼前的时候，阿辉却感到心里是那样的不平静，那样的不安分。原本话语不多的他，加上这些年商场中打拼，养成了一种习惯，凡事都会设计出各种发展的路径，设计出自己工作所出现的好、中、差三种结果，以使自己有应付出现三种结果的应付之策和心理准备。

心里尽管风起云涌，但表面上仍然镇定自若。

他在思考投资厦门的今天、明天以及后天。

"……"朱云生抬头望了望阿辉，以为阿辉肯定还会问些什么，可此时，阿辉却十分平静地微微闭上了眼睛，除了机舱里各种充满好奇和热情的议论之声外，阿辉似乎对其他没有任何兴致。只是，闭着的眼睛，瞬间又睁开了，然后将脑袋伸到舷窗外不时地眺望着。

"阿辉，我们换一个位置吧。"坐在舷窗前的张云山看见董事长那迫不及待想了解厦门的神色，站起身给他调换位置。

"嗯……"阿辉只是应了一声，与张云山调整了位置。他的脸与玻璃贴得很紧、很紧……

是啊！此时阿辉的心情就像台湾东海岸的浪涛汹涌澎湃，无论如何控制也控制不了。

古人说，十年磨一剑，安泰公司创建到现在将近十年。对于阿辉来说，感受犹为深刻，真可谓刻骨铭心。

一个孤儿，

一个未入过正规学堂的孤儿，

一个被无数长辈、兄长提携和栽培成长的孤儿，

一个连过大年都买不起一斤猪肉，仰望星空叹息的孤儿，

现在，却带着自己的左右手，越洋跨海追寻祖辈的足迹，追溯家族发展的源流，回到原乡投资办厂。期间付诸了多少汗水和心血，经历了多少人生的磨练？只有他自己才知道，只有他自己心里最清楚。阿辉情不自禁地摸了摸西装贴心的口袋，那里装着两件东西。一件是祖传辈辈代代交传下来的仙岳山土地庙的掷茭。那掷茭已经发黑，却油光闪亮；一件便是威尔京群岛的群岛银行开具的90万美元的现金支票，那是自己和朋友们苦心奋斗积攒的到厦门投资的注册资本。

这两件东西拿在手上份量很轻很轻，可是搁在心头却尤似千钧。那是列祖列宗长辈的期待，更是安泰公司众多股东多年奋斗的成果，更汇集了安泰公司众多股东对到大陆投资设厂未来的期盼与憧憬……

无论福德大发厂，还是后来的安泰公司，原本只是一个替人代理加工的家庭作坊。正是这小小的作坊，凭着众人的帮助得以日益成长；边找业务边代工；边代工，边研发；边开发新产品边开拓新市场。现在，福德安泰系列的家电不仅占有过半的台湾市场份额，而且去年还挤进了日本市场和欧美市场。

更重要的是，自从那次德国之行后，飞利浦公司将电器节能实验基地建在了

第一章

从威尔京群岛来

安泰公司，技术上得到他们的支持，加上公司的技术人员雄厚的技术实力，自己生产的电热管和小马达的性能已经在全球居于领先地位。这为下一步在厦门投资，加快企业的国际化进程奠定了基础……

阿辉的思绪在飞机不断降低的过程中翻腾着，他的脑细胞在高度的活跃当中……

安泰公司从家庭作坊，到茂祥、金威两公司的注资，再到广达、金胜的重组整合，完成了一个铁皮屋下小企业到中型企业的提升与发展。如果说，这三级跳是安泰从儿童到少年的成长，那么完成企业的上市到成长为在岛内到国际占有一席之地的发展，则是安泰从少年成长为青年的一次飞跃。

这是夫人的教导，也是董事长的"董事长"的教导。因为在家里阿辉是百分之百属于静娴管理的！

说起静娴，阿辉的心情感概万千。讲实在话，如此生没有遇见她，自己纵有三头六臂，此时一定还在家庭作坊的位置上苦苦挣扎。阿辉从内心深处深深地感谢她，更从内心深处为她那种为事业而奔命的精神所折服。尤其是结婚、儿子小俊出生后，这女人好像疯了一样，为了事业没日没夜，为了安泰的成长几乎到了完全无我的程度。正因为如此，随着事业的发展，她的弱点也日益显露出来，任何事情霸气十足，凡事不顾及股东们的意见。在家里，自己倒也让着她，有些事忍一忍也罢，因为自己如此深爱着她！可是，在公司发展和决策上，她却从不退让，常引起股东们的不快……

"女人啊！"阿辉想到这里，情不自禁地叹息了一声。

"唔……"，张云山正在等候阿辉的提问，听到的却是董事长嘟嘟哝哝的自语。

"……"阿辉没有正视张云山的反应，他的思绪还在回忆着离开台北前一天晚上夫妻间的一场口角。

那天，为选定来厦门投资设立新公司管理人选时，自结婚以来一场从未有过的矛盾爆发了……

"投资厦门设立的公司总经理我是当定了，你阿辉改变不了，任何其他人也改变不了。"夫妻间为总经理人选问题已经较量了好几个回合。阿辉一直以为，新投资的企业要启用一批新人,所以,要跳出家庭作坊、家庭企业管理的模式,才能从原有的铁皮屋工业中蜕变出来。

天底下,哪有丈夫当董事长,妻子作总经理的呀!

还有更过分的事情呢!

静娴非要自己任总经理还不算,还要为荣生争一个副总经理的位置。

"这安泰起家是我家投资第一笔资金,打仗靠兄弟,上阵父子兵。董事长、总经理、副总经理必须得由我们家里人担当!"静娴是一个女人。女人,总免不了唠唠叨叨;女人,在达不到自己的目标的情况下,还会哭哭啼啼,有时甚至泪水滂沱,让人感到束手无策。

"这企业要发展,要靠人才。"阿辉有些无奈。

"什么是人才,位置便是人才。交椅坐上去了,便可以学。荣生大学毕业,怎么不算人才"。静娴强词夺理。

"你想一想,荣生跟朱云生、张云山比,哪个更适合?哪个更有利于新投资企业的发展?"阿辉强忍着自己内心的不满:"你知道吗?大陆开放十多年了,那里有无数家跨国公司在投资,台湾的上市公司当中五六成已经在那里投资设立了企业,仅靠着我们一家人,而不用朱云生、张云山这样一批优秀人才,能成吗?"

"……"对阿辉一连串的发问,静娴感到平时不温不火的老公发怒了,她不得不沉默了。

"说话呀?你怎么不说话啦?"阿辉看到静娴被自己连串的发言镇住了,瞪着一对眼睛,死死地看着自己的妻子。"头发长,见识短,一个女人家,遇到问题总是如此心胸狭窄怎么能干大事情。"

"我管不了这么多,我只知道公司只有靠自己人才可以放心!"静娴知道自己的话没站在理上,却不改秉性,不认输。

简直是不可理喻。

这,岂不是地地道道的夫妻档吗?

这,岂能服众?

这,岂能让这么多优秀员工的脱颖而出?

一夜之间,夫妻二人你来我往,唇枪舌战,谁也说服不了谁。阿辉真感到有

些身心疲惫，最后他下了狠心，一怒之下拍着桌子吼了起来："这两个副总一个是朱云生，一个是张云山。就这么定了。"那话语一出，竟连自己也有些吃惊，这是自己有生以来最大分贝的一次吼叫。

那一声吼叫，令赤扒扒的静娴都在刹那间傻愣愣地杵在客厅里不知所措，直到许久、许久才嘤嘤地哭出声音来。

而那时，看到呆立一边的儿子小俊，阿辉才恍惚间感到自己有些过份，让刚刚上中学的儿子看到父母间的争吵而感到内心的不安和内疚。

"咚……"，飞机一阵剧烈地震动，飞机已经安全着落。

"阿辉，到了。"朱云生知道，这二十几分钟时间里自己的学生一动不动在思考着什么。作为曾经是阿辉的老师，他了解自己学生的沉稳，了解他在家庭内外所承受的压力，也了解静娴为人的性格。更知道前一段，这对夫妻为自己和张云山任副总经理而引发的矛盾冲突。他只是想尽自己一份心力，在阿辉左右尽力辅助这位青年才俊开创事业，为阿辉事业的成功尽一些微薄之力。

"唔，喂，喂……"阿辉被剧烈的震动和朱云生的呼唤拉回到现实，他用感激的眼光看了看年长自己几岁，既是老师，又为兄长的部属。说了一声："绕了一圈，我们终于到达目的地了，晚上怎么安排？"朱云生简要作答，便收拾行装准备下飞机。

三个人的行李非常简单，走出候机大楼，阿辉一边走，一边在观察这个几十年来一直让自己魂牵梦绕的故乡。当他看到这现代化的候机楼里匆匆赶路的旅客，再向楼外远眺充满生机的厦门……

父亲以前给他描述厦门的一切，似乎已经成了童话故事。尤其是飞机降落前，机翼掠过地面的瞬间，看到整个厦门活像是一个巨大的工地，到处都有施工机械在轰鸣奔腾，他不由得心头一热——这底下是一片热土，一片充满生机与活力的地方，自己要在这里祖辈繁衍生息的故土上创业，在自己的根的土壤里创造人生的业绩，创造安泰公司新的辉煌！

阿辉感到此时自己全身有着前所未有的兴奋，更隐隐约约的感到这兴奋之余似乎有些凌乱，缺乏一种头绪，一种系统的思考。

也许是多年的追求让自己振奋；

也许是对这既熟悉又陌生的土地的一种期盼与向往；

也许……

总之，说不清，道不明。这几年经常出差、出国，却从来没有过这样兴奋的感觉，从来没有过这样的浮想联翩。

从机场到湖里，实际上只是一段很短很短的路。出租车司机是一个地道的厦门人，接过客人便用亲切的乡音欢迎来客："先生，请上车。"那普通话讲得很一般，但却蕴含着浓浓的地瓜味。

"师傅，厦门人吗？"朱志云有兴趣的问了一句。

"咳啦，阮系厦门郎。"司机用闽南话问了一句："你是台胞？"

"系啦，系啦。"阿辉心中一热："阮系湖里郎。"

"你……？"被阿辉一问，司机有些吃惊和不解，回过头足足看了阿辉几秒钟。

"是啦，那是十几代以前搬到台湾去的。"阿辉看着这与自己年纪相仿的司机，用肯定的口气回答。

"那么你姓林啦？"司机反问一句。

"对"，阿辉有兴趣地问道"你怎么知道？"

"我便是湖里村的人，以前听说我们村很多人在台湾。"司机话语当中有些得意："想不到，这太有缘了。"

"咳！咳！真是有缘。"车内四人不约而同笑出声来。

"你们是从香港来？还是从日本来？"看来司机对台湾同胞来厦的路径相当熟悉。

"都不是。"张云山终于接上话题了。

"那……？"司机有些不解。因为他知道，厦门与台湾虽然近在咫尺，空中飞行只需一个钟头时间，可是两岸关系如此微妙，却不能直接通航，一个平民百姓，要过来过去，都要绕着天大的弯，花钱，花时，花力气，弄得精疲力竭才能到达目的地。"自家兄弟门对门，放着近路不走非要绕弯子，这叫什么事！"司机颇感忿忿不平。

"师傅，仙岳山土地公在什么地方？"阿辉见司机说得那样激动，心里一

惊。自己是一个商人,既然是商人则不谈国事,而且自己也说不清楚。为了淡化话题,他故意将话移开了。

"很近,就在左手这山上。"司机也是个性情中人,特地将车停下来,还走出车子,用手指了指眼前的仙岳山,"这旁边有一条山路,一直往上爬,便到了山顶上。"

"车能上去吗?"朱云生问了一问。

"还没有,以后也许会有。但步行上山拜土地公更能体现虔诚和敬畏。"看来这司机可能是经常接待台胞的缘故,又态度十分真诚地说:"凡是我服务的台胞,来厦门没有不去拜土地公的。"

"噢!多谢了,师傅",阿辉面朝二位兄弟微微一笑。既是向部属表明自己对司机的一致认可,更是对自己的决策表明了无比的自信。因为,此时此刻就在仙岳山脚下,自己带着上祖的期望,正怀揣巨款来原乡故土投资兴业呢!

"我们先在经济特区的信息信达酒店先住下来,晚上天行健集团董事长张云峰老前辈招待你。"朱云生说。那张云峰便是几年前阿辉去德国回来在飞机上遇到的长者,是全台排得上位置的商业大佬。他以自己特有的敏感,先行一步在这里投资设厂,并且已经得到丰厚的回报。他听说阿辉这后起之秀来厦门投资,想尽先行者之谊。

"明天呢?"阿辉尽管经过连续几天的旅途奔波,却仍然有一股使不完的力气和超人的精力,他希望自己在这里的日程安排的更紧凑一些。既然已经决定投资,那么一切都要讲效率,这样才能尽早出效益。

"明日先到特区投资中心,先报备,选择厂址,然后签定相关的文件。"张云山应道。

"不!"阿辉听完张云山的安排,用非常肯定的口吻说。

"这……",张云山正想为自己的安排作进一步说明,却听到阿辉的口里说出一个"不",很感诧异。

"我们是不是调整一下日程安排",阿辉看着自己的部下道:"明天早上,我们先到仙岳山土地庙拜一下土地公,早一点,争取烧第一炷香!"

"我们知道了。"朱云生、张云山不约而同地回答。

第二章

湖畔咖啡之都

厦门是一座海岛城市。

妙不可言的湖、海、山之间的融汇、映衬，海洋性气候的调节，这里气候宜人，四季常青。只是，这座城市在两岸军事对峙时期的神秘让众人无法撩开她神秘的面纱。在此之前外界只能耳闻它的优美，了解它的精致，只能远远遥望，揣摩着它的温馨和密不可挡的妩媚。随着十年经济特区的建设，随着厦门这座城市神秘的面纱慢慢地被撩起，原先那种让人雾里看花的朦胧被拂去，她婀娜多姿的身段便惊艳地展现在大家的眼帘……

这种艳丽让每一个进入厦门的人瞪着大眼睛在欣赏，无不露出贪婪的神色。

外国投资者来了，称之为外商，叫外引。

国内东南西北，各个角落的人也来了，称之为内商，叫内引。

台湾同胞，隔着台湾海峡，绕着圈来了，称之为台商……

总之，厦门这块热土，吸引着各种经济成份的投资，吸引着各色人种争先恐后纷至沓来。

开始，先在仙岳山脚下湖里2.5平方公里的地方，那是厦门经济特区的发祥之地。一夜之间，一片宁静几千年的土地响起了隆隆的爆破声，施工机械的轰鸣声，许多工业区厂房及其配套设施拔地而起，原本不大的厦门操着各种言语的喧闹人群，出现在街头巷尾，湖里那2.5平方公里的土地显得非常拥挤，甚至水泄不通。中央政府为满足投资者的需求，为了加快经济特区建设的步伐，又将经济特区范围扩大到全岛……

开始，厦门只是引进了境内外的资金、技术设备和经营管理经验，接着又引进了外国的思想观念和现代的生活方式，人们不再早早关灯上床睡觉，而是出没于丰富多彩的夜生活，什么KTV，什么RTV等等，那些霓虹灯五光十色，那一闪一闪的彩影让赶时髦的人趋之若鹜。什么咖啡屋、酒吧之类的碗糕，身着岔开得很高旗袍的小姐也招摇过市出现在街市上，在那一闪一闪的灯光下，充斥着爵士乐声，芬芳浓郁的咖啡香味，冲击着市民们的视觉、听觉和嗅觉。每天在大街小巷，门前屋后泡得如同酱油一样浓的咖啡，血红血红的洋酒都在举杯把盏中占据着大小酒店，甚至市民的餐桌……

湖畔咖啡便是在这样一个时代背景中出现在厦门岛上。当然，具体在哪一年，却没有了太深的记忆。可是，湖畔咖啡说起来却涉及出两个元素。

一是湖畔。厦门是海岛，有海便有海湾。历史上厦门有一个著名的八景。其中一景称之为筼筜渔火。据七八十岁的老人们记忆，当年他们住在现在的湖滨南路一带，小时候放学后放下书包便脱光衣服，一身光溜溜地从家后门溜出去直奔海湾。因为那里有一个筼筜渔码头，渔民出海归来，便将渔船停泊在那里。几十艘、甚至上百艘的渔船出海归来，在那搬卸一箩筐一箩筐的海鱼，也有许多许多的鱼贩，甚至市民到那里抢购第一手新鲜海产，那海鲜买回家，有些放在砧板上尾巴还在不停地抖动，其新鲜是无法比拟的。

孩子们向来都是最喜欢凑热闹的，又改变不了顽劣和调皮的秉性。他们将装鲜鱼的小筐往岸上一搁，"噗通"一声潜到海湾里七摸八摸，在天黑灯亮前摸个三、五斤鱼虾在晚上当菜吃。因此，当筼筜湖灯光一亮之时，便是筼筜湖最热闹、最有生气的时节。灯光闪烁，波光粼粼，人声鼎沸，四处都充满着渔民们的叫卖声，大人寻找小孩的呼唤声……

后来这里的情况发生了微微的变化，随着岁月的发展和时间的推移，人们将筼筜渔港临海那口上筑起了一条堤。这堤一筑，筼筜港口的交通方便了许多，行

仙岳儿女

程也减少了许多。尽管那堤留下缺口让海水相互交换，但从此以后筼筜港便变成了现在的筼筜湖。

再后来，这筼筜湖两岸建起了一栋栋的高楼，一排排的别墅。这些高楼和别墅坐拥美丽的筼筜湖风景，吸引了无数成功人士在这里安家立业。

湖畔便在这悠悠岁月间累积了浓浓的人气，聚集了海内外无数的商家大款。

从那时起，这里便冷不丁地冒出一间咖啡屋。一开张，便把厦门人原先晚上不到九点便上床睡觉的习惯给颠覆了。那些洋人们，假洋人们，在咖啡店前坐着沙滩椅，吹着拂面的海风，悠然自在地喝着比酱油还黑的咖啡，伴着叽里咕噜的洋话。那些喝咖啡的人睡太阳，玩月亮，日夜颠倒地过着日子。开始，当地人还嗤之以鼻，料定干这种生意的人一定是脑子进水了，不亏到裤子脱光才怪呢！可是说归说，议论归议论，称赞也罢，嗤之以鼻也罢，没过多长时间，那间咖啡屋却生意越做越红火。于是，有些聪明人脑子也开始进水跟着学了起来，照葫芦画瓢，在附近纷纷租下店铺、门面、别墅开了一间间咖啡店。而且，那名字尽取一些洋名，还有一些乱七八糟的名字。

什么珍爱呀！梦幻呀！伊妹呀！寻梦呀！……总之，你想得到的名，都有！你想不到的名，也有！但，可以百分之百的肯定，在此之前你肯定没有听过见过。

每当夕阳西下，玩月亮的人们睡了一天的太阳开始复苏了，他们从朦朦胧胧中迅速清醒过来，兴奋起来，打开各自门面内的霓虹灯、流水灯，将各自的咖啡屋装扮得彩灯五光十色。瞬间，这原本白天是一番湖畔美景的别墅区被这如诗如画的灯海装饰成一条咖啡街。接着，在厦门这座城市的外商投资企业、跨国公司的高管们、白领们穿着时髦的服装，到这里来尽情享受。

有金色碧眼的老外勾着年轻貌美坦露着半个大胸脯的女人；

有三句汉语夹杂二句洋话的大陆人；

还有的是带着浓重闽南话音的是台湾人；

还有底气不十分足，却又追逐时髦的厦门本地人。但几乎都是年轻人，他们从大陆的四面八方投身经济特区建设，或来这找洋人，学习洋话，过洋生活。

总之，如果本地人一天的生活是从早上开始的话，那么，咖啡一条街的人则是从晚上开始，到天空放亮五光十色的彩灯失去光彩时才结束的。

第二章

湖畔咖啡之都

绕了一大圈，就像台湾的兄弟到大陆要绕一大圈一样，我们终于可以言归正传地讲湖畔咖啡之都的故事了。

这个年代，大家都把自己的商号名字取得有点怪异。为了吸取人们的眼球，一个个商号名字取得相当夸张。譬如有一段时间"中心"这个字眼十分抢眼球，于是美发店成了美发中心；医院成了医疗中心；精神病院则成了精神病中心；后来，"都"字又摩登起来了，于是满街头的温泉之都，水暖配件之都，河鲜之都等如雨后春笋不断涌现。

湖畔咖啡之都大概是在这样的背景下产生出来的，它的位置在咖啡一条街的最东边，听说原先老板是港商，现在的老板是台湾人。

半年多前，台湾老板从港商手中盘下了这栋三层别墅的湖畔咖啡之都。

每当彩灯齐放的时候，客人们便络绎不绝地走向这条街。这个白天比较清静的地方，一刹那间便热闹起来。

来的比较早的客人选中了比较好的地方点上一盏烛光，要几个精致的点心和几分咖啡，绕有兴趣地攀谈起来。湖畔咖啡之都算不上整条街最热闹、生意最兴隆的店面。但看上去生意还真不错。这不，灯亮还不到一个钟头，客人一拨又一拨鱼贯而入，连同店面几个太阳伞下所有位置都有了顾客，只剩下三楼那一层还有几个空位。

"小姐，你们阿福老板怎么还没有来？"坐在临湖的侧道边，桌前一位操着浓重台湾口音闽南话的青年人问服务生。

"您好，我们老板已经来了，先生有何吩咐？"这服务生话语很轻，音质非常甜美。

"请他出来一下，告诉他台北的兄弟来啦！"那个客人说。

"请问先生尊姓大名，我去转达，好吗？"服务生彬彬有礼。

"就是说原来在台北东林公司台北办事处的，他便知道。"这个人口气有点狂。

"知道了。"服务生还是那样甜甜的声音，甜甜的笑容，转了一个很好看的身姿，便走进别墅传达信息去了。

这老板不是别人，正是当年的阿福。

此时，阿福正倚在湖畔咖啡之都那栋别墅的三楼阳台上，趁着开张客人还不多的间隙凝视着筼筜湖畔的风光，欣赏这如诗如画的美景……

你瞧，那筼筜湖经过多年的建设、美化，湖里清淤出来的泥土建设了一个湖心公园，岛上音乐喷泉、各种热带作物、草坪、鲜花，在灯光照耀下五彩缤纷；那耸立在湖四周一栋栋的摩天大楼在夜幕下灯火通明；那灯光与筼筜湖的倒映相互映衬，又与天空中的星光形成无缝对接。置身其中，仿佛能让自己置身天地之间，享受着在宇宙空间尽情畅游、美轮美奂的感觉。

阿福一直以为，自己是一个脑子特别好使的人，有着超敏捷的思维，快捷的反应能力，还有一副滔滔不绝的好口才和风流倜傥的外表。如果不是因为那次车祸，让自己的腿瘸了，不论到什么时候，遇到什么问题与困难，自己都能应对自如，只是……

"只是，老天爷不帮忙。"阿福仰望星空在默默地叹息着。

当年，他与父亲从台北回到台湾南部乡下，向土地公忏悔，阿辉夫妇把他们接回村里，并答应在安泰公司安排一个职位，父子俩都拒绝了，这不是父子俩不领阿辉的情，而是安泰公司给的几千元薪水还不够自己上一次咖啡店，而且还要受人约束。更重要的是，阿辉以前是自己家的徒弟，当年自己做得太过了且不说，后来卷走了十几万的代工工钱，让阿辉背上了本不应背负的包袱。现在，却要在他的手下打工，这面子实在抹不开。

另外，原来的债主们轮番前来索债，也让父子难以忍受，那种难堪是难以言表的。

况且，自己是一个看不起小钱的人，自己有自己的追求，有自己的人生定位。

那时，东进一郎几次托信来要老阿庚回到日本商会联合会去重操旧业，父亲老阿庚耐不住寂寞，还是回去了。阿福咬一咬牙，将那洋跑车卖了出去，加上原来身边还有一些积蓄，又听说大陆改革开放如火如荼，便叫了几个朋友，带着所有的资金绕道香港进入了大陆，进入了厦门这个离台湾南部最近的城市。

阿福想从这里从头开始，挖他一大桶闪闪发光的金子，过一过上层人士的体面生活。

对阿福的决定，老阿庚坚决反对，但没有竭力阻止，更没有能力说服儿子。

因此，只好睁一眼，闭一眼，听之任之，随他去了。

到了厦门，人生地疏，但更困难的是，阿福自懂事到长到这么大，始终没有吃过一点苦，而且没有一技之长，他只好跟随几个台湾来的兄弟东走走，西逛逛，寻找投资机会。

他把眼睛睁得很圆很大，焦急地寻找机会，希望尽快赚到一笔资金。

阿福最先把眼光投向KTV，这种行业非常火爆。当那彩灯闪闪，低音高音相混，把盏碰杯声音中，还有袒胸露背的妙龄女郎相伴时，阿福总有一种说不清的爽快。况且，那钱是软钱，来得容易，赚得轻松。

阿福通过各种关系，终于认识了莺歌燕舞KTV的老板，想从他那里分一些股份，成为那里的一个股东。

那是阿福到大陆将近半年的一个晚上。

厦门正值盛夏季节，莺歌燕舞KTV的老板约阿福在舞厅一个最豪华的包厢中见面，约定的时间未到，他便由朋友领着走进包厢，一进去，便被那豪华的装修惊得目瞪口呆。豪华包厢里摆了C字型一圈皮沙发，茶几上各种各样的名烟名酒、瓜果点心应有尽有。六个内着比基尼，外套纱衣的小姐早已侍候在一边。

"干妮姥……"想到这里，阿福还忍不住发自内心的赞叹。那小姐一个个一米七左右，该大的地方特大，该细的地方不能再细，红唇白齿，款款而来，犹如天仙下凡。阿福感到自己有些自卑，这场面自己有生以来没有见过，这么漂亮的小姐自懂事以来也无缘欣赏。用时尚的话说，那绝对是一等一的沉鱼落雁、闭月羞花。着实让这个在台湾街头花心的小有名气的阿福手足无措。

"老板来了。"正当阿福在沉思，正当他被眼前美酒美女照顾得有些找不到北的时候，朋友告诉他。

"您好，幸会！"阿福主动上前打招呼。

"哦，阿福先生，久仰，"老板长着一副胖身材，穿着一件肥大T恤，一条足有大拇指粗的金项链在脖子上闪闪发亮，手上拿着大哥大像砖块一样，胳肢窝还夹着一个名贵的牛皮小包，走起路来如同螃蟹一样摇摇摆摆。

不用猜，那包里一定都是非常贵重的碗糕。

不用猜，这老板的身价一定不低。

这一见面着实让阿福感到吃惊，他感到想象当中的大陆人是非常穷的。可是一到厦门却感到自己那么无知，自己每日见到的兄弟们、朋友们每每一掷万金，财大气粗，足让自己自愧不如。

"请坐，阿福先生。你想投资莺歌燕舞？"老板姓刘，叫耀辉。他一坐定便将那砖块一样的大哥大重重地往茶几上一放。

"是，是，是。小弟想跟大哥学着点，当然也想赚一点子钱花花。"阿福表现得一脸谦逊。

"好说，好说。"刘耀辉尽管表现得非常友善，但却有着一股让人感到不可轻易接近的气势。这时早已站在一边的六位小姐飘到沙发上坐着的每个男士的身边，她们嗲声嗲气，娇滴滴的，还不时用胸脯往身边的客人蹭一蹭，让阿福这个久经沙场的老手也觉得大开眼界。

"大哥，你看怎么个投法，我听大哥的。"阿福一边在等候刘耀辉的答复，一边伸出手去抚摸身边小姐的大腿。

"自己兄弟嘛！能相识便是一个缘字，今天有缘相见，好说！好说！"刘耀辉显得一脸宽厚。

"多谢！多谢！但大哥你总得说一个价码？"阿福笑了笑，"我这人没有多少本钱，只是看到有缘，想追随大哥学点东西，长进一点。"

"那这样吧……"刘耀辉端起酒杯，往口里罐了一大杯红葡萄酒，然后将身边的小姐搂在怀里，用手抚摸着着小姐的脸颊、脖子，再伸手掏了掏她的乳房，口里啧啧称赞："你瞧，这小妹多可人呀，成为这莺歌燕舞KTV的股东那简直是神仙股东，您说是吗？阿福兄。"

"那是！大哥说的话哪里会有错。"阿福不是对这莺歌燕舞KTV着迷，倒是被这身边这帮如此气质高雅、多情靓丽的小姐着迷了。他羡慕这种生活，尤其是羡慕刘耀辉，刘老板的这种生活，于是，极尽阿谀奉承，恨不得立马成为他的股东。

"我这KTV虽然面积不大，但装修和设备绝对是整个特区中占据一流的。去年我总投资二千多万人民币……"。刘耀辉话说了一半停住了，他也视着阿福的表情，看到他们津津有味地聆听着，心里一乐，不失时机地把身边的小姐紧紧搂在怀里，伸手将她的小奶头不轻不重地捏了一下。

"哎哟，别那么粗鲁，人家长得如此漂亮也不懂得怜香惜玉。"那小姐娇滴滴地叫了一声，身子却像美女蛇一样蜷缩到刘耀辉的大腿上。

"这也叫？今晚我非杀掉你不可。"听到小姐叫唤一声，刘耀辉有些得意，用一种不可更改的口吻说着，又捏了一下小姐的奶头。

那小姐像被马蜂蛰了似的，收起了那蛇一样缠绵的身子，"哎哟"着坐回沙发上，吓得花容失色。

KTV包厢的欢乐气氛被这声"哎哟"的尖叫声毅然改变，让阿福吃惊的是，这"杀掉你"是台湾夜生活对性工作者的一种暗示，原意是要跟她上床，可是在这厦门也有这种说法么？还是这刘耀辉也是台湾人？然而，那场合、那氛围已不容许他有过多的思考。现在他唯一的办法便是成为这莺歌燕舞KTV的股东，要赶快请刘耀辉答应。

当然，最好是将合同签订下来。

"刘哥，那我先认一成的股份，投资200万吧。"阿福自小衣食无忧，钱从父亲那里拿来，拿的轻松，花得爽气。因此，听了刘耀辉的话没做任何思考，又看见刘耀辉身边的小姐发出尖叫，也不知接下来还要发生什么状况，担心失去好的投资机会，心一急便急不可耐地提出了自己的要求。

"行，明日上午10点钟还在这地方，我们签订合同，欢迎你成为莺歌燕舞KTV的新股东"。也许是刘耀辉摆大牌，也许是这小姐在众人面前涮了老板的面子，刘耀辉有些不快，便匆匆告辞走出包厢。

这一夜，阿福心情很爽，他和几个朋友在这包厢里通宵达旦玩到天亮。然而，这一夜的的价格也不菲，连吃带喝，外加小姐的消费，整整花了近5万元。

这笔钱当然是阿福的学费。

天亮了。

阿福的每一根神经依然停留在晚上的兴奋状态中。当睡意袭来时，他以最大的毅力忍耐着。因为，想到刘老板昨晚的约定，便一一送走了朋友，揉了揉干涩的眼皮，干脆和衣躺在包厢的沙发上，想闭一下眼，等待10点钟到来便签合同。

他特意交代待应生，别忘了提醒他。

10点到了，未见刘老板现身；

11点到了，仍然没有任何音讯；

超过了十二点，已经如火烧火燎的阿福正要传唤待应生去打探情况，刚走出包厢门，却见这莺歌燕舞KTV里一片惊恐不安，气氛不对头。

阿福正想问个究竟，竟碰上几个警察一脸严肃地走进门来。

接着，他被警察叫到了一个办公室询问。

"姓名?"警察问道。

"陈阿福。"

"籍贯?"

"台湾台南县梅山乡。"

……

警察用礼貌而又威严的口吻一一询问，并作了笔录。

阿福虽然在台湾多少有些见识，但被大陆警察询问还是第一次，心里没有底。不知道出现什么事情，更不知道自己犯了什么事，吓得浑身直打哆嗦。一直到下午3点多钟，他才从KTV员工惊恐的气氛中，了解到是老板刘耀辉昨晚被人杀了。

杀他的人，既不是冤家，也不是仇家，而是昨晚被他捏了奶头的小姐和她的一帮亲友。

杀他的原因更简单，便是刘耀辉看见昨晚的小姐清纯可爱，秀色可餐说出了一句"我一定杀掉你不可"，招来的杀身之祸。

原来，这刘耀辉也是台湾人。

他从别人手中盘下莺歌燕舞KTV，在台湾寻花问都习惯了，他说这句话的本意是今晚一定要将那小姐拿到手。可是在大陆这句话的意思就变了味，把那位小姐吓得非同小可。她便赶在刘耀辉离开包厢后，迅速通知朋友和亲戚，与其晚上被刘耀辉杀掉，倒不如先下手为强。

于是这小姐花钱叫了几个壮汉，尾随到刘耀辉的住地，三下五除二就把他给解决了。

这事儿可把阿福吓得非同小可。

他白白花了五万块钱，虽然乐了一夜，爽了一夜，头天晚上还神气活现的刘老板却为自己的一句话招来杀身之祸，一命呜呼。

阿福出了一身冷汗，感到这KTV钱虽好赚，但命却是悬着的。而且，警察还在继续追查，他担心再招惹什么是非，下午3点多钟作完了笔录之后，他像兔子一样从莺歌燕舞KTV窜了出来，打上一部出租车溜之大吉。回到住处，虽然全身发软，他还是又赶紧换了一旅馆，以让自己离那些是非之地尽可能远一些。

"人生不好混呀！"阿福开始尝到了人生的艰难，创业的艰辛。他常常在叹息，怨自己命不如人，苦苦追寻十多年却一事无成，过出人头地生活的美梦越来越远。

在之后的一段日子里，阿福投资了十几万元钱在一个民居与当地市民开了风味小食店，兼卖一些珍珠奶茶之类的饮料。但那店开得很辛苦，起早贪黑，一身臭汗又脏又累，而且还赚不了几块钱。

于是，又投资开了一家台球店……

总之，折腾了几年来弄得是回台湾没路子，在厦门赚不到钱。当看到经济特区媒体上不时报道一家家台资企业开张的消息，看到电视上不少台商似曾熟悉而且充满喜气的面孔时，他一阵阵沮丧、伤感的情绪涌上心头。但是他并没有服输，仍以台商的身份在厦门不少行业转悠着，直到去年才从别人手中将湖畔咖啡之都转让过来。

"歹命呀！"此时，阿福看到周边几件咖啡店早已满客盈门，自己的店却还有许多空位，尤其是自己店的三层除自己之外，剩下的便是站在那像木头一样的服务生，不觉内心涌上一阵阵酸楚，他自言自语，轻声叹息着……

"董事长，下面有客人要找您。"沉思中的阿福身后传来了女服务生甜甜的声音。

"是吗？谁？知道吗？"阿福被服务生一叫，精神为之一振，在厦门找他的人不多，尤其是咖啡店生意平平，听说有人登门，实在难得脸上绽开了少有的微笑。此外，这咖啡店的服务生男男女女十几个，都是从西部农村招来的，尽管工作都很卖力气，但气质长相一般般，倒这眼前这位叫张小红的让他看了最顺眼。

"他说，以前在台湾日本商会与你是好兄弟！"张小红张口一笑，露出一排洁白的牙齿，"听口音，像是台湾那边来的。"

"好好，快带我去。"阿福边说边走，不知是有心还是无意竟将手搭在了张小红的肩上。

"阿福兄!"还没等阿福双脚走出门外认清来人，那门口站着的黄海林已经迎了过来，热情的打招呼。

"海林兄!"阿福一下认出了这个年龄与自己相仿，当年在日本商会联合会一块当过销售专员。记得么? 那次给阿福通报阿福和静娴结婚消息的便是这位仁兄，"你怎么来了?"阿福一愣。

"你这个阿福兄呀! 不义气，厦门这么好，自己偷偷摸摸过来也不告知一声，这不，你来了好几年，我上个月才来，一打听到你在发财，我便找你来了。兄弟呀，人生情是第一的呀!"黄海林边半开玩笑、半认真地说，却让人弄不清楚他的话哪些是真，哪些是假。

"走，兄弟，到三楼雅座喝一杯。"看到旧友，满腹惆怅的阿福似乎有点异地遇故知的亲切，他精神一振，立马眉开眼笑起来，拉着黄海林的手走进内屋。

第二章

湖畔咖啡之都

第三章

鹭江口边的畅想

改革开放让厦门人的生活方式发生了很大的变化。

夜生活丰富了。除居民之外，大街小巷往往通宵达旦，热闹非凡。大家都知道，信息和人脉对于事业发展的重要。因此，人们从办公室、生产车间走出来，一反过去回家煮饭、吃饭、睡觉的习惯，往往直奔酒楼、茶楼、咖啡店、歌舞厅，去结识新朋友，深交老朋友，在五彩缤纷的人海当中获取和筛选对自己有利的信息。

这就难怪，随着那一座座工厂拔地而起的同时，餐饮业等服务业也如火如荼起来。

张云峰是最早在厦门经济特区投资的台商，来得早，占据了时间的先机，因此在厂址选择上有很大的空间。他独资兴办的服装制造企业有2000多员工，在湖里工业这核心地点足足占了500多亩土地，这在当时确实是一个令人惊讶的服装城。

论岁数，阿辉百分之百是张云峰的晚辈；论交情，自从上次他与阿辉在飞机上见过第一次面后，之后也只相遇过几次，并无深交。但一听到这个后生来厦门投资，张云峰却交代部属要高规格地热情接待。

当晚的宴席安排他思考了很久，可是一直没有决定下来，而这些事情以前都是由部下料理的，这次他却亲自过问。原因很简单，论身价，这阿辉在台商当中充其量是中间偏小的层次；可论打拼精神，这阿辉应该是台商当中的佼佼者。

这一点，阿辉十年的成长发展道路已经让这位长辈折服。因此，他今晚接待阿辉的酒店一定要选在厦门风景最好，菜肴一流的地方。

"董事长，今晚的宴会定在何处？"原本部下推荐了几个地方，张云峰都不满意，看着时间已是下午，再不选定，说不定包厢都难定到了，尤其是豪华酒店。因此，行政副总经理特地敲门请示。

"轮渡那边鹭口饭店顶楼，如何？"张云峰看看时间，觉得也应早作抉择，反问了一句。

"行！那里不错，除了菜肴不错，风景也一流。"副总应了一声。

"好！马上订，要大一些的包厢！"张云峰点了点头，"你提前派车去接阿辉董事长。"说完，他感到很满意，这鹭口宾馆地处轮渡海峡旁边，且不论菜肴如何，在那里用餐便令人心旷神怡。

晚宴在夜幕降临时开始。

此时的鹭口两岸灯火辉煌，鼓浪屿上的霓虹灯隔着海峡倒映出来的光芒令人陶醉，中山路和轮渡广场的灯光交相辉映，坐在鹭口宾馆的包厢里仿佛置身于灯的海洋，灯的怀抱当中，使人有种坐享太空那似梦似幻的感觉，一种莫名其妙的惬意与畅快。

菜算不上非常丰盛，大都是厦门的风味特色，但周围的风景如此美丽，足以让每个人都感受到从内到外的满足。

"阿辉，此行有什么打算？"酒过三巡，张云峰用急切的眼光看着阿辉。

"我还想继续做好小家电这篇文章。"阿辉未加思索地向张云峰坦露了自己的想法。

"……"张云峰不停地点头，表达对阿辉的赞许。

"我希望此生能培养一个属于自己民族的小家电品牌，同时建立一个属于自己民族的小家电生产王国。"阿辉显得有些激动。

"我理解，同时也敬佩。"

"今后，还盼望长辈多提携，多教导才是。"阿辉的眼光没有离开过张云峰那张充满睿智而又慈祥的脸。

"一定，一定。"

"我替茂祥叔、金威叔和所有股东感谢您。"阿辉内心充满着感激之情。

"是啊！茂祥兄、金威兄昨天还专门给我打电话，告知你来厦门的消息。阿辉，你一路走来，碰到不少贵人呀！"张云峰举起酒杯轻轻呡了一口，语重心长的说。

"……"这回轮到阿辉沉默不语了，正因为有这么多贵人的相助，自己才有一种不竭的助推力。回顾人生，感恩，让自己不懈的追求；感恩，让自己跨越了无数艰难困苦；感恩，让自己有了今天的一番成就。可是，人生刚起步，事业刚起步，一切刚刚开始。

"厂址准备选在哪里？这特区包含整个厦门岛。"看见阿辉在沉思，张云峰换了一个话题。

"一下飞机，我们便联系特区管委会的长官，准备在仙岳山下那块地，大约金6万多平方米的土地，算一算差不多100亩。"朱云生一夜没说话，他替阿辉回应道。

"够吗？100亩？"张云辉关切地问道。

"目前够了，安泰刚起步，本钱不大。"阿辉有些不好意思地笑了笑。那笑种带着一点憨，一种真诚，一种让人看了以后感到踏实的表情，同时也包含着对未来10年的憧憬。

"别的土地没有去看一看？"

"这是一种缘分，那块地在仙岳山土地庙脚下，我们安泰便是靠土地公庇佑一路走来才有今天的，我相信那是一块风水宝地，是土地公留给安泰的。"说话间，阿辉的自信心更加显露出来。

"哈！哈！我完全相信。"张云峰爽朗地发出笑声，"阿辉，再过十年，不，也许更短时间，你的培育一个民族小家电品牌，建设一个民族小家电生产王国愿望一定能实现。"

"托长辈吉言,感激长辈的鼓励,"刚才还在自问的话题,自己还没有说出,想不到却被张云峰道了出来,这让阿辉着实有些吃惊,更感到这是无数长辈的期望,是一种沉甸甸的责任和压力。

再说那黄海林与阿福。

当阿福将黄海林领到别墅三楼时,那边正好有一处可以坐两个人的小包厢,不用说,这一定是设计者专门为情人们精心准备的。

"请吧,海林兄。"阿福作了一个请的姿势让黄海林先走进包厢,然后转过身来吩咐张小红:"点上一盏蜡烛灯,上两杯上好的咖啡,外加几份最好的点心。"

"好的,董事长。"张小红唯唯诺诺,转身去办了。

两人坐定,那殷红的蜡烛光映衬在两位兄弟脸上,因为几年没有见面,话题从何处打开便成了问题。

彼此相视许久,阿福仿佛觉得眼前的兄弟今天的突然造访有些蹊跷,便没事找事地问了一声:"海林兄,这几年你在哪里发财呀?"

"别扯啦,阿福,真是不如意,人没运气,鸡巴都长虱子啦!"这黄海林也属于文盲的角色,书没读多少,可是世面见得很多,三教九流、坑蒙拐骗的事情也很熟悉,嘴巴张开尽是四两半斤的货色,又粗又大块。

"不至于吧!"听到难兄难弟混日子不比自己强,阿福为自己眼前的情况多少有了些自信。

"哎!阿福兄你是有所不知啊!自打你出来之后,那安泰公司阿辉土老鳖整合了全台小家电配件制作,成立了台湾小家电制作商业公会,东进一郎那日本商业联合总会也名存实亡了,你老兄我四处奔波,也只能勉强求个一日三餐。"黄海林讲到这里,似乎有些动情,轻轻叹了一口气:"这日子混得不如意呀!"

"是吗?现在,嫂子在哪?"阿福自己孑然一身,一个人吃饭,三十好几的人却不知下一步如何走。因此,对黄海林的婚姻也格外关注起来。

"还在岳母娘的肚子里。"黄海林有些无奈:"喂,你呢?"

"彼此,彼此。"阿福无奈地摇了摇头。

"你在花果山，这美女如云，不会只做零售，不做批发吧！"黄海林三句话不离本行。意思是说，你阿福仍不改当年习惯，今天玩一个，明天玩一个，就是不结婚呗。

"看你说的……"这句话击中了阿福的要害，他的脸上表情变得复杂起来。

"哈！哈！哈！兄弟真是眼福不浅呀。"黄海林打趣地调侃道："这东西是好东西，好像味精没有，每一道菜都索然无味。但味精这东西不能当饭吃，否则会败胃口，伤身体哟。"

"喂，兄弟，你今天来找我不会是只来说这些事情吧？"两个难兄难弟坐了一夜尽说这些没边没际的事。可是阿福心里非常明白，这黄海林如果按大陆上海那地方的话说，是一个地地道道的包打听、二混混的角色，今天来访一定有别的事情。

不过，按说已经来了一个多月，凭他的本事，早就应该找到自己。

"阿辉要来厦门投资办厂的事你知道了。"果不其然，这黄海林被阿福一问，将来意说了出来。

"他办他的厂，我开我的咖啡店，提那干什么？"提到阿辉，阿福的脸上出现一种非常难看的表情。凭着天理良心，自己与阿辉之间没有丝毫的恩怨情仇，讲实话，他阿辉与自己有过节还不配，当然现在情况变化了。尽管如此，一方面，阿福从心底里佩服父亲的这个徒弟，能吃苦，善打拼，懂感恩。记得那年，母亲死后，父子俩决定到梅山土地庙忏悔，然后回家踏踏实实过日子。他听到了，领着静娴挺着大肚子将自己父子领回村里，并且安排在安泰公司上班，虽然是安排在车间干活，工资也那么低，但毕竟人家已经尽了心。别的不说，他穷得光屁股一个，硬是白手起家，创造了一番令人刮目的事业，安泰公司发展起来了，上市了，现在还到厦门来发展了，没有几千万台币，谁能有那么大的动静啊！

另一方面，阿福却对阿辉耿耿于怀，自己一直追逐的静娴，一夜之间变成了他的老婆，而且还是生了一个孩子的母亲了。不就是一个徒弟吗？现在却人五人六地当了什么董事长！甚至还有人称他为台湾小家电制造行业的旗手、大佬……。这些，简直让阿福从哪个角度都难以接受。

"怎么，阳痿了吧？"黄海林看到阿福脸上复杂的变化，知道自己讲的一席

仙岳儿女

话戳到了他内心的痛处，于是继续加大火候挑拨。

"其实，阿辉就那么一个徒弟出身的人，连字也识不了几个。说别人还差不多，听到他我也会阳痿？笑话！"阿福在任何人面前都没有认输的时候，况且自己目前在厦门已基本立足，对于黄海林这样的朋友，绝对还是可以称大的。

"你呀，阿福，今年也是过了而立，即将奔不惑之年了。凡是不着急，待我把来访的意图表明了，你再称大好么？"黄海林终于准备将思考很久的话抖落出来。

"你？"

"是！"黄海林点了点头，肯定地回答。

"说吧！"阿福不知道这黄海林这葫芦里装的什么药。

"阿福，你可能不知道。阿辉此次来厦门投资会带什么东西来吗？"黄海林神神秘秘。

"他能带什么？无非带人、带钱，除了这两样东西，还能带上价值连城的古董？"阿福信口道。因为那年头大陆到处都在炒古董，将那东西炒得火热。

"没错！"黄海林眼睛张得比铜铃还大："让你说着了，阿辉还真带了古董而且包括你也不知道的一件祖传古董"

"好了！好了！"听到黄海林说到这里，阿福心里非常不耐烦，"说别的，我阿福还可以相信，就凭着阿辉那样的家庭，穷得连老鼠粮都没有，祖祖辈辈谁人不晓，谁人不知？他还有祖传的古董？"

"你真是老土，土到掉渣，土到不可救药！"黄海林看见阿福那种不屑一顾的表情，俨然是一个大师，一个救世主："他阿辉十多代前的先祖，便是当年郑成功带到台湾的人，他的祖籍地便是现在的湖里村。"黄海林讲到动情之处，将那咖啡杯重重的往桌子上一砸。还好，这一砸，烛光仅晃了晃，尽管半杯咖啡撒了一桌子，但杯子没有砸破。

"这湖里村又怎么啦？"看到黄海林如此激动，阿福更是丈二和尚摸不着头脑。

"当年，阿辉先辈从这里出发前，曾带着这仙岳山土地庙中的一副掷茭到台湾，据说，当时说好，有朝一日台湾子孙回大陆认亲见面就凭这个。"黄海林生

怕阿福还认识不到这事情的重要性，狠狠地喝了一大口咖啡，又接着说："这掷茭呀，明朝末年的，经历了多少个朝代？多少年了？"

"……"这回阿福可哑口无言了。

"再说，阿辉带着这掷茭回厦认祖，那他算什么呀？"黄海林越讲越动情："我们算台胞，他不但是台胞，还是湖里本村的子孙，那是银包、金包。我看你啊，最多算一个呆包。"

"这些情况你是从哪里了解到的呀？"黄海林的话，确实有一番道理，不要说那是明朝的碗糕，现在市场上一个清末的瓷碗都喊出震天响的价。他心里料定，那仙岳山上明朝的掷茭一定是一个价格不菲的宝贝。

"这你就别问了，亏你还跟他老婆谈过恋爱，亏他还是你父亲的徒弟，怪不得静娴这么才貌兼修的女人你都没捞上。"这黄海林绝对不是个好鸟，他极尽挑拨之能事，一次又一次地想用语言激怒阿福。

"……"阿福真的被激怒了，他脸变成了猪肝色，手不停地抖着，站起来走到窗口，推开窗子，狠狠地吐了一口胸中的闷气。

窗外是秀丽的筼筜湖，它的背后正是仙岳山，五光十色的夜景把这湖光山色表现得淋漓尽致，让人着迷。你瞧，除了这每间咖啡屋前一对对情侣在相依相偎情意缠绵之外，那湖畔的木栈道上，数不清的青年男女、中年夫妇、花白头发的夫妻正充满温馨，充满甜美地手挽着手，勾着腰，攀着肩在漫步。

可是，自己算什么碗糕？孑然一身，呆包一个。

这黄海林话虽然说得那么刺耳，可确实忠言逆耳啊！阿福内心仿佛被重重地击了一下，反过头他又在思考："这些已经成为了历史，现在已经十分清楚，阿辉已成就了事业，自己又有什么办法超过他呢？"

人生啊！总有那么多无奈；

人生啊！总有许多说不清，道不明的事情；

人生啊！一步棋走错了，步步皆输呀！

"怎么啦？"看到阿福感情在激烈地变化，黄海林却悠然自得地喝着那不用花钱的咖啡。

他知道，凭他对阿福的了解，这少爷脑子简单，会听从自己调遣的。

"你说呢?"突然,阿福转过身来,声音不大,但拖得很长,显得很无奈,而且在这阴沉的声音中还带着几分伤感和悲哀,带着一种难以捉摸的疯狂。

"想办法呀!"黄海林从牙缝里挤出了三个字。

"想办法?"阿福重复了一句。

"对!"黄海林听了阿福重复自己的话,心里暗喜:"将那掷筊弄过来:一可以将那东西当古董卖掉;二呢,没掷筊阿辉认不了亲,我们是台胞,他也是台胞,我们是银包,他也是银包,同在一条起跑线。"

"这样……"阿福点了点头,又摇了摇头。

"怎么?又……"黄海林见阿福不置可否,似乎有些着急。

"怎么弄呀?那碗糕必定每时每刻在阿辉身上。"阿福真想干,却又缺乏信心。

"聪明一世,糊涂一时。阿辉到厦门一定会到仙岳山土地庙祭拜的,而且一定会带那掷筊,何不……"黄海林看到不远处待应生在看着,将嘴巴凑到阿福的耳边神神秘秘地说了些什么。

"那……?"

"他今天来,不出预料会在明天早上,最迟后天早上一定去。"黄海林犹如一个军师在谋划和指挥着一场战斗,"你挑选一个心腹,装作香客,找机会下手。到手后迅速给我,我去处理,省得天天在这咖啡店熬更过夜,赚个蝇头小利,也省得日后看到阿辉辉煌腾达而坐卧不宁,食不甘味道。长此以往,你会夭寿的。"

"那,我再想想!"阿福感到这一件明代古董肯定是一笔横财。能成实在可以一箭双雕,既获一大笔财富,又可陷阿辉于被动,报夺妻之仇,泄嫉妒之恨。可是又生怕事情搞砸了,鸡飞蛋打,得不偿失,甚至身败名裂。

"好了,我要走了,去不去,成不成,靠你自己的福分。"黄海林看看阿福在犹豫,也不想再与他多费口舌,叫待应生拿了一张纸条,写下一个电话号码,扔给阿福:"成了,如需帮助,给我一个电话。"

说完,转身下楼,消失在苍茫的灯海之中。

说到这里,看客必然会问:"这黄海林与阿辉无冤无仇,凭什么对阿辉为此嫉恨,而又对阿辉的情况如此清楚呢?因此,有必要作一个交代。

第二章

鹭江口边的畅想

这黄海林当年与阿福同在日本商会联合会。当时，因为心狠手辣，而且歪主意又多，与阿福对比还有一大优势便是吃苦。用乡下人一句粗话说，就是一个咬鸡巴不怕毛的角色。因此，深得东进一郎的重用。正是阿辉牵头整合台湾小家电的企业资源，举旗成立台湾小家电同业公会，打破了东进一郎的商业垄断，自然也砸了他的如意饭碗，打碎了他的发财美梦。尽管此事已经过去几年，每当黄海林想起，总是恨得咬牙切齿。但他倒还有自知之明，要报复阿辉既没有那份智慧，更没有那份力量。唯一的是用阴招、损招，在他事业发展的路上设置障碍，这样做虽然阻止不了他的前进步伐，坏不了他的大事，但至少可以让他伤心劳神，可以减缓他前进的速度。

这手段尽管有点下三烂，但总归可以让自己出一口恶气，甚至还可轻易获取一笔不义之财。当天下午，黄海林这个包打听式的人物遇见一个从台湾过来的人，他与阿辉同一航班来到厦门，闲聊之中无意讲到阿辉的成功，讲到他在飞机上碰到阿辉来厦准备投资的情况。说者无心，听者有意，黄海林心情一阵兴奋，他感到报复的机会来了。于是找到阿福，想激怒他，让他去抢货，策划将阿辉的明代掷筊变为己有，再设法变现。此事如不成，自己也没责任；如成功，自己又能挣一点好处．

"何乐而不为？"走在人流灯海的黄海林忍不住"嘿嘿嘿"地笑出声来。

这黄海林一走，阿福在内心激烈的矛盾冲突中熬着每一分钟。正如黄海林的话说，这次正是修理阿辉一个千载难逢的机会。可是，这件事带着极大的风险，尤其是在大陆这地方，底细不清，更重要的是那仙岳山的土地庙几乎每人都说很灵，可是自己来厦门多少年了，至今未去祭拜过，怪不得自己至今还半吊子一个。

"现在几点了。"阿福心里如同十五个吊桶子打水——七上八下，着急得连手表带在手腕上也懒得去看，头也不回地问侍应生。

"零点15分，董事长。"那甜甜的张小红答道。

怪不得这咖啡一条街那么热闹，因为真正的生意现在才开张。此时阿福可没有心思欣赏街景，他在思考着，如黄海林所说阿辉是今天的飞机来厦门，那么按照自己对阿辉的性格的了解，他明早一定会去仙岳山土地庙烧香，甚至会千方百计去烧第一炷香。

烧第一炷香, 他也一定会将那掷茭带去。因为这是他祖辈十几代人, 历经数百年的历史见证, 也是他作为湖里村人赴台垦荒之后荣归故里的见证。

"这是一个最佳下手的机会, 派谁去合适呢? "阿福的脑子在激烈的抖动着……

离天亮还有五个多钟头。选人, 选时间, 看场地, 而这些自己又不能抛头露面。阿福的眼睛在自己十几个服务生中扫来扫去, 最后目光落在了张小红的身上……

第三章

鹭江口边的畅想

第四章

浓雾笼罩着仙岳山

　　厦门是一个海岛，受海洋性气候的影响，雨量充沛，气候潮湿，尤其是四五月份忽晴忽雨，气候逐渐变暖，气温的升高，带动水气的蒸发，经常出现浓雾的天气。这不，昨天下了一场不大不小的雨，昨晚天气预报，今天要出太阳，整个厦门岛边被浓浓的大雾笼罩得严严实实。

　　阿辉历来都有早起的习惯，因为决定今天早晨要到仙岳山土地庙祭拜土地公，昨晚宴会结束以后，阿辉带着朱云生、张云山特地到中山路转了一圈，买了一套祭品，回到酒店已接近零点才洗澡上床。可是一躺在床上，似乎精神头十足，睡意也烟消云散。

　　离天亮还有很长时间，夜雾笼罩的鹭岛已经有环卫工人正在清扫道路，偶尔还有几部汽车在马路上飞驰而过。

　　城市还沉浸在夜色当中，白天繁忙而紧张的人们还在沉睡。

　　当阿辉带着两个助手走到酒店大堂时，殷勤的服务生也许是经常看到台湾同胞凌晨带着祭品出门，只是朝他们热情地点头微笑，径直走出大堂之外，手一招，转眼间不远处停放待客的一部出租车便平稳地驶了过来。

　　"送这三位客人到仙岳山土地庙。"服务生一边帮阿辉开启车门，一边朝出

租车驾驶员交待

"好呐。"出租车驾驶员欣然应答。

"多谢了,先生,你怎么知道我们去仙岳山?"服务生刚才这一系列举动,让阿辉有些纳闷,自己没有说一点要求,他却了如指掌。

"噢,先生,我在酒店工作这么多年,了解这个时候出门的客人,大约都是台湾同胞,大多都是去仙岳山拜土地公的。"服务生对阿辉的发问微微一笑。服务生还非常年轻,嘴唇上的胡子还是毛茸茸的,对阿辉的发问,有些羞涩,瞬间脸上还微微泛起一阵红晕。

"这样啊,现在还能烧得上第一炷香吗?"看到服务生长得非常可爱,朱云生问了一声。

"……"服务生没有回答,只是轻轻地摇了摇头。

"为什么?"朱云生看了看手表,时钟还在凌晨4点半。

"这仙岳山香客特别多,要烧第一炷香,一般要在前一天晚上在山上宿营。"服务生似乎对这一切非常了解,用肯定的口吻回答。

"原来是这样……"阿辉心里微微一怔,这与台湾所了解的大陆情况似乎有些不同。当时,有不少人告诉他,大陆经过"文化大革命"的浩劫之后,对民间信仰热度大减,很多民间信仰的景点香火都不旺,可是……他不想再瞎猜想,也不想再作没有依据的判断,只是非常客气的对出租车驾驶员说了一声:"师傅,请开车吧。"说完,还没有忘记将50元人民币递给驾驶员,"麻烦你了"。

"先生,别客气,我们不收小费的,车费打表,到时再结算。"驾驶员彬彬有礼。

"今天特别吧,这么早,你赚点钱也不容易,很辛苦。"阿辉又补充了一句。

"不行的,先生,市里有规定,晚上十二点以后到天亮前表外加价2元,这便是补贴熬更过夜的钱了",驾驶员还是那么认真。

城市还在沉睡当中,在这道路上行走的除出租车外,行人甚少,行驶的车辆更少。因此,加上这出租车驾驶员技术的娴熟开得十分顺畅,速度也非常的快,路边的高楼、绿树以及一盏盏路灯在车的身后迅速地退去。阿辉坐在后排右边的位置上,此时他的心犹如身旁迅速飘过的景色,不停地变化着图像。

第四章

浓雾笼罩着仙岳山

"时间多快呀！父亲去逝将近20年了。可是，这一切却在转眼之间。"他在心里思索着，眼睛却一动不动地盯着车前方的景色。这一切，是那样的陌生，却又仿佛那么熟悉，真是回到久违的家乡。这种陌生与熟悉，与去任何一个国家、任何一个城市都有着质的区别。因为这块土地，自己梦中追寻了30年，如愿以偿，却有着一丝忐忑不安。人生历程总有许多未知与挑战。回到了祖籍地，回到了原乡故土，肯定会面临许多困难，肯定要付诸许多的艰辛。因为这十几年自己公司业务拓展到过不少国家，可是与眼前这块土地比，尽管第一次来却没有生分。一张张面孔，一声声乡音，还有一草一木，似乎自己便在这里生，便是在这里成长那样融洽，那样水乳相融。

20年前，父亲临终前将自己叫到跟前，反复叮嘱自己要回到家乡看一看，回家乡实现祖祖辈辈的遗愿。现在，这块地便在自己脚下……

现在，当自己站在带着这潮湿空气中的家乡的土地上时，阿辉却情不自禁地摸了摸怀中，当年从父亲手中接过那副掷筊，深深地感到是那么沉重，重的超过千钧。觉得父亲交给了自己一件奋斗终生的难以完成的事业。那时，自己既无心也无力。记得当时自己从父亲那干枯而且冰冷的几乎没有体温的手中接过那副掷筊时，自己的手也是那样没有一点力量，身上也没有一丝阳刚之气，以致父亲那双眼盯着自己，从有神到无神，从期待到似乎有些失望，最后连合也没有合上。

这20年来，自己每当想起父亲临终前定格的那副画面，总感到愧疚，这也成了二十年来自己对事业孜孜以求、奋力打拼的原动力。

二十年光阴，在人生只在转眼之间；

二十年光阴，自己从少年走过了而立之年。

阿辉坐在出租车上，带着助手，带着资金，带着父亲及众多先辈体温和期待的那副掷筊回到魂牵梦萦的祖籍地，去祭拜期盼已久的仙岳山土地公时，着实兴奋不已，充满着自信。

"先生，到了。"阿辉的思绪还在回忆中，出租车平稳地停了下来，驾驶员礼貌地提醒客人："这车只能送到这里，你们顺着这条山路一直往上走，便到土地庙了。"

"请问，这路为什么不修到山上，让祭拜土地公的人更方便一些呢？"走出车外，付完车费的张云山看见这夜色当中的仙岳山还被浓浓的雾紧锁着，这山有多高，看不清楚；这路有多大，也看不清楚。只能看见身边有不少带着祭品，背着香烛的香客沿着山路攀爬，心里疑惑，问了一下出租车驾驶员。

"留下这段路，也许是体现香客信众的虔诚吧！祝你们好运，祝土地公保佑你们。"那出租车司机接过车费，留下一个真诚的笑，关上车门，"轰"的一声，消失在浓雾当中。

阿辉会心地笑了笑，不自觉地往怀里摸了一摸那父亲交给的掷筊。今天的雾很浓，凌晨的厦门人们还在沉睡，浓雾笼罩着，街道上那无数的路灯变得犹如星光闪闪、朦朦胧胧，犹如浩瀚天际一般，置身其中让人有着无穷的梦幻感觉和无限的遐想……

"云生，今天可是农历三月初一？"阿辉没头没尾地说了一句。因为，农家每逢初一、十五都要拜土地公的。

"对，今天这土地庙香火一定很旺，尽管我们起了一个大早，但烧头炷香的可能是没有了。"朱云生说出这句话时，可以明显地感到阿辉的心里有一种微微的遗憾。

"嗯。"阿辉只是哼了一声，看来他的内心与朱云生有些同感。

"不过我们从威尔京群岛一路风尘赶来，恰好赶到三月初一祭拜土地公，凭这一点也足可以说明我们的诚意。"为缓释阿浑心中的沉闷，张云山从另一个角度说明了自己的观点。

"云山说话总是有不同的见解，硕士便是硕士，哈哈……"阿辉被云山这么一说，似乎心情宽松了许多，未能烧上第一炷香的不快也随着这凌晨的山风吹得无影无踪。

三个人一路有说有笑，有问有答。但走了几十米以后，却逐渐感到这山路崎岖，并随着山路越来越弯，越来越陡，只十几分钟便气喘吁吁，身上开始不断地冒汗，嘴巴大口大口地哈出团团热气。

"手一指，走到死。"云山是一个书生，出生在一个富商家庭，尽管已经年纪不惑，却几乎没有经过多少坎坷与挫折，攀爬在那几乎75度的山路，累得呼

第四章

浓雾笼罩着仙岳山

咻、呼咻地喘着粗气，脸上的汗水不停地往下流淌，眼镜片都被汗水散发的热气弄得朦朦胧胧，不得不摘下来，一遍一遍衣角擦拭着，嘴里嘟嘟哝哝的不知说些什么。

"哈！哈！哈！云山。"朱云生逗趣地笑了起来。

"老兄，笑话我？"张云山有些不解。

"没，没……"朱云生也在喘着粗气，无暇回答张云生的问话。

"哪你什么？"张云山追问朱云生哈哈大笑到底是什么意思。

"云山呀！你可记得刚才出租车驾驶员说的话？"阿辉虽然感到身上在冒汗，但毕竟这种场面经历过，只是用力一跺脚，将出租车驾驶员刚刚留下的一句话表述了一遍："这便是没有将大路开到山顶的原因，目的在于检验人们对土地公的虔诚。"

"噢！……"张云山听了阿辉的话，嘴巴"噢"个不停，自知失言，不停地用手搔着自己的脑袋。

"到了！"突然，朱云生喊了一声。

"在哪？"张云山正在为刚才自己的话不好意思，听见朱云生的叫声，欣喜地抬头一看，头上还是一片茂密的树林，远处仍然是一团团一簇簇看着边际的浓雾，只是偶尔几盏路灯照在崎岖的山路上，照在一个个攀登山路去拜祭土地公的人们的脸上。这土地庙到底在何处？他没有看出一个所以然来。

走在前头的阿辉对他们的一问一答似乎一点兴趣也没有，只是埋着头，迈着轻松的步伐，一级一级地拾阶而上。

"你没有闻到？"朱云生没头没尾地应答。

"喂，老兄，距离是用视觉作出判断的，而不是嗅觉。"张云山以为朱云生在捉弄自己，心里有些不快。他文绉绉地回答："知道吗？你大小也算个知识分子。"

"朱云生说得有道理，你没闻到越来越浓的香烛味么？"阿辉头也没有回地说。

"噢！噢！噢！"张云生恍然大悟，张大鼻孔贪婪地吸吮着仙岳山清晨的清新空气，那充满负氧离子潮湿的空气中，有着一股淡淡的，而且越来越浓的香烛气味与芳香，他由衷地佩服阿辉和朱云生的观察能力和判断能力。

"这不马上就要到了么！"朱云生很是兴奋，兴奋得几乎要笑出声来。自己跟随阿辉已经十年了，对这仙岳山土地庙也是神往已久，终于就在今天，而且马上就要到了，岂能不开心？

最开心，最激动的莫过于阿辉。

一路走来，他没有改变沉默少语的个性，但越是接近土地公庙，他的心情越是难以按捺，不时地摸着怀里的掷茭，耳际中反复地回想着父亲临终的嘱咐，一次又一次浮现老人家那充满期待的目光。

"阿辉！"正当阿辉他们奋力攀爬崎岖山路的台阶时，山路拐弯处的路灯下，站着几个人正朝着他们微笑招手呢！不需辨别，叫自己的是张云峰董事长。

"张董，您老也来得这么早？"循着叫声，阿辉看见张云峰先生一帮人已经走在自己前头，正笑盈盈地站在那里等待着自己。

"我料定你到厦门的第一件事必定是祭拜土地公。"张云峰为自己准确判定而得意。

"不瞒你说，"阿辉快步追上，长喘了一口气："我的根在这里，我的祖辈便是湖里村的人，他们当年就是从这里出发去台湾垦荒的。"

"知恩图报，耀祖荣宗呀！阿辉。"听阿辉喘着粗气说话的样子，张云峰心头一阵发热，现在的年轻人饮水思源，懂得感恩不容易啊！他人生大半辈子始终认为，一个人懂得感恩，懂得尊老敬老，懂得孝道，一定会有出息；一个没有孝心的人是不可能有大作为的。自己的祖籍也是不远处的漳州府，从懂事之日起，长辈也一直口口相传，列祖列宗千叮咛万嘱咐教育后代，要铭记对土地公的感恩。正因为如此，几年前自己到厦门投资以后，只要在厦门农历初一、十五，总会带着自己的部属赶清早到这里上香，以感恩土地公的保佑。

几年如一日，风雨无阻，从不间断。

对山上的一草一木，对土地庙那饱经风霜的一瓦一砖自己都了如指掌、了然于心。

"您先走。"双方在这春意浓浓，大雾弥漫的仙岳山相见，有一种说不清欣慰，更有着祖籍在大陆的台湾人一种乡情乡音的传承，张云峰谦逊地作了一个请阿辉先走的姿势。

"岂敢，您是长辈，您先走。"阿辉从心眼里佩服长者，更佩服张云峰这样的长辈，见张云峰如此谦逊，赶快退后一步，执意让他先走。

"哈！哈！哈！"大家相互谦逊，无不会心地大笑起来。

一行人刚走没几步，不知是这雾太浓的缘故，空气太潮湿使香火散发不出去，还是上香的信众太多香火太旺的缘故，他们离土地庙还有二、三百米远的距离，浓浓的香烛烟气已经让人感到眼睛睁开都吃力，泪水被香火熏得开始不停地流了出来。

雾太浓。只听见信众们热闹的声音，看见在晨当中一闪一闪的香烛光，却看不清这仙岳山土地庙到底有多少上香人。众人都带着一种肃静的心情，朝着这信仰圣地，一步步靠近。

这，土地公香火如此之盛；

这，人们对土地公如此虔诚与崇拜；

这，人们对土地公如此期盼；

这，人们对土地公的信仰延绵几千年，久盛不衰；

这，……

当阿辉走到土地庙前，终于在那座低矮的土地庙前停步了。

那庙面积不大，充其量十几平方来；

那庙是用红砖石砌，历经风吹雨淋已经有不少地方出现斑驳脱落；

那庙上面盖着瓦片，久经风霜已有许多残缺，东方露白之时光线都照进了庙堂之内。

这里没有人组织，没有人居住，却年复一年，日复一日吸引着十里八乡，甚至诸如自己一样隔着海峡对岸的信众，不顾严寒料峭，不顾酷暑难耐，攀爬这崎岖陡峭的山路到这里上香祭拜。

这一定是土地公的清贫廉洁；

这一定是土地公对苍生的庇佑；

这一定是土地公对人类的养育之恩；

这，……

几十年的思念，几十年的追寻，几十年的期盼。现在这让自己梦中追求，在苦难中给自己自信，在前进中给自己以力量的土地公就在眼前。

一阵清风吹过阿辉深深地吸了一口气，是带着仙岳山顶那郁郁葱葱、充满原生态草木芬芳的一口清新的空气。他的心跳在加快，呼吸有些急促，好像父亲和列祖列宗就在自己的头顶之上，用欣喜的目光看着自己。他感到此时此刻自己的一言一行是那么神圣、那么圣洁。阿辉郑重地从怀里将阿爸那经祖祖辈辈几代人手接手的掷筊小心翼翼地放在祭台上。

这土地庙很小，一个地地道道的贫民神；

摆放祭品的祭台更小，很多信众只好将自己的祭品无序地放在祭台周边的地上。

那些祭品五花八门，体现了贫民神最典型，也最令人敬仰的特征。

"云生，云山，点香。"阿辉低声叫了一声左右。

"给！"朱云生将早点好的香火用双手递给阿辉。

此时，阿辉抬头看到周边人头攒动、信众如云，大家都手执点燃的香火，虔诚地朝土地公鞠躬。那人数之多，香火之旺，稍不小心随时会被人挤得站都站不稳；那香火燃起浓浓的烟雾，在土地庙的上空缭绕，让人泪水直流，眼睛都难以睁开。

看到这一切，阿辉脑子里想得很多很多，他想到自己苦难的童年；想到了早已远去的父母；想到了初次创业被师父卷款而逃的那年春节之夜；想到了这十年时间与兄弟们携手创业的艰辛之路；想到自己命运的几个关键节点……

梅山土地庙旁生长的妻子静娴；

茂祥、金威公司的鼎力支持与帮助；

艰辛而成功的德国之行；

广达、金胜公司的资源整合；

安泰公司的上市……

喜怒哀乐，悲欢离合，成功与失败，这几年便是在这种复杂变化当中度过；在这种变化中成长；在这种变化中发展……

现在，面对着土地公始祖庙，土地公白发髯髯，左手拿着元宝，右手执着龙

第四章

浓雾笼罩着仙岳山

杖，胸前还披着"有求必应"的绶带，岁月与沧桑让这位慈祥和蔼的老人背微微地驼了下来。可是，他对人类的关爱，对苍生的庇佑却是那样一如既往，那样的始终如一。这是当年老祖宗远离家乡东渡垦荒的出发地。那时，老祖宗兄弟在这里争相东渡，争执的场面仿佛历历在目。他们对事业的追求、对人生的打拼，足以让自己这些后人肃然起敬。

几百年的历史，十余代的子孙繁育。

他们在奋斗，在付出，在期待。

可是，真到了今天自己才实现了他们的遗愿，回到原乡故土，回到了生命的源头……

阿辉面对这一切，一种对土地公的敬佩，对自己的老祖宗的崇拜油然而生；对下一步回到原乡故土投资设厂，从而实现自己打造小家电品牌，建立小家电王国的自信心陡然增加，对战胜未来将碰到的人生困难，对前程充满自信，他抑制不了自己的感情，他的眼睛湿润了，鼻子一阵一阵地发酸。

这种湿润不是香火熏出来的，而是对人生历程的回顾，对往事的追忆，对未来的憧憬。

"开始吧！"看看阿辉站在土地公前一动不动，旁边的信众左推右搡，朱云生在阿辉的耳边轻轻地说道。

"嗯！"阿辉应了一声，虔诚地向土地公鞠了一躬，默默地许了愿。

不知道阿辉在这土地庙里停留时间太长了还是信众太多的原因，正当阿辉和两位助手许完愿，正要将香插到香炉里时，突然感到几个香客从左右两个方向挤了进来，抢先把他们挡在身后插了香后又迅速地离去。

仍然沉浸在往事回忆，对未来期待的阿辉将手中的香虔诚地插在香炉里，然后，从口袋里掏出了早已准备好的六万元钱投进了功德箱。他转过身，面对土地公默默地许了愿："土地公在上，我阿辉在厦门投资兴业，有朝一日成功，一定要与乡亲们一道筹资集资为您老人家修建一座高大气派的庙堂，让您在那舒适地生活，感恩您的养育与庇佑……"

一切仪式结束了。

阿辉感到全身莫名的轻松与愉快。

这时他突然想起，自己摆在土地公前的那包"掷筊"。那是祖祖辈辈的传物，等投资筹建工作一有眉目，自己还要凭它作为信物去寻找自己的亲人、自己的长辈。于是，赶快回到刚才站立的地方。

不看不知道，一看吓一跳。

尽管晨雾很浓，此时天已大亮，然而，刚才放在土地公面前祭台上的那包掷筊却不见了踪影。

"云生，云山。"阿辉急出了一身冷汗，

"阿辉，怎么啦？"听到阿辉的叫声，两位助手不约而同地应道。

"快，我那包掷筊不见了，快找一找，"阿辉的声音都变了样。

"啊！"两位助手了解这掷筊的历史，更了解它非同寻常的价值，被阿辉一叫从头到脚都紧张起来，瞬间吓得出了一身冷汗。

"别急，睁大眼睛，认真找！"阿辉心里很乱，但还是很冷静。那包东西不同寻常，但只有自己了解，他大胆估计不会出意外的。

可是，他们三个人不管怎么仔细寻找，从祭台上面到祭台四周，甚至土地庙前上的每一寸土地，凡是能找的地方都找遍了，那掷筊却仍然无影无踪。

"怪了，难道会入地吗？"汗珠从阿辉的脑门上直往下流淌，他拍着脑袋一次又一次地回忆从放到现在每一个细小的环节。

张云峰他们了解到这情况，也着急起来，一起劝散香客帮助四处搜寻，可是，那掷筊却是故意跟他们作对一样，一直没有露脸。

阿辉心一急，兀然坐在那潮湿的地上。

"怎么办？"朱云生很是自责，他是一个勇于承担责任的人，他为自己没能帮助阿辉看好那珍贵的掷筊而深深地懊悔。

"怪我，那时被人一挤，我的视野离开一会儿。"张云山也十分愧疚。

"快，快报警，肯定就出在插香那一刹那。"阿辉原本一片空白的脑子被张云山的话激活了。他冷静下来，吩咐朱云生和张云山。

第五章

梅山拨来了电话

　　从进入厦门的那一刻开始,阿辉就有了一种回到家乡的归属感,这里充满乡音、乡情的温馨,他立志要对原乡故土建设发展尽一份心力,充满对这一块热土、大陆市场的一份追求的美好愿景。然而,在这种本身温馨愉快的背景当中,却出现了让他为之一颤的剧痛。

　　警官接到报警赶来,听完了他们详细的介绍,作了认真的笔录。阿辉的心却一直平静不下来。这副掷茭浸透着列祖列宗的手迹、汗水与期盼,在台湾几百年的历史交递中安然无恙,却在自己进入原乡故土的第一天在自己手中失踪,对阿辉来说,实在是一种极其沉重的打击。

　　上午从仙岳山土地庙返回酒店,他吩咐朱云生去租一幢小楼作为厦门安泰电器公司的筹建处,吩咐张云山到特区管理部门递交申请文件,尽快申请批准并注册公司。

　　"万事开头难呀!"阿辉自言自语。到台湾之外的地方投资,一切都那么陌生,会碰到许许多多的困难,这是预料之中的事情,可是,阿辉万万没有想到的,自己回到故乡的第一件事情竟然是传承十几代人的掷茭会在土地公前不翼而飞。而且,遗失得非常蹊跷。

经历了人生的许多坎坷和挫折，此时的阿辉的大脑反倒十分冷静。这掷筊事关两岸文化的传承和历史，作为闽南先民拓荒台湾历史的见证，其文物价值不言而喻。市公安局领导十分重视，甚至还惊动了市委、市政府的高层。

阿辉在酒店的写字台前在思考着当天市公安局刘警官临走前的交代。据了解，这位刘警官是经济特区的刑侦专家，而且是北京为使厦门经济特区健康发展调派过来的非常有经验的专家。当他听完阿辉三人的前后叙述并作完笔录后，刘警官用轻松的口吻叮嘱道："阿辉先生，有几件事情您认真回顾一下，想清楚了给我回个电话。"

"什么事? 刘警官。"阿辉有些紧张，这是他人生第一次与大陆警官打交道。

"您昨天入厦，今天早上拜土地公，实际上到厦门还不足24小时。"刘警官说。

"是的"。

"那么，一是您的这副掷筊除您身边的两位助手外，还有谁知道? "

"嗯! "阿辉用笔将这个问题记了下来。

"二是您今天早晨祭拜土地公，还有谁知道? 除了您刚讲的天行健集团的张云峰董事长外。"

"嗯! "

"三是您一路走来，包括从威尔京群岛到上海，再从上海到厦门，以及到仙岳山土地庙时有没有发现熟悉的面孔，譬如您台湾熟悉的人。"

"嗯，这些都对破案有用吗? "被刘警官一问，阿辉感到这掷筊的遗失不简单，也不偶然。

"是的，我想这些问题对我们尽快破这个案子都有十分重要的关系。"刘警官握站阿辉的手非常真诚地说："是我们的工作没有尽责，让您遇上了麻烦请您相信，我们会千方百计尽快破案的。"

"谢谢! 谢谢! "阿辉从内心深处充满着感激，刘警官的一席话给了自己莫大的安慰。

送走刘警官一行，阿辉见两位助手还没回来，他便泡了一杯乌龙茶，一边细细地品着，一边认真地思考着刘警官提出的几个问题。

事情既然已经发生，再自责已经没有意义。现在的关键是如何加快公司注册

第五章

梅山拨来了电话

步伐，申请土地使用权，尽快投入建设，尽快让厦门的安泰公司能见到效益。

"叮铃、叮铃。"房间的电话响了起来。

"喂，静娴。"拿起电话，耳边响起了妻子的声音，每次在碰到困难时，妻子的电话总是及时打来。阿辉张了张口，想尽快将这里刚发生的事情告诉她。

"阿辉，有一件急事，请你马上办一下。"没等阿辉说话，想不到静娴在电话那头火急火燎地叫了起来，他不得不将已经到了喉咙的话吞了回去。

"什么事，这么急？"原来静娴要带着儿子小俊一块到威尔京群岛，然后转道厦门来的，当时学校已经开学，为了不影响儿子的学业，阿辉拒绝了妻子的要求。

"阿辉，大陆的大妈病重住院了，这边阿爸的心脏又不大好，妈妈叫你放下工作马上去看一下，因为，阿爸申请去大陆也将还要等一段时间。"静娴总是这样，语速很快，快得几乎容不进别人讲话。因此，阿辉只能把自己要说的话先放一边。

"大妈住在哪家医院？"

"中山医院心脑外科，据说又是脑血管出问题了。情况究竟怎样需要快点弄清楚，然后打电话回来，好让阿爸放心。他现在已经急得不行了。"静娴还是那样一口气说到底，说完留下一句话："阿爸身体不好，听到这消息一下病倒了，我要送他去医院……"阿辉一句话未讲，那电话已经搁下了。

……阿辉手握着话筒，只有嘟嘟嘟的声音在耳边不停地回响，他无奈地摇了摇头。真是人没有运气，喝水都塞牙。这边掷筊丢了，是否能找回来，现在连眉目都没有，投资的事又千头万绪；那边大妈住院，阿爸又要住院了……

他感到脑袋，有点晕乎乎的，刚刚泡好的茶也无心品味，端起来咕咚咕咚一饮而尽，由于喝得太急，洒了胸前一大片，呛得从嘴角、鼻子喷了出来。

阿辉在房间里焦急地踱着步。俗话说，饭煮过火大便急，儿子又掉到床底下，几件事赶在一起，叫人怎么不起急？他努力控制着自己，权衡着哪件事最急，要先处理哪件事。

"先看大妈去！"阿辉情急之中叫出声来。人的生命最重要，尽管自己没有与大妈见过面，原先是想申办手续有点眉自后再去的，现在已是刻不容缓。因

仙岳儿女

为，阿爸、大妈这两位隔着海峡的二个老人牵挂着众多人的心。

　　看看酒店窗外，时近中午，浓浓的晨雾已经散去，和煦的阳光照射在充满生机的草坪上，小草上还挂着浓雾留下的水珠，在阳光的照射下折射出的五光十色，让人感到精神一振。

　　阿辉不再犹豫，拿起话筒准备给两位助手打电话，电话还没拨出去，却听见门铃声响起。

　　"他们回来了，土地公保佑。"阿辉心里一阵宽慰，他快步走到房门迎了过去。进来五个人，除朱云生和张云山之外，还有三个陌生人。

　　"阿辉，这是特区管理委员会的陈永清副主任，这位是办公室的刘志辉副主任，这位是湖里村的林主任。"一进门，朱云生指着身边的客人介绍道。

　　"啊！我叫林信辉，直接叫阿辉就行。"阿辉不知道朱云生他们是怎么能请来这样三位尊贵的客人，欣喜万分。

　　"是这样，阿辉。"朱云生看到阿辉似有疑惑的眼光，忙解释道："这三位长官听到公安局刘警官的通报，特地代表家乡人们来看您。"

　　"原来是这样啊！谢谢！谢谢！。"阿辉，心头一热，一种感激之情油然而升。

　　"阿辉先生，欢迎您回到故乡投资，我是湖里村的人，叫林万寿，长房26代的。"林主任带着浓浓的乡音，一脸憨厚地与阿辉紧紧握手。

　　"哎哟，得叫阿叔，我是27代的，二房的。"不难看出阿辉见到亲人的激动心情，"我们台湾那边的开基祖宗叫福寿。"

　　"没错没错，现在的年轻人还能记得历史，记得祖宗不容易，不容易。"林万寿高兴的连满脸的皱纹都舒展形来，"你那丢失的掷筊可是一个宝呀！公安局说一定会全力查找的。"

　　"谢谢！谢谢！丢了那宝贝，让我愧疚之至，我愧对祖宗呀！"阿辉很动情，尤其在家乡的长辈面前表现出一种难以言表的愧意。

　　"阿辉先生，你们回来投资有什么困难需要我们帮助么？"管委会陈副主任关切地问道。

　　"啊，啊，……不要，不要"。听到管委会陈副主任关切的问，阿辉心中有些慌乱，欲言又止。因为大妈的事还压在心头，自己正为此焦急万分，想说出来，又

觉得不妥，因而显得吞吞吐吐。

"阿辉，咱们都是自己人，有困难尽管说，没有什么难为情的，刚才不是认我阿叔吗？"林万寿毕竟是上了年经的人了，他看得出这个侄孙辈心里一定有事。

"是这样的。"见到陈副主任和林万寿如此真诚，阿辉也不再顾忌什么了，把将刚才台湾来电的内容说了个清清楚楚，"陈主仕，阿叔，我现在工作千头万绪，希望得到政府的帮助。"

"没有问题，你们先用我的车去医院看你大妈，投资申办手续已经由台商投资服务中心全程代理了。"陈副主任也是一个热心肠的人："阿辉先生，别急，我交代办公室跟中山医院打个电话，请他们派出最有经验的医生医治你大妈的病。"说罢，他转过身跟刘志辉作了交待，吩咐道："志辉你马上办！"

"好，陈主任。"刘志辉点了点头。

"谢谢！谢谢！"阿辉感激不尽地朝二位不住地点头。

"阿辉今天我们初次相识，本来我想代表乡亲们请您去村里走一趟的，现在……"看到阿辉行色匆匆，林万寿有些遗憾。

"叔公，没问题，改日吧，我现在已经回到家乡了，以后有的是机会。"阿辉不停地鞠躬，不停地点头向二位表示谢意。

"您抓紧走吧，阿辉先生。"陈副主任执意要用自己的汽车送阿辉一程，阿辉再三推辞，但盛情难却，恭敬不如从命，只好带着二个兄弟匆匆赶往中山医院。

小车在市区道路上疾驰，驾驶员有着一手娴熟的驾车技术，他知道这几位台胞有亲人生病，将车子开得飞快。

一根烟功夫那车子便驶上了湖滨路。心急如焚的阿辉惦记着医院里的大妈，双眼凝视窗外，只见车水马龙，人来人往，滨湖湛蓝，碧波粼粼，鱼儿跳跃；湖畔绿草茵茵，鲜花盛开，一派生机。然而，心思去欣赏。

"待到投资工作告一段落再跟兄弟来走一趟吧！"阿辉心里盘算着。突然，在湖畔的绿荫当中，有一个熟悉的身影在窗外一闪而过，那个人勾着一个清纯的女孩在漫步，看样子充满着无限的甜蜜，"阿福……？"阿辉不觉叫出声来，他本想叫驾驶员停车，可飞驰的汽车早已从那身旁远离而去。

如果是阿福，一定打一个招呼，因为，他毕竟是师傅的儿子。

然而，事发突然，阿辉又担心自己看花了眼。

车在富有现代化气息的街道上继续飞驰，阿辉继续思索着如果是阿福，那他什么时候来厦门的呢？他在厦门以什么谋生呢？

是啊！自从上次自己将他们父子从梅山接回村里时，尽管已经在安泰给他们安排了工作，可是他们却半天班也没有上过，当然也没有领过一分钱的工资。

不久，他们父子在村里消失了，消失得杳无音讯。

难道……？

阿辉的眼睛并没有看错，刚才看到的确实阿福。

自从前天晚上黄海林离开湖畔咖啡之都后，阿福的思想进行了激烈的斗争，良心、良知与金钱、嫉妒之心、报复之心在脑海里展开了激烈的较量。

他如一只热锅上的蚂蚁，不停地在咖啡屋来回踱步。如果按照黄海林的话说，那明代的掷茭，当是一个不可多得的古董，可以肯定是一宗高价的生意，促使他萌发了一种冒险的心理。然而，这种念头一产生，接踵而至的是那次在莺歌燕舞KTV被警官传唤的情景，板着面孔的警官一次又一次发问……警官将询问笔录叫他看完签字……他的手指按在印泥上不停地颤抖，他仿佛觉得手上沾的鲜红的印泥是令人作呕的鲜血，这手指一按下去，自己在大陆便留下了案底……

这件事虽然过去了好一段时间，但至今想起仍然有一丝后怕。

人生的道路走了三十多年，而且即将进入不惑之年，成功的男人早已经事业有成，子女绕膝，可是自己在台湾混得很失败，以致到现在仍然一事无成，孑然一身。如果在大陆再混不下去，岂不真要混到天堂里去？

阿福在这种极其矛盾、极其纠结的思绪中徘徊着。

那是一段多么难熬的时光啊！

从黄海林走后自己就一刻未安宁过。

"可是！"阿福脑子想得有些发热。那掷茭自己没有看过，可是作为古董必定有着不菲的价值，这对自己下一段人生太重要，太有诱惑力啦。想到这里，阿福咂巴了一下嘴，将身边平时专注培养的几个服务生叫到跟前时，告诉他们要去做一笔业务，并且连夜将他们带到仙岳山土地庙的半路上，选择了阿辉从酒店上山的必经之路躲了起来……

他们在大雾笼罩的黑夜中整整守了大半夜，当阿辉三人朝仙岳山山顶前行的时候，阿福用手指认了阿辉，又一再叮嘱要如何小心，到手后如何撤离。一切交代清楚后，他们便在山路的拐弯处大石头后面隐蔽起来。

春天的雾很浓。

上山路上的路灯在浓雾中宛如一只萤火虫，朦朦胧胧。

春天的雾很重。阿福五个人只在那躲了一会儿，那露水便打湿了身上的衣服，头发上的露水汇聚成一滴滴水珠，透让人感到冰凉冰凉的。

一夜未眠，临近亮前的那种疲乏和困倦一阵阵袭来，可是阿福却一丝睡意都没有。

他像一头饿狼，瞪着发绿的眼珠，在静候送上门的猎物，寻找机会扑上去。

昨天晚上，黄海林离开湖畔咖啡店后，阿福两个人神秘商量的事情反复思量了几遍，在钱财与理性的角逐中，理性败下阵来。于是，给黄海林打了一个电话，了解到阿辉下榻酒店的准确位置，判定那酒店上仙岳山的必经之路。安排三个男服务员作香客为张小红作掩护，择机将阿辉的掷筊弄到手。安排好这一切，阿福又连夜打了一部出租车，沿着上山的道路以及阿辉祭拜土地公的地点踩了一遍点。思索了一整套自以为滴水不漏的方案，才用电话通知张小红四人赶来与其会合。

"老天助我！"当阿辉几个人的对话声从浓雾笼罩的夜幕中透过来时，阿福轻轻推了推身边的张小红和三个男生，轻声道："注意了，那剪着板寸头的便是。要盯准呐，人要认清，胆子要大，心要细，动作要快，配合要协调。到手后，一人传一人，迅速离开。"阿福留了一个心眼，没有将那剪着板寸头的人的名字说出来。

"是那三个人吗？"张小红用手指了指晨雾当中正奋力爬坡的三个人。

"对，一个板寸头，一个三七开，还有一个带眼镜的。快去行动，我还在这里等你。"阿福吩咐。

"我、我、我的心怦怦直跳，有些害、害怕。"张小红不知是在浓雾中呆的时间太久了有些冷，还是恐惧，结结巴巴说。

"我也是……"一个男服务员说。

"怕什么，有我呢。"阿福表现镇定自若："事成之后，我给你们一人三万，然后先回家休息，到时候我再通知你们来上班。"

三万？几个生长在西部贫困乡村初出家门的孩子，知道一万元，就是自己两年的工资，在家可以盖上一栋小楼更不用说三万元了。可是，他们几个又都是刚跨出校门的清纯如山泉水一般的高中毕业生。尽管阿福将今晚的行动说得轻描淡写，但却隐隐约约地感到平日里温文尔雅的董事长正在指使自己干一件不那么光彩的事。

只是，他们无论如何都想不通，就那么一副老掉牙的掷筊，每间寺庙都有无数副，何必要如此神秘？

只不过三万块钱的，诱惑力太大了，几个清纯的年轻人也顾不得再想那么许多啦。

让阿福，几个小青年那么机灵，那么能干，一切都那么顺利，一切都如愿以偿。当张小红满头大汗，气喘吁吁将那得手的掷筊交给阿福时，阿福欣喜若狂，他想将她抱在怀里，但看到周围三个男孩六只眼睛盯着自己，只是将他们赞许了一番，然后兑现了承诺，每人发了三万块钱，并用出租车亲自送他们上了火车……

送走三个男生，阿福如释重负。

他兴奋地抱走了张小红，说："小红，我要娶你，让你享一辈子的福……"

"我……"张小红不敢相信自己的耳朵，她真有点受宠若惊。尽管这董事长比自己年龄大了许多，而且脚又有些瘸，但那个年月，黄花闺女能嫁一个台湾老头都是令人羡慕的，何况阿福还不老。

你说，这张小红能不乐么？

第六章

"贵州村"的喜与忧

经济特区的建设发展速度之快，变化之大，可以用令人眼花缭乱来形容。不是么？才经过十余年的建设，这特区的城区建设面积便像发了疯一样的成倍、成十倍地扩张，人口也呈每年几十万的增长。一幢幢让人抬头观看屋顶都要发晕的高楼拔地而起，一座座工业厂房像春笋一般地从地下冒了出来。

一切都在变。

街道上行走的人种、穿着、走路姿势迅速变化着。一个个袒胸露背，蓝眼睛金头发的女郎招摇过市。有的衣领开得很低很低，那硕大无比的奶子几乎要蹦出来，到底是原生态的还是注入硅胶的，谁也无法去一一去探讨究竟。当下，风靡一时的喇叭裤已经过去，丰乳肥臀又成了时髦，不信你看，如果哪个女人挺着一对大波在大街上行走，一定会有意没意翘着大屁股，着力让那大奶子虎虎生风，波涛澎湃，走一步三跳跃，以引来满街无数行人的目光。

与这种奇特现象相对应的是，大量农村劳动力便像蜜蜂一样朝经济特区聚集，他们成群结队，携儿带女，前仆后继。第一批进入特区的被称之为"农民工"。有好事之人为之打抱不平，说是叫"农民工"，有歧视之虞，提出应改一时常的称号，叫"新特区人"。

此后，他们的儿女们便称之为"二代农民工"或者叫"二代新特区人"。

无论是"农民工"也好，"新特区人"也罢；

无论是"一代农民工"也好；"二代新特区人"也罢……

他们在特区建设中出的力最大，流的汗最多，收入却不能与城里人相比。他们也不能享受城市人的福利。为了节省开支，他们群策群力，四处寻找废旧的待建土地或城市边缘，在那捡一些建筑工地的废旧建筑材料搭起了一栋栋能够勉强挡风遮雨的临时建筑，用于一家老小居住。这里没有给水系统，也没有排水系统，污水横流、蚊虫滋生……。特区管理部门产生过无数次念头，要拆除这些被城里人称之为"贵州村"、"云南村"、"四川村"等农民工聚集地。但这事说起来容易，但真正执行起来那可比登天还难。你拆容易，我建也不难，我建你拆，你拆我建，双方展开了持久的拉锯战。因为是人就总得有一个安身的地方吧！头一个月拆了，第二个月又建了起来，真达到野火烧不尽，春风吹又生的境地。

"贵州村"等存在不合法，可是却很合理。

所以特区城市管理部门也只好睁一眼闭一眼，如果不是非常过分，权当没有看见。

因此，"贵州村"的居民们能否在一个地方较长时间呆下去就要看自己的运气了。如果恰好找上一块搁置时间长的土地，自然会住很长时间，而如果背气，过了年运气红了，便要立马卷被子走人。

这些过入城市的居民，往往是从一个村、一个乡结伴而来的。他们亲帮亲，友携友聚集而居，慢慢形成了一个个各具地方特色的小村落。

他们建筑小村落的材料都是捡来的；

他们屋里的沙发、电视、冰箱也是城里人遗弃的；

他们用的炊具、餐具也大都是捡来的。

生活的艰辛对于他们这些面朝黄土背朝天的人来说已经习以为常。不少人甚至感到这和乡下相比也要好出一大截了。因此，城里人掩鼻而去的地方，他们却视同乐园。买上一斤肥猪肉，炒上一盘菜，打一斤廉价的米烧酒，可以喊得震天响，喝得脸红脖子粗，邻居之间其乐融融，这与城市人居住高楼豪宅，邻里之间老死不相往来相比，生活得可要滋润多了。

这可能正是，对事物的认识不同，彼此间的感受便大相径庭的原因所致吧！

夏天的晚上，这里的居民酷暑难耐，忍受着蚊虫叮咬。

城里人正是夜生活的开始，KTV、RTV、酒吧、音乐吧、咖啡店开始忙碌起来，人们坐在空调房里品着咖啡，喝着洋酒，有的身边还有个美女相伴。

"贵州村"的人们则往往会选择一块比较空旷的地市，从屋子里扯出了一条电线，随意按上一个灯泡挂在一颗半高上的树上，以他们独有的方式，独有的条件，进入一天当中最快乐的时光。

这"贵州村"中间有栋面积上百平方米的临时搭盖。支撑这间屋子的柱子、大梁均从附近建筑工地捡来的，上面还残存着斑驳的水泥，屋顶和房四周则市容改造时，遗弃或折下来的背景喷涂材料。

不知拆除的时候工人小心，还是本身房主人干活时，有意留下的，那喷涂材料保存得很好。

这一幅塑料喷涂宣传画，画上有山、有水，还有鲜花、高楼、广场，更让人兴奋的是上面还有一条"做文明特区人"的宣传标语。把它挂在屋顶、围在屋子四周，既能避风挡雨，还可以给人以充满生机与快乐的美感。

这屋子较之周围邻居称得上是最豪华的。

屋子的主人张奋发是来自贵州农村的第一代农民工，特区建设一开始便来到厦门，是特区建设的见证者，夫妇二人有两个儿子同年考上了，年纪则相差两岁。

那年，两个儿子同科录取，真是让张奋发喜忧参半。

喜的是自己辛劳半辈子，总算培养了两个有出息的儿子。在山区儿子能榜上有名，考上大学哪可是一件大喜事。忧的是两个儿子一起上大学，每年每个人的学费、生活费少不了二万元。张奋发摸了摸已经花白稀疏的头发，盘算着自己和老婆一年到头打工，除去最简单的生活费用，所剩也不足二万元。

他又眉头紧锁……

借，找遍众多亲友无功而返；

贷，两手空空没有可抵押的财产。

看到一对儿子充满期待的眼睛，张奋发一筹莫是。是啊！奋发、奋发，自己奋发了大半生，吃尽了人生的酸甜苦辣，含辛茹苦养大了两个儿子，却不能供养他们上学。这让这个西南农民感到惭愧，感到没有颜面。

张奋发与老婆商量了好几个晚上，唉声叹气不止。最后，老婆出了一个招，把张文、张武叫到跟前，说明了情况。然后说："父母没有能耐，只能供你们俩中的一人上学为了公平，采取抽签的办法，谁抽到谁去上大学。"

张文、张武呆呆地看着父母，然后彼此看了一眼，抓起了饭桌上的签。

可能是老天爷对作兄弟俩不同命运的安排。

张文抓空了，此后随父母当了二代农民工；张武抓实了，风风光光上了大学。

这，已是四年前的事。

这，在当时被邻里说成是文不文、武不武的笑谈，并久久传播在十里八乡之中。

每当想起此事，至今仍然让张奋发羞愧难当，他感到此生最没面子的事便是没能让考上大学的大儿子张文上成大学。张文刚出生时，自己寄以希望，给他取了一个有文化的名字，就是想圆自己的梦，圆祖祖辈辈的梦，将他培养成有文化的人，脱掉草鞋穿上皮鞋成为城里人。可谁知鬼使神差老天爷却让他成了第二代农民工。

还有一件让张奋发难堪的事是，前几天自己与老婆，连同大儿子张文流了四年臭汗，好不容易支撑二儿子张武上完大学，毕业回到西南家乡，又因找不到工作，来到自己身边，来到"贵州村"。

四年大学白上了，近十万元的钱白花了。

四年前，张武变张文，四年后张武仍然是张武。

四年前，张文变张武，四年后张文仍然变不了张文。

这话说起来让人感到非常拗口，听起来却令人心酸。

可这话说起来也并不全是坏事，这四年一折腾，却让两代人都汇集到经济特区来了，汇集到这特区人称之为"贵州村"来了。多少能让张奋发夫妇欣慰的是，两个儿子一个高中毕业，一个大学毕业，毕竟比别的二代农民工肚子里多一些墨水，脑子里也灵活一些，经过他们这几天一折腾，这房子的面积宽了一倍，屋子里也打扮得更舒适一些，那可是百分之一百地比乡下老家黑洞洞的石屋要宽敞明亮许多，一踏进这屋子就让人感到舒心惬意。

因此，张奋发家里每日人气最旺，大凡"贵州村"里的居民大事小情都会到这里坐一坐，聊一聊。这不，还没到晚上七点，老老少少的人们就开始陆陆续续来了……

张武没有找到合适的工作，这一段时间经常早出晚归。然而，工作不好找，只能跟着父母和哥哥上生产车间流水线，可他心不甘哪！

张文对这一切已经十分熟悉了，在电子厂谋了一个流水线岗位，工资大约一千来块。工资不多，而且是上生产线，流水作业，每天八个钟头，人像机械一样，分秒不停，非常辛苦，但在家乡再苦再累也挣不到这份工资，他已经感到很满足了。

"张文，张文在家吗？"这是最西头那户赵家的女儿，与自己家一墙之隔。要说那墙，实际上是几块建筑模板上面钉了层纸板。

尽管隔着墙，两家人讲话时彼此清晰可辨。因此，这张文和赵明英便在隔板两侧朝夕相处。

白天在同一家工厂上班，晚饭还端着饭碗互相串门。

晚上，隔着纸板两个人窃窃私语。

记得有一次，张奋发和妻子在睡得迷迷糊糊的时候，听见儿子还在跟赵明英在热情地交谈。

"你知道吗？今天我听了一个故事，简直笑破了肚皮。"张文边讲边忍不住哈哈笑出声来。

"什么事啊？还没说清，自己却笑成那样。"隔壁的赵明英埋怨说。

"说我们西南的一帮进城打工的人，从厦门火车站下来，尿憋得不行，匆匆忙忙想找一间厕所，结果那繁华的大街上东撞西撞硬是找不到一间厕所，急得满头大汗……"张文又忍不住想笑出声。

"别笑，讲完再笑！"赵明英警告说。

"咳，怎么办？几个人一商量。想到在家乡撒一泡尿那么方便，可是这城里人穷讲究，非要上厕所不行。为了应急，他们看见街道不远处有一个角落没有人，便想走到那里处理掉算了。"张文讲了一半，却故意卖关子似的戛然而止。

"那后来呢？"赵明英想快一点了解下文。

"后来，后来，我不敢再往下讲了。"张文说。

"这有什么，讲，往下讲呀！"赵明英催促。

"那后来嘛，几个人急冲冲跑到那角落，扯开拉链想一泄了之。结果不知谁喊了一声'警察来了'，其他几个正想畅快淋漓一泻千里，听到喊声吓得来了个紧急刹车……"

"嘻！嘻！……"赵明英忍俊不禁，"那后来呢？"

"那后来嘛"张文拉着长声说，"那警察还真来了。这几个人以为刹车了便没事了。可那警察做事却特别认真，上前朝他们敬了一个礼，说'你们违规了！罚款！'……"

"这也要罚款么？"赵明英嘘了一声。因为打工的人身上能有几个钱，为一泡尿被罚款，多不值得？

"是啊！"张文沉思了一下，"我们打工的几个老乡中也还真有一个人物，见到这情景，灵机一动，回了一句话，将警察呛得目瞪口呆。"

"什么话？会让警察目瞪口呆呀？"

"他说，我这地方痒痒了，脱下来看一看也要罚款么……"张文还没说完，自己又哈哈大笑起来。

"哎哟，死张文，你讲话那么粗……"隔壁那赵明英也又羞又涩，不信地用绣花拳锤那隔板墙……

这一锤不要紧，把一墙之隔的两家老人也惊醒了……

从此以后，张文和赵明英便有了警惕，为了不惊醒彼此的父母，他们将厚纸板削开了一个小洞，晚上对着那洞窃窃私语，二人越谈越亲密。等到那"贵州村"夜深人静的时候，他们还将彼此的手伸进洞里交汇。

乡下人进城，生活很容易适应，尤其是年轻人，但嗓门要改变却需要很长一段时间。在家乡，人们隔着一条河，一座山梁，大凡都要扯着嗓门，竭尽全力喊一声，顺风借势能听得清清楚楚；如果逆风要反复喊几遍对方才能勉强听个大概。

"张文在吗？"饭碗刚放下，那赵明英便来到了张文家门前。

"明英，张文在。"张奋发的妻子看到孩子们一个个长大，也到了谈婚论嫁的时间，也知道这张文与赵明英之间的感情，可是这狐狸没窝，猫没屋的状况，怎么给孩子娶老婆呀？看到那姑娘有事没事往家里来，心里总会高兴一番。

赵明英这喊声很大，原本不大的"贵州村"被这一喊，立即便三三两两的年青人也来到了张奋发家。年青人无忧无虑，他们知道自己的身价，不会随便与城市人攀比，而且也不喜欢与城市人为伍，只有这"贵州村"才是自己的落脚之地，只有在这里才能找到他们的快乐与自信。

张奋发的老婆看到几个年青人进了门，用一个硕大的铝制茶壶在煤炉里烧了一大壶开水。她一边招呼大家坐下，一边从那已经连漆都脱落的冰箱里拿出薄膜袋包装好的粗茶叶给大家烧茶。

"坐坐坐，等会儿我们张武也很快就回来了。"她满脸堆着热情的笑，边说边往那咕噜咕噜已经开了的茶壶里塞茶叶。这茶叶是从家乡带来的，乡下人没有城市人讲究，不在意茶叶的粗细，人意好，喝水都甜。在家乡，嫩茶青制成茶叶送到市场上卖了，换油盐；只有这三片叶子可以拼成一条短裤的老茶留给自己享用。但不管怎么说，这老茶叶经过开水一煮，很快会黄澄澄的茶水，立马让这满屋芬芳。

"妈，这茶别拿出来了，又粗又大……"儿子张文看见母亲忙里忙外，还是用那老茶叶招待大家，心里有些不乐意。

"又粗又大怎么啦？这茶味道还不是一样，而且耐泡。"奋发老婆瞪了一下儿子，推开他帮忙的手，不重不轻的教训道。

"你们几个谁的工资高啊？"一直站在旁边的张奋发看见家乡的一帮年青人，半开玩笑，半认真地问。

"阿叔，现在工资都很低，一个月一千块左右，我正想找一个好岗位跳槽呢！"赵明英答道。

"找到了么？"听到赵明英想跳槽，张文也来了兴趣。

"你们都这么高的工资，我才八百多块钱呐！"坐在角落上的一个小后生说。他初中毕业，现在跟着装修公司打短工，三天捕鱼，四天晒网，每天累得够呛，而且还弄得满头都是腻子粉。你看，现在虽然下班吃饱饭了，可这"贵州村"洗刷也不方便，他那头发仍然是发了霉的鸟窝，乱七八糟。

"我……"另外一个小姑娘听到大家谈工资也想说什么,却看见张奋发的老婆脸上已有不高兴的样子,话到嘴边又咽了回去。

"见人骑马屁股痒,一山看着一山高,你们以为工作是路边捡的呀?那么容易找么?"看老婆不高兴,张奋发也表明了自己的观点:"你们这些年青人啊,不要老跟城里人比,那是能比的吗?你们怎么不想一想,在老家干同样的活,出同样的力,每个月300元都拿不到。,你们现在都拿八百的怎么还不知足呢?"

"是啊!不吃苦,倒讲工资,你们看我家张武大学毕业要找一个工作都这么难……"张奋发老婆听到张文想换工作,心里便来了气,狠狠地瞪了一下儿子。

工资这个话题太很敏感了,一打开这个话题,老的少的便唾沫四溅。不管长辈怎么家教训也好,如何打比方也罢,年青人自有年青人的观念,有年青人的打算。

"嗬,这么多人……"正当大家谈得热闹的时候,张武满身大汗从门外走了进来。

"这么晚才回来,工作找着了吗?"父亲没有问儿子有没有吃饭,首先问起了他最关心的事情。

"有眉目了,今天人才市场公布了一家台资企业要招工,底薪1000元,加班还有加班费。"张武带回了一个令人振奋的消息。

"那你呢?"母亲迫不及待地问,因为儿子是大学生。

"这是普工。"张武坐下,端起一大口杯的冷开水咕噜咕噜喝了个精光,缓了口气说:"妈,吃饭,我快饿死了。"

"什么叫普工啊?"张文追问。

"普工,便是普通的工人。普通的工作,像你们这种初中生、高中生,经过培训便可上岗,这是一家小家电企业,叫安泰公司。"

"那你自己呢!"张奋发看见儿子滔滔不绝,没完没了,眼睛盯住儿子问道。

"我自然要当白领,哦,就是技术员、主管之类的岗位。"张武怕大家不了解,作了补充。

"那可以拿多少块钱呀?张武哥。"不难看出赵明英对张武敬佩得很,她的脸红扑扑的,睁着大眼睛问了一句。

"大约一千五六吧！"

"哇塞，好可怕啊！"赵明英学着城里人的口吻叫了起来。

"多少？"张奋发的老婆有点不相信自己的耳朵，追问了一句。

"一千五六块钱吧！"张武有些得意，"而且这家公司进去，工作条件很好，不会太脏，也不会太累。"

"菩萨保佑我儿。"老母亲正盛着饭，听到这么高的工资一激动，那手中的饭碗差一点掉在地上。老人家心里乐开了花，你看我这儿子四年大学没有白读，一个月工资高出五百块钱，这不是菩萨保佑么？

"张武哥，我们一块去应聘行吗？"赵明英听了以后，兴奋不已，姑娘家心心里有自己的想法，如果大家同去应聘，上班下班都有伴，岂不美哉！

"对，张武，干嘛我们不能一起去报名，刚才我们还在商量跳槽的事呢！"张文也非常赞同赵明英的想法，"这厂在哪呀？"

"对呀！这厂在我们这儿近吗？"张文的问话让赵明英感到很得体，如果工厂离"贵州村"不远，便可以回来住。可是离得太远，还得租房子，工资虽然高一点，却要打了折扣。

"在岛内，如果真应聘了，只有在岛内租房子住了。"张武说到这里也难免有一些担心，这"贵州村"虽然条件不好，而且随时可能被城管拆除，但不管如何，眼下每月却可以节省一二百块的租房，而且伙食也能省一些。

"那如果回来住，一个月的交通费也不少呀！"张奋发为年轻人的现状而担忧。

被张奋发一说，几个人面面相觑。因为，不应聘，停留在目前各自的岗位上，守着那份工资，年青人已经不满足；如果应聘，则要离开这"贵州村"到工厂附近去租房住。这让那些收入一千块钱左右的年轻人下决心是很难的。

今晚的"贵州村"充满着矛盾、担忧和向往……

第七章

安泰公司招聘

　　厦门经济特区地处大陆东南沿海，作为海岛型城市和特殊的地理位置，属于亚热带气候条件，每年五月份以后至国庆节前，这里满眼绿意，到处都有怒放鲜花。自从特区建设以来，这里一切都在变，变化最大的莫过于人。以前人们走路踱着四方步，悠然自得；现在，凡在大街上走路的人，个个行色匆匆。

　　宁静的厦门岛沸腾起来，推土机、铲车以及所有可以使用上的现代施工机械蜂拥而上，开挖山体，填平山沟，平整土地，处处都被隆隆的机械声、开山炸石爆炸声和汽车喇叭的鸣叫声所覆盖……

　　这一年天气热得比往年早，六月刚到气温就高得有点让人坐不住了。再加上已经很久没下过一场透雨，工地拉土方的重型汽车日夜不停地往返于各个工地，简易施工道路上的泥土，被太阳暴晒，加上大吨位汽车的夜碾压，变成厚厚的尘土，又被飞驰的汽车卷起的抛到半空中，再经海风吹刮，变得到处飞扬、弥漫……

　　厦门是一个热气腾腾的大工地。

　　不光是工地热，特区建设者的心更热。当时，全国各地都在学深圳经济特区建设中一句时尚的口号："时间就是生命，效率便是效益。"在这一口号的激励下，不论是本地的管理者、建设者，还是从外来投资的外商、台商和港澳商人，一个个热血沸腾，他们披星戴月，挥汗如雨，夜以继日地工作。人们从各个角度思考着和追求着各自的利益。

厦门安泰电器股份有限公司的土地坐落在仙岳山土地庙的脚下。阿辉经过几个月的努力，办妥了企业土地使用的全部手续，而且三通一平的工程也基本完成。

这是最后几天的土地平整工作，过两天建筑图纸的放样会迅速铺开。

工地上被载重汽车反复辗压的尘土足有三四十公分厚，金黄金黄的好像一堆加工好的玉米粉，汽车驶过卷起的灰尘让你面目全非，辨不清东南西北。

推土机、铲车的驾驶员忠于职守，呆在那驾驶室里酷热难耐，昼夜不停地工作。

那驾驶员在驾驶室里放了一个装着凉开水的大塑料桶，趁着机械掉头或避让对方机械的间隙，便提起那大型塑料桶"咕噜咕噜"地往嘴巴里猛灌。他们身着圆领T恤，脖子里围着一条白毛巾，此时早已见不到本色，黄橙橙的汗水顺着脸颊、脖子直往身体上流……

工地的一角是建筑公司搭建的两栋活动房，供建筑工人住宿用的，留了一间给安泰公司的管理者使用。这两天公司开始招聘工人，因此，这原本尘土飞扬，机器轰鸣的工地，又多了熙熙攘攘嘈杂的人流。

静娴是两个月前带着儿子小俊来到厦门的。原来，阿辉来厦门前考虑到这边人地生疏，居无定所，加上就学条件如何心中没谱，想将儿子留在台南由岳父母照管，等这里公司开业，一切条件具备好再带来的。可是，几件意料不到的事情发生，弄得阿辉手忙脚乱，加上这静娴偏偏又是急性子，没等跟阿辉商量便匆匆带着父母和孩子赶到厦门来了。

刚用过早餐，静娴、朱云生、张云山便在活动房里开始招聘工人。

活动房内的温度很高，加上房间不大，窗户很小，而应聘人数又多，人们被挤得像沙丁鱼似的，个个不时地张着嘴巴呼着热气……

应聘的人，从屋内到屋外里三圈三圈。这时的安泰公司除静娴和朱云生、张云山之外，还没有别的员工，为了尽快将公司员工招进来，三个人并排坐在简易的桌凳前，一个接一个应聘者的材料并进行登记。

静娴坐在中间的位置，二个副总分坐左右。他们早已大汗淋漓，身上薄薄的T恤早已被汗水湿透，静娴生过孩子后全身发胖起来了，一副A罩杯的胸罩也显得特别清晰，每转一个身，胸前总是晃晃悠悠的，引得那来招聘的小伙子目不转睛。

"张武。"静娴从朱云生手中接过应聘者的资料叫了一声。他们商定，今年先招100个工人，而现在手中的材料已超过200多人。朱云生和张云山经过商量，决定从选拔管理人员开始再到确定普通工人的顺序进行筛选。

"到！"居住在"贵州村"的大学毕业生应声道。

"你是哪个学校结业的？学的是什么专业？"静娴一边手拿应聘者递交的个人资料，一边看着人对着名字清单问道。

"西南工业大学工业设计专业。"张武尽管只有一米六多的个子，但对眼前这位女性总经理的提问显得非常成熟老练。

"想应聘什么岗位？"静娴一看这小青年很精神，而且专业也对位，心里很是欢喜，朝左右的朱云生和张云山看了一眼，又追问道。

"设计部设计主管。"张武回答是不慌不忙，充满自信。这，多少又增加了静娴对他的满意度。

"好，要了。"静娴将手中的资料递给了张云山。

"张小辉！"

"陈玉明！"

"刘明！"

……

静娴此时俨然是阎王爷身边的生死判官，她依次念着应聘者的名字，看简历，再看人，然后决定聘或者不聘。

"林若莹。"静娴口里念出了一个很清纯的名字。

"我是！"静娴的话音刚落，随即在人群中响起了一声银铃般的声音，那声音很清脆，刚才还乱哄哄，犹如集市一般嘈杂的招聘现场突然变得鸦雀无声。大家循声看去，应聘者中间挤进了一个青年女性，个头大约一米六七，用一条花手

绢束着马尾巴，显得青春而又素雅，红扑扑的脸上嵌着两颗深深的酒窝，额头前的刘海被头顶上的吊扇吹来飘拂起来。此时，她一边答话，一边用嘴不停地吹着气，把飘在眉际间遮住视线的头发吹开。

"你！"静娴抬起头，猛然与这林若莹的目光相遇，不禁被眼前这位自己年纪相差不多的成熟女性的高雅气质征服了。静娴毕竟见过不少世面，她控制了一下自己的情绪，微微一笑，朝林若莹点了点头，问道："哪个学校毕业的？"

"清华大学经济管理学院硕士，五年前毕业的。"眼前的姑娘回答更是吸引着众多人的目光，加上她那高挑的身材，清秀的面容，真让人有一种鹤立鸡群的感觉。

"清华大学？硕士？"静娴知道，这清华大学是大陆和台湾两岸人无人不知，无人不晓的知名高等学府，而且还是硕士。她心中暗喜，能招进这么一个人才，对安泰一定是大有裨益的。

"是的，而且已有五年的工作经验。"林若莹话不多，但回答得很镇定，她将目光在招聘人员中扫了一圈，然后停留在主考官静娴的脸上。

"隆……嘎"，一阵汽车马达声从远至近，然后戛然而止。

大家都全神贯注地看着静娴在一个个地叫着应聘者的名字，被宣布录用的兴高采烈，没有被录用的则在一旁苦苦诉求。因为，这家公司开出的工资标准要比其他的企业多一百多块钱，这对应聘者来说确实充满着诱惑力。因此，大家都没有注意门的急刹车声。

车是阿辉开来的，这一段把他忙坏了。

为了节省开支，又便于工作，他一反众台商一到厦门便出手宽绰，购买豪华轿车显摆派头的做法，只花了不到一万元人民币购了一部北京产的BJ-212敞篷吉普车。那车具有四轮驱动功能，除了耗油大一些，没有空调外，办事、上工地越野性能很好。这将近半年的时间阿辉开着它走南闯北，风吹日晒，变成了黑铁塔。听说要招录员工，他在外面办完了事便急冲冲赶了回来。看见静娴眼前那位姑娘，也着实让他吃了一惊，他心里暗想，大陆真是人杰地灵呀！把眼前这姑娘称之为沉鱼落雁，倒真是毫不夸张！

"喔，你准备应聘哪个岗位？"静娴看来对这姑娘也很有兴趣。

"董事长特别助理！"林若莹毫不迟疑地回答。

"董事长特别助理？"不知是作为同是女性的嫉妒，还是这漂亮女人竟然要应聘董事长特别助理，林若莹的回答着实让静娴愣了一下。

"是的！"林若莹口吻非常肯定，几乎不加思索地应道。

"董事长是男的，这个职位仅限男性！"静娴的声音突然提高了几分。这种声音一出口，便让身边的朱云生、张云山心里颤抖了一下。他们知道，这是异性相吸，同性排斥的一种同性本能反应，也是自身不够自信的表现。

"不，这是工作。此前我就在上海一家国企担任总经理特别助理，总经理就是男的。"林若莹没有退却。

"既然在上海干得好好的，为什么要到这里来应聘呢？"静娴是一个不认输的角色，被林若莹一呛，声音有些生硬起来。朱云生和张云山赶快朝静娴看了一眼，希望用眼光制止她不要再讲下去。

在人群中的阿辉也觉得静娴失礼，故意用咳嗽声制止，但人太多，他的声音很快被淹没了。

"总经理，因为我的家乡在这里。"聪明过人的林若莹已经看出了静娴此时的心态，因为事前她多少了解一点点这家公司董事长阿辉的传奇人生故事，作为一个年轻女性要当她丈夫的特别助理难免会有一些想法。但略微思考了一下，又觉得有些可笑，心想眼前这位总经理，这位董事长太太似乎表现得有些过于敏感。

此时，尽管林若莹内心有些激动，但她还是尽可能努力控制住自己的情绪，压低声音，用非常平静的口气，保持着微笑说："准确地告诉大家，我的家在湖里村，想到家乡参加经济特区建设，所以我辞职回来，目的便是想为家乡贡献一份心力。"

林若莹的话让招聘现场平静下来了，也把静娴长期养成的霸气生生地压抑了一下。

"你……"静娴正想讲一些更刺耳的话，猛一抬头，正与人群中静静听着她俩对话的阿辉有些愠怒的眼光相遇，感到自己刚才的话语有些失礼，于是，换了一种口气说："你，被录取了。"

朱云生和张云山轻轻地舒了一口气，因为从二个人的工作经历看，眼前这个林若莹绝对是安泰公司发展的急需人才。他们也自然了解这静娴刚才的内心活动，担心静娴的霸气如果发作，有可能将林若莹死死挡在安泰公司门外。

一场招聘会，由于可供选择的人才太多，从上午八点钟开始，一直忙活到了下午三点多钟，工作才告一段落，虽然很累，甚至忙得连中午饭都没顾得上吃，但包括静娴在内，大家都感到欣喜满足。

"现在，我宣布被聘用人员名单。"静娴看着大家，非常兴奋——念了20个管理人员，八十个一线工人的名单。然后，她转过身对朱云生交代几句："朱副经理，现在这些人就交给你了。"

"好！好！好！"朱云生对静娴的性格已经了如指掌。他对静娴交办的任务不停地点头。然后站起来大声地说："明日上午，请刚才总经理念过的名字的同仁到这里报到，我们开始培训。"

"谢谢大家！"张云山接过话题。

"我们碰一碰吧！"见应聘员工们已经散去，阿辉擦了一把头上的汗水，一仰脖将手中的半瓶矿泉水，咕噜、咕噜喝个精光："这鬼天气，真热，比台南乡下热多了。"

"是啊！现在还好，刚刚这么多人挤在屋里，简直是在蒸馒头！"张云山打趣地说："投资办厂，这里的劳动力可以说，绝对有优势。"

"有几个大学专科、本科都要应聘一线工人！"静娴接道，不难看出，此时她对今天的收获非常满意。"只是，大陆的这些大学生的实际能力究竟如何心中却没有底。"她又随口说道。

"应该不错，但两岸总是有差异，关键是我们下一步的新员工培训，一定要养成一个好习惯。"朱云生经历了应聘现场全过程，感到自己责任很大。

"这样吧！我这几天反复思考，目前工作进展不错，但如果等到新厂房建成才投产，效益那可还需要很长一段时间。"阿辉感到口渴，想找点水喝，可找来找去却失望地摇了摇头。

"已经全喝完了。"静娴知道老公很辛苦，无奈之下，将自己手中不足半瓶水递了过去。

"下一步我们工作分这样几步走。"阿辉又一口气将那水喝了个瓶底朝天，然后接着说："云生，明天开始集中精力培训员工，时间一个月；云山，你与台湾的作良兄、文斌兄那联系加紧办理进口设备、零配件；静娴，你准备厂房，现在那间简易的厂房是准备以后员工用作餐厅的，在新厂房未建成之前先在那开工，生产用电等要迅速配套！"

"来得及吗？"朱云生担心地问道。

"事在人为，九十万美金的投资，一天会产生多少利息呀？所以要早开工，才能早产生效益。"阿辉经过历练已经处事非常果断，"我们的一切工作按照这个时间点，实行倒计时安排。"

"人员怎么安排呀？"静娴看到老公火急火燎，知道有压力，她很理解。

"人员培训一个月，高管和中层提前培训几天，边上岗边培训。甚至可以白天上班，晚上培训，适当发一些补贴不就行了吗？"

"这……"张云生吱唔。

"非常时期，用非常手段，一切为了及早产生效益。"阿辉用不容否定的口吻说，"我还有事，市公安局的刘警官约我谈那掷茭遗失的事情。再不去，人家要下班了。"

"……"阿辉来去匆匆，静娴几个人面面相觑，又提不出更好的意见，只好静静地呆众在那里，头发被那吊扇吹得头发飘来飘去。

"就这样吧，"阿辉转过身，发动起BJ—212，"轰"的一声马达响起，卷起的尘土如同一条黄龙腾空而起，并迅速向远处延伸。

"……"静娴看到黄龙远去，无奈地摇了摇头。她的思绪在激烈地起伏着：老公不容易呀！他像一头不知疲倦的牛，拖着沉重的犁，还要付出超人的智慧。

"真是难为阿辉了！"静娴自言自语地叹息。自从一踏上厦门的土地，仿佛一切应验了当年自己的誓言："只要憋足一口气，不愁打不出一片天。"这老天爷好像故意磨练阿辉似的，几个月来接二连三，接三连四地给阿辉提出了一道道难题。自己在一旁观看也感到心急如焚，可帮不上忙，也插不上手。哎，只好站在一旁干瞪眼，冒虚汗，一切只有靠他自己那副坚实的肩膀去抗了。

第一桩事，便是那天凌晨拜土地公。

这是老祖宗的遗嘱，也是阿辉多年的夙愿。为实现这一夙愿，夫妻俩十多年来苦苦奋斗打拼。可是，刚踏上厦门的土地，刚走近土地公跟前，林家祖传十余代的信物"掷筊"便莫名失踪，市公安局的警官们集中了精兵强将进行侦破，可是，现在一晃几个月过去了仍没有任何消息。

这可是充满着祖辈期望，凝聚着祖上十几代人心血的历史见证呀！丢得这么莫明其妙呢？这件事请让阿辉承受着的沉重的思想负担，深深刺痛了他那执着追求事业、孝敬祖辈的心情，更为自己没有保管好老祖宗的宝物而深感愧疚。

这件事还没有着落，又一件事接踵而来。原本身体不好的大妈再次因脑溢血住院，这边大陆大哥呼天喊地，台湾那边父亲听到消息也承受不了打击，自己陪着他老人家住院。这边阿辉立马赶到医院，又是安排住院，请求医院给出最好医术的医生抢救。三个多月过去了，大妈为住院花了二十多万暂且不说，父亲总是放不下牵挂，执意要回到妻子的身边，尽一份当丈夫的责任，弥补几十年生离死别的愧疚。

不得已，自己跟母亲一商量，答应了父亲的要求，干脆与母亲、儿子一起陪着体弱多病的父亲回到大陆……

掷筊在何方？

大妈，能痊愈吗？

儿子，要上学。

公司投资刚开始，工作千头万绪……

一切、一切都在短时间内摆在阿辉的面前，静娴已经看到，尽管丈夫身体很棒，但再棒的身体已经经不起这么几个月持久，这么漫长的透支呀！

阿辉的脸上每天都充斥着倦意，他那原本胖乎乎、圆圆的脸变得憔悴，头发已经花白，甚至原本温和的脾气有时也暴躁起来。

刚才招收那林若莹，按良心讲她不但长得很漂亮，甚至比自己年轻时还漂亮，还更有气质。而且，还很有才华，大陆名牌大学毕业，经历了五年的工作历练，还是上海大都市、大企业的总经理助理，招进来毫无疑问对安泰的发展一定能发挥大作用。可是，女人存有一种特有的敏感，女人有一种对同性特有的嫉妒心，尤其是这么一个优势的女人每天要在丈夫身边晃来晃去，自己不能不防，不能不产生嫉妒之心。

人呀！总是有自己的私心，有一份属于自己的秘密。静娴扪心自问，深深地爱着自己的丈夫，爱着自己靠着夫妇打拼，靠着众多贵人相助打拼出来的事业，打拼出来的一片天地。可是，静娴也不是一个智商低下的女人。自己原本比丈夫大了三岁，已是不惑之年的女人，随着岁月的流逝，当年的苗条身材已经不复存在，该大的地方凹进去了，该凹进去的地方却无休无止地凸了出来，甚至连以前被大家称为画眉鸟的嗓子也开始沙哑。

女人四十豆腐渣呀！静娴暗暗地在内心叹息着。

还好，自己那两个又白又大的奶子却因为身体发胖了，变得更加丰盈。那死阿辉每天晚上一上床都爱不释手地把玩着，玩得津津有味，有时还突发奇想钻进被窝像儿子小俊一样亲个没完没了，"啾、啾、啾"吸得生响……静娴望着BJ-212已经变淡的灰尘在胡思乱想，但一想到这个细节时，自己的内心深处却浮现了一种自信，忍不住哧、哧、哧地笑出声来。

按照静娴的性格，招林若莹这样漂亮得有点妖艳的女人在丈夫身边工作那是绝对不可能的。那天，她想一口回绝林若莹，但当她抬头看到阿辉站在那儿满脸不快的表情，她忍住了。为了给丈夫一个面子，当然为了不流失这个人才，静娴违心答应将林若莹招了进来。

"招进林若莹是福还是祸呀？"静娴想到这里感到心里没有谱，真是不想还好，越想越心中没有谱了。

第八章

追寻掷筊的信息

　　阿辉将北京BJ-212开得飞快，但市公安局在市区，这车子在工地可以开到每小时一百公里，一进入闹市区却排起了长龙。看看太阳已经西斜，阿辉着实焦急的很。一来他知道刘警官很忙，这经济特区建设，大门一打开，且不说境外的人蜂拥而入好坏难辩，就大陆本身也难免鱼龙混杂。投资者讲效率，这警官也绝对轻松不了；二来那掷筊是列祖列宗的遗物，以前几百年。一代传一代都相安无事，可是，轮到自己这代却丢失了，说起来实在愧对列祖列宗。因此，每当想起，阿辉难免长吁短叹、愧疚之至。今天下午一听到刘警官约他见面，不用说这案子的侦破工作有了进展，这着实让阿辉的内心有了一阵兴奋。

　　可是，现在堵在半路，前进不得，后退不得。阿辉看看西斜的太阳，又看看手腕上的手表，再听听前后左右不时传出汽车的喇叭声，内心越发焦急不安。

　　对自己这掷筊，除了静娴、岳父母及阿林他们几个兄弟知道外，知晓的人不出十几个，静娴及岳父母也好，阿林几个兄弟也罢，他们不可能拿那东西，而且他们都远在台湾……

　　那么，谁会拿那掷筊？

　　是偶然丢失，还是阴谋被盗？

这些问题整整折腾了阿辉一百多个日日夜夜。头晕了，头发白了不少，可还是个谜，是一个百思不得其解的谜。

阿辉反复思索，又反复回忆。

不知不觉北京BJ-212开进了市公安局。刘警官从办公室听见北京吉普车特有的马达声，特地从办公室走出来，迎接阿辉进入会客室。

"不好意思，阿辉先生，本来我要去拜访您的。因为考虑到案情侦查的因素，只好麻烦你再跑一趟。"刘警官热情地给阿辉倒了一杯茶。

"别客气，都是我不细心，给你们添乱了。"

"这样，这一段我们经过走访和反复排查，认为掷筊的丢失关键是你烧完香，正要插到香炉的那一刹那。"刘警官很认真地，而且很肯定地说。

"对，我这一段反复思索，应该就在那一刻。"

"而这一刻，不是偶然，可以断定一定是有人刻意组织和策划的。"刘警官十分自信。

"会是谁？"阿辉有些迟疑地问了一声。

"这个策划人一定是台湾人，而且对你来说一定是一个熟悉和了解你的人。了解你有这样一件宝物，又了解你到厦门后一定会上仙岳山拜土地公。"

"这样啊！"阿辉见刘警官话说得那么肯定，不由地倒吸了一口冷气。

"是的，但出面推挤的，确实是几个马仔，是被幕后策划者摆布的马仔。"刘警官说着，叫助手从办公室拿了一叠图案，一一摆在茶几上。然后说："阿辉先生，这是我们走访当时在场的一些香客。根据他们的回忆和叙述，叫警官们画出的七个嫌疑人的画像，请你看一看，不知你有没有印象。"

"噢，你们真是辛苦。"阿辉将那七张画像一张一张反复看了几遍，最后不置可否地摇了摇头："刘警官，当时我全神贯注地向土地公祈祷，确实没有关注身边的人。而且，当时在凌晨，光线不好，没有留意，这几个人我没有一点印象。"

"你再仔细看一看！"听见阿辉的回答，刘警官似乎有些失望，但思索了一下，觉得这阿辉的话不无道理，于是请他再辨认一下。

"……"阿辉反反复复地看了几遍，到最后站了起来，非常肯定地说："真

第八章

追寻掷筊的信息

069

的，我一点印象都没有，不能妄说。"

"那……"刘警官显然有点无奈地摇了摇头，最后又露出理解的笑意："麻烦你了，但这你放心，对任何案子我和我的同事都会竭尽全力的。"

这一来，不论是刘警官，还是阿辉都有些许失望。从刘警官的角度看，这仙岳山土地公还不是开放的旅游景点，整个土地庙四周没有任何安防设施，加上凌晨天刚要亮，却又没有亮，这个特定的时间和阿辉刚踏入大陆，人生地不熟，要在这么多香客当中去寻找嫌疑人实在不是一件易事。从阿辉的角度看，他倒也十分理解警官的处境，自己作为身临其境的当事者都说不出个子丑寅卯来，更提不出任何有利于破案的蛛丝马迹，这叫人家怎么去破案呀！

可是，这丢的恰恰是自己祖宗的宝物呀！在那颠沛流离，衣食无着落的岁月，老祖宗都保存得完好无损，而现在自己手中丢失了……

给刘警官道了谢，阿辉跳上BJ-212，发动了马达，夜幕已经完全降临。阿辉看看整个城市华灯初上，下班的人们步履匆匆，这时他才感到自己非常疲乏。他想早点回到家中，用凉水好好洗一洗这浑身上下已经被尘土堆满的身体，好好清洗一下被汗水、泥浆粘得硬棒棒的头发，可是汽车在街道上走了好一段，又突然想到，应该先到阿爸、阿妈那里去看一看。

大妈生病住院，两个多月了，由于脑溢血面积很大，医生虽已尽力抢救，挽回了生命，却落下个植物人，每日靠着点滴和流质食品保持生命。阿爸在台湾听到消息心火如焚，也住了院，稍有好转便闹着回到大陆陪伴多灾多难的妻子。

没有办法，一来为了照顾大妈，二来为了照顾阿爸。阿妈与静娴一商量，干脆全家老少一并搬到厦门来了。

考虑到大妈的后期治疗，便于医院对她进行观察，根据医院建议，阿辉在医院附近租了一间三室一厅的房子，将大妈，阿爸和阿妈安顿在这里，每日由阿爸和阿妈照顾大妈，医院每天派医护人员进行治疗。

静娴则在安泰公司附近租了一间二室一厅的房子，将小俊送进附近的一所中学读书。

台湾的业务则由李作良、黄文斌、阿林他们去打理了。

这一段真是大事小情一呼噜铺天盖地而来。可自己只有一双手，东奔西颠，连平时处事非常淡定的自己都感到手忙脚乱，恨不得有分身术，去化解这诸多的矛盾。

北京吉普车在街道上绕了一圈，阿辉决定是先去看一看三位老人。

说来，这老人也不容易，都到了七老八十，自己都要人家照顾了，偏偏出了这样的事情，还得三斤狐狸四斤鸡，拖着摇摇晃晃，站都站不稳的身子去照顾比自己更需要照顾的病人、一个即将离去的亲人，真让人揪心呀！

阿爸租住的房子就在中山医院附近，北京吉普车绕了几个弯便到了。

这个地方阿辉每天都会来一趟。

有空时，坐一会帮做一些事。

有时忙，便看一眼，问一个好，心中也镇定一些。

当阿辉推开房间门，阿妈正在洗刷碗筷，清理厨房。

"阿辉，吃过了么？"阿妈关切地问道。

这是当时流行的问候语，无论是长辈问候下辈，还是下辈问候长辈，也无论是在街头小巷，还是从卫生间出来，这句话老少皆宜。

"你们吃过了吧！妈。"阿辉刚奔波到这里，对岳母的问候巧妙地回答了一句。

"你先坐，我给你煮一些面条。"看到女婿污头垢面，当岳母的心疼不已。彩凤慌忙不迭地将湿漉漉的双手在围裙上胡乱地擦了擦，连忙给阿辉倒了一大杯凉开水："这天热死人了，你先跟阿爸坐坐，我马上煮面，很快，很快。"

"嗯！妈，随便煮一些就行了。"阿辉满怀感激地看了看岳母，转过身见岳父正坐在病床边上默默地给大妈打着蒲扇。

大妈的脸白得如纸，静静地躺在病床上。床头上的输液管正源源不断地向她的身躯输送着药液和营养物，除了那点滴缓缓地流淌中感觉到大妈的生命还存在外，没有任何生命的特征。

文康此时异常平静，他坐在一旁的藤椅上，脸上毫无表情，他那爆满血管的手机械地为原配妻子不停地打着蒲扇。

"爸……"阿辉不觉一阵心酸，轻声地叫了一声岳父。

"……"文康没有应出声音，只是轻轻地点了点头，仍然有规律地轻轻地打

着蒲扇。

"爸。您休息一下吧，我来给大妈打扇。"阿辉看到房间顶上的吊扇在最低速地旋转着，旋起的风已经足够，可是岳父依然不停地，打着手中的蒲扇……

也许这位七十多岁的老人在用自己的行为努力弥补对原配妻子的深情厚爱；

也许阿爸是在用自己的虚弱而苍老的身躯静静地陪伴着苦难的妻子；

"叭、叭、叭……"那蒲扇有规律地摇动着……

"爸，我来……"见文康没有任何反应，阿辉走近岳父，接过他手中的蒲扇，然后，轻轻地照着岳父的姿势、打扇的力度和幅度，给大妈打了蒲扇。

文康老人没有阻止女婿的孝顺，让出了藤椅，一摇一晃换了一个位置，呆呆地坐下来，又目不转睛地看着那病床上躺着的苦命妻子。老人多么希望眼前能出现奇迹，多么希望这输液管里的药液能唤回苦难妻子的生命呀！

阿辉看了看大妈，再看看阿爸，然后再看看厨房里的阿妈，心里感到阵阵酸楚。以前几十年老人隔着海峡望眼欲穿，苦苦思念；现在，两岸尽管交流不是那么便捷，但毕竟绕上一圈得以团聚，却老不遂愿，一生不能相依相伴的老人却只能无言以对……

这就是人生，这就是命运！

这就是令人肝肠寸断，催人泪下的人生啊！

阿辉在寻思着，思索着，总觉得一阵阵倦意不断袭来，他的四肢感到一阵酸软，竟然头一歪，迷迷糊糊地睡着了。

彩凤老人干活也是十分麻利，看到女婿满身疲惫进门，三下五下赶快煮了一碗面给他充饥，当她勾着头往房间里看见他正在专心致志地给大妈打着蒲扇，心里充满着幸福感。他不禁想到，静娴看上这个女婿时，真没看走眼。你不想，当时自己的家庭不算富得流油，但也算得上是个富裕户。静娴大学毕业，长得也不难看，许配给阿辉这个既没钱，又没势的也没财地地道道的光棍汉，说是下嫁绝对是名副其实。十多年过去了，这女婿能吃苦，又孝顺，实在让长辈们连做梦也满心欢喜，笑出声来。

"阿辉，吃饭吧！看都快饿坏了！"端着一大碗面条，彩凤边从厨房出来，边亲热地叫着女婿的名字，语气之间饱含着浓浓的母爱。

"呼……呼……呼。"女婿没有应声，只有那匀称的鼾声。彩凤心痛了，他朝文康使了一个颜色："阿辉都忙成这样了，你还叫他打扇。"

"哦、哦……"文康不知是在回顾历史，还是沉思着眼前的一切，听到彩凤的恬怪声后，如梦初醒，猛抬起头忙不迭地取了一条毛巾被，怜爱地盖在阿辉的身上……

安泰公司招聘之后，最富戏剧性的莫过于林若莹的家里。

在村里人们总喜欢说，好酒沉缸底。那意思是说，存放越久的老酒质量最好、最香醇。而在人生当中，这种话语却有着不同的解读，随着社会的发展，事业诸方面的多重竞争与压力，常常出现人们常说的剩女现象。就以林若莹来说，论水平、论学历、论资历，可说在当今中国当传一流；论长相，一米六八的个儿，亭亭玉立，气质高雅，倘若她走在大街上，回头率绝对百分之一百二。讲实话，在上海时有许多人都以能跟她握一次手，共进一次晚餐而引以为豪，就这么一个才貌双全的佳丽，不知那根弦松了，听说家乡建设经济特区，竟告别那举世闻名的大都市、辞掉那份令人嫉妒的工作回到鹭岛，去应聘安泰公司董事长的特别助理。

这也罢了，为了应聘，那天还差一点跟女老板顶起来了，只是在那关键节点上，原本已经生怒的女老板竟然答应下来了。

若莹不知道这女老板当时思想转弯的过程，但自己毕竟见过世面，从她那面部表情的变化已经让自己知道，招自己进去，女老板心里并不是百分之百的乐意。

饶了一大圈，又不得不说，林若莹这个剩女了，到今年已足足32岁，当年离开学校走向社会，身边围了整整一圈的追求者。林若莹心里很清楚，在这一大拨的追求者当中，大部分是看上自己的长相和气质，一小部分是看到自己有一份令人羡慕的工作。

可是在自己眼里，在这些追求者当中，还没有出现自己看得上的，可小男人倒不少，鸡肠小肚，没有一点创新开拓气魄，一个比女人还女人……

林若莹便是在这种心态下去审视和挑选自己的意中人。

年复一年，月复一月。

岁月流逝了，青春也流逝了。

若莹每日在繁忙的工作中重心出现了倾斜，对自己的终身大事慢慢地淡忘了。

回到了家乡，被安泰公司招聘为董事长特别助理，这对林若莹来说，是一种欣慰，更是一种向往。她是一个沉得住气的人，那天从招聘现场回到家里，碰上当村主任的爸爸——林万寿。

"若莹，回来那么久了，每天疯疯癫癫的，工作有着落了吗？"人们都说，女儿跟父亲最亲，女儿是父亲的贴心小棉袄。因此，无论是父亲对女儿，还是女儿对父亲都没有丝毫的距离感。

尽管女儿高中毕业离家后，这十多年父女之间聚少离多。

"爸，看你说的，我整天忙个不停，哪有闲疯疯癫癫呀。"女儿白了父亲一眼，明眼人一看便知，这眼与其说是白，倒不如说是撒娇。

"忙什么呀，工作没有，又不着家，还忙个什么东西。"林万寿佯装生气。

"谁说我没工作？"

"你的工作便是东溜西跑，以为我不知道！"

"尽是门缝里看人，没有调查乱发言。"被父亲一句一句地呛，若莹则一句一句地顶回去。

"那当了什么大领导，当市长？还是副市长？"

林万寿知道这女儿虽然老姑娘一个，但本份，为人踏实，处事稳重。唯一的不足是母亲早逝，自己百依百顺惯坏了，任性得很。

"林若莹同志现在是厦门安泰家电股份有限公司的董事长特别助理。"被父亲一激，林若莹得意地将刚被招聘的事说了出来。

"什么？什么？"林万寿以为听错了。因为，上午他还在想，女儿从上海辞职回来已经有一段时间未找到合适工作，而这一段那阿辉董事长常来村里，自己正准备向他推荐，给女儿安排一份工作。

说起来，这阿辉和若莹还是同村兄妹关系哦！

"没什么？安泰公司董事长特别助理。"女儿有些不耐烦。

"是不是那叫阿辉的小家电公司？"林万寿追问了女儿一句。

"对呀！你也知道吗？"

"谁介绍的呀？"林万寿以为，女儿进入这家公司一定要有人介绍。现在特区投资的公司像安泰公司这样好的并不多，尤其是当上董事长特别助理，没有人举荐，那绝对是很难的。

尽管对董事长特别助理是一个什么官，林万寿并不了解。但他直观感觉这应该是一个很不错的职位。更重要的是，这阿辉是自己的乡亲，是自己湖里村的子孙，女儿千里迢迢辞职回到家乡，正好应聘这家企业岂不是最符合自己的心意？

"我自己介绍的，我又不是白领人家的公子小组，我靠的是自己的能力和智慧，说的骄傲一些，他安泰公司能招聘到我这样的员工，是他们的福分和造化。"这若莹在某些程度上性格与静娴有着许多相似之处，正因为见过了不少东西，她对自己任安泰公司董事长特别助理这个角色充满着自信。

"你呀……"林万寿没有读过多少书，自知没有女儿这样的口才，自然也不想与女儿争个脸红耳赤，只是想有机会碰到阿辉时再交代一下。

说到阿辉，林万寿有一种特别的感受。

记得那次与特区管委会陈副主任去看望阿辉时，这阿辉隔了两天便来村里拜访村里的阿叔，阿伯，说起列祖列宗充满着亲情，尤其是说到那传承十数代之久的掷茭在仙岳山土地公庙丢失，说到他父亲临终前的嘱托，几次红了眼眶。

"阿叔，我有负列祖列宗，这个掷茭历经祖祖辈辈完整无缺，唯独到了我手中却莫名其妙丢失，真是惭愧呀！"阿辉哽咽道。

阿辉，这掷茭飞不了，相信公安，更要相信我们列祖列宗在天之灵，他们会在天边保佑我们。当然，我们还要相信土地公，多少惊天动地的事，他老人家都管得清清楚楚，难道他身边的一副掷茭还管不了么？"看到如此伤心的后辈，林万寿怜悯之情油然而生。他从那时起心里一直在思索，有这番孝心，有这番情意的后辈不愁事业不成，不愁没有成功的日子。

也是从那时开始，这个林万寿三天两头到市公安局找刘警官，又经常到仙岳山土地庙前转悠，他发誓要寻回祖宗留下的这个宝物。

现在，掷茭已经丢失几个月了，至今仍未有音讯，刘警官根据查访和当时现场香客提供的信息描绘的几张相，因当事人阿辉他们都无法认证，案件侦破工作遇到了难题，着实让林万寿着急。

与女儿间的争论没有一个结果，但作父亲的了解女儿的性格，也了解女儿的为人。自己作为村主任，作为阿辉的长辈，他感到自己当前唯一的任务，便是借助自己在这一带丰沛的人脉资源，尽快找回掷茭，让阿辉安下心把安泰公司办好。

第九章

喧闹的 "贵州村"

在岳父母住处迷迷糊糊一睡两个钟头，吃了岳母煮的一大碗热乎乎的面条，阿辉感到浑身的疲惫在顷刻之间散去。

整个城市已经的夜灯照得如同白昼，城市的人们夜生活已经开始几个钟头了吧！看到满街的男女手搭着肩，搂着腰在散步，阿辉心里尽管没有那份闲情逸致，却实实在在浮出一种羡慕之情。讲实在话，筹建一家公司千头万绪，本来应该调更多的台湾干部过来策划，但那边还有母公司，还有许多繁重的小家电研发生产任务，那边的人不能少，这边的工作只有靠自己这四个人。现在是如何将今天下午招聘的人员尽快就位，让他们尽快熟悉岗位，进入角色。

尽管夜幕早已经降临，海风在不时吹拂着大地，但那海风中还不时夹杂着暖流暑气，吹在身上还是让人感到一阵阵的热意。

那BJ-212吉普车谈不上豪华，但是敞着篷，除了化油器差一点，噪音大一些，但跑得很快，驾驶起来嗖嗖的风声从耳边刮过，多少还使人感受到阵阵凉意。车子驶过几条街道，饶了几个圈，便影影焯焯地望见了安泰公司工地的活动板房。他远远看去，公司活动板房里临时办公室的灯光还雪亮，旁边工地的推土机、铲车还在轰鸣作响，忙碌的工人们仍然在如同白昼的灯光下来回穿梭。

他们都还在挑灯夜战，阿辉心里一阵欣慰。

是啊！古人云，万事开头难。这个难对于安泰公司来说，是具体的，复杂的。尽管公司的所在地是自己列祖列宗的祖籍地，但已经过去十几代了，对于自己来说，无异于人生地疏，一切要靠自己，靠自己带领部下脚踏实地地一件件，一步步从头做起、做好。

正因为这些因素，半年时间几个人累得几乎想找一个枕头靠靠脑袋的时间都没有。

阿辉想着想着，用力踩了一下油门，娴熟地把握了一下方向盘，那BJ-212像一头小狗用力一蹲，便稳稳停在临时板房前。

听到刹车声，第一个冲出办公室的是儿子小俊。儿子下课了，静娴要与朱云生、张云山一起加班，呆在出租的屋子里特寂寞，便把作业带到这里来做，再加上今天又是星期天，也一起到这里凑热闹了。

"阿爸！"儿子已经到了发育的年龄，嘴唇上长了茸茸的胡须，可是看到父亲回来，仍像一只小鸟扑迎过来。

"小俊！"阿浑平时不管有多累，心情再不好，只要听到儿子的叫声，总能让疲倦和烦脑的心情烟消云散。

阿辉像散架似地瘫坐在办公室的沙发上，儿子平静地站在一边。小俊左看看右看看父亲，好像感到非常陌生。童言无忌地指着污头垢脸的父亲说道："阿叔，我爸爸太懒了！"

"为什么？"几个大人丈二和尚摸不着头脑。

"你们看，我阿爸脏得像只泥猴，而且、而且连洗都不洗……"儿子还小，他不理解父亲。看着父亲一头灰尘，身上的T恤连颜色都分不清了，这不是懒的证据么？

"小俊，别瞎说！"静娴看着儿子那副天真无邪的样子，心里一阵发酸，嗔怒地，顺手把儿子拉倒身边。然后对阿辉说："阿辉，下个月要投产，做的到么？"

"是啊！时间太仓促了。"朱云生接过话题："这栋临时厂房近日建成没有问题，但线路布局、安装、个人培训……"

"而且，这厂目前还无法生产零配件，所有的东西还得从台湾原厂进口，还有许多事情要办呀!"张云山接道。

"困难肯定会有的,没困难要我们这些人来吃饭呀!"此时阿辉倦意已荡然无存,话中带了不快。

"哪得有人呀!这些事没有人干怎么行?"静娴有些不悦。

"新员工不是明天报到吗?"阿辉听后,更加不快,因为妻子的话不符合她以往风风火火的性格。

"不是要培训吗?"

"边培训,边上岗!"阿辉斩钉截铁地应道。

"你以为这是在台湾吗?大陆人的素质能跟那边比么?"被阿辉一呛,静娴脾气也上来了:"我要将荣生他们带来,你又不同意。"

"什么话,大陆这些员工素质都很高,关键是你作为总经理有没有这种水平把他们带好。"阿辉不想与静娴斗嘴。他将脸朝朱云生、张云山:"下午我已将任务分给你们俩了,人手不够,要帮手你们可以从新招的员工中选用。怎么选?我不管,但是,管不好,做不好,你们要负责!"

"是!"看见阿辉生气了,两位助手见事情已经没有任何商量的余地,异口同声地回答。为了避免尴尬,夹在他们夫妻之间左右不是,二个人便借机告辞了。

"砰!"朱云生、张云山前脚出门,静娴也气呼呼的将门一甩,丢下儿子和丈夫也走了。

"不可理喻。"阿辉嘟囔道。

安泰公司这边不欢而散,"贵州村"那边也弄得有些不愉快。

这种不愉快是由今天下午几个年轻人同时被招聘到安泰公司的事情引发的。

张文、张武和赵明英五六个贵州村的孩子同时被招聘到安泰公司,除张武是被招聘为设计主管外,其他人之前分别在几家同类工厂工作,作为熟练工,自然也安泰公司看中,成为安泰公司的第一批员工。

同时被招聘,而且工资又高一些,又同在一家公司当然是一件好事,几个年轻人都处于兴奋当中。

"今天,我们进城去庆祝一下好吗?"生性活泼的赵明英向大家提议。

"好！我拥护！"张文与赵明英心有灵犀，这么多年来，总是一唱一和，"我们到城里喝上一杯冒泡的酒，也乐一乐。"

赵明英倡议，张文附和，剩下的张武和美莲、玉慧等，也一起应承出去乐一乐。这些年轻人虽然到经济特区好几年了，但每周上班六天，有时还要加班，实际上留给他们支配的时间并不多。加上住在岛外，进一次岛光公交车费就得好几块钱，那钱赚得不容易，所以能省则省，几乎没有去城里的机会。

今天大家都换了工作单位，成功地跳了槽，而且这新单位在城里，趁现在还没有正式上班，于是呼呼啦啦，爬上一辆到市中心的公交车，哼着小调进了城。

到了中山路这条有着百年历史的商业街，正是黄昏时分，街道上车水马龙，熙熙攘攘。一帮年轻人乘坐的公交车在轮渡站停靠，等他们跳下汽车的时候，才感到自己像山猴子一样无所适从。

"我们往哪里走呢？"最不适应的是玉慧，她睁大眼睛，有些诧异地将眼光投向张武。因为在她的心目中，张武尽管刚来厦门几天，可是他却是五个人当中最有学问的。

"不是说好到中山路么？"美莲随口应道。

"中山路在哪儿？"玉慧又问道。

这一问，大家都傻了眼。是啊！这汽车穿梭，人流如织，上哪去找中山路呢？

"糟糕，我想上厕所。"这时，赵明英急得满脸通红，她看看这热热闹闹的鹭江道，有些不好意思地偷偷问了一下张文。

"这个……"张文抬头向四周看了看，这身边除了高楼、汽车和人流之外，根本搞不清厕所在哪他觉得有些失面子，赵明英提出这么个小问题自己却束手无策。

"我也想……"玉慧也感到自己有些内急。

"我也想！"美莲也附和。

"这……"三个女人一台戏，她们接二连三地说起内急，张文无助地将目光投向自己的弟弟，问道："你知道吗？"

"你们呀！进城，到特区，厕所不能再叫厕所了叫WC的便是了。"张武用手比划着两个英文字母，"你们快去找吧，我在这里等你们。"

仙岳儿女

"WC！"张文口中复述着。

"哪有WC呀？"赵明英急地地问道。

"那……"张文又为难了，可又不好意思再问弟弟，转念之间应了一声："我也想去，不如我们一块去找吧！"于是便带着三个姑娘去寻找WC。

然而，这轮渡码头偌大一个地方，人生地疏，四个年轻人将脖子伸得老长，却没有看见一个有WC标志的建筑。

坐了这么长距离的公交车，又在轮渡码头争执了一番，几个人越找越急，如同热锅上的蚂蚁横冲直闯。可是，绕了几个圈，又返回了原地，而WC似乎故意与他们作迷藏一样无处寻得。

"在那！"正当大家，焦急万分的时候，玉慧兴奋地叫起来。她用手指了指十字路口旁一个门脸上有"M"标志。

"对！就在那！"美莲乐得眉开眼笑起来。

"快走！"几个年轻人又呼呼啦啦朝那地方冲去。

"这……"只有张文没有举步，心里疑惑，那W怎么翻了个儿呢？于是，伸手扯了一下赵明英的胳膊说出了自己的想法。

"那有什么，也许是城市人粗枝大叶搞错了呗！"赵明英不假思索地回答。大家都认为赵明英说的有道理，坦然地朝那黄色的"M"标志走去。

结果可想而知。他们歪打正着，既解决了内急，还第一次品尝了洋快餐的味道。

这一夜，几个年轻人尽管闹了一出羞于见人的洋相。但心里却有一种难得的满足。唯有张文闷闷不乐，今晚的经历让他刻骨铭心，这件事与自己讲的农民工进城找厕所的事几乎如出一辙，看来要想做个城里人！

回到"贵州村"，尽管时间已经不早了，但天气炎热，老人们还在外面纳凉，看到孩子们回来，又听说他们跳了槽，还进城大吃大喝一顿，自然免不了是一阵臭骂。

原因很简单，这"贵州村"在岛外前不着村后不着店，原先选择在这里安身是他们应聘的工厂大都在离此地不远的地方，上班下班搭个公交车方便，迟下班邀个伴也安全。岛外上班工资虽然低了一些，但每天可以回家与父母同住，住宿费省了，伙食费省了，实际上结余并不少。可是，一旦应聘安泰公司，他们将搬离这"贵州村"的家，与父母分开了，实际收入也增加不了多少……

这件事让张奋发最脑火。他是这"贵州村"的元老。当年，第一个到这里安营扎寨的便是他。十年的春秋，政府管理部门无数次要拆除这个"贵州村"，都是他出面与之交谈，一次次化险为夷。

这些年来，新来的农民工围着他家一栋又一栋地盖着，人是一年比一年多，老一代没走，新一代又来了人口一年比一年多了起来。所以，各家各户解决不了的大小事情，都愿意张奋发摆平。甚至城市管理部门的行政命令，譬如治安问题、消防问题等也都是从张奋发这里传下去。

不用说，这张奋发无论对内，还是对外，都是个不可或缺的重要人物。

傍晚，孩子们兴高采烈地回到了"贵州村"，犹如夜归的小鸟，一进村便叽叽喳喳没完没了。年轻人与老人们有着截然不同的人生观、价值观。年轻人对于跳槽成功个个喜形于色，对于要搬离"贵州村"，他们考虑更多的是可以摆脱老人的管束，过一个纯属自己年轻人圈子的生活。至于租金问题节省成本问题那是次之又次的问题了。

"张武。"张奋发似乎发现了什么，他向小儿子首先发问："今天工作解决得怎么样啊？别成天游手好闲地混日子了。"

"爸，别操心了，我今天应聘了。"

"哦，不会骗你爸吧。"听到儿子不假思索地回答，张奋发有些开心。在"贵州村"二十来户居民当中，自己地位已经明显优异于别人。儿子大学毕业回来后，一帮原先群龙无首的年轻人围在他身边，这多少又给他脸上添了许多光彩。

农村人心地善良，爱面子，因为面子是无法用金钱来替代的。你瞧，儿子才回来几个月，房子面积扩大了，漂亮了。看来儿子这四年大学显然没有白读。

"工资有2000块钱么？"张奋发还是不放心。

"阿爸，我应聘的是安泰公司的设计主管，台湾人投资的企业，月工资2500块钱。明日就要去上班了。"张武高兴地回答。讲实话，像他这样的大学本科毕业生在家乡别说工作难找，就算找到了月薪也就1000多一点。你说，刚出校门能拿这么高的工资，比家乡县长的工资还高得多，能不高兴吗？

"2500块，乖乖，一个月比我两个月工资还要多。"张奋发真乐了，乐得眼睛眯成了一条线。

"不但我去了，张文、赵明英、玉慧、美莲他们四个人也都招进去了，同在一家公司，同样明天去报到。"张武见父亲很开心，便将下午应聘的事一一都告诉了父亲。

"谁？"前几句话张奋发非常高兴，可后几句话却让他很脑火。"原来的工作好好的，离家近，上下班往返方便，不就是工资少一点么？怎么又跳槽了？"

张奋发真是想不通，张武大学毕业找工作那是顺理成章，而你张文这些二流子也不是天底下找不到的人才，要升个工资，也要把头埋下来好好干，工资才能慢慢升，一个工厂屁股都没有坐热，又跳什么槽，凑什么热闹。想到这里，他的话音分贝陡然增大了许多，如果不了解山里人讲话的习惯，还会以为他是在吼叫。

张文、赵明英等人深知这位长辈的倔脾气，赶紧溜了出去。不然也要被骂到臭头不可。

"张文几个也一并招去了。"张武离开父亲四年，见父亲不高兴，轻轻地应了一声，见赵明英在一旁扮着鬼脸，也借着夜色溜了出去。

几个年轻人从屋里跳动到几十米外的杂草坪上，望着那月光皎洁的夜空，呼吸着夜幕下的清新空气，犹如笼中小鸟被放出来，高兴得叽叽喳喳。

"张武哥，这下好了，我们可以跳出魔掌了。"赵明英是一个泼辣的姑娘，兴许是一直呆在父母身边，住在这矮趴趴的临时搭盖的房子里，压抑了太久，望眼欲穿地想突破这种约束。

"对！张武，我这几年差点被阿爸管到崩溃了……"张文接过赵明英的话题，正要往下表露自己的心情，但一抬头发现这里离自家的房子太近，担心话说出来被父亲听见了，后半句话说到了嘴巴又不得不吞了回去。

"张武，我们五个人去安泰公司，那边有公寓出租，每间250块钱一月。我们三个女的租一间，你们两兄弟租一间，多好！"月亮之下说话的姑娘是美莲，老家与张武同村，但岁数大一些，考虑问题也超前一些，下午当静娴总经理宣布她被聘用，一路上已经考虑下一步的生活了。此时，她躺在杂草坪上，用双手反扣着脑

袋，对今后的生活充满着憧憬。

"张武是设计主管，能和我们一样住吗？人家要住单间。"赵明英快言快语道。

五个年轻人，你一言，我一语，大家充满着对未来美好的期盼，充满着幻想，尤其是张武来了以后，似乎有了主心骨。就像在这"贵州村"的居民一样，他父亲张奋发便是大家的主心骨。

这张家是哪里来的风水呀！父子两代人过得都那么滋润，那么有威信，好像这老天爷特别照顾他们家似的。

屋外杂草坪里，年轻人在月色之下侃侃而谈，高兴的心情似不必再述。屋里，张奋发正在为儿子张文和赵明英这帮孩子无缘无故跳槽生闷气。张奋发的老婆是一个老实本份得不能再本份的农村妇女，平时给城里的人家做钟点工，每天起早摸黑，上下午各给一户人家搞保洁，在凳子上跳上跳下，赚个百八十块钱补贴家用。在她的世界里，每天便是无休无止地擦玻璃、拖地板；外面的世界她几乎不看，也没有时间去看，更没有闲心思来想去。不过有时也也觉得奇怪，这城里人太安逸、太享受了，就那么两间房子，就那么一点屁大的地方的卫生，自己不去做，还要花钱顾人！真是蛇钻到屁眼里，连叫人帮忙拨出来的话都懒得做，生生地在大腿上缠上好几圈。

但话又说回来，如果这城里人都很勤劳，每家每户的卫生都自己去做，那么像自己这样的乡下人进城还有什么事情可以做呀？

张奋发的老婆此时看见老公光着膀子，只穿一条宽大的短裤在客厅里生闷气，想劝劝老公，可是嘴短舌更短，心里想了许多，却找不到一句可以安慰丈夫的话，只好陪着丈夫默默地坐着。

"这些不中用的东西……"张奋发的嘴巴嘟嘟哝哝地骂着。他也不是不知道，年轻人有年轻人的想法这可以理角，但翅膀硬了，老一辈的话比放屁都不如。"如果还在贵州老家，我非把他们的手脚打断不可。"

"奋发叔，奋发叔！"正当张奋发由老婆陪着生闷气当会儿，隔壁邻居在门外叫了道。

"噢，老李！"正气呼呼的张奋发一听见有人叫他的名字，立即换了一副热情温顺的口气应道。

"有一件事,一定拜托你老帮助,一定要帮我。"来访者叫李玉辉,也是来自贵州的同乡,比起张奋发进城迟了几年,在一家工厂当保安,为人非常忠厚本份。

"怎么啦?"看见李玉辉急冲冲地走进门,张奋发料定他一定有事需要帮助,便客气地让座。

"这是我从家带来的一块腊肉,味道不错,请你尝尝。"李玉辉一进门便递过一块已经变得黑乎乎的腊肉,表面还残留着一些辣椒末子,不用说,一定是春节回去带来的。

"何必呢?邻邻舍舍的,进门还带礼?"张奋发也不推辞,只是客气了一番。

"听说你家张武已经被招聘了,而且还是一个什么官儿?"李玉辉刚才隔着几间搭盖房,听到张武应聘了个什么官,心中非常羡慕:"张大哥,你好福气呦!"

"托福,托福。"看到邻居投来敬佩的目光,刚刚还一肚子火没处发泄的张奋发才蓦然间感到自己的荣耀。

"我家儿子今天刚从老家来,工作还没有着落,他读的是中专。现在张武当官了,请他帮着找一个工作?"李玉辉声音很小,望着张奋发期盼着给予肯定的回答。

"这个嘛……"李玉辉的话提的很突然,张奋发既不知儿子这个主管是个什么官,更不知道,这主管的权利有多大,他迟疑了一下。

"张大哥!张……"李玉辉心里一惊,以为张奋发想推辞着急得将自己屁股底下的椅子赶紧往张奋发身边拉近了一些。

"我……"张奋发看到李玉辉那表情,知道他误会了自己的意思。自己是一个仗义的人,只要能帮别人的事情,从来没有推辞过,别说是邻居,就是不认识的人也一定会尽力的。可是这张武到底被聘了个什么官呀?能不能帮上这个忙呀他心中没底。

"我这个儿子不要找什么官当,有一般的工作就行了,不要太麻烦,不要太麻烦……"

第九章

喧闹的「贵州村」

"老李，你这事我交代张武，一有消息就通知你，行吗？"张奋发是性情中人，看不得别人有困难，也看不得别人着急。自己大半生命太苦了，现在儿子大了，当了主管，一定会有办法的。见李玉辉近乎乞求，张奋发一激动，便信口作了回答。

听到张奋发如此肯定的回答，李玉辉心满意足地回家去了。看着李玉辉的身影在若明若暗的搭盖房间小巷中慢慢消失时，张奋发的心里似乎一刹那间意识到，自己的儿子是一个有出息的儿子，是一个能做大事的儿子。他咬了咬牙，决定此后不再干预后生们的事情，放开手足任其闯荡。

于是，张奋发对着屋外那月亮下的年青人大轻一声："张武回来，有件事要交代你去办一下……"

第十章

情在喜忧之间

此时阿辉不时地感到一阵阵倦意袭来，加上昨晚与静娴在公司筹建中的意见不同，闹了个不愉快，心中非常郁闷。回到租住的房子，阿辉将粘满灰尘的身子洗干净，躺在床上已是凌晨两点多了，他越躺越有精神，到最后竟然睡意全消。

人这东西挺怪，疲劳的时候，总是盼着早点回家躺一躺，可是每当躺到床上却又神情焕发。阿辉在床上不时辗转，翻身翻得骨头都散架了。

掷菱莫名丢失，现在仍然了无音讯；

大妈病在床上，至今康复遥遥无期；

安泰公司筹建，困难更是接二连三；

……

阿辉看了看身边躺着的妻子白天的烦心事一幕又一幕在眼前晃来晃去。以前赤手空拳的时候，夫唱妇随，只要自己想到的事情，她舍命相随；而自己未曾想到的事情，她也考虑周详。可是，现在事业发展了，初有成效时，她却仿佛变成了另外一个人，凡事小鼻子、小眼睛，许多事容不下，许多人容不下了。

这让本已疲惫不堪的阿辉感到更加疲惫。

阿辉在思索中不断地翻身,在翻身中不断地思索。这样,直到窗外已经泛白时才迷迷糊糊,似睡非睡。

"叮铃铃……"一阵急促的铃声响了起来。阿辉刚从枕边拿起了手机,便传来张云山焦急的声音。

"阿辉、阿辉,朱云生得了急病。"

"什么时候?"阿辉一个翻身,声音也很大,吵醒了静娴,惊醒了小俊。

"凌晨两点多吧。"

"什么病?你们现在在哪里?"阿辉心急如焚。

"医生说是长蛇,就是带状疱疹。我们现在在医院里,第一医院。"

"今天上午新员工要报到,您看怎么安排?"从话音中阿辉感到棘手的事情来了。根据长辈说,这个带状疱疹,多是因为过度疲劳,抵抗能力下降而诱发的。这病发得很急,那带状疱疹绕着身体发病一圈,人便没了。因此,必须抓紧诊治;今天新员工报到,培训事务是朱云生负责的,张云山负责另外一块,他俩的工作谁都取代不了,也没有其他可机动的人选。

"那怎么办?"身边的静娴听见阿辉接的电话,也一咕噜从床上爬起来,焦急万分。

"云山,你先照顾云生,我想想怎么办,再跟你联系!"阿辉说完感到头一阵发紧。

朱云生病了,他的工作谁接管?谁去医院照顾他?这件事来得这么突然,真让阿辉措手不及……

"阿辉,快想想办法呀!"女人就是这样,平时办事心细如丝,但一碰到问题却手脚大乱。静娴有些惊慌失措,睡衣的扣子也没扣,丰满的胸脯暴露得一揽无遗。

"妈,奶子!"已是十多岁的儿子小俊被阿辉的电话惊醒,睁开眼睛首先看到的是母亲坦露着胸怀,嘻嘻笑出声来。

"小子,欠揍。"静娴被儿子一叫,低头一看显出窘态,生怒地举起手来要打儿子,可是那小俊机灵得如同一只猴子,一溜烟跑到房间外面,惹得夫妻哈哈笑出声来。

仙岳儿女

"我去照顾朱云生。"夫妻俩笑过之后，静娴对着阿辉说。

"你去？那你的工作谁来承担呀？"

"这……"被阿辉一问，静娴无言以对，急得满地打转。

"这样！"良久，阿辉终于从纷繁的思绪当中理出了头绪："对新员工的培训由林若莹负责，她有大陆国有公司总经理助理的经验，一定能担当此责；朱云生住院由那个大学生张武照顾。"

"林若莹？能行吗？"静娴刚把一只脚踏出房门外，听到阿辉的话，又抽了回来，转过身问道。

"眼下没有别的办法，只能这么办！"阿辉以不容商量的口吻说道。随后急匆匆洗漱了一番，从热水瓶里倒了一杯开水，泡了一杯牛奶，再从冰箱里取了一份面包，狼吞虎咽吃了一点东西，便跳上BJ-212赶到公司筹建处。

望着阿辉离去的身影，静娴一股无名火直往上涌，但要发作已经来不及了，那BJ-212早已消失在视野中。

阿辉这边忙得不亦乐乎，湖畔咖啡店的阿福却显得悠然自得。

自从半年前他带着张小红四个服务生趁着混乱弄走阿辉祖传的掷茭，此后的相当一段时间里，他的心一直吊在嗓子眼上过日子。

开始，他给三个男服务生分别发了一笔巨款，叫他们以请假为由，回家躲风头。

接着，为了将张小红控制在手，以要娶她做老婆作承诺，留在了身边。当天晚上，原本在山区被贫困生活折磨得有些不耐烦，总想绞尽脑汁钻到大城市过上轻松、富裕、浪漫日子的张小红，成了阿福的猎物。

那是仙岳山土地庙得手后的第二个晚上。

为了不让人发现破绽，阿福事先跟张小红约定，零时一过，她便以身体不适为由，请求领班让她先下班回宿舍，然后到他的住处说有要事商量。

夜深人静，孤男寡女，神神秘秘，这意味着什么？再傻的人都会明白是怎么一回事儿。况且阿福在作交待时，一直在用那色迷迷的眼睛盯着她，这多少已让张小红心领神会了。

"领班，我今天身体有些不舒服，想请假先回去休息一下。"约定的时间临近，张小红迫不及待地向领班开口了。

"哦……"

领班看到这个平时甜甜的女孩，一副愁眉苦脸的样子，恻隐之心油然而生，未再细问便答应了。

于是，张小红一出湖畔的咖啡店门，转过一个弯便拦下一部出租车直奔阿福的住处。

人怕穷，吃苦吃怕了，到了那个份儿上就再也没有什么可怕的东西了。在那个可怕的夜晚，仙岳山上天那么黑，雾那么浓，他和三个男服务生躲在上山转弯处的大石头后面，不知是冷，还是害怕，张小红曾不停地哆嗦着。后来，阿福交代的事情得手，阿福将百元大钞分给每个人一摞的时候，张小红立即兴奋起来。

那是三万块钱呀！一笔巨款将原来的害怕心理驱赶得一干二净。

三万块钱呀！在家乡说不定一个农民几年甚至几十年都没有的积蓄，而自己得到这笔钱却只在顷刻之间。

张小红，年岁不大，却将事情看得很开。女人虽然有着女人的不利条件，可是女人，尤其是年轻女人却有着老女人，特别是男人不可比拟的条件。女人，只要敢舍出自己的一切，肯定可以得到自己想得到的一切；女人，只要想得到，肯定没有办不到的事情。

那天中午，阿福将三张火车票交到她手中，要她送走三个男同事上，并叮嘱她晚上十二点到他住处有要事商量。

"好，我一定去。"听完阿福的话，张小红爽快地答应。一个老板每天都与员工在一起，有什么事白天不可以商量？非要晚上，而且还在晚上零时？而且阿福讲那话时为什么那么神秘兮兮的？这些，张小红连想都没想。

阿福想要什么？再愚蠢的人也一想便明白的，张小红心中更明白。不就是要我身上的碗糕么？给他！张小红在思考："自己身上这碗糕迟早是要给男人的。既然如此，那么谁先出手，谁给的价码高，则谁先得。阿福老板也不例外。"

张小红很自信，尽管她明白自己没有沉鱼落雁、闭月羞花的美色，但自己生长在西南山水之间，自己好山好水滋育了自己细腻而白皙的肌肤。一白遮百丑，多少增加了一份妩媚，再加上天生的娃娃脸，长得甜，能撒娇，用自己身上父母给的资源，一定能开发出惊人的效益，换取此生无尽的幸福和快乐。

"丁咚，丁咚，丁咚。"三声门铃声是阿福事先交代好的暗号，张小红已经来到了阿福租住的公寓门前。此时此刻，她觉得很自信，很从容，好像是一位骄傲而高贵的公主。因为，她认为自己除了身上的碗糕可以变成一潭沼泽让阿福陷得越来越深外，阿福还有一个生死罩门掐在自己手中。

那便是掷茭的事了。

开始，张小红被阿福轻描淡写地说了一番，以为弄这东西，无非是让昔日的情敌难看，是啊！这位情敌是厦门湖里村人，回来投资带着这个信物，是为了寻找祖籍地的亲人，增加自己的人脉。可是，事情发展到今天，其内涵远比自己想象的复杂。自从那天晚上得手之后，这半年时间风平浪静，回家躲风头的三个男服务生得了一笔巨款，现在又悠然自得地回到湖畔咖啡店上班，大家都相安无事。但心细的张小红却发现，半年前那晚找阿福的那个黄海林的台湾人，却不时地以喝咖啡的名义来到湖畔咖啡店。如果阿福不在，还时不时旁敲侧击向自己了解点什么？尽管转弯抹角，但自己却是哑巴吃饺子——心里有数。有时正好碰上阿福在，他们便在那小包厢里秘密私语，常常不欢而散……

那东西如果不值钱，他阿福平时抠得连一分钱掉到厕所都要摸起来的手，能舍得花这么一大笔钱去劳神么？如果不值钱，这黄海林能像一头苍蝇盯着阿福这颗臭鸡蛋不放么？

张小红想着想着，心里越来越有数了。

这当会儿，阿福穿着金光闪闪的睡袍把门打开了。

"董事长，您好！"张小红镇定的问候，心中却想着自己判断没有错，阿福今晚一定要刺刀见红，自己非献身不可了。

这叫明知山有虎，偏向虎山行。明知阿福的企图，张小红却硬是用人生一搏。此时的张小红还在想那大街小巷，酒红灯绿之中，有数也数不清，长得比自个儿漂亮得多的人比自己还那个，自己跨这一步算个什么？张小红想到这里，倒也觉得心安理得。

"喂，小红，来，里面坐！"阿福手一比，作了一个很漂亮的绅士姿势。

"这……"张小红没有一步踩进门，矜持地用眼光瞄了一下阿福的睡袍。这一瞄，让阿福更觉得这女孩纯真，可爱。

"小红，还客气什么？"阿福看到门外站着不动的张小红，伸手拉了她一把，张小红看了阿福一眼，羞涩地低下头，顺势走进了房间。

客厅里阿福作了精心的准备，水果、糕点、洋酒，甚至那高脚杯都摆得很整齐，茶几上还摆放着一束玫瑰和香水百合，芬芳的花香给这不是太整洁的房间增添了不少的温馨和浪漫。

"哇塞，董事长你真浪漫呦！"明知这一切都是为自己准备的，可是张小红却表现得很惊讶，阿福一阵恭维。

"看您说的，我这一辈子都是为事业，浪漫跟我没缘呀！今晚这一切可都是为了您而准备的呀。"阿福不知是出自真心，还是纯属刻意，故意将"你"当说成"您"，而且那说的特别亲切。

"您？"这一个您字让张小红心里微微一惊，她将眼光投向阿福。讲实在话，这阿福如果不是脚有一只瘸，不是稍微年纪大了一些，选他为自己的老公，那绝对是一流的。当然，这几年，两岸关系松动以后，不少女孩都为能嫁一个台湾老公而自豪，不要说年岁大的，能嫁给人家当二奶，男的比女人大三轮，甚至四轮，犹如爷爷带着孙女，也可以挺胸收腹翘屁股招摇过市，堂而皇之向人娇滴滴地介绍："这是我老公耶！"

这么一想，张小红也觉得心安了许多。这阿福长得一表人才，又没有结婚，纯粹一个钻石王老五，能嫁给他，绝对比那些找爷爷辈的女人要体面多了。

"小红，我想您，想得很久了。"阿福的表情如饥似渴。

"是么？"张小红故作疑惑。

"我一想到您便吃不好，睡不着。"阿福眼睛直勾勾地盯着张小红，"真的！"为了真诚，他特地在话末加重了语气。

"看您说的……"张小红脸上浮起了一层红晕，她轻轻地低下了头。

"您不相信？"阿福有点迫不及待。可是他忍着，只是将自己的身子移近张小红，抓起了女人的手放到自己的胸口："你摸一摸我的胸口，此时跳的特厉害。"

"唔，您呀！甜言蜜语，男人都这样。如果您真想我，我们都在一起几年了，为什么不早说？"

"那，那是因为彼此要有一个了解的过程，增加认识嘛！我阿福对人生大事可是非常认真的。"阿福那样子好像是要发誓似的。说话间阿福用力拉了一下，这张小红也乘势把身子靠在了阿福身上。这阿福是一杆老枪，什么碗糕没见过？在这一段时间的情话当中，他已经浑身上下燥热难耐，看到几乎没有花一点力气便将张小红拉到了自己怀里。

"不能这么快……"毕竟这张小红西部山区农村出来的姑娘，毕竟还没有男女之间的经历，她的身子感到一阵电触的麻木和颤抖。但她有自己的一番思路，有自己的一番追求，她很快安定下来，装模作样地了挣扎一番后，片刻之间便如同一只俯首帖耳的羔羊，被阿福折腾得神魂颠倒。

接下去会发生什么，看客们自己去揣摩，自不必多说。

一阵风雨大作之后，阿福和张小红都感到有些累，赤身裸体地躺在床上相偎相依着。张小红人生第一次做这样的事，惊恐与快慰相互交织，她的每一根神经末梢都还处在兴奋之中，躺在阿福的怀里，意犹未尽，还不时用自己的小手抚摸着阿福的胸肌和奶头，嘴里喃喃的不知在叽咕着什么。

"小红，亲爱的，您现在是我的人了，以后这就是您的家，每天下班便回到这里来不要再去吃那么多的苦了。"阿福见到自己的第一步目标已经达到，他把张小红搂在自己怀里，而且搂得紧紧的。

"我不，我不会这么轻易地把自己贱嫁出去。"阿福话音刚落，张小红的身子像蛇一样扭动了一下，扭得很好看。

"我早已准备好了，如果您嫁给我，我便在这里买一套房子，产权证写您的！"阿福似乎处于真诚，把嘴唇凑在张小红的口上，二个人又一阵热吻起来。

"您不会骗我吧？我可是一个没见过世面的人，别让我失望。"张小红显得比她这个岁数的人更成熟，但显露着不谙人世的清纯。

"您看，我像骗人的人么？"

"说不定！"张小红还在阿福的怀里撒娇。

"哎，最近那黄海林是不是时不时地来店里呀！"甜言蜜语当中阿福突然问

道。

"嗯……"张小红心里愣了一下,原来扭动的身躯也突然停了下来。

"他是不是问那事儿呀?"

"嗯,好像是,却又不直接!"张小红边答边思索,看来这阿福是想把自己捆在一起。因此,回答阿辉的提问,也故意模棱两可,这样好给自己留下充分的空间和余地。

"原来是这样……"不知是夜深了,还是风雨过后疲倦了,阿福支支吾吾进入了梦乡,紧接着又响起了一阵鼾声。

张小红没有在男人身边睡过觉,更忍受不了惊天动地的打呼噜声。刚才被阿福折腾得疲惫不堪,下身还流淌着粘乎乎的东西,这种环境让她根本无法入睡,于是干脆起来,走进卫生间想用热水冲洗一下身子。

当她走进卫生间,镜子里出现自己赤裸裸的胴体时,突然感觉到下身微微作痛,一股殷红的鲜血流了出来。

少女时代结束了;

纯洁的时代成为历史了;

自己从此踏上了一条错综复杂的人生道路。

张小红这时感到后怕,在家乡处女的保持是非常神圣的,那是列祖列宗传承的规矩。

"这一脚踏进去,是福?是祸?"张小红看着镜子里的自己,泪水止不住涌了出来。

走出卫生间,她想穿上衣服赶快离开这里,回到自己那租住的小屋冷静一下。应该说,自己年轻,对法律了解不多,但这半年来,从阿福、黄海林那神秘兮兮的神情看,那掷茭的来历和价值一定非同寻常。既然如此,那么经济特区的警必一定会继续追查下去,事情早晚会有败露的那一天。

"会破获,会败露,自己断然脱不开干系,那么……"张小红后悔了,后怕那天晚上不该去,后怕自己今晚不该来……

阿福租住的公寓大约在25层,张小红从客厅的窗户向外眺望,视野能见之处是一眼望不到边,此起彼伏的高楼大厦,和宛如浩瀚星空的灯光。黎明前的鹭

仙岳儿女

岛还在沉睡中，人们还在休养足精神以迎接黎明，迎接明天。

可是，身边这个男人、这个瘸子，尽管表面上对自己非常热情，左一个"您"，右一个"您"，难道这就是爱情么？不是，绝对不是，这只是男人对性的发泄。

现在，失了身子，张小红才感到失得那么简单，失的那么突然，失的那么不值，以致事过之后才感到一种隐隐约约的后悔。

张小红感到一阵阵的倦意扑面而来，她发现这跟男人上床非书上的那种似乎会让人从头到脚都感到兴奋、感到疯狂的快乐，纵使快乐和忘我也只是在瞬间，而过后却是无穷的后悔和痛苦。

"现在几点了？"张小红问自己，恰好又没带表，手机还留在床头上，留在阿福的身边，如果去取，势必会惊醒他，势必又会招来他那更加疯狂的梅开二度。

街道上偶有一两部汽车飞驰而过，这里没有家乡的那份宁静。如果在家乡，此时一定会有雄鸡的报晓，会有看家狗的声声狂吠，或许有父母带着自己上山采集山货在房间门前砰砰砰的敲门声……

张小红对着里面前的夜空在反思着。

她在对往事的痛苦的回忆当中，整个思维非常混乱，想理却又理不清，更找不出办法。就这样，张小红既没有走出这间房子回到自己的住处，也没有再回到床上重新躺在阿福的怀里，只是光溜溜地蜷缩在客厅的沙发上。

这是厦门的秋天，既不冷，又不热。

她竟然这样迷迷糊糊得睡着了。

第十章

情在喜忧之间

第十一章
林若莹走马上任

　　早上时间才八点多，林若莹骑着单车到安泰公司报到。一路上她不时躲闪着飞驰而过的载重汽车。那车厢上的土头堆得很高，不时地往地上掉着土块，卷起的飞尘遮天盖日。她一只手扶着自行车把手，一只手捂着口鼻以抵挡灰尘的吸入，那部崭新的凤凰牌女式自行车在厚厚的尘土中行驶着。她不时反问自己，在上海偌大一个国营企业工作，每天走在那车水马龙的街道上，偶尔还到浦江边的情人墙上看看浦江秀丽的风景。在办公室，冬天放暖气，夏天送冷气，每天日子过得非常舒心惬意。记得每当见到昔日的同学，大家都以羡慕的眼光看着自己。可是这人呀，就是命贱，放着那份优越的工作，放着那份丰厚的工资不要，却辞职回到家乡来了。

　　这不，早上梳妆打扮，还略施淡粉，本想第一天上班给同事们留下良好的印象。可是，这一路走来，别说好印象，不把自己当成疯女人便已知足了。

　　这是什么？这便是对家乡的一份情，对家乡的一份责任。谁要我是湖里村的子孙呀？你看，这阿辉先生已迁居台湾十多代了，不也是这样玩命地回到原乡故土倾资办厂么？

　　这份情是隐藏在每个人心底里的，看不见、摸不着的东西。可却是对每一个人的人生召唤，是一种助推，更是一种责任使然。

自行车走了没几分钟，便到了安泰公司的临时办公楼。走近一看，门口已聚集着一些昨日招聘的员工，可那办公室却铁将军把门紧锁着。

林若莹有些纳闷，因为按照常规，公司的领导应该是提前到达，并站在门口迎接新员工进厂的。

林若莹将自行车支在一边，抬头向四周观望，见阿辉开着那部北京吉普飞驰而来。

"若莹小姐！"阿辉开得很快，转眼工夫到了办公楼前，一踩急刹车，那车在巨大的惯性的作用下"嘎"一声巨响，车后紧跟着的尘土卷了一个巨大的旋涡。

"董事长！"看到阿辉急切的样子，林若莹心里一格登，心想这安泰公司一定出了什么事。她应了一声，顾不得那飞扬的尘土，快步到近阿辉身边，一帮新招的员工也跟着拥了上来。

阿辉觉得必须将情况简单通告给林若莹，然后再告知员工们。于是，手一挥："到办公室吧，有件事先跟你商量一下。"

"是这样，若莹！"走进办公室，阿辉虚掩了一下门，将朱云生副总经理生病住院的事情简单地告诉了林若莹："现在，火烧眉毛，已经没有任何退路了，请你暂代朱副总经理的工作。"

"代朱副总经理的工作？"林若莹虽然有着许多大工作场面的历练，同时也已经感悟到眼下董事长匆匆赶来是对自己的一种莫大的信任，但事情得太突然，自己对这安泰公司的了解除了前几个晚上网上查了一些情况外，对于其他则一无所知，如何代替，代替什么工作，她是丈二和尚摸不着头脑。

"啊，是暂代朱副总，抓员工培训工作。名单等一下找静娴总经理拿。"见林若莹只是点头，并无半点表态，阿辉补充了一句。

"……"林若莹终于明白了阿辉为什么急出那一头大汗，她沉思片刻，最后用力点了一下头："好，董事长，我知道该怎么做了。"

"好，我相信你。现在我必须马上到医院去一趟。"阿辉心急如焚，现在的工作都是倒计时的，一刻也延误不得得。

阿辉朝四周一看，正好张武在身边，叫上张武跳上北京吉普，"张武你跟我

第十一章

林若莹走马上任

去医院。"说完觉得还是不放心，又跳下车来对林若莹说："等一会静娴总经理到了，你跟她衔接好。"

"不要等了，我已经到了。"不等林若莹回答，静娴已出现在背后。她知道目前工作的繁重，将小俊送出门后，便急急忙忙地赶来了。

"若莹，怎么样？"看到阿辉开着北京吉普飞驰而去，静娴将目光投向这位年纪比自己小六七岁的大陆女生。

"总经理，新聘职工的花名册带来了吗？"静娴把员工花名册递给了她。若莹知道此时无论对于自己，还是对静娴总经理都是一种责任，一种考验。她用求教的口吻道："静娴总经理，您看我的工作怎么开展好呢？"

"是啊，这朱云生病生的真不是时候！"静娴摇头叹气道。

"嗯……"若莹点了点头。她知道，静娴总经理也有一摊不轻的工作。这员工的培训工作，只有自己独挡一面了。

"你的这块工作，我也没有数，你大胆做吧！"静娴虽然有些霸气，但见若莹如此尊重她，心中多少得到了一些宽慰，也显露了公司高管的大气，说完又补充道："有什么困难我们一起商量。"

"嗯，工作情况我会随时向您报告的！"若莹看见新员工们围成圈，议论纷纷，手拿员工名册，自信地走向人群。

"新员工全体集合，列队。"若莹在离人群还有三五步远的地方停下来，用一声略带京腔调的普通话大声叫道，同时举起自己的右手。

正在议论纷纷的新员工们可能很少听这种富有京韵的普通话，再加上若莹挺拔富有气质的身段，瞬即鸦雀无声，按要求排好了队。

"各位同仁，"看到大家已经按自己要求排好了队，若莹按名单进行了点名，除张武被阿辉带走外，一百个员工已全部报到。

"静娴总经理，请您先给大家训示。"一切就绪之后，若莹看见静娴没有离开，快步走上前请示道。

"我？"静娴心里有些吃惊。

"对，请您给大家训示一下，提一些要求，下一步交给我来办。"林若莹话说得很认真，又很诚恳。

"好!"静娴心头的最后一丝云彩犹如秋风掠过,她满面春风走到队伍前,清了清嗓子大声地说:"同仁们,新员工的培训原来是朱云生副总经理负责的,因为昨晚朱副总经理因过度操劳生病住院,现在他的工作按照董事长的要求,暂由林若莹特别助理负责。林若莹特别助理代表董事长,代表我,总之代表安泰公司董事会。以后的工作大家一切都要听从林若莹特别助理指挥。"新员工们一个个表情十分严肃站立在那里,好又用力地大声问道:"我的话大家听清楚了吗?"

"听清楚啦。"一百个员工齐声回答。

"好,现在就请林若莹特别助理组织培训。注意,林若莹特别助理是清华大学的硕士,有着丰富的员工培训经验,你们一定要向她好好学习,大家都听到了吗?"

"听到了。"员工当中又一齐响亮地回答。

"交给你了,若莹妹,拜托了。"不知是什么原因,静娴说出这些话,她的声音,她的表情变得非常温柔。

"放心,静娴总经理。"林若莹心里一热,也很动情地应道。

"同仁们,我们安泰公司是一个传奇发展的公司。我们的阿辉董事长和静娴总经理是整个台湾小家电行业发展的传奇人物。十五年前,阿辉董事长赤手空拳,在三餐无着的情况下,在静娴总经理的支持下,同心协力,秉持着'只要敢打拼,不愁打不开一片天'的精神,潜心开发小家电技术,开拓小家电的国际市场,他们打破日本东林株式会社等市场、技术的垄断,硬是开创了属于我们民族品牌的福德安泰小家电……"这林若莹侃侃而谈,一改往日看似的那一副女秀才的形象。静娴在离开当儿,停下脚步侧耳一听,暗暗吃惊,心想,这个刚聘任的特别助理竟然对安泰的历史如此了如指掌,口才如此了得,不得不令自己刮目相看。

"啪啪啪,啪啪啪啪!"林若莹话刚告一段落,员工们被这位特别助理的精彩演讲所感动,又被安泰公司阿辉董事长,静娴总经理的传奇故事所感动,情不自禁地鼓起掌来。

"同仁们,"林若莹趁着新员工们的这股热情,又继续她颇有煽动性的演

第十一章

林若莹走马上任

讲："阿辉董事长原来是这个地方的人，准确地说是湖里村人，他之前十几代的人便是当年追随郑成功到台湾拓荒的先辈；静娴总经理的先祖也是这不远的漳州人氏。这次他们到这里投资办厂，是为圆祖辈的遗愿。追寻祖辈的足迹回来的，这爱国爱乡，热爱民族的精神令我们佩服。十五年阿辉董事长在台湾创造了家电研发生产的辉煌。现在我们不能够在阿辉董事长、静娴总经理的带领下创造大陆小家电研发生产的辉煌吗？"

"能！"这林若莹的话还没告一段落，员工们热血沸腾。

林若莹激情的演讲，把静娴想离开的脚步死死地留在了原地。她在回顾，在反省自己，昨天自己兴许是做错了。

"同仁们，《爱拼才会赢》是阿辉董事长每当人生遇到困难最喜欢唱的一首歌。这也是闽南人激励自己，增长信心，战胜困难的不竭动力源泉。现在，我提议大家一起来高唱一曲。行么？"看来这林若莹不但善于鼓动，而且还会充分调动大家的情绪，每个环节都把握得恰到好处。

"好！"又是一阵欢呼声。

"一时矢志无免怨叹……"林若莹用自己那银铃般的声音开始高唱两岸流行了数十年的闽南歌曲，一百号人随即跟着唱了起来。尽管这群歌唱者或歌词不熟悉，或唱得不准确，有些参差不齐，但高昂激奋，充满着活力，充满着生机。

静娴有些陶醉，这歌声将她拉回到与阿辉一起夜与继日，艰苦创业的年代，她的脑海涌起了这十几年拼搏的情况，她的眼眶有些滋润。伴随着激情的旋律，她又冷静下来，看着林若莹正在向员工们进行如何以公司为家，将公司视同自己家一样，树立荣辱与共共识的动员她眼前这位特别助理产生了从未有过的好印象。

"静娴总经理，"静娴的思绪还停留在刚才嘹亮的歌声当中，还在默默地思索。但此时她非常冷静，作为安泰公司的老员工，听到林若莹那番演讲，都有一种说不出的激动和荣耀，对于一个新进公司的员工将是多大的激励呀！

"这不愧是安泰公司在厦门发展中难得的人才呀！"静娴自言道。

"静娴总经理。"见自己叫唤静娴痴痴地从隔着窗户看着新员工动员，林若莹又轻轻叫了一声。

"嗯，若莹。"静娴的思绪被唤了回来，她看见眼前的林若莹确实漂亮，成熟女性的漂亮，一种气质远比自己当年高雅。你瞧，略施脂粉，头上简单的头饰束着披肩的长发，身着淡雅的T恤，下穿牛仔裤。这T恤，这牛仔裤恰到好处地装饰着那丰腴但不显肥胖、挺拔而又婷婷玉立的身材，散发出一种青春的活力，给人一种自信的勇气。静娴看着、看着，不知不觉地开始从内心深处喜欢起来。"若莹妹妹，你真漂亮，漂亮得让人嫉妒。"、

"静娴姐，看您说的。"林若莹也随着改了口，俩人感情一下拉近了。她进门之后，看见静娴眼睛从上到下，又从下至上地看着自己，不禁脸上"刷"地一下红了起来。

"员工培训你还有什么困难么？"静娴见林若莹走进自己的办公室心想一定有事要商量的。

"我想……"若莹欲言又止。

"有话直说，今后我们要像亲姐妹一样同事。"

"那我直说了。"若莹看到今天静娴心情特别好，便鼓起勇气建议道："这员工培训我想用五天时间完成。一是进行安泰公司精神教育；二是进行安泰公司企业文化教育；三是进行技术岗位特训和纪律教育。这种教育不是拘泥在课堂，而是深入到岗位上进行实兵操练。准确地讲是边干活，边教育。"若莹说完，用征询的眼光看着静娴："静娴姐，您看这样做行吗？"

"很好，很好！"

"这两天您那儿有什么活要干请告诉我，我可以安排这些新员工去做。"

"太好了，这里的厂房电路安装、机器安装等等有许多事要做，我正愁着哪里去请人呢！"

"静娴姐，这里的人不是现成的吗？整整一百人。"林若莹和静娴都笑了起来。

再说湖里村主任林万寿，这几个月过得也不轻松，不为别的，还是为阿辉掷茭失踪的事儿。

背井离乡十几代的湖里村子孙，牢记祖训回到家乡投资办厂，带回那凝聚列祖列宗血汗和期盼的掷茭，这本身便是湖里村子孙的一份荣耀，更是湖里村老

祖宗世代繁衍, 兴旺发达的见证。

这东西历经了几个朝代, 逃过了日本人殖民统治几十年的浩动都没有丢失, 却在刚刚回归故土后失踪了。这于情于理都说不通啊!

林万寿是一个很有责任感的人。半年来, 他几乎耗掉了所有的空余时间, 反复找仙岳山土地庙的管理者了解、研究, 捕捉一切可能破案的线索, 并不时地与市公安局刘警官保持联系与沟通。

前一段, 市公安局负责技术侦破的警官根据当时走访的情况, 画了六七张画像, 如果阿辉能辨认其中任何一个人, 便可推进破案的进度。可是, 阿辉他们三个人竟没有一个人对这些画像。

吃完早饭, 林万寿仍然放不下这件事儿, 便约了几个朋友, 按照各自的设想在仙岳山土地庙前模拟了一下当时的情景, 又将刘警官画的几张像反复对照、研究了一番。

"阿辉好不容易回到家乡, 我们不能他伤心啊!" 林万寿扪心自问, 越觉得自己的责任很大, 不容推辞。这里是湖里村的地盘, 他为自己未管好这件事而深深自责。

秋天的仙岳山, 天高云淡, 山上古树参天, 郁郁葱葱, 山下初具现代化城市的厦门, 高楼林立、街道纵横, 车水马龙一派繁荣。待林万寿一帮朋友正踏上仙岳山顶拾阶而上的当儿, 上山进香的民众早已成群结队、络绎不绝。山道弯弯的路边, 小鸟成群, 东蹦西跳, 鸣叫着、跳跃着, 充满着人与自然间和谐与欢乐, 这一切, 岂不是土地公几千年来所一直期待着的吗?

这座仙岳山林万寿爬了大半辈子, 爬了多少遍已经无法统计, 对这里的一草一木他都了若指掌。

山上土地庙前早已人声鼎沸, 烟雾缭绕, 在香火旺盛的土地庙前林万寿站住了脚在那熙熙攘攘的人群中却寻找蛛丝马迹自言自语地说: "只要那七张画像中有一个人认得出来, 便会有希望。"

"世上的人相像的很多, 认出相像也不一定就是呀!" 身边的一位朋友应道。

"纵然是。这厦门那么大, 几百万人口怎么去寻找呀? 这不是大海捞针么?" 说话的是仙岳山土地庙管理委员会的秘书长, 他叫林水木, 五十多岁, 在村里是林万寿侄儿辈。

"是台湾人？厦门人？还是外地人？"

"……"

大家七嘴八舌地发表着意见，而这些意见没有任何新意，因为这样的意见已经重复无数次了。

林万寿真是感到束手无策。他既是村委会主任，还是仙岳山福德文化管理委员会的理事长。虽说这样的官儿上不了皇榜名册，但在普通老百姓眼中终究还是个官儿呀！

是官儿就要保一方平安！出了这种事儿，林万寿感到自己实在没有面子。

"这一段时间，我几乎一直在寻访线索，将工作都撇到一边去了。"说话的还是那位林水木秘书长。他深知林万寿这位老叔的脾气，他的为人处世。阿辉在自己管辖的地盘上丢失掷筊，他的压力也很大。几个人一边走，一边议论。可是，绞尽脑汁也没有谈出个子丑寅卯来。

"泡一杯茶，再将那七张画像拿来看一看，说不定我们几个人会有什么新发现。"思来想去没有结果，林万寿只好请大家在理事会的会客室里坐下来，将随身携带的七张画像让大家继续细细辩认。

"如果不行，我们再找些人来辨认。"林万寿显得有些焦急。

"这……"突然林水木拿起一张画像，端详几秒钟后说道："这个人面似乎有些熟，好像在哪儿看过。"

"哦，"大家听说之后精神起来，将头凑了过去。

"在哪见过？"林万寿急忙问。

"一时记不起来，让我再想一想。"

"你喝多了吧！快想一想。"这一段大家因为没有发现丝毫有价值的信息都非常沮丧，听林水木这么一说，立马在一旁异口同声地催促道。

"别催命鬼一样，想投胎也没那么急嘛！"林水木被大家七嘴八舌催得着急起来，额头的汗珠也冒了出来，一口气喝了好几杯茶，接着又点了一支烟，连那抽烟点火的手都禁不住在微微地发抖。

这个林水木在几个人当中虽然年纪比较轻，但这几年的社交活动可不少，偶

第十一章

林若莹走马上任

尔也喜欢赶时髦到什么KTV、RTV、酒吧和咖啡馆之类的地方，开开眼界，长长见识。

"怎么回事呀？"看着他又是喝茶，又是抽烟，就是不说话。几个兄弟有些起急。

"这个，这个……"林水木又拿起那几张画像反复地看了几遍，突然，兴奋地跳了起来："这个肯定是哪家咖啡店的服务生。"

"哪家？整个厦门咖啡店多得撒一泡尿都可以淹没好几家，这不等于白说吗？"几个人异口同声，不屑一顾地反驳。

"详细的记不清楚了，但肯定是咖啡一条街那边的，不会错！"林水木终于言之凿凿，将范围锁定在一个空间里。

第十二章

暮色之中的陈文康

香兰在病榻上尽管气若游丝，却一躺便是半年时间。

文康每日每夜守候着苦难的妻子，而彩凤又在陪伴照顾着文康。三个年龄总数超过200岁的老人，除了医生、护士和儿孙们的看望外，拒绝任何人照顾。

这，可能是人世间最难得、最值得赞叹的亲情了。

然而，无论文康和彩凤一道如何全身心地照顾香兰，苦苦挽留这条苦难的生命，也无论医院的医生、护士们如何精心地加以医治，香兰的病情并没有出现人们期盼的那怕是丝毫的起色，治愈的可能越来越渺茫。

已逾古稀之年的文康，几个月来日复一日，夜复一夜地陪伴着病榻中的结发妻子，为她翻身、擦洗、换衣服；还不时在她的耳际呼唤着她的名字，自言自语表达着自己的心声，甚至还用那没了门牙跑风漏气的嘴巴，扯着沙哑的嗓子，在她耳边唱着《爱拼才会赢》的闽南语歌曲。文康想用自己的真诚，凭自己真心创造一个奇迹。

唤回妻子的生命，弥补前半生自己未能尽丈夫之责的愧疚；

唤回妻子的生命，让她充分享受两岸相聚，儿孙成群的幸福。

可是，这半年多一百多个日日夜夜的一切努力、一切付出并没有丝毫的作用。看到那一动不动，脸色苍白的香兰，文康感到一种前所未有的疲惫。这几天，老人甚至连自己走路也感到吃力，每走一步都摇摇晃晃的。

而在一旁的彩凤每当看到这一切，总是躲到厨房里偷偷地一大把、一大把地抹着伤心的泪水。

人们常说，夕阳无限好，只是近黄昏。此时，厦门岛正值秋天的夕阳时节，西边的太阳在西海域上半沉半浮，金黄色的余晖把西海域、把整个厦门照得金黄金黄。

对这种一抹夕阳即将西下的美景，文康有一种难言的伤感。苦了一辈子，现在好不容易与妻子团聚，两岸间可以来往了，可是香兰却无声无息地一躺便是几个月，却没有机会与自己一起欣赏金秋夕阳的美景，欣赏这人生晚秋的无限美好。

夕阳也许在眨眼之间西下，取而代之的便是茫茫的黑夜。

香兰尽管此时心脏仍在游丝般地跳动着，可那仅是命悬一线的眷恋，随时可能撒手西去。

这多少年的期盼，这多少年的负疚，久久不能让被谴责的良心平息。

看看靠着输液管维系生命的香兰，看看在厨房里默默操持，默默承受的彩凤，

两个苦命的女人为自己受尽感情的折磨，没有享受过甜蜜的平安生活，没有享受过快乐的人生。这对于丈夫，对于一个有责任心的男人，那是一种耻辱，是一种良心的拷问！

人们都说，老天爷对每一个子民，土地公对每一个信众都是平等的。可是，我文康此生老实做人，为什么对我如此不公平，对我如此残酷啊！

看着那夕阳，文康感到自己已经风烛残年。尽管这阿辉、静娴，荣生还有文胜夫妇都是那么孝顺，他们有自己幸福的家庭，他们都有自己的事业，但在两岸亲人得以团聚，子孙绕膝之时，如果香兰一旦跨不过鬼门关，自己将会如何再活下去？自己一旦走了，彩凤又将如何活下去啊……

金色的阳光从阳台的窗户里照了进来，文康刚伏在香兰的耳际边又唱了一遍《爱拼才会赢》，但不论他扯着那沙哑的嗓子如何动情，那躺在床上的香兰依然

仙岳儿女

没有丝毫的反应……

"一时矢志无免怨叹……"文康一边唱着，一边用那苍老、微微擅抖的手抚摸着妻子的头发，不禁声泪俱下，泣不成声。他一次又一次地抹着眼角上混浊的泪水，久久地注视着香兰毫无表情的脸颊，他多么希望香兰能够有一点反应呀！

那怕是一点点反应也是一种安慰呀！

然而，没有，一丝一毫都没有。

"香兰，您能听见我的声音吗？您醒一醒呀！这太阳快下山了……"文康一次又一次地呼唤，一次又一次对着苍天，对着土地公发出乞求。

可是，苍天好像已经休息，土地公似乎正打着瞌睡，他们没有理会文康内心的痛楚，竟然没有一点反应。

"香兰，以前那么苦你都熬过来了，现在我们团聚了，日子也好过了，你怎么天天躺在床上不起来呀？"

床上的香兰仍然纹丝不动。

"香兰，你再这样下去，我也快撑不住了。我要是走了，谁管你呀……"文康越说越伤心，最后几乎泣不成声。他感到自己已经再也承受不了这无情的打击，他将自己的脸紧紧地贴在香兰脸上，他那伤心的泪水汩汩流淌着，从他那布满沟壑的脸上从纵的、横的方向流向香兰苍白的脸上。

"香兰……"文康还想再重复这几个月反复呼唤的那几句话。这时，他猛然发现那纹丝不动的香兰的眼睛里突然涌出了二股泪水，这泪水与文康的泪水交织在一起，从香兰的脸上，顺着脖子向下流淌着。

"香兰！"文康兴奋地叫了起来，那声音足足有七八十分贝，"你听到我的声音了吗？彩凤，这香兰听到我的声音了，你快来看……"

"是吗？"正在料理家务的彩凤听到丈夫的呼喊，似信非信，但也为了满足文康的心理需求，快步走近一看，果然看见香兰那几个月紧闭的双眼此时张开了，眼眶里的泪水在不停地溢出来。

"香兰，你的丈夫文康在叫你呀，你要早日康复呀！"看到眼前的一切，这彩凤也为之动容，她将香兰的手紧紧地攒在手中，不停地摇晃着、摇晃着……

自从得到香兰的消息，第一次返回家乡与香兰团聚至今整整十五年时间了。十五年来，文康犹如一头耗牛一样一直背负着对香兰的愧疚，被这种愧疚深深地折磨着，日复一日，年复一年……

人们都说，爱情这东西非常自私，容不得第三者分享。彩凤是女人，她多么希望文康与自己长相厮守啊！可她更理解香兰，理解香兰对文康的苦苦期盼。因此，每当文康在台湾常常痴痴遥望大陆，想念香兰时，尽管自己的内心有种酸溜溜的阵阵抽搐，她总是站在香兰的角度，去理解这残酷而不能不理解的现实。

彩凤、文康、香兰，此时已经变成一根藤上的三颗瓜，生死相依，休戚与共。只要三个人当中之一发生什么不测，那么其余两个都可能舍命相随。

彩凤多么希望香兰能闯过鬼门关，与自己和文康共同渡过一个幸福的晚年呀！

"嘿！嘿！嘿！"看到香兰几个月来第一次睁开眼睛，文康有些傻乎乎地乐了，乐得眼睛眯成一条线，乐得像小孩一样啼笑皆非。

"嘿！嘿！嘿！"看到丈夫如此开心，彩凤也跟着乐，跟着傻笑。可是笑了几声，有几十年护士经验的彩凤感觉些不对头，凭着职业本能，她抬头去看那点滴的瓶子和输液管子，里面的药液竟然一动不动……

"香兰……"一种不祥的感觉涌上心头，彩凤知道，让文康几乎牵挂了一生的香兰已经撒手西去了……

"好，香兰。你醒了好，赶快醒，赶快好，我们和彩凤一块去仙岳山拜土地公。"仍然沉溺在幸福向往中的文康并没有看见彩凤脸上异样的表情，还像哄孩子一样呵呵地乐！

"文康，文康，你要冷静，你要冷静呀！……"看到丈夫那种傻乐的劲头，再看看这已经离去的香兰，彩凤再也忍不住了，嘤嘤地哭出声来。

"彩凤，彩凤，你哭什么？哭什么？这香兰不是已经好了么？"文康还在乐，他的心沉浸在幸福的向往当中，见彩凤哭，反倒劝慰起了自己的妻子。

"文康，香兰，香兰……"

"香兰怎么啦？"文康并没有醒悟过来。

"香兰走了，已经……"彩凤一阵撕心裂肺地哭出声来。

"你说什么? 别乱说! 别乱说。"刚才还乐呵呵的文康, 看见彩凤伤心啼哭, 正色批评道。

"文康……"彩凤把文康的手拉到香兰的手中, "香兰已经走了……"

是的, 香兰已经走了!

她没有给自己的丈夫留下半句话, 没有给儿女留下半句话, 默默地走了。

她那粗糙的如同松树皮一样的手已经在慢慢地变冷。

她那充满期待的眼睛在离开人世的瞬间, 深情地看着自己深爱的丈夫和深爱丈夫的女人, 只是这眼睛张开刹那之间便失去了的光泽……

"香……兰……"文康这位一生心悬两岸, 经历人生磨砺的老人, 在证实自己最愧对的女人确实已经远离自己而去时, 竟像孩子一样嚎淘大哭起来……

也许是职业习惯的缘故;

也许是自己一生经受的苦难太多;

也许是她体验自己一生怜爱, 却又让自己终生崇敬的文康此时的心情。

彩凤几声哭泣之后, 擦了擦眼角上的泪水, 拿起手机, 分别给阿辉夫妇, 给文胜夫妇拨通了电话, 告诉了大妈仙逝的消息。

请他们十万火急赶过来, 安慰父亲, 处理大妈后事。

让死者安息, 让生者安心。

"苦命啊! ……"彩凤冷静地, 处理完这一切之后, 终于控制不住自己的感情, 失声痛哭。忽见文康停止了哭声, 身子一歪倒在了香兰的身上边。她强忍着悲痛扑向丈夫, 对着嘴给文康做人工呼吸。

她使尽浑身气力, 下定决心一定要将文康抢回来。

可是文康仍然无声无息。

彩凤使尽浑身气力, 掐着文康的仁中;

然而, 文康仍然没有一点反应。

"文康啊, 你要坚强啊! 你要坚强啊……我不能没有你呀……"彩凤感到天在摇, 地在动, 她的精神在崩溃, 文康不能走, 她不能失去文康, 她要把文康从阎王爷那里抢回来……

人工呼吸;

第十二章

暮色之中的陈文康

掐仁中；

对着苍天在呼喊求助；

泪在哗哗地流；

声音已经嘶哑。

不知过了多久，

也不知付诸了多少气力；

彩凤精疲力竭，浑身疲软。

也许是彩凤有着娴熟的抢救病人的技能；也许是彩凤的真诚感动了苍天；也许是……总之，她的努力没有白费。许久、许久，文康终于艰难地睁开了眼睛，嘴里喃喃，老泪纵横："香兰啊！你真歹命呀。我们半路断扁担，你是走了，让我如何有颜面再活下去呀……"

"文康，我苦命的文康啊……"看到丈夫在鬼门关前走了一圈又回到自己身边，彩凤肝肠寸断地失声痛哭。

此时的彩凤，并没有失去理智，她咬了咬牙，使出浑身气力将文康搀扶到沙发上，喂了两汤匙温开水。见文康逐渐平静下来，彩凤的思绪也逐渐冷静了下来。她想到，眼下最关键的要体面地处理好香兰的后事，减轻文康的负疚感，让他度过一个幸福的晚年。

这便是彩凤此时此刻最为关切的问题。

阿福最近有些心神不宁。

那张小红有了第一个晚上，有了第一次，正值青春期的她难以抵挡阿福这个见多识广、经验丰富的中年男人诱惑，几乎到了欲罢不能的地步。有时，甚至把阿福累得直不起腰，浑身冒着虚汗，连一想到那事都会感到一阵发颤。然而，这房间的锁匙是自己交给张小红的，每天晚上她总会脸上泛着桃红，笑嘻嘻地、娇嘀嘀地准时回到这里，一进房门旋即拉起窗帘，反扣房门，脱得一丝不挂，在自己的眼前晃来晃去，一直晃到自己发晕，晃得自己泛腻……

阿福此时才感到自己粘上了一跎米麻糍，一跎粘手粘脚，却又甩不掉的米麻糍。

最让阿福烦心的还是那个黄海林，经常有事没事往湖畔咖啡店跑。他今天找张小红坐坐，明天找几个男服务生聊聊，明里暗里，话中有话地套着他们口中的话。阿福知道，这个黄海林在台湾日本商会联合总会当营销专员的时候，就是一个最难缠的角色。上次仙岳山掷筊得没得手，自己始终没有向他透露一丝风声，这黄海林没有捞到一丝好处，他怎会善罢干休呢！

"如果张小红四个人当中的一个将真实情况，黄海林那么这事情就不好办了。"已是晚上九点多钟，东奔西颠一天有些疲惫，阿福回到房间坐在客厅的沙发里，连灯也不想开。

几个月前尽管得手异常顺利，可是得到了那古董却不敢出手，整天提心吊胆过日子。他心虚地回放着可能掉链子的三个环节。

张小红，已被自己牢牢掌握了。可是，没想到这个女人并不是好打发的主。记得第一天晚上，为了获取她的芳心，自己答应娶她为妻，还承诺为她买一套房子。这不，这一段她唠唠叨叨总是要兑现那套房子，有几次还弄得不欢而散。

一套房，那得要三十几万呀！

答应娶她做老婆也是随便说说的，可是，张小红却当真了。如果不能兑现，只要她的嘴巴一张，串通那三个服务生将消息透出去，前期投入的十几万元付诸东流暂且不说，那公安的808便很快戴到自己的手腕上。

说来也怪，这厦门公安也没什么用，那东西自己弄得那么顺当，公安却追不到自己头上，并没有传说的那么神，不然好几个月过去了，怎么能没一点动静？

"莫非这东西不是像黄海林说得那么珍贵？莫非阿辉根本不把这掷筊丢失当一回事？莫非这事儿连报案也没有？"陈福在黑暗中反复地问自己。一缕灯光从窗户上照了进来，他用手伸进客厅沙发的座位底下，摸了摸那用红绸布包裹着的掷筊，发现那宝贝还静静地躺在那里，心里顿时多了一份安慰。

阿福在黑暗中胡思乱想。既然这掷筊不能化为钞票，又不能让阿辉难受，还要冒着吃牢饭的风险，这实在是一个损人不利已的买卖。莫非这是那黄海林小子作弄我阿福么？

"干……"阿福感到内心有着一种莫名的压力，这种压力随着时间的推移越来越沉重，越来越难受。他想大骂一声，但嘴巴张开听到房门锁孔上插锁匙的声

第十二章

暮色之中的陈文康

音。他的心一沉，暗暗叫苦，那小母老虎回来了，咂巴了一下嘴皮子，只好把后面的话生生吞了回去。

"喂，怎么不开灯？"张小红走进客厅，打开电灯，看见阿福默不作声地坐在沙发上，俨然以女主人的口吻问道。

"刚回来，有点热，我想不开灯，坐着等你回来，让你有一个惊喜。"阿福站起身，尽管他对张小红已经有一种本能的恐惧，但表面上却异常热情地迎上去，张开双手要拥抱她。

"嗯……嗯……"灯光下的张小红比半年前打扮的更时髦了，上身穿着一套爆乳装，尽管那西部女人个子不高，胸脯也不丰满，却故意塞满填充物硬生生地将那小的连一把抓还不够的奶子支撑得小山似的；下身穿着丝袜裤，脚上却穿着带着毛茸茸饰物的靴子；那嘴唇被血红的唇膏涂得如同猴子屁股一样，整个装束是不伦不类，不洋不土，让人看了真有点反胃的感觉……

"亲爱的，……"阿福学着洋人的样子，把娇小的张小红抱在胸前，然后弯下腰把嘴巴拱到她嘴边。

"别，别。别每天就想着这个，说话却像放屁一样。"张小红将头一埋，让阿福扑了一个空。

"我每天不都是为了你而忙得不亦乐乎吗？"被张小红一呛，阿福无力地为自己争辩着。

"做到什么了，除了每天跟我上床，还做到什么？"看来，今天的张小红要较真了。

"不是，不是，那不是给了三万块钱么？"阿福感到气氛不对，讲话也不那么顺畅了。

"呸，你敢说那三万块钱？"张小红没听到这句话还没那么愤怒，听了这句话后两眼睁得圆圆的，好像要玩命似的。是的，西部地区出生的人，尽管出身穷，但无论是男人，还是女人，他们讲道理，更注重信誉，如果一方失信，必然会引起另一方反抗，甚至以命相博。

这便是人们常说的西部人很"番"的缘故。

"嗯，我说错了，说错了。"阿福自知失言，慌忙不迭地赔不是。

"我告诉你，阿福。我是黄花闺女之身给了你，现在半年多时间都过去了，你不买房子也就算了。但告诉你，每晚算你一千元，足以让你眼睛发绿……。"张小红讲出的话，让阿福感到吃惊，一个大西南出来的文弱女孩，转眼之间会变得那么厉害。

"那，那你算什么？"阿福吃惊地问。

"算什么？你把自己当嫖客，我何尝还怕当婊子？走着瞧！"张小红发怒了，扭了一个身，想开门出去。

"你要干什么？"阿福慌了，忙到门背后堵住了她的去路。

"没干什么！我回到我的房子里去住。"张小红头一偏，眼睛狠狠地盯着阿福。

"你吓谁，我是被吓大的吗？整个台湾我都玩遍了，还怕你不成？"阿福想吓一吓这个贫困山区出来，料想没见过多少世面的女人。

"很好！阿福。"张小红甩开阿福坐在沙发上，"我料想你不敢骗我，如果你不兑现诺言，我让你破产还不算，还要……"张小红大声嚷了起来，看到她疯了似的，阿福手足无措用手捂住她的嘴巴。尽管张小红的话后半截没说出来，但却足以让阿福不寒而栗。

"别吵了，我答应你，明天就去选房子，用你的名字好吗？"阿福预感此事处理不好，势必造成后院起火，那么其严重性是不言而喻的。眼前这女人不可忽视，弄得不好会成为自己人生道路上的一汪祸水，把自己弄得身败名裂，伤的体无完肤。阿福的脑子"嗡嗡嗡"地一阵阵发紧。

"不要着急，着什么急呀！"一阵交锋，阿福是败下阵来了，可是张小红却余怒未消。这好像是一物降一物似的，昔日在阿福和众人的眼中，张小红那甜甜的声音，甜甜的笑容已经被海风吹得无影无踪，此时她脸色铁青，似乎肚子里还有无数套还在迎接着阿福，不把他修理成一只病猫决不罢休。

现在，她已经卡住了阿福生死命门，已经在通过自己的付出，在与阿福交往当中化被动为主动，犹如一个主宰阿福生死的判命官。张小红冷冷地笑了笑，从鼻孔里哼出一丝冷气，然后悠然地坐在沙发上，翘起二郎腿有节奏地晃动起来……

第十三章

安泰公司开张

安泰公司开张，时间先定在农历十月初二。

这个季节，在早几年还是湖里村的乡亲们秋收的时节。几年之间本是长满水稻、蔬菜的农田变成了林立的厂房，变成了富有现代化气息的工业园区。

为了做好安泰公司的开业庆典，陈茂祥、杨金威、李作良、黄文斌等股东提前好几天便从台湾绕道香港入境，来到了湖里。

"阿辉，后生可畏。才半年多时间，厦门安泰已经初现雄姿，这地点选的好，仙岳山土地公庙脚下，让我们的安泰一年三百六十五天，天天都在土地公的庇佑中……"陈茂祥与杨金茂都年过七旬，到了厦门看了建设情况，两位长者喜形于色，赞不绝口。

"茂祥叔，安泰到厦门落地，能起步这么快靠您和各位股东在后方全力支持，还要靠万寿叔的大力帮助。如果没有他，那这速度将大打折扣。真的。"阿辉说讲的很实在，很诚恳。他把林万寿一一介绍给大家。

"没的事，没的事，自家人，自家人。"林万寿是由阿辉特地请来作顾问的。入乡随俗，厂办在家乡，一切都按家乡的风俗习惯来办，这确实离不开林万寿。

"多谢您呀！万寿兄。"陈茂祥几个股东一一跟林万寿握手。

"见外了，自家人。"林万寿用闽南话说："一家人不说二家话，创业艰辛哟。阿辉刚来，又还没与我们联系上，结果出了那档子事儿，真让人伤心劳神……"老人说到这里，深感愧疚。

他说的那档子事儿，便是那掷筊的事儿，尽管市公安局刘警官告知案情已有了新的进展，但掷筊毕竟还未回到阿辉手中，心里总还是不踏实。

"阿爸走时交代我要凭那宝物来拜见各位长辈，没想到各位长辈没见着那掷筊却丢失了。当时我就像丢了魂似的。"阿辉说到这里还负疚不已。

"……"几个股东跟着点头，他仿理解阿辉的心情。

"其实，没有那掷筊我们是会一样认亲的，只是那宝物是一段历史，一段血脉……而且在我管理的地盘上……"林万寿自责道。

"万寿兄，请别自责。神明在上，这土地公就站在上面看着，不会有事的。"陈茂祥毕竟是一个经历许多场面的人，他理解这一老一少此时的心情，更相信掷筊有灵性，无论经历多久，一定会回来的。

"各位股东，厦门安泰刚开始，这次开业我建议一切从简。"阿辉见股东都已到齐，把话引入了正题："如果再过十年八年，经过我们奋斗，建立起自己的民族品牌，建成了小家电王国，到那时候……"

"到那时候，我们便热闹三天三夜。"陈茂祥兴奋不已，他像一个时尚的年轻人手一挥，抢过话题高吭地说。

"这个……"众人都非常支持阿辉这个建议，唯独林万寿欲言又止。

"阿叔，您有何看法。"阿辉将这一切看在眼里。

"这是你们公司的事，我不便多嘴。"林万寿说。

"您是长辈。"

"那我就多言了。安泰公司开张大吉的日子，是头顶喜事，又是中秋之夜。该省则省，这没错。但再省也不能没有祭拜土地公这道程序。我们湖里村每家每户遇上大事小情都要告诉土地公的。"

"嗯，这个我已经考虑了。开业不但要祭拜土地公，还要去迎接土地公，安奉在公司，以后我们每半月都要上香的。"阿辉发现阿叔误会了，歉意地笑了笑："都怪我没说清楚。"

第十三章

安泰公司开张

"你这阿俚啊! 在台湾也是一向对土地公很虔诚的呀, 万寿兄。" 陈茂祥开心笑道。

"见笑了。" 林万寿有些不好意思。

"不, 阿叔, 我已安排那天还要请您带着我们去迎请土地公哟!" 杨金威一直没发言, 这下找到了机会。

"我? 何德何能呀。" 听杨金威这么一说, 林万寿感到有些突然。

"阿叔, 你是湖里村的长辈, 又是福德文化管理委员会的理事长, 当之无愧。" 阿辉说: "这件事昨天我们就商量好了。"

"原来是这样啊……" 林万寿把几个股东看了一遍, 见大家一个个都肯定地点了点头, 才摇着头用闽南话说了一声: "不好意思啦, 我老番颠啦。"

"哈! 哈! 哈!" 众人随着林万寿老人一起开心地大笑起来。

转眼间, 十月初一到了。

这一天, 天高云淡, 明月高悬, 皎洁的月色洒在湖里工业区的土地上, 把那片充满生机与活力的每个角落照得格外清晰。

劳累的建设者们进入了香甜的梦乡, 喧闹的工地静悄悄的, 唯有那工地的灯光与明月争辉。

阿辉征得各位股东的一致同意, 邀请了湖里村全村所有六十岁以上的长辈, 由林万寿领着早早来到了安泰公司的临时办公楼前。

新招聘的一百个员工一色穿着公司发给的崭新的厂服, 也早早就等待在一旁。

阿辉陪着陈茂祥、杨金威、张作良、黄文斌及所有管理人员都准时到来。

人群前面摆放着早已准备就绪的祭拜土地公的一排排、一列列祭品。

"阿辉, 时辰到了, 出发吧!" 林万寿看看头顶的月亮, 轻声地告诉阿辉。

"茂祥叔……" 阿辉用目光征询陈茂祥。

"嗯……" 陈茂祥点了点头。

"出发!" 阿辉一挥手, 随即一队人马从工地依次列队向仙岳山进发。

他们沿着那蜿蜒曲折的山路, 挑着祭品, 揣着对土地公崇拜和敬仰的心, 一步一步地朝着土地庙迈进。

这种虔诚是阿辉及股东们经历人生坎坷, 经历人生艰苦创业的一种虔诚;

这种虔诚是人们在土地公庇佑之下取得成功之后的一种感恩；

这种虔诚是人们对未来取得更大成绩，对未来充满期待的一种憧憬……

仙岳山不高，但有神则灵。土地公他老人家历经无数春夏秋冬，以宽容和仁慈之心养育人们，让人们和谐生存发展，繁衍子孙后代。一行人脚步放得很轻，内心充满世代传承的真诚、感激，更充满着对未来无限的期盼。

不足半个时辰，山顶到了，土地庙到了。

摆上了祭品，

点上了香烛，

大家真诚地许下了心愿。

"土地公，各位神明在上，我湖里村子孙阿辉及众信士，以虔诚之心祭拜您老人家了。今后，他们的安泰公司便在您的脚下发展，请您保佑他们鸿运当头，财源滚滚。"林万寿站在土地公前，先将双掌打开内握，有些像恭喜发财手势，然后旋转手势提高声音带着众人念土地真言：

"南摩三满哆，母度南，嗡，度鲁度鲁地尾，梭哈。"

众人学着林万寿，异口同声念了七遍土地真言。

"阿辉，我们现在恭迎土地公吧。"祭拜礼仪之后，林万寿悄声地对阿辉说。

"好！阿叔。"

此时，只见林万寿重新点燃了三炷香，跪拜之后将一尊土地公的神像请了过来，然后又带领众人列好队，以虔诚之心，步行回到工地，将土地公神象安奉在一个小山坡上。

这时天刚蒙蒙亮，宁静的海岛山村已充满着生机与活力，机器的轰鸣声此起彼伏。作为长辈的林万寿此时感到一种荣耀，又感到一种责任。

"阿辉，把工厂车间的门打开吧。"林万寿一手拿着一个脸盆，那里面盛的是一泓清甜的取之于仙岳山土地庙流出的清泉，另一只手执着取处土地公庙旁生长的石榴枝，轻声对阿辉说。

"嗯！"阿辉应着他的身后是静娴、朱云生和张云山及所有新员工。大家神情肃穆，列队站在董事长身后。

"土地公保佑安泰公司事业大发，保佑阿辉董事长兴旺发达……"林万寿一边祈祷祝福，一边用手中的石榴枝蘸着那盆清泉，洒在那两栋还有浓浓油漆味的车间的每一个角落。

他的步子很慢，很稳，祝福之声四处回响。

阿福和员工们看着老人的一招一式，倍受鼓舞，一个个屏住呼吸，对公司未来的发展充满期待。

"把那盆米盐端给我。"林万寿在灯光照得如同白昼的两栋厂房洒完了石榴水，然后走到门口，从阿辉手中接过一盒大米与海盐相拌的非常均匀的米盐，照着刚才洒石榴水的路径，一边唸着祝福的话，一边洒起了米盐……

"阿辉，放鞭炮！"洒完米盐，林万寿那花白头发下的额头已经布满了汗珠。

"鸿运当头，开业大吉。"阿辉好似呐喊。话音刚落，那鞭炮声便"砰、砰、啪、啪"地响了起来。

"开工啦呐！"静娴随之，大呼一声，一百多个员工快步进入车间，各就各位忙活起来，他们像老员工一样，熟练地进入了角色。

"这是第一阶段的投产，阿叔。"员工们开始工作后，阿辉开始兴致勃勃地向林万寿介绍起来，"左边这车间是电热管类的小家电组装车间，右边这车间是马达类的小家电组装车间。"

"那正在建的是什么呀？"林万寿生活在农村大半辈子，特区建了这么多年，自己还真没有走进生产车间的机会，更没有参加并主持这样的开业仪式。在他的眼中，这一切都是那么新奇，一切都让他大开眼界。

"阿叔，这几栋高楼是正式的车间，一旦建成，安泰公司的员工要五六千人呀！"阿辉看了看张着嘴巴，惊得不懂合拢的林万寿，笑笑说："现在招进来的这些人以后都是骨干，都是车间的领班，车间主任甚至部门经理。"

"这样啊！阿辉，你了不起，不简单呐。"林万寿没有更丰富的语言，只是一边用夹杂着闽南话的普通话称赞着。

简单而又隆重的开业典礼，很有一点文化传承的味道，更有着典型的乡村文化韵味。让每一个参与的人都留下了深深的印象。

"阿辉，我们几个股东碰一碰吧！"看到公司生产就绪，陈茂祥满心欣慰，他叫了阿辉一声。这些台湾商业界大佬们身上的事情很多，开业典礼结束后，他们准备搭乘下午厦门航空到香港的航班返回台湾。

"好,马上。"阿辉应道。

"那我先告辞。反正乡里乡亲,我随时都会来的。"林万寿见阿辉忙成一团,准备离去。

"慢,万寿兄。今天您作为特别股东参加我们的会议,也请您老帮我们谋划谋划。"陈茂祥与阿辉交换了一下眼色。

"对。阿叔,你不是外人。"阿辉很诚恳。

"可我一个作田佬,公司什么事都不懂。"林万寿有些为难。

"阿叔,这厂在湖里每做一件事都跟您有关系,以后难免还找您麻烦。"阿辉恳切挽留林万寿。

"既然这样,我还敢走吗?"老人开心地将双手一摊,高兴地说,心里感到一种责任,一个迁徙到台湾十几代人的后代对祖籍地建设如此执着地追求,尤其是对自己这个农民阿伯如此高看,这实在是一种血肉相连的情感所在呀!可是,自己又能为他们做什么?

林万寿在琢磨着,那边林若莹和静娴已经将会议的准备工作安排就绪。此时,已是早上八九点钟,太阳照在工地上,已经恢复了往日的喧闹。

"各位股东,厦门安泰经过半年多的筹备,今天正式开业了,但下一步工作更多。今天各位股东聚在一块不容易。以前在台湾口哨一吹便可以集中。现在,尽管两岸离得很近,但要相聚却又很难……"阿辉非常动情,发现自己将话题拉远了,迅速控制了自己的情绪接着说:"现在我们有几个问题需要两岸的公司配合好:一是小家电原器件、原配件的供应问题,这边的公司刚成立,从培养干部考虑,今天开始生产,实际上是组装,配件供应仍在台湾,而台湾原来的计划已经安排妥当了的,那么意味这一段台湾方面要调整计划,增加生产指标。"

"而且,这增加是有时间性的。这几天我考虑了一下,大陆这边的员工费用低,员工素质与台湾不相上下,厦门安泰应该是我们整个安泰全球发展战略的重点。"陈茂祥这几天看了以后,很是兴奋。今天他破例第一次打断阿辉的话题。

"对!茂祥叔说到点子上去了。我设想这种组装小家电的生产期只能半年,

第十三章

安泰公司开张

不能超过。"阿辉发现陈茂祥与自己想到一块去了,更加兴奋。

"那么围绕这个思路有几件事要明确。"李作良觉得两个人的话很有道理,现在他主管台湾安泰公司的生产工作,"一、台湾每月供给厦门的配件要有一个准确的数量,以便两岸有一个通盘考虑;二、台湾的配件过来是以贸易形式过来的,有一个进出口手续和货物在途中时间差的问题,尤其是现在两岸还没有直接贸易。间接贸易要绕经第三地,要预留好时间、空间;三、货款结算要及时……"

"还有便是产品研发工作。我们最近到几家大商场去做了了解,这里需求量非常大,但对款式的需求却有别于台湾。近几年来,世界上的同类产品争相进入大陆,抬高了消费者的眼光,譬如对产品的智能化、遥控等功能的需求,这些都是安泰产品原先不具有的……"张云山谈了自己的看法。

"厦门安泰刚成立,我建议将台湾的干部尽可能调一些过来,最起码车间主任以上的干部应该来台湾。"静娴见准机会谈了自己一直坚持的观点。

话题一扯开,大家都争相发言,尽管意见有不少相左的地方,但目标倒是非常一致,那便是厦门这地方投资环境不错,包括政府的办事效能,劳动力成本,员工整体素质都非常理想。

"阿辉,你看……"陈茂祥看看大家发言如此热烈,提示阿辉做一个总结。

"金威叔、文斌兄、万寿叔,你们也谈一谈意见?"一个上午他们三个人除短暂插话之外,并没有发表自己的观点,阿辉诚恳地征询他们的意见。

"茂祥兄的观点已经代表我的观点了。"杨金威与陈茂祥是老搭档了,每次开会前他们都会协调观点,这是老规矩。

"我赞同作良兄的意见。我想做一点补充,台干问题,既要考虑厦门安泰的需要,同时还得考虑台湾安泰的需要,二者都必须兼顾,否则容易顾此失彼。"黄文斌话讲得很圆润,他实际上是不同意静娴的意见。他的观点很清楚,投资企业无论在何处,骨干一定得本地化,这样才有利于企业稳步发展。

阿辉仔细地听着每一位同仁的发言。他知道,公司刚刚起步,如果实现来大陆前董事会确定的在十年内培育一个世界小家电品牌,建立一个世界知名的小家电王国的目标，自己和同仁们的前头不知还有多少困难。如果自己头脑稍不清醒，造成决策失误，将会给事业发展造成难以弥补的损失。

厦门安泰尽管投资款只有九十万美元，这可是在安泰公司各位董事的支持下，最大的能力，也是安泰公司第一笔在台湾地区之外的投资，充分利用好这一笔资金和大陆的资源优势，让厦门安泰迅速发展壮大，实在是身背千钧之重，责任重于泰山呀！

"阿辉，你做一个小结。"会场里出现了短暂的冷场，陈茂祥深知作为安泰掌舵人的阿辉此时内心的压力，更知道这后生与别的年轻人相比的独特之处便是能够在复杂艰苦条件下冷静思考，沉着应对。

"噢！万寿叔，你也说一下。"阿辉没有忘记祖籍地的这位长辈。

"不！我没有什么话的。反正就一条，你们这么远回来办厂，有什么困难我们能帮的，我们全力以赴。"林万寿一激动，也不知道说什么好。

"好，足矣。万寿兄，有你这句话足矣。"杨金威的话充满感激之情。

"那我作一个归纳吧！"阿辉看看时间已经不早了，"一、厦门安泰组装时间定为半年，这半年的产值约定为一千万人民币。这一段的原器件、原配件数量由朱云生负责与台湾协调；新员工培训要切实抓紧，厦门的安泰人员必须着眼于本地化，这一百个新聘员工是未来的骨干，基础要打好；安泰文化台湾已经比较完整，在大陆要进一步丰富，这是一杆旗帜；新产品的研发和市场开拓仍由张云山负责，要尽快研发出这里消费者所需的产品；在市场开拓上厦门安泰应着重开发东南亚、西亚一些国家……"阿辉看到众多股东不住点头，便接着说："开一个董事会所有董事都要在两岸走动，除了时间耗不起，那费用也十分惊人，以后开会能否采取视频形式，两岸就没距离了。"

"这个没有问题，只要购置一批设备就能实现。"让张云莫名的是，这董事长每天忙得不亦乐乎，对互联网也不太专业，今天怎么会想起这么时髦问题呢？

"最后一个问题，我想张云山还要抓一件事，请林若莹配合联系厦门大学，商讨合办一个培训机构为未来安泰发展培养和储备人才，名称可以叫……"阿辉稍作停顿，用目光征询大家的意见。

"如果大家没别的意见，我看就叫厦门大学安泰学院如何？"见众人没有

第十三章

安泰公司开张

异议，阿辉接着又说道："学科设置我前一段与厦门大学的教授们初步研究了一个意见，若莹特别助理已整理形成书面报告。"正在作会议记录的林若莹听见董事长提到她的名字，兴奋不已，恰到好处地接过话题，扼要流畅介绍了报告的要点。

"哈！哈！哈！"几个股东异口同声会心一笑，算是对会议的圆满结束画了一个句号。

仙岳儿女

第十四章

面对浩瀚的海洋

　　陈茂祥几位股东乘坐航班冲天而起时，阿辉感到一阵似乎难以抗拒的疲惫铺天盖地而来。他不由地用力舒展了一下身子，使劲地吐出了一口气，他多么想躺下来美美地睡一个觉，哪怕趴在办公桌上小憩片刻也好。但是不能!

　　因为，还有许多事情等待着自己去处理。

　　刚才股东会上，静娴的意见被否决，看着她那阴沉的脸色，自己必须跟她谈一谈;

　　阿爸、阿妈两位老人在照顾着大妈，那天去看了一下，已经从医生那了解到大妈的病情日趋严重，治愈的可能已经非常渺茫，必须赶紧过去看一看;

　　虽前一段由林若莹负责培训新员工，从各方面看效果非常好。朱云生也再三跟自己赞扬这位特别助理的组织工作能力。但毕竟那些都是新进厂的员工，甚至还有一些刚刚从学校毕业的学生，不去一下也放心不下……

　　家里的事、公司的事千头万绪，相互交织，每一件都要细心处理。在来大陆半年多的时间里，阿辉不知从何时起，凡是遇到高兴的事、烦心的事，特别是遇到困难的时候，总会身不由已地朝着仙岳山默默祈祷，总会感到有一种无形的力量在支撑着自己，总有一种神奇莫测的感悟。记得小时候，父亲曾经不止一次地向自己讲述这土地公庙的故事，让自己幼小的心灵对此有着深深的、难以忘却的记忆……

传说中的参天古树被松树、相思树取代了；

传说中的虎豹、巨蟒已经没了踪迹；

传说中的那些阴森森、令人恐惧的故事可能令人都没有经历过；

叮是唯独那饱经历史风雨的土地公庙见证了风雨桑田，见证了几百年甚至更久远的沧桑……

这半年多自己曾几次承诺带着静娴和儿子小俊上山去祭拜那令世人敬仰的土地公，去呼吸那充满负氧离子的清新空气，结果至今未能兑现。

人生啊！总要有一种追求，总要有一种责任。

这种追求是老祖宗世代相传的传统，也是民族发展的精神动力。当年父亲去世，交给自己那副掷筊，就是叮嘱自己要回到原乡故土去寻找那传统与动力。

一晃已过去二十多年，为了实现父亲的遗愿，自己人不敢懈怠。

从三餐无着的孤儿，到拿着焊枪一身臭汗的学徒，

从福德大发铁件加工厂，到安泰公司；

从台湾安泰，到厦门安泰。

岁月匆匆，循环往复。自己已经从一个十三岁的孩子，过了而立之年。

如果活到茂祥叔、金威叔现在的年岁；

如果自己民族的小家电品牌培育成功；

如果自己梦想的民族小家电王国得以建成；

如果……

"凭着我们一身气力，不愁打拼不出一片天地。"阿辉此时此刻想到当年跟静娴私定终身时的誓言。那时，自己被贫困压得几乎喘不过气、抬不起头。那时，血气方刚，浑身上下憋着一股打拼的勇气，有一种强烈的出头天的意识和愿景，有一种天不怕、地不怕的阳刚之气……

现在，事业发展已经有了基础，摆在面前的困难也越来越多，挑战也越来越激烈。阿辉浮想联翩，想到当年与静娴的海誓山盟，又想到静娴生闷气、一脸铁青的神色不由得轻轻地叹了一口气。

"有时间要跟她好好沟通沟通。"夫妇同心，万万不能后院起火呀！阿辉决

定下午抽点时间跟妻子谈一谈。

走进办公室，见林若莹正在整理办公桌。

"董事长，这些文件需要您签发。"林若莹手脚麻利地用毛巾擦去了桌面上的灰尘，见到阿辉走进来，连忙打招呼。

"好，辛苦了。"阿辉对这助理特别满意，大到企业决策，能做好参谋助手；小到生活小事，处理得井井有条。

"您要多休息，这一段您太忙了。瞧，满脸的憔悴。"女人心很细，眼很尖，她提醒着董事长。

"没事，万事开头难，过一段公司走上正轨便好了。"阿辉心里非常感激。这十几年来，除了刚结婚之初能听到静娴偶尔一两次说过这样体贴的话外，自己还似乎再也没有听到过这种声音。

"哦，忘记告诉您了，静娴总经理刚才来过一次……"林若莹送走股东后，没说静娴来到阿辉办公室，板着脸留下一句话便走了。

"有什么事么？"

"她说，请你回来后告诉她……"林若莹欲言又止。她不是喜欢多嘴的人，尤其这董事长与总经理是夫妻啊！

"好，我正要去找她……"

"要么，我去请她过来？"总经理办公室在后面一栋临时活动板房。若莹想借机回避一下。

"嗯。"阿辉在思考如何能说服自己这个心直口快的夫人。

"不要请了，我来了！"静娴已经在门外站了一会儿，听到他们的对话，在门外应了一声。

"……"静娴这一应，让没有丝毫准备的林若莹吓了一跳。她赶快给总经理沏了一杯红茶，因为总经理与董事长口味不一样，董事长喜欢喝浓浓的铁观音，而总经理却喜欢喝大陆武夷岩茶大红袍。

"静娴姐，您坐。"恭恭敬敬地递上一杯茶，若莹又朝阿辉点了一下头："董事长，你们谈，我先去车间处理一下员工培训的事。"说完，关上门，一溜烟走出办公室。

第十四章

面对浩瀚的海洋

"阿辉,你现在大权在握了,眼睛里不把我这个糟糠之妻放在眼中了……"若莹的后脚还没离开办公室,静娴便朝阿辉大声嚷了起来,又叉着腰怒目以对。

"有话好好说,这是办公室。你怎么变成这个样子啦?"阿辉虽然有思想准备,却没想到静娴火气如此之大。

"谁变了?啊?没良心的东西。当时,狗穷还有一身毛,你穷得连狗都不如,光溜溜一个。我东拼西凑,帮你打拼创业。可是,现在,我说什么你反对什么,我这个总经理还有用吗?"静娴脾气上来,说话如同机关枪,一匣子弹出去,一个也不留,"还说我怎么变成这个样子?"

"不是你变了,难道是我变了?"阿辉看看面前静娴怒气冲天的样子,再想想上午股东会上静娴的脸色,气得头脑发胀,心中的火直往上蹿。但想到此时是在办公室,还是把火忍住了。

"对,我变了。这是你逼的!"静娴看准了阿辉的弱点,他怕吵、怕闹,越这样她越放肆。

"字没识几个,钱没几个。可好,现在倒鼻子插葱当起大象来了,蠢猪一头!"静娴讲话历来比较尖刻。尤其是这几年事业有成,更对阿辉人五人六,"这厦门安泰一无所有,员工个个是新手,我提的建议横竖不听,你这个董事长当个屁。"她越骂声音越大,越骂越不解恨似的。

"闭嘴……"阿辉看这女人越骂越不像话,挥起手中的茶杯,"砰"的一声,那跟随自己十多年的陶瓷茶杯被砸得粉碎。

"砸啊!用力砸!再找几样东西来砸呀!有钱了,当个狗屁董事长,什么都不懂。绣花枕头一个。"见到阿辉心爱的茶杯被砸破,静娴有点幸灾乐祸。

"是你不懂,还是我不懂?"阿辉结婚前便知道妻子是个尖牙利齿的人,在岳母面前都从来不认输,何况自己。他被气得不停地摇着头,有点无可奈何!

"你这狗东西什么狗屁都不懂!给你讲话我都嫌嘴脏!"看到阿辉无言以对,静娴又将声音提高了几十个分贝说着说着,还带着一种胜利者的喜悦拍了一下桌子。

"是你不懂!"阿辉已是身心疲惫,为了减少负面影响,不得不尽量压住愤怒情绪,耐心地说:"你知道吗?厦门安泰人手缺乏的问题,这一点没有错。但要靠我们培养，这件事朱云生、林若莹在抓。再说，没人便从台湾调，台湾老厂怎么办？台湾干部过来工资又高，这成本都不懂得算？"

"你……"阿辉这几句话声调不高，却把静娴给震住了。

"你是总经理，不能蛮不讲理，不能动不动便使脸色！"阿辉想到最近几次会议上，静娴稍不满意就发火，对员工同事也是这样，不由得感到一阵阵的心痛。当时创业之初，她吃苦在前，对大家的意见都能认真听取，尤其是不同观点的意见也不会强烈反对。可是，上午开会，当着那么多长辈，使那脸色，不要说陈茂祥、杨金威这样的大佬们，连初出茅庐的后生仔也看得清清楚楚。于是，他尽力用缓和的口吻盯着静娴说："你纵使有天大的理由，在这种会议上，在这么多长辈、股东面前，也要注意自己的身份……"

"你这狗东西……"静娴感到这阿辉变化太大了，与当年的憨仔在自己面前唯唯诺诺相比，实在让自己难以容忍，但又找不到反击的言辞。因此，气得满脸发青，眼睛朝四周溜了一圈，还想大闹一番。蓦然间，想到这不是在家中，而是在办公室，况且这办公室是临时板房结构，再闹下去无疑自揭家丑。最后还是理智占了上风，但还是感到满腹委屈，咬着嘴唇，泪水啪嗒啪嗒往下直流。

"不可理喻……"阿辉还想说着什么，但当目光触及静娴一把鼻涕一把泪的样子，内心犹如打翻了五味瓶，甜酸苦辣涌上心头。眼前的妻子……

怀着身孕在台北凯旋大厦冒雨安装广告牌；

自己到德国参加展销会，身怀六甲的女人非但没人照顾，还要支撑刚刚起步的企业；

自己研发的小家电产品刚出厂，她带着员工上街叫卖；

……

这些往事尽管已经过去许多年，但在阿辉的脑海中却没有随着时间流逝而淡忘。可是现在，事业稍稍有成，她当上总经理之后，霸道、独断专横的毛病越来越严重，越来越缺乏事业发展的远见，缺少对同事的包容，缺少对长辈的尊重，更缺乏一种女人应有的谦逊与细心。

动辄发怒，稍不遂意便训人，实在不成体统！

"叮铃铃，叮铃铃……"突然，放在办公桌上的手提电话响了起来，阿辉正

第十四章

面对浩瀚的海洋

在气头上,他怕自己的情绪给来电话的人造成误会,几次伸手接都停了下来。

"叮铃铃,叮铃铃……"那电话一阵又一阵,一阵比一阵激烈,他深呼吸几下,才拿起电话:"您好!"应了一声。

"阿辉……"电话那头传来阿妈带着哭腔的声音,阿辉心知大事不好,便迅速调整情绪,温和地说:"妈,妈,我是阿辉,怎么啦?"

"阿辉,你大妈她……"彩凤泣不成声。

"妈,别着急,别着急,我和静娴马上过去,马上……"阿辉的头嗡的响了一下,悲伤地告诉妻子:"大妈走了,我们得赶紧过去。"

"什么?……"静娴大惊失色。

"别急,别急。"阿辉一边安慰妻子,一边端起早已凉透的一大杯铁观音,咕噜咕噜喝了个精光,大约他想以此来冷却一下自己的思绪。

面对这种人生的生离死别,阿辉有着无限的感叹。人啊!生命是如此的脆弱。一息尚存之时,有些人为了事业孜孜以求,奋力打拼;有的人为了名利地位削尖脑袋拼死钻;有的人不思奋斗在背地里绞尽脑汁,使尽阴招;有的人不谋发展却把精力花在芝麻小事斤斤计较……

他想起了岳父,人生七十古来稀,由于历史的原因,与原配妻子生死两茫茫,隔着海峡苦苦思念了几十年。现在,两岸关系缓和,儿孙绕膝,本应尽享天伦之乐时,那苦难的大妈却又撒手而去……

这种打击不要说对岳父这样的老人,便是年轻人也是难以承受的。"他怎能承担起这样沉重的打击呀!"阿辉的心犹如那海上的波浪翻滚着,禁不住鼻子一阵一阵地发酸。

"你发什么呆呀?"静娴心急如焚地叫了起来。

"若莹,林若莹。"阿辉朝门外喊道。他没有理睬妻子,十多年的夫妻生活,他对静娴的脾气了如指掌,对这种性格既然改变不了,只有尽最大的忍耐和包容了。

"董事长?叫我?"听到叫声,林若莹快步赶了过来。在隔壁房间里,她听到董事长与总经理高一声、低一声的争吵,心里很着急。但着急有什么用?人家夫妻间的事,外人是插不了手的,也帮不上忙的。况且,自己作为助理,只能默默地帮助董事长做好辅助工作，尽心尽力减轻他的负担。

"你跟朱副总和张副总说一下，我大妈去世了。我跟静娴要过去处理，这里的事你们商量着干……"阿辉心里很乱，本想交待地更具体一些，但电话又响了起来，一看又是岳母彩凤打来的，他一边走接电话，一边招呼静娴登上BJ-212，一踩油门，那车便绝尘而去……

太阳刚下山，淡淡的夜幕已经慢慢挂在这渐渐转为黛色的山包和大海上。此时正值下班高峰，各色车辆都争先恐后挤在那不甚宽大的道路上，尤其是那些横冲直闯的摩托车不时地发出刺耳的马达声，在汽车和人群中往来穿梭。心急得如同热锅上的蚂蚁一样的阿辉使劲地按着喇叭，车子也只能走走停停慢慢向前挪动。

"哎……"阿辉望着满大街蠕动的人群车流不断叹息。

静娴一声不吭地坐在副驾驶位置上，一只手死死把住拉手，另一只手不时地抹着脸颊上漱漱而下的伤心泪水。三个老人，一个归去，一个风烛残年，母亲也年近花甲，以后可怎么办呀！

夜色越来越浓，路灯已经亮起，此时的阿辉被刚才的争吵搅得阵阵心痛。人呀！穷的时候都能同心同德，夫妇如同一个人，相互搀扶，相互谦让；而今事业刚刚起步，离设定的奋斗目标还有千里之遥，却常常在如此唇枪舌战中度过，焦虑呀！

车终于在岳父母租住的房子前停了下来。门前不时地有穿白大褂的医护人员进出。阿辉夫妇带着紧张和急迫的心情跨进房门，里面的一切让他们感到吃惊。

两室一厅的房子，一间房里静静躺着大妈，她已经被医护人员用白布遮上；另一间房里则躺着一动不动的岳父，医护人员正给他插管打点滴，岳母疲倦至极地坐在一旁嘤嘤哭泣。

"爸，妈……"静娴禁不住伤心地嚎啕大哭起来。

"嘘……"一个穿着白大褂的医生见到静娴如此伤心恸哭，做了一个劝阴的动作说："病人身体虚弱，需要安静。"

"妈……"静娴忍住内心的痛苦，伏在文康的耳边，轻轻地唤着："阿爸，你别吓我，我和阿辉回来了。"

可是，躺在床上的文康没有反应，那紧闭的双眼连动也没动，只是两行泪水汩汩地流了出来。不难想象此时的文康内心的痛楚，看到一生苦难中煎熬的结发妻子去世，负疚之心让这位古稀之年的老人恨不得追寻亡妻的足迹；可是，在鬼门关前他却在犹豫，在举棋不定。因为，他的身后还有一个精心照料他大半生的第二任妻子。

此时此刻，他对自己的人生，无法抉择，无法判断，只有让伤心的泪水无休无止地流淌……

"医生，我阿爸病情如何？"阿辉看到面前的情景满心酸楚，但嗡嗡作响的脑子很快冷静下来。他在想，大妈已经走了，这已经无法挽回，做后辈的现在唯一的工作便是处理好她的后事，让她走得安心，走得体面，好最关切的是如何医护好年迈的岳父，医治好他那痛苦的身心。

"老人身体素质不错，可能是这一段太疲劳了，受的打击太大了，你们要好好照顾他，开导他……"这位医生跟阿爸和阿妈很有缘，阿爸第一次来厦门，医治大妈的便是他，对大妈和阿爸的身体状况非常了解。

"谢谢。"听了医生的话，阿辉悬在心头的石头轻轻落下。他安慰了一番岳母后，拿起手机想把这里的情况告诉永胜大哥。

"阿辉，我已给他打电话了，他在路上。"彩凤毕竟经历了人生的太多事情，她异常冷静，有条不紊地处理当前家庭面临的困局：

抢救了昏厥的丈夫；

拨通了医院抢救的电话；

通知了阿辉夫妇；

告知了永胜全家；

还通知了市殡仪馆。

她用一种慈祥而又宽阔胸襟的母爱风范，用一种中华民族贤淑妻子的特质，用闽南子孙坚忍不拔的精神，忍受这这那无限的悲伤与痛苦，默默地将这些事情处理得清清楚楚。

处理完这一切事务之后，老人感到难以抵挡的伤心与疲倦，无力地倚靠在那布艺沙发上，头枕着靠背无声的哭泣着，静静地等待着孩子们……

文胜大哥一家老少赶来了。

大妈的乡亲闻讯赶来了。

这是闽南地区乡村的一种留传千年，又不成文的习俗：红喜事，不请不来；白喜事，不请自来。大妈生前喜善好施，与乡亲们相处十分融洽，因此听到香兰的离去，楼下围满了从乡下赶来的乡亲，大家都来给她不幸的一生帮最后一把的忙。

这种习俗也被东渡拓荒的先辈们带到台湾，又一代承一代，直至现在台湾仍延续着这种风俗。

"永胜，阿辉，静娴……"看到家人已经到齐，彩凤强忍着内心的悲痛说："我们给大妈鞠躬，送她最后一程，祝她一路顺风。"

"……"孩子们围在香兰身边一圈，嘤嘤的哭泣声骤然响了起来。

"大姐，你睁开眼睛看看孩子们吧？"彩凤将覆盖在香兰身上的白布掀开，香兰已经变冷变僵的面容非常安详，唯有那双无神的眼睛半张半合。彩凤的心一阵剧痛。是啊！一个女人，隔着大海，带着子孙盼了老公一辈子，苦苦生活煎熬了一辈子，望眼欲穿几十年。现在幸福生活刚刚开始，阎王爷却毫不留情地把她招走了。

她难舍苦命的丈夫！

她难舍相依为命的儿孙！

她难舍这久久盼来的美好人生的一切啊！

她怎么甘愿将眼睛合上？

"永胜过来，将妈妈的眼睛合上。"彩凤拉着永胜的手，教他在母亲的眼睛轻轻一抹。香兰那半睁半开的眼终于合上了。

"妈……"

"大妈……"

"大姐，安心。文康交给我了！放心走好。"彩凤哭诉。

这时，刚才还在昏厥中的文康突然一跃而起，拔掉插在手上的输液管，踉踉跄跄走到亡妻的身边，用虚弱而又沙哑的声音大喊："香兰，你为什么不带我走啊！我文康对不起你啊……"

大妈被殡仪馆的汽车载走了；

父母被接到自己的住处。

阿辉认为，让父母搬离那令他们悲痛欲绝的地方，或许可以多少缓解对故人的思念，让两位饱经风霜的老人那伤痕累累的内心得到稍稍的平息……

天，已经朦朦亮了。

静娴经不起劳累与悲伤和衣躺在床上。

阿辉久久难以平静，一桩桩往事历历在目，让他再也没有丝毫的睡意。

"出去走走吧！"他自言自语，走出屋外，一踩油门，发动起那辆BJ–212，轰的一声蹿了出去……

几百米之外便是大海，站在这里还可以清晰地听到大海的波涛声，这是连接台湾和大陆的一片汪洋。梅山离大海有一段距离，到了厦门每天都能看到那波涛起伏的大海，总有一种豁然开朗的感觉。因此，只要心情不好，阿辉都喜欢静静地坐在沙滩上，对着那拍岸的海浪倾诉自己内心的幸福、自己内心的痛楚、自己对未来的愿景，从而让自己思路更加明晰、心胸更加坦荡，视野更加开阔，对未来更加充满信心和期待。

第十五章

从街头叫卖做起

安泰公司的生产情况比原先的计划要好得多。

自从十月份开业，到年终满打满算三个月的时间。由于台湾的原配件和原器件供应得到充足的保障，加上员工前一段训练成效显著，经营管理运作协调，三个月的产值将近1000万元人民币。

这种骄人的业绩，让阿辉和员工们都兴奋不已。

"阿辉，真没想到，咱们公司起步那么稳健。"阿辉刚听完林若莹的生产简报，正在思考下一步的工作，静娴边推门而入，边兴冲冲地说。她是一个喜怒哀乐都写在脸上的人，看到公司有成绩，走起路来也特别起劲，当年的画眉音又重现在耳边。这也让阿辉前一段被压抑的心情稍稍宽松了一些。

"现在你不会再说这边没人才了吧！"见静娴心情好，阿辉借机揶揄了一下。

"……"静娴猝不及防，有点瞠目结舌，狠狠地瞪了一下阿辉。

"下一步，作为总经理要一手抓生产，一手抓市场开拓，大陆市场大得惊人，十多亿人口啊！"阿辉见老婆有些窘迫，改换了一种非常缓和的口气。

"云生和云山呢？"静娴今天的心情确实好，没与阿辉计较。

"董事长，总经理！"静娴的话音未落，门被推开了，朱云生和张云山一前一后走了进来。

"怎么啦？"阿辉见刚进门的两位副总的脸色有点不对劲，刚刚放松的心情又骤然紧张起来。

"有什么事快说吧看你的样子怪吓人的！"静娴也觉得不是好的消息。

"啊，也没什么大不了的事情。不是好消息，但也决不是坏消息。"看到阿辉夫妇诧异的表情，朱云生轻松地笑了一笑，接着说："这几天，我们派出几个业务人员，走访了厦门各大卖场，了解安泰家电的市场销售情况，包括这一段二级批发的情况，总的感到不容乐观……"

"哦……"阿辉感到有些出乎意料之外。

是的，这一段时间公司派出了几组市场营销人员，到各批发商和大卖场进行产品推销，商洽安泰系列小家电进场问题，发现这整个厦门小家电市场都东芝、松下、飞利浦等洋产品充斥。更让他们未想到的是，经销商们为了降低自己的风险，加上对原产于台湾，现在在本地生产的安泰产品缺乏了解和信任，提出要支付一笔进场费，而且是一个不小的数目。

"原来这样啊……"阿辉听完情况介绍，端起大杯铁观音猛喝了一口。讲实话，原来自己想得很简单，安泰家电在台湾销得红火，在大陆也不会遭冷遇的。

"你们怎么看这个问题？坐吧。"阿辉想先听听大家的想法。

"要么先扩大出口，不然这上千万的产品一下压在仓库里，除库容有问题外，资金周转周期不仅会拉长，成本也将增加。"张云山说。

"不行我们把进场费先交了，然后再看看销售情况吧！"朱云生有些无奈。

"我们的产品在台湾那边那么受欢迎，怎么会呢？"静娴似乎是自言自语，又似乎对大家说。毕竟她当了几年的总经理，深深知道市场的销量对企业发展的重要性。原先决定在大陆投资设厂，可行性研究中就已经作了论证。可是，现实操作起来却出乎意料。她作为总经理能不着急吗！

"哎，这就是两岸商业意识和民族品牌意识的差异呀！"阿辉感叹道。

"是啊！这一点大家确实没有预料到！"朱云生也感到自己工作考虑欠周。

"你们还有新的意见么？"看到大家干着急，阿辉问了一句。

"……"几个人都摇摇头。

"这样吧！"阿辉见林若莹不在座位上，吩咐道："把特别助理叫来，一块商量。"

"我在这里。"阿辉话音刚落，门外响起若莹的应答声。原来，刚才看到静娴走进办公室，林若莹怕自己在办公室出现尴尬，躲到门外去了。

"这种现象既是预料之外，在情理之中。"阿辉也感到，以前投资前项目可行性研究时，对大陆市场客观分析。以为大陆刚开放，只知道这小家电在十几亿人口当中的市场需求，却不知道要挤占这市场份额的困难；人家洋品牌先入为主，我们作为后来者既没有宣传推介，也没有主动拓展市场。"安泰是什么碗糕？人家不了解，既然不了解，出现这样的问题应该是正常的。"

阿辉的话不多，但分析得合情合理，"每个消费者都会在购置前对准备选购的产品做出选择，而选择的前提便是对产品的了解。对我们的安泰产品，厦门的乡亲、大陆的乡亲了解了多少？我们没有考虑，没有去作为。那么现在的情况也便是我们工作没做好的一种警示。"

大家面面相觑，都感到各自在这个问题上都没能尽力而内疚。

"这样吧！"阿辉看了看大家，"现在大家既不要内疚，也不必悲观，毕竟我们公司的工作刚起步，大陆这块地盘也刚踩进来，有些问题估计不足也在所难免，目前只是处于暂时的被动，并未造成实际损失，但是我们需要迅速调整营销战略！"

"董事长，您讲。"朱云生在众人面前早已悄悄地改变了对阿辉的称呼。

"一、尽快在全市各种媒体投放广告，迅速提高消费者对安泰产品的知晓度，形成一段高潮之后，转为正常投放。这件事，由朱副总负责。"

"好，没问题！"朱云生点了点头。

"二、请林若莹特别助理负责，组织几十个，或上百个摊点上街头进行演示、推介，让消费者直观了角安泰产品的个性和优越功能。人员可以临时聘请，优秀的可以录用到公司来，要在活动中发现人才。"阿辉想到十多年前自己第一次出洋，在德国柏林举办的世界家电博览会上自己叫卖、吆喝的情形，觉得这办法尽管土得掉渣，但直接面对消费者，展示功能、解疑释惑，效果很好。

"三、要加大外销的力度，挤占国际市场份额，这是持久战，不是权宜之计。

几个月后厦门安泰全面投产，产品将成倍成长，这项工作要与国内市场开拓并举。这项工作由张云山负责。"

"好，董事长放心！"张云山点了点头。

"三件事情，统一由静娴总经理指挥，出现问题不要着急，要及时寻找解决问题的办法。这几天，我要返回台湾去一趟。"阿辉说完，轻轻地舒了一口气。

秋天是厦门最诱人的季节，四季常绿的海岛，通过园艺工人的辛勤劳动的精心培养，各种鲜花争奇斗艳。湖里工业区作为特区的发祥地，此时已经成为了新城区。

宽畅的街道，热络的人流；

富有特色的商场，汇集中外的商品；

穿着时髦的男女，交织着南腔北调。

厦门岛与岛外其他地区的工作、生活环境出现了非常鲜明的差别，而且这一差别还在逐渐地扩大。

原先住在岛外"贵州村"的居民们虽然羡慕城里的生活，渴望搬到城里去住，但限于收入，他们只能将这种欲望深深地埋在内心深处，只是在晚上的时候，隔着那眼前的海水，看着那被灯光照得如同白昼的厦门岛，让心里得到某些满足。或者利用周末或倒休的机会，到厦门岛里去看看，亲身体会一下现代化城市的另样生活。

年轻人就不一样了，尤其是已经在岛内找到工作的年轻人，他们以方便上班这个借口，大都堂而皇之地搬到岛内居住。

张武这帮孩子便是这样一个群体。他们这个村有两男三女五个年轻人被安泰电器公司录用，才上了一星期的班，就搬到岛内湖里原来一个自然村的租住房住了下来。

摆脱了父母的约束，年轻人一个个像逃出鸟笼的小鸟，一下班便叽叽喳喳，欢声笑语取代了父母的唠叨。

他们住在本地村民用宅基地盖起来的出租屋，八层的楼房，占地面积不大，活像一座座碉堡。每个房间十二平方米，狭窄的阳台既装了一个卫生间，还兼据厨房的功能。因此，真正用于做卧室的地方充其量也只有八九平方米，两个人转悠还凑合，多进来两个非挤得屁股打架不可。

都是年轻人，工资又不高，为节省开支，赵明英三个女孩合租了一间，在八楼。张文、张武租住在五楼的另一间。

反正大家都没钱，也没有家当，挤一挤冬天不冷。夏天呢，开一开吊扇，或干脆到野外吹一吹牛皮。如此一来年轻人感到开心无比，感到这样的生活比在"贵州村"滋润了许多。

领了几个月的薪水，除了必要的生活开支，每个人手中都多少有些积蓄。以前在家里没钱，省惯了，节俭惯了。在"贵州村"居住的时候，在父母的约束之下，原本不高的工资十号一发下来，当晚只留下少得可怜的零用钱，百分之八十当作生活费被父母刮走了。

大家几乎都是无产者。

"今晚，我们也当一回城里人吧！"赵明英最浪漫，这兴许与她的性格有关，每天嘻嘻哈哈，几个年轻人在一块，只要有人讲一个不足为奇的小故事，她都会咯咯咯笑得直不起腰。她很快活，很满足地过着每一天，尤其是听说城里一帮年轻人经常AA制到麦当劳、肯德基吃那洋快餐时，总是流露出一种难以抑制的欲望。

"有钱啦？"同宿舍的玉慧打趣地反问。

"没有啊！今天不是周末么？"赵明英有些得意，"我们进岛了，算是半个城里人了，我们五个人一起AA制怎么样？"

是啊！同样是人，同样是年轻人，无非是城里人出生在城里，而我们这些人出生在山里而已。与他们相比，我们缺哪样呀！凭什么他们可以住高楼大厦，入高级餐馆，穿时髦衣服，干轻松活，还领比我们高几倍的工资，而且还有优厚的社会保障？

这些农民工二代，不服城市人，也不甘愿一直在自己的头上冠以"农民工"的头衔。他们为自己的命运抗争，为自己最终能成为城市人而奋斗。

譬如，你城市的年轻女人，上身穿着那乳沟都暴露得连两颗小奶子都要蹦出来的小衣服，下身穿着连屁股沟都一览无遗的低腰裤，叫时髦。而我们这些农

第十五章

从街头叫卖做起

民工的女孩白长了一对又白又大的奶子，却不敢张扬，每天都像绑小偷似的用胸罩扎得喘不过气来。不信，你把城市年轻女人的衣服拿来穿穿，我们也到街上转一圈看看，人家非得说你是骚，甚至还说是骚叽叽，说不定末了还要加上"呸"一口。

这世道真是有理说不清，

这世道真是太不公平。

赵明英她们很小便跟随父母到经济特区打工，除了是生在大西南的农村外，其他都是道道地地的厦门人，连用闽南语骂"干妮姥"，再内行的人都分辨不出来。

对城市人，赵明英不服气。玉慧、张文他们以及所有的农民工二代都不服气。只是秋莲性格比较内敛，藏在心里没有表达出来，因为说出来实际上也没什么用。

张武不满意，而且最近心情不好得很。

上次安泰公司招聘，同时应聘的刘明与自己同样大学本科毕业，同样招聘为主管。别的不说，那朱云生副总经理生病住院，张武里里外外殷勤伺候，忙得焦头烂额，而那刘明参加培训搞设计。可是，十余天前，刘明升了车间副主任，月工资一下窜到3000元，足足多了自己500元，亏得自己还是设计主管。

"说穿了，刘明是本地人，城市人。"张武想到这里有些气不过，嘴巴嘟哝了一句。

"张武哥，怎么样？"玉慧这一段时间一直关注张武，年轻人到了青春期，对异性有着一种莫名的好感。"贵州村"里出了一个大学生，总想多看一眼，尤其是晚上，无数次梦见这个比哥哥张文更活泼，又有大学文凭的张武。

"什么怎么样？"张武头脑乱哄哄的，没有仔细听赵明英叽叽喳喳说些什么。

"明英倡议我们今晚吃麦当劳，AA制。"看到张武心不在焉，玉慧有些失望。秋莲是个精明透顶的人，赶快打圆场。

"好啊好啊！我们出来也几个月了，还没欢庆过呢！"被秋莲点破，张武缓过神来了，欣然应允。"既然打牙祭，我们也要找一个浪漫的地方吧！"

"哪里最浪漫？"赵明英兴奋不已。

"轮渡码头怎么样？"秋莲问。

"那地方人多，站着都要被挤出汗，能去吗？"张文很少吭声，今天却旗帜鲜明地提出了反对意见。

"白鹭洲公园，有水、有草坪，躺在草地上看夜景、看星星，再唱唱歌……"赵明英想起来了，白鹭洲绝对是一个不可多得的浪漫之处。

"不错！"张武终于点头了，他在五个人当中，凡事说一不二。

"打车去吧，凭什么我们只能坐公交车？"赵明英尽出馊主意。

"太贵了，五个人，一部车又不够。"秋莲迟疑。

"人家城里人一个人打一部车都不心疼，你怎那么没出息。"明英呛了秋莲一句。

"打两部吧，我出一部钱，剩下的你们四个平分。好么？"为几块打车的钱争执没有意思，张武想自己应有大学生的境界，况且工资比他们都高。

达成默契，五个人哼着小调，直奔白鹭洲公园。

对白鹭洲公园大家都是既熟悉，又陌生。说熟悉，因为都来过；说陌生，只是在白天匆匆而来，匆匆而去。现在五个青年男女要在秋天的夜晚在草坪上吃洋快餐，那自然是一等一的惬意。

"买五瓶啤酒吧！"秋莲对要去麦当劳快餐店买东西的张武说。尽管平时话语不多，但花花肠子不少。吃麦当劳，吹瓶喝啤酒，泡沫从嘴里冒出来，真是够前卫的。好不容易出来一回，一定要淋漓畅快地浪漫一次。

这白鹭洲公园确实是个浪漫的地方。

正是深秋的季节，张武一拨人带着汉堡包、香肠、薯条和啤酒，走进了这浪漫公园的深处，选择了灌木丛中的一处草坪上坐了下来。

今天晚上天气特别的好，秋高气爽，万里无云。那湛蓝的天空中的月亮高高悬挂着，皎洁的月色洒在这绿草坪与湖水盈盈的大地上，四周是一栋栋高楼林立，宛如身处在西南老家那原始森林之中。各种色彩的灯光从水泥森林的窗口向外照射着，与城市的夜景工程以及湖中的倒影相互映衬，相互交融着，给人一种亦梦亦幻感觉。

几个年轻人围成一团，坐在茵茵的绿草坪上，仿佛置身在天宇之间，仿佛在

第十五章

从街头叫卖做起

浩瀚的太空中畅游着，尽情享受着人生的美好时光。

　　边吃着汉堡、薯条，还有叫不上名字的小吃，边喝着以前少有品尝的啤酒。尽管那啤酒度数不高，但不胜酒力的这拨年轻人各吹了一瓶酒，时尚都变得耍酷还没有上来，此时都变得面红耳赤，头重脚轻，连坐着感到浑身发软，最后干脆稀里哗啦仰面倒在草地上。

　　张武毕竟见过世面，他的头脑很清醒，很兴奋，当他躺在地上时，发现身边是赵明英。

　　"我们一起唱一首歌吧！"赵明英突然提议。

　　"张武行吗？"玉慧的目光中带着一丝炽热。

　　"好啊！唱什么歌？"偷瞄姑娘胸脯的张武更加兴奋。他发现赵明英发育得很成熟，丰腴的身子，胸脯的丰满程度是其他两个姑娘不能及的。不，安泰公司的所有女人中也是很难及的。每当在她走起路来时，那两个奶子总是不安分地上下跳跃。他多少了解赵明英与哥哥张文有那么一点意思，但每次见面总忍不住。因此每次总是偷偷瞄上一眼，并引发出丰富的联想……

　　想不到此时此刻这赵明英就躺在自己身边，连呼吸喘息的声音，连那鼻孔呼出的啤酒味道都能感受得到，甚至连那高耸胸脯里心脏的跳动声也依稀可辨。

　　"《把根留住》。"秋莲不假思索地说。那一段时间，这首歌很流行。

　　"反对，我们应该将根砍断，要做城里人。"张文坚决反对，他不想永远当农民工。

　　"《东方明珠》？男女对唱！"赵明英又建议。

　　"不！我们已经走在做城里人的道路上，唱那个《爱拼才会赢》吧，发狠打拼，争取早日当厦门人。"张武兴奋得动手脚同舞，有意无意地碰触到赵明英那高耸的胸脯上。

　　刹那间，两个人都本能地吃了一惊，不约而同地看了彼此一眼，又都有些羞涩地将头摆了过去。这些细微的动作，恰恰被张文看在眼里，他的心似乎被猛烈地撞击了一下。

　　张武与赵明英都猛然感到心头的砰然直跳，好在彼此的尴尬被朦胧的月色掩盖了。

"好！"张武的倡议得到大家的赞同，尤其是赵明英为了掩饰自己的窘态，竟一跃而起，死命地鼓起掌来。

"一时矢志无免怨叹……"

五个年轻人憋足了劲，伸长脖子，扯开嗓子，带着酒后的冲动吼了起来。

一遍又一遍，不知不觉中他们学着城里人的样子开始扭动着腰肢跳起舞来。

唱着、跳着，这些平时住在"贵州村"被父母管教束缚已久的年轻人好像挣脱了羁绊与束缚，尽情地放纵起来，他们的精神高度兴奋，竟然模仿着影视节目里城里人的动作开始拥抱起来。

赵明英感到刚才张武碰触自己决不是无意的，尽管自己早已心仪张文，但张文太懦弱了，几年除了晚上无休无止地东拉西扯之外，至今也没有任何明确的表白，更没有一丝亲昵的举动。而张武刚才的那个举动，却让自己春心荡漾。她借着这种氛围，借着酒劲，突然闪电一样紧紧地拥抱着张武，将自己的胸脯尽可能全贴在他身上，迅速地在他脸颊上吻了一下，然后又装着没事一般独自扭了起来。

赵明英的这一串举动张文感到迷茫和不解，更感到一种无奈，不时地摇着头。

深秋的夜晚虽然已有一丝凉意，可是这些身着单薄的年轻人，火气旺，又是喝酒，又是唱歌，又是跳舞拥抱，那衣服早已贴紧了身子。在赵明英拥抱自己时，张武偷偷摸了摸赵明英的胸脯，赵明英没有拒绝，将身子贴得更紧，双手搂得更紧更紧。赵明英迅速离去，他哪里舍得，又借着月色跨前一步，再次将赵明英搂在怀里，更疯狂地跳了起来……

这一夜，尽管这些西南大山里出生的年轻人，对闽南语的歌词记得不清，唱得也不准，但在青春年华的热情烘托之中，他们再没有任何的顾忌和羞涩，尤其是赵明英，她半年多来对张武的倾情在瞬间得到了宣泄。

第十五章

从街头叫卖做起

第十六章

咖啡店的客人

　　厦门安泰顺利开业,而阿福每天几乎都在惶恐不安中度过,烦心事儿一桩接一桩。其是最令他担心的是,不知道什么时候警察会突如其来,把自己带走。

　　最棘手的是碰上一块黏住手,甩都甩不掉的麦芽糖。

　　这个张小红每天都像一条无形的蛇妖一样缠着自己,几乎要榨干自己身上的精华。她的性需求似乎是一个永远填不满的沟壑,只要有空,便无休无止地折腾。她每天追着阿福要兑现承诺,给她购买房子,要立马娶她。更要命的是,每当阿福力不从心或支吾其词时,她却又拿出杀手锏,威胁要到公安局告发他。这种死缠烂磨、软硬并施的手法,弄得阿福束手无策。

　　前些日子的一个晚上,那天咖啡店生意出奇的好,足有十余万元的营业收入,这是一个破天荒的营业额。阿福心情很好,还不到零时,便给了张小红一个暗示,早点回去浪漫一番。记得那是两个人正在翻云覆雨进入男女之欢的关键时刻,阿福全身的每一根神经末梢都高度兴奋着,张小红竟然趁阿福没有任何防备,用力翻身一把将压在自己身上的阿福推开,活像一个女鬼一样张牙舞爪地骑在阿福身上,大声喝道:"阿福,我警告你,如果十天之内再不给我买房子,我便到公安局自首,让你死的很难看……"

当时正满身欲火，大汗淋漓的阿福，被张小红这一举动吓得魂飞魄散，足足阳痿了一个多月。现在，一看到她脱光衣服在眼前晃动时，都还筛糠似的发抖……。

男人都有一个致命的弱点。

明明知道女人是一只老虎，碰上了不死也伤，可每个人都想要娶老婆，有的，家里放着如花似玉的老婆，却满足不了他们的占有欲，还要想方设法去追逐另样的刺激，去追逐别的女人。

明明知道那碗糕一条深渊，是一条见不到底的沟壑，却又不顾一切地往里跳……

今天，阿福心情好，元气又上来了。他好了伤疤忘了疼，又想温习温习功课。

"回来了。"看到张小红进屋，阿福满脸堆笑。

"……"张小红却不给好脸色。

"何必呢？"阿福涎着脸想来一个罗曼蒂克式的拥抱。

"阿福，那房子怎么样了啊！"张小红还是用那悦耳的银铃声，还是用那不温不火的口气说话。已经有心里障碍的阿福被这话一问，好不容易恢复的一点元气又烟消云散了。

"你不是说，等到选合适了再买吗？"阿福有些无奈，有些沮丧地垂下了头。

"那好吧，我看你阿福是想赖。但我倒要看看你还能赖几天？"张小红话说得非常平和，说完拿起随手泡，烧了一壶开水，泡了一杯热茶，倒了一杯给阿福，然后自个儿悠然自得地品起茗茶来了。

屋子里静悄悄的，阿福呆坐在一旁，不再吭声，也没什么好吭声的了。而张小红呢？不理不睬，自斟自饮，这个家活像已经变成她的一样。

"怎么样？"喝够了茶，张小红拿起随身携带的精致小挎包，"不吭声，我走了。从此不再回来了。"

"别，有话好说。小红，小红。明天，明天，我们明天早上便去下单，行吗？"阿福慌了，他嘴里应着，心里却直打颤。快四十的人了，玩过的女人不下一打，连在海外留过洋的女人都玩弄在手中，想不到却败落在一个大陆西南山区的女人身上，真是晦气。要知道，这一套房子少说几十万。这对于阿福来说，钱那么难

第十六章　咖啡店的客人

赚，比剜心头肉还痛。

可又有什么办法呢？纵使这张小红不去公安局报案，只要透一点信息给黄海林，自己不被敲诈死，也得被敲诈干哟！

"好吧，我等着！"见阿福买房，张小红的心情一下子好了起来，好将身上的衣服脱个精光。阿福一跃上来，张小红却一个侧身，把光溜的屁股甩给了阿福，还狠狠地说道"我这个洞好进、好玩。可是进来容易不好出去哟。"

"阿福的身子一阵颤抖。他后悔莫及，当时怎么会鬼使神差去搞那两块黑漆漆的木头，又怎么会看上这个貌似清纯的山女人呢？

这边阿福翻来覆去，一夜辗转不宁。

那边张小红撅着光屁股，呼呼大睡。

将近到天亮，阿福挡不住困倦呼呼大睡起来。不知到了几点，早已离去的张小红慌里慌张地开门回来死命地摇动着他的身子，"醒醒，赶快起来！"

"干嘛？"睡意正浓的阿福被折腾得有些不快。

"今天怪了，有几个陌生老人在喝咖啡，东盘西问，形迹可疑……"张小红不安地告诉阿福。

"乡巴佬吧，何必大惊小怪？"阿福不屑一顾地说。

"不对，他还打听老板是哪里人。"张小红一反晚上母老虎般的面孔，一脸惊恐。

这大约也是人的一种本能，同坐在一条船上，只有保护这条船的安全，大家才能平安无事。

此时的张小红正处于这样的心态。

"这样啊……"这下阿福急了起来，一咕噜翻身下床，忙穿好衣服朝湖畔咖啡店奔去。

张小红说的没错，今天这么早来喝咖啡的确实不是常客，而是林万寿一帮要破解掷茭之秘的老人。

可是这帮老人犯了一个错误。干这个行业是玩月亮、睡太阳的，上午十点多钟，这咖啡店还未开张，只有张小红在整理着什么。这一点老人们没有经验。

张小红吓得不轻,便赶紧回到宿舍叫醒了阿福。

阿福急急忙忙赶来,远远看见店中老人们连喝咖啡姿势都不对劲,认为是张小红虚惊。

"这大概便是老板了。"看到阿福一瘸一瘸地走来,林水木悄声告诉林万寿。

"这老板不知是哪里人?"林万寿轻声问。

"好像……"那林水木吃不准。因为,他也只来过一两次。

"等一下,你想怎么问呀?"林万寿担心打草惊蛇。

"对呀!怎么开口?"那理事被一提醒倒有些为难。

"找他随便点一份点心,听了腔调不就清楚了吗?"是阿,这台湾人尽也讲闽南话,但腔调有差别。林万寿感到好笑,以前看电视,警察破案的情节不就是跟自己一样么?

于是,林水木正面迎上阿福,装着乡下人的样子问道:"小弟,你这有小点心吗?"

"小点心,有呀!"阿福满口的台湾腔,转身吩咐张小红:"赶快给客人送去。"

"好呐。"张小红有模有样应道。

"喂,小弟,听你这口音好像台湾同胞。"这林水木很灵,特地加问了一句。

"是的,是的。这位老哥,耳朵真灵。"阿福很敏感,他怕自己言多语失,"您请坐,小点心等一下服务生给你送去。"说完便转身上楼去了。

林水木感到这次出击很有收获,满心欢喜地回到咖啡店临湖的露天座席,看着几个老人打趣地说:"这是台湾小点心呐。"

"是吗?怪不得味道那么好。"几个老人会心一笑,又热闹了一番,便买单离开。

第十六章
咖啡店的客人

"现在就回家吗?"林万寿看看还没到中午,便问了一声。

"不回去还有什么节目呀?"林水木心情也不错。

"到中山路去逛一逛。"林万寿知道,这一段时间阿辉对林若莹委以重任,叫她负责产品推销和宣传工作。女儿成天乐呵呵,东奔西跑顾不着家。既然几个老人闲来无事，何不到中山路去看一看那推销的热闹场面？

"好啊!"几位老人乐颠颠地打了两部出租车直奔了中山路。

这里还得多少花一些笔墨来介绍一下中山路的情况。

中山路是厦门最繁华的商业街，也是世界难寻的唯独一条全部充满闽南建筑风格的骑楼式建筑风格的街道，更是世界唯一一条通向大海作为末端的街道，并汇聚世界各地的名牌商品。正是由于这些特色，来厦门的人便必定要到这里走一走，有钱的淘一些名牌回去馈赠亲友，没钱的到这里开一开眼界，饱一饱眼福。

自从上次发现安泰小家电进入大陆市场出现阻力之后，阿辉迅速调整了工作部署，除了在街道上摆摊设点，面对面地进行推介之外，前一段时间还在各种媒体投入了一个月的广告，轮番轰炸的宣传效应这几天已得到迅速显现，安泰产品已经逐步打开了销路。

安泰公司的宣传推介摊点设在中山路与思明南路与北路交叉的地方，这地方人流最集中，作为宣传推介点那是不可多得的黄金地盘。

林若莹发挥了本地人、口才好、音质甜美等一系列得天独厚的优势，一会儿用闽南语，一会儿用普通话，看到洋人来还用英语推介产品，忙得实在是不亦乐乎。给她助威的是阿辉等高管人员。

静娴、朱云生、张云山都各自负责一块地盘，身后也带着一批助手。

正值中午，中山路早已游人如潮。林若莹手拿着一支无线麦克风在耐心细致地向询问者介绍着产品功能："这福德安泰牌小家电，源自于我们厦门仙岳山土地公文化，我们的董事长阿辉先生是十几代前到台湾垦荒的湖里村人的后代。我们生产系列产品有一个共同的优点，那便是外形美观，经久耐用，省电节能，价格低廉……"

"这不是台湾人生产的吗？"有一个老太太问。

"对，他原来就是我们湖里村的人呀，他姓林，中国人要用中国货，厦门人要用厦门货……"林若莹热情地向大家推介。

"好指我就是我，我叫林信辉，叫我阿辉，是湖里人。"阿辉趁着林若莹，喝水润喉之的空档，用闽南话自我介绍。

"现在是推介活动周，一律六折优惠。六六大顺！"林若莹不让摊位冷场，又高声地吆喝起来。热情的产品介绍，调动了围观人群的购买欲。

"那，我买一个电饭煲！"那老太太动心了；

"我买一架咖啡机……"又有人叫了一声；

"我买一架电吹风。"一个姑娘也挤进人群；

"我买一个电烫斗。"

"……"

"好，好，好！乡亲们，别挤，别挤，一个个来，一个个来。保证有货，保证有货，我们的工厂就在湖里……"阿辉看到这阵势很是兴奋，一边组织员工销售，一边帮助维护秩序。

林若莹见亲自参加自己的产品推介活动，很受感动，一种仰慕之情油然而生。她从自己的随身带的坤包中拿出了湿纸巾，递到阿辉："董事长，擦一擦汗。"

"谢谢！"正在忙得不亦乐乎的阿辉回过头，看到自己的特别助理正汗水涔涔朝着自己微笑，这才蓦然发现这林若莹长得如此漂亮，如此充满着诱人的魅力。

林若莹意识到阿辉在注视着自己，脸上的羞涩犹如微风一样轻轻掠过。非常有分寸地报以微笑。"林助理，带来的货快断档了。"这当儿，一个员工喊道。

"照这个清单，快打电话叫厂里送货过来。"林若莹把早已准备好的提体贴单交给了那位员工。

"知道了。"员工走了，林若莹又投入到产品推介中。

阿辉伸手接过若莹递来的纸巾，在脸上脖子上胡乱地擦了一下，又专注地向一位年轻人作起了产品介绍。突然，背上被人轻轻拍了一下。

"阿辉。"一种熟悉的女人声音在身后响起。阿辉猛然转过头，四目相对他惊呆了："子茵！"

说时迟，那时快，那女人张开双臂扑了过来，紧紧地把阿辉抱在怀里。

阿辉没有任何的思想准备，更没想到这陈子茵会在这大庭广众之下如此热忱地拥抱自己。

"你怎么会在这里呀!"阿辉感到惊讶、窘迫。这陈子茵自从那年在德国展销会之后,尽管还有不少联系,却想不到今天竟然会在厦门相见。厦门秋天,大家衣服都穿得很薄,这几年不见子茵虽称不上肥胖,但绝对可以称为丰腴,那胸脯上耸起的双峰巍巍颤颤,令人想象万千,贴在身上如同一团炽热的火。他不习惯这种洋习俗,他不敢用力地挣脱着,许久子茵才将手松开。

"我来厦门好几年了,现在是飞利浦公司在厦门工厂的总经理。"陈子茵双手递过一张名片。

"啊! 同行。"阿辉差点笑出声来,"同行生意便是贼",这是乡间的俗话。十多年前这陈子茵曾帮了自己一个大忙,而今在大陆相聚彼此却成了竞争对手。

"有空到我那去玩。再约。"陈子茵来去匆匆,转过身又告诉阿辉:"你师父也来厦门了,现在是日本东林公司厦门工厂的销售科长,干的也是我们同行。"

"是吗? 我怎么一点信息都没有呀!"阿辉心里咯噔一跳,师父老阿庚来了,他的背后是死对头东进一郎,下一步该怎么走呢?

"你不知道的事还多呢!"临走陈子茵又压低声音告诉阿辉:"阿福那混蛋也在厦门,在咖啡一条街开了一间湖畔咖啡店……"

"是吗……"阿辉惊呆了。

第十七章

二代农民工

李明提升为车间副主任，对张武冲击不小。每一个从贫困山区来到城里的孩子，都有着强烈的上进心和吃苦精神，可是要背景没背景，要钱没有钱。因此，每走一步都要付诸巨大的努力与艰辛。进城两眼一抹黑，两手空空，一切靠自己。一个月一、两千块钱工资，除了租住房屋和必要的生活支出，能剩几个钱呀！没有钱又怎能发展呢？因此只好一代农民工、二代农民工、三代农民工……这样活下去。

张武大学毕业后原本有机会彻底抹去身上农民工的印记。可却阴差阳错地被安插到二代农民工的行列里来了。

这是一种无可奈何的选择。

四年寒窗，花费了父母及哥哥四年辛勤汗水换来的几万块钱，到头来仍然还要戴上"农民工"这顶沉重的帽子。

"一定要摘掉自己头上'农民工'的这顶帽子。"张武在心底里发誓。记得刚到厦门时，张武去过两个市场，一个是劳动力市场，那里，里三层外三层汇集着从西南、西北和全国各地涌进来的农民工，自己不屑与他们为伍，毕竟自己是大学本科毕业生；另外一个是人才市场，那里照样被全国各地毕业的大中专学生挤得水泄不通，可是僧多肉少，好岗位甚少，他进去几趟都无功而归。

那是一段难熬的日子。

哥哥张文尽管没有上过大学，可是他有了一份稳定的工作，稳定的工资收入，而自己读了四年大学连一份工作都找不到。二十好几的人了，出门乘公交车都要伸手从父母那里要钱，张武越来越少言寡语。

后来被安泰公司招聘，张武兴奋了好些日子。他曾无数次地设计自己成长的轨迹，设计主管、部门副职、正职……，他多么希望通过自己的努力改变家庭的现状，将头顶上那顶农民工的帽子，丢到大海去。

他真想通过自己的努力，能够鹤立鸡群成为白领，成为安泰公司的中层干部。可是，半年多过去了，公司的中层位置都几乎填满了。按照张武的话说，该提拔的已经提了，不该提拔的也提拔了，唯独自己还在原地踏步。

这，着实让他感到没有面子。感到在同事之中，尤其是在赵明英面前抬不起头来。

"张武，怕什么。初一提不了，不是还有十五么。"张武每当心情不好时，总喜欢坐到仙岳山下的那棵相思树旁的大石头上沉思。后来，这一现象被赵明英发现了。自从那天晚上张武碰触她的胸部，拥抱、亲吻之后，赵明英开始疏远张文，将感情的天秤向张武倾斜。因此，看到张武独自走向野外，总是关切地紧随其后，不断地用宽心的话安慰他。

"没事的，我的专业基础很扎实，设计方面我有优势……"男人最爱面子，尤其在女人面前。这张武就是这样，虽然心中很难受，但还要装出若无若事的样子。

"那就好。张武，有事你就说出来给我听，有难处我天天陪着你……"赵明英非常柔性地在张武耳边说，身子又往张武这边紧靠了靠。

张武既没有拒绝，也没有张开双臂将赵明英搂在怀里，他还在沉思中。

"张武，你别烦恼了。你是我们几个人当中最优秀的……"赵明英发现张武有些木然，话语更加娇甜，双手轻轻地抚摸着张武的耳垂。她记得是从哪份杂志上看到，当男人心情不好时，女人只要轻轻地为他抚摸耳垂，就能帮助驱走烦恼。

"明英，只有你最了解我。"可能是抚摸耳垂发挥了作用，张武猛然张开双臂，紧紧地把赵明英抱在怀里。

"张武，你不要烦恼！我看安泰公司的老板也对你很信任呀！可能是你升官的运气还没到吧！"这赵明英真是一个善解人意的姑娘，几句话说得张武云开雾散，他原本搂着赵明英的手开始不安分起来了，轻轻地抚摸着她的手臂、脸颊、脖颈……

赵明英没有拒绝，微微地闭着双眼，紧紧依偎在张武怀里，尽情地享受着自己心仪男人那轻轻的抚摸，感到是那么的舒情，那么的惬意。

看到赵明英没有任何推辞，张武的胆子慢慢地大了起来。讲实话，从搬离"贵州村"开始，每天每天都会见到不少妙龄少女，但唯独只有赵明英最养眼。

那丰满的胸脯走起路来总是不安分地跳动，太吸引人啦！那秋莲就不行了，一点凹凸感都没有……

记得那天晚上在白鹭洲公园，自己借着酒劲碰触了一下赵明英的胸部，那纯属试探性的举动，竟然换来了紧紧的拥抱，还那有生以来第一次与女人的亲吻。

那一吻真是畅快呀！原先因为升迁的事烦得全身冒火，可就那"啾"的一刹那，自己的烦恼便不见了踪影。这时，张武才深切地感悟到女人是个好东西，自己应该有个女人陪伴自己创事业、打天下。

夜幕下的深秋，张武感到靠在自己身上的不是一个女人，而是一团炽热的火，一团让男人每一根神经都能兴奋到极点的火，这团火让他感到浑身的燥热。他将手慢慢地往赵明英的身体中心移动，他想去探求那高高耸起部位的神秘。

赵明英仍然没有拒绝，只是换了一个姿势，仰面半躺在张武怀里感觉到张武的手一步步朝自己胸部移动，嘴巴里喃喃自语，心里充满了甜蜜，对即将会发生的效果充满着期待。

"明英……"张武的手碰触到系在赵明英胸部的胸罩，那胸罩把那迷人的奶子罩得死死的。他想腾出一只手将那东西解开，却又不知从何处下手。他感到身上的血一股又一股地往脑门上涌，一种前所未有的冲动占据了，整个身心硬生生地将自己的手伸进了赵明英那结实而又富有弹性的胸罩里面。

"啊……"躺在怀里的赵明英如同被电击一样激烈地颤抖着，双手紧紧地反

勾着张武的臂膀，两条腿如痉挛一般不由自主地蹬踢起来……

自此以后，张武似乎变了一种性格，变得不像以前那么内向，不像以前每天下班回来，总是躺在房间里看书。每当下班便到市里去走一走，睁大眼睛在探求自己成功发展的道路。

再说，安泰公司在上次投入广告，面对面推销之后，市场的被动局面被迅速扭转，各大卖场里都开始摆上了安泰公司的产品。阿辉明白产品的推介不是一朝一夕的事情，也不可能总是将所有人都轰到街头巷尾搞推销，而是要制定一个可操作的，有预见性的，站在高位的产品营销计划。

"若莹，你对下一步产品推销有什么想法。"阿辉隔着玻璃问自己的助理。这一段，这个助理表现如此出类拔萃，是他原先没有想到的。

"要推销必须先对消费群体的需求做一次调查。"林若莹回答。

"能不能说具体一点？"

"董事长，尽管大陆与台湾同属一个国家，同是中华文化，但分治已经几十年了，两岸在许多事物的认知上是有差距的。"

"有道理，继续说。"阿辉觉得这林若莹不简单，对两岸的历史与现状有着如此清醒的认识。

"现状对安泰家电的产品来说，在台湾你们打了福德文化的牌，做足了文章，便有了消费群体。在大陆呢，同样也信仰福德文化，可是信仰的角度与视野都有差异。因此，要在大陆要为安泰产品挤占一定份额，首先要寻找两岸认知上的差异。譬如，大陆消费者在选择小家电时特别关注两点，一是要节能，二是要美观。"

"这节能没有问题的！"阿辉点了点头，因为电热管也好，马达也好，以前与德国公司合作实验，各项物理指标都在世界同类产品的前列。

"那便是美观，这种美观还应是符合大陆消费者口味的美观。"林若莹说着说着将不知从里剪来的一掐小家电图片交给阿辉："你看这些小家电产品，设计得美观且实用，无论摆放在家中的任何一个地方却都不失为是一件工艺品，既不奢华，又有个性。"林若莹站起身弯腰用手指着那图片给阿辉讲解。可在阿

仙岳儿女

辉抬头观看一瞬间看到了若莹胸口中挺拔的双峰,他赶快收回了目光。若莹也似乎发现了什么,赶快直起腰,一脸绯红起来。

也是无巧不成书,正当两个人都一脸红晕感到不自然的时候,静娴迟不来早不到地推门而入。

这女人的心原本就很细,细得比针眼还小。看到刚才的一幕她一声没吭,气呼呼地"砰"的一声,反手将门关上,回到自己的办公室去了……

重重的关门声也重重地撞击着阿辉和若莹的心。

"董事长,我建议发动员工对我们厂生产的产品进行公开征集设计图案,也可以向社会征集设计图样,对选中的设计给予奖励,没选中的也给予鼓励。"林若莹迅速调整了自己的情绪,继续着她的解说。

"好想法,好想法!"阿辉称赞道。

"不!这还不是最终结果。"林若莹戛然而止。

"那……"阿辉被调起的兴趣情不自禁地挠着头皮问道。

"我想这整个过程中要请媒体参与,全程跟踪报道。那么,这件事本身就是制造一个热点。"

"好!好,超好。"阿辉被林若莹缜密的思路和高位谋划深深地折服了。他拍案而起,不由自主地哼起《爱拼才会赢》。稍停,他觉得这件事宜快不宜慢,应雷厉风行,抓出动静,才能尽快见效。想到这里,他点着头对林若莹说:"我完全同意这样做,你马上写一份工作策划方案,召开中层以上干部会议进行研究……"

"好的,董事长。"林若莹毕恭毕敬接受指令。

第十七章

二代农民工

在厂内外公开征集各类小家电的外观设计是一件新鲜事。搞设计的自然非常兴奋,不是搞设计的也跃跃欲试。因为大家心里都明白,这台资企业可不像我们国企升迁搞论资排辈,你要是官运不佳,熬到头发稀疏发白,恐怕连个科长的位置还坐不上。这次征集产品外观裟,如果谁有灵感设计出一款图纸入选的话,那可是除了有一笔可观的奖金外,又有可能被企业重用。

"如果是这样,岂不是竹筒掉落海里两头进水吗?"听到这消息,最兴奋的莫过于张武,每天吊着的那一副苦瓜脸倾刻堆满了笑容。

然而,机会便是机会,机会绝对不能与成功划等号。

对这一点,张武却实实在在体验到了。

公开征集设计方案的公告一贴出来,张武那个乐呀,还在赵明英面前拍着胸膛说:"明英,我不敢吹牛皮拿一等奖,可是绝对不会拿二等奖。"话中充满着自信。

"对,我的张武绝对胜出。"赵明英也跟着兴奋不已,冲上前跳起脚,"啾"的一声给了张武一个飞吻。

大话说出去了容易,做起来却感到不是那么简单了。这几天张武把那铅笔头咬得粉碎,也没有想出个子丑寅卯来。越着急,思路越乱,满脑子成了浆糊,一片空白。

张武着急了,这一着急,竟连续几个晚上没合眼,人瘦了一圈,眼窝深深地陷了进去成了熊猫眼。

下午下班时,张武跟哥哥张文和赵明英招呼了一声,便跳上公交车朝市中心驶去。

他没有看清这是几路车,他也不知道自己要去哪去,他更不知道此去想干什么。他坐在公交车上,双手抱头靠在座椅上摇摇晃晃昏昏欲睡……

窗外夜幕降临了,路灯和夜景工程全亮了起来,整个城市仿佛刹那间变得通明透亮……

张武没有心思去欣赏城市美丽的夜景,他的头很昏、很沉,思绪很乱。他在叹息,自己的命怎么那么苦呀!这老天爷怎么就不给自己一片云彩,给自己洒下点滴甘霖呀!……

"嘎……"车子突然停了下来。张武迷迷糊糊地睁开眼睛,发现已经到了咖啡一条街。

"喝一杯咖啡吧!"张武想,自己长到了二十多岁了,这咖啡到底是什么滋味还都没尝过。

"来一杯咖啡,一盘点心。"张武特别阳刚地招呼服务生。

"咖啡要浓缩的吗?"服务生问。

"浓缩的是什么样子？不浓缩的又是什么样子？"张武不懂。

"浓缩的香浓，不浓缩的香淡。"服务生道。

"来浓缩的。"张武下了狠心，决定今晚享受一番。

"好呐。"服务生得到答复吆喝了一声，不消片刻另一位服务生将一小杯咖啡和一小碟蛋糕送到张武的面前，态度可亲地说："总共85块钱。"

"什么？"这一小杯咖啡，外加一碟两三口吃个精光的蛋糕竟取要85块钱，太狠了吧。省吃俭用的张武感到被人敲诈了，吃惊地大喊起来。

咖啡店本来是一个比较悠静的场所，张武怒不可遏的样子，自然引起周围顾客的观望。

"先生息怒，这杯咖啡是按照你的要求，要的是浓缩的咖啡……"服务生见这位年轻人一定是第一次进咖啡店，耐着性子给他解释。但是，张武正处入于被压抑在内心深处怨气无法发泄的时候，哪里听得进去。

"这不是宰人么？这不是在宰我们这些从乡下来的农民工么？"张武举起那小盘蛋糕要往地上砸。

"息怒，这位小弟！"正当张武举起手要砸蛋糕时，旁边的一个人走将过来，一手抓住那装蛋糕的盘子，一手轻轻地把他摁回到原来的座位上，"不就85块钱吗？用不着生那么大的气。"

"你……"张武怒气未消。

"别急，息怒。发怒伤身体，小兄弟。"来人拍了拍张武的肩膀。

"真是……"张武嘟哝着，抬头看了看这个爱管闲事的人，面很生，满脸堆笑。

张武面前这个陌生人，不是别人，正是黄海林。

而此时张武大闹的恰好是湖畔咖啡店。

黄海林把张武安抚好后，转身叫了服务生"买单"，便从身上掏出两张百元大钞，吩咐道："再给我要一份与这位兄弟同样的咖啡和点心。"

"不，我们从没见过面，不能让您破费。"张武感到不解，理智告诉他，不能平白无故地接受人家的东西。

"见外了不是，今天我们不是见面了么？"黄海林笑了笑，然后补充了一句：

"你可是安泰公司的？"

"唔……"张武点了点头，反问道："你怎么知道？"

"呐……"黄海林指了指张武工作服上的标志。

"……"张武低下头看了看工作服，不好意思地笑了笑，刚刚下班心情不好，连衣服都没有换。可让他纳闷的是，这个从未谋面的陌生人为什么会对自己如此热情？"敢问先生，你为什么帮助我。"

"啊，我叫黄海林，是你们大陆人说的台胞。你问为什么帮助你，那么我告诉你，是缘分。"

"缘分？"

"是的，你还有什么困难我还会帮助你。"

"没，没有……"张武欲言又止。

"这就不够朋友了不是。在家靠父母，出外靠朋友。"黄海关切地问："看你心情不好，是不是碰到什么困难的事情了？"

黄海林亲切得活像一个大哥哥。缺乏社会经验，又急于求成的张武，此时感到在这世界上终于找到了可述衷肠的知已，他如同竹筒倒豆子，一股脑儿将自己近期碰到的烦心事儿说了出来。

"就这事儿？"黄海林听后，脸上流露出一种不易觉察的表情。

"老哥，这事儿还小吗？提升一级工资每月增加500多块呀！而且地位也不一样啊！"

"如果，如果我将设计好的一张图纸给你如何？"黄海林紧盯前张武的双眼。

"行吗？"张武迟疑。

"你带回去上交不就结了？"

"那么要好好谢谢您！"

张武似乎见到了贵人。于是两个人一边喝着咖啡，一边聊起安泰公司的情况。总之，只要张武知道的东西，一点不剩地说个清清楚楚。

俩人都心满意足。夜已深，张武要回去了。这黄海林也真够朋友，非得要打的送他。

"不行，不能再让您破费了。"张武推辞。

"不用客气啦，我也顺路，多少还可以为你省点，是么？"黄海林说的很在理，张武无言以对。

再说这个黄海林在台湾丢掉饭碗以后，又与他那帮孤朋狗友混到了大陆，还以台胞的名义在厦门注册了一家咨询公司。说是咨询公司，实际上只是混迹在各家台资企业之间赚一些跑腿费。后来东进一郎的东林家电公司也进驻厦门，他的老搭档老阿庚，也就是阿福的父亲，又成了东林公司的销售科长。

这一段时间，安泰公司为了开拓大陆市场采取超常规、大力度的推介，已经明显地冲击了东林产品的市场。

东进一郎与阿辉，真是不是冤家不聚头，他们又商场较量的烽火带到了厦门。

"阿庚，你徒弟用超常规的手段，我们也要用超常规手段。"东进一郎一肚子火，他叫住这个忠实追随他的中国雇员。

"您的意思……"阿庚吃不准东进一郎的意图，尽管他知道徒弟阿辉已在厦门投资设厂，但已经多年没联系，而且也没有兴趣联系。

"这样的小事情，还要我交代么？"东进一郎半躺在沙发上，嘴里吐了一个烟圈。他正在谋划如何巩固东林小家电在大陆市场的份额，将安泰小家电挤出大陆市场。但这位精明又刁钻的日本商人很了解中国人的民族心里，东林公司能否取胜实在没有百分之百的把握。

换了训的阿庚这时才想起需要详细了解阿辉那边的情况，可自己又不能直接出面去问。于是，他想起了黄海林，火烧屁股似的一个电话将这个小混混召到跟前："你有没有认识安泰公司的员工？"

"……"黄海林刚回到东林公司上没几天班，被阿庚一问，摸着后脑勺摇了摇头。

"想办法去找，详细了解那边的情况！"别这六十多岁的老阿庚在东进一郎面前像孙子一样，但在黄海林面前那是比爷爷还爷爷。

"经费呀。"黄海林涎着脸："捉鸡也要有一把米呀！"

"会欠你的么？"老阿庚脸上涌出一种厌恶。

第十七章

二代农民工

第十八章

抢占有利地形

经过一年的努力，安泰公司的厂房已经全部建成。四栋六层的厂房，六千多员工，每到上下班的时间，这厂房出入处宛如一个入海口，吞吐着来自大陆各地，带着各自乡音的员工。

然而，随着企业的发展，商场的竞争也日趋激烈，阿辉越来越感受到如何加速货物流通，缩短资金周转周期，已是摆在安泰公司面前最大最紧近的课题。

正值上班时间，仙岳山下的安泰公司早已热闹非凡，阿辉和静娴同坐一部小车上班。儿子小俊高中即将毕业，已经回到台湾上学。厦门只有阿辉和静娴过着两人世界的生活。

厦门经济特区的绿化能力特别强，厂房刚完工几个月，周边的道路、绿化就已经基本就绪，到处都充满着生机盎然的绿意。

"真让人难以置信，一天一个样。"静娴则坐在副驾驶位置上自言自语。不知好在赞叹特区建设的日新月异，还是感慨自己公司的发展。阿辉没有应答，脸上没有任何表情。

"今天安泰学院召开第一次院务会，研究教师聘请和招生标准问题。进厂前你要不要到场一下？"静娴又挑起一个话题。

"你去便可以了。"阿辉回答得很简单。

"那你忙什么去呀?"静娴对阿辉不出面很不理解,同时又对自己提议被驳回,感到很伤自尊心。

"不要看到公司目前表面的繁荣,生意场上暗礁林立,危机四伏。我最近觉得安泰应该站在高位来谋划自己的发展思路……"阿辉没有回答妻子的问题,开着车自顾自地说着。

"危言耸听,什么危机四伏。"静娴不以为然。

转眼间车子到了安泰公司,话不投机,夫妻俩各自奔向了自己的办公室。

"若莹!你通知总经理、副总经理到我这里来,有重要事情要研究,你也参加。"一进办公室,阿辉刚便给特别助理下达了任务。

"什么时间?"

"一个小时后。"

"好!"经过一年多相处,若莹对阿辉的行事风格作了如下概括——干净利落,绝不拖泥带水。在林若莹拿起电话一一通知参会者的时候,阿辉坐在自己的办公桌前双手托着脑袋沉思着。

自从上次采取超常规手段进行强力推销后,营销业绩稳步提升。可是,最近发现日本东林小家电公司和德国的飞利浦公司广告投放量迅猛增加,大有铺天盖地之势,而且还有不少让人耳目一新的创意。

"这是两家世界品牌的老牌公司啊!"阿辉感到一种无形的压力朝自己的身上铺天盖地而来。

更让阿辉感到难办的事,一个是自己的老冤家,而销售科长阿庚是自己的师父;一个是是当年在台湾帮自己打破日本东进一郎商业垄断的支持者。是敌,是友? 三家生产同类产品的公司都在方圆不足三平方公里的湖里工业区内,发生一场遭遇战在所难免。

阿辉用手狠狠地抓了一下板寸头,发现掉落的头发中已有不少发白。

他抬起头,看到林若莹那美丽的俏影在隔着玻璃的外间办公室忙碌着。他为自己能够获得这个大陆的优秀女性作为自己的特别助理自豪。她不但人长得漂亮,而且睿智又能不知疲倦、兢兢业业地工作……

第十八章

抢占有利地形

不知怎的，阿辉想着、想着，眼帘里又浮现陈子茵的身影。那天在中山路一见，才知道这位曾帮助过自己度过难关的美女，也来了到厦门，来到了湖里工业区，而且成了自己的竞争对手。

中山路相遇之后的一个下午，陈子茵约自己到湖畔咖啡店一起用晚餐，自己欣然应邀。

那是一个多么美丽的晚上呀！

尽管已经夜幕降临，可是西海域上还残存着一抹金灿灿的晚霞，那晚霞犹如金色的光芒从海平线放射出来，又通过那湛蓝的海水折射到厦门的每一个角落，与正在亮起的五彩缤纷的夜景灯争辉夺艳。阿辉依靠在湖边的花岗岩护栏旁贪婪地欣赏着湖光山色又如痴如醉地注视着一抹夕阳余辉细微点滴的变化，内心深处浮现了一种从未有过的浪漫。

"阿辉。"正当阿辉忘我的时候，身后响起了那曾经非常熟悉的声音"真想不到，你这大老板还有这番闲情逸致哟。"

"子茵，是你？"阿辉热情地握了握陈子茵的手，"我们到哪里去？"

"一切都已安排好了。"陈子茵靠近阿辉，伸出手要勾住阿辉的腰，阿辉闪了一下身，说："请，您带路吧。"

"你呀！还是一个好男人！"子茵有些失望，莞尔一笑。

"自从……"阿辉正想告诉陈子茵两人在德国分别后的情况，一抬头却发现隔几步路的咖啡店前有一个熟悉的身影在闪过。"阿福，一定是阿福。"

"您说什么？"陈子茵发现阿辉两眼直愣愣地盯着不远处的一家湖畔咖啡店。

"你不是说过，阿福也在厦门吗？"

"是啊，怎么啦？"子茵反问。

"刚才我好像看见阿福了。"阿辉说。

"是吗？他怎么会在这里？这个魔鬼……"子茵一听说是阿福，表现出本能的厌恶……

这是一家叫"我家咖啡"的咖啡馆，典型的欧美风格。陈子茵事先作了精心的安排，预订了一间非常温馨的包厢：

像血一样的红蜡烛灯；

一瓶已打开的轩尼诗XO；

几盘造型别致的精致西点；

茶几正中摆放着一盆香水百合，散发着袭人的香气。

阿辉见到这场面，心中忐忑，想起了十多年前在德国柏林酒店的那一幕，想起陈子茵滚烫而又多情的双唇……

"阿辉……"陈子茵见阿辉发呆，忍不住扑哧一笑，突然转过身把他死死地搂在怀里，紧接着便是暴风骤雨般的狂吻，动作之迅速，热情之高涨，着实让阿辉招架不住。

"别，别，别……"阿辉被动地挣扎。

挣扎也是白挣扎，再说一万个"别"也没有任何结果，阿辉已经完全木然了。

这时门外响起了服务生的敲门声，阿辉终于解放了。

"你阿辉是一个大傻瓜，是一根木头。"陈子茵似乎还没有发泄干净，不情愿地松开了紧紧搂抱着阿辉的双手。

阿辉后悔今天不该来，自己十多年前已经领略了陈子茵那种具有外国女人野性的浪漫，为何还要自投罗网呢？

陈子茵还在喘息，阿辉趁机转移了话题。"你怎么也认识阿福？你对他有成见？"一提到阿福，依然还沉浸在甜蜜中的陈子茵脸色骤变。

"别提他，他是一个魔鬼……"陈子茵的眼圈红了起来。她对阿辉没有隐瞒，哭诉了在台南受骗失身的经过。

阿辉后悔自己选错了话题。

"你什么时候来厦门的？"阿辉又换了一个话题。

"比你这个台胞早几年。"子茵似乎还深陷在对那不堪回首往事追忆中，淡淡地回答。

"十多年，弹指一挥间，真想不到我们在厦门又成了同行。"阿辉在想尽办法调整陈子茵的情绪。

"嗯。"陈子茵仍然淡淡地回答。

"你们公司现在发展如何呀？"阿辉真是三句话不离本行。

第十八章

抢占有利地形

"你为什么不问问我个人的事情呀？"陈子茵恼了。

"你不是很好吗？面色红润，身体健康，精力充沛，充满着浪漫与活力。"阿辉不解。

"我想你，我这十几年天天想你。阿辉，我的傻瓜！"突然，陈子茵歇斯底里地嚎叫起来。

"不，不要这样。"阿辉最看不得人流泪，尤其是女人流泪。被子茵这么一叫，他慌了手脚，"你听我说，我是已经有妻儿的人了，儿子都上高中了，正闹着要出国留学了……"阿辉哀求。

"我不管，我不管这些，我爱你，我喜欢你。我想你想了十几年了……"说完，陈子茵扔下一叠钱，哭着走出了咖啡厅，头也没回。

包厢里只剩下阿辉孤零零一个人，他没有去追陈子茵。他在想，人们常说时间是一种美，距离更是一种美。靠得太近，亲密过了头，便会有没完没了的烦恼。

自己已拥有静娴，虽然不尽完美……

包厢里静悄悄的，烛光在跳跃，阿辉结了账打了一辆出租车也走了。

这一夜阿辉彻底失眠了。

他想到阿爸、阿妈。他们在大妈去世之后，拒绝自己留他们在大陆一起居住，安享晚年的请求，在处理大妈后事半个月后，便回到台湾乡下梅山去了。因为，那里有傲霜的梅花，那里有他们每日一起漫步的山间小道，那里还有他们挂念的"福德梅丸"……

他想到了儿子小俊。这小子已是高中生了，闹着要到国外去留学。当时考虑到他年纪小，没有答应。现在看来自己错了，让后一代接受多元文化的熏陶，是百利而无一害的。

他还想到了静娴，以前自己曾嫌一个孩子太少，真希望静娴能多生几个，这样让家里多一些生机。可是不知什么原因，从生下小俊之后，静娴那肚子便没了动静……

早晨上班后，阿辉坐在办公室里还在继续追忆着许多往事……"董事长，人都到齐了。"阿辉的思绪被林若莹的叫声打断。

"噢, 好, 好……"阿辉一连应了几个好, 摇了摇脑袋, 抖了抖精神, 走进会议。

现在公司筹建工作已全部结束, 无论生产研发, 还是办公条件得到了极大改善。新建的十二层办公大楼, 董事长办公室、公司会议室都安排在九楼, 应了闽南风俗"九"为吉祥, 寓意天长地久。

"今天, 请大家来研究一个问题。"走进会议室, 阿辉精神抖擞, 双目炯炯, 像变了一个人似的, 一坐下他高谈阔论地讲述了当前小家电国内和国际市场的现状, 讲到了目前与国际市场的激烈竞争。"不论日本东林公司, 还是德国的飞利普公司都是老牌的跨国公司, 在台湾我们跟东林公司你来我往较量了十几年, 最后我们坐拥地利优势, 取得了最后的胜利。现在, 大家都在异乡, 都在厦门, 虽然表面上看大家都处于同一起跑线, 但东林公司和飞利普公司的实力明显优于我们。如果我们因循守旧, 必然要陷于被动局面。"说到这里, 阿辉有些激动, 喝了一大口茶, 清了清嗓子, "现在请大家来, 就是请大家出主意, 应对这种挑战!"

"继续加强员工培训力度, 提高全员素质。应我方要求, 厦门大学已经决定派出有经验的教师进行教学。招生工作下个月开始, 第一批学员从优秀员工中考录。静娴总经理对这项工作非常重视, 她提出学员要边学习, 边实习, 我认为这对提高学生的实际工作效能非常有效。"林若莹兼任安泰学院院长, 她在发言中还不忘美言了总经理几句。

"我建议以安泰名义建立一个网路公司, 构筑物流管道, 加速货物流通, 降低企业成本。尤其是我们公司布局两岸, 只要资金周期缩短两天, 甚至一天, 效益也是很可观的。"朱云生早有准备, 说完, 他将一沓材料双手呈给阿辉。

"我看还是要广泛吸纳全公司员工的智慧, 这次搞设计方案征集, 效果很好……"张云山的话, 被阿辉打断, "有新的东西么?"

"有, 有几件相当有水平。"张云山回答。

"谁的作品?"阿辉很感兴趣。

"那个设计主管张武的。他交了五件, 真是让人大开眼界, 可以说既有实用性, 又有艺术性, 相互交融, 相得益彰。"

第十八章 抢占有利地形

"哦,这张武是那个个子不高的贵州人么?"阿辉眼睛一亮。讲实在话,对这个后生,他原先并不看好。原因只有一条,人虽然很聪明,但不够踏实,做事比较浮躁。为此,几次升迁想法没有考虑。

"对!想不到这后生仔还真有才!"张云山补充了一句。

"静娴,你有什么想法?"阿辉征询妻子的意见。

"我接着张云山的谈点看法。征集工作在其他方面也可以搞,不要仅限于设计方面。这次活动的经验非常值得总结,跟媒体宣传推介结合起来,形成热点扩大效应,这一点林助理的思路值得肯定。"

"大家还有别的意见么?"阿辉看到大家都已经发言,问道。

"……"众人不约而同地摇头。

"有这样几件事大家下一步要切实抓好。"阿辉清了清嗓子,对安泰公司的下一步工作做了如下安排:

一、做好员工培训工作,这是公司兴旺发达之本,要始终紧抓不放。此项工作由林若莹负责。

二、征集设计方案工作要继续进行下去,每次都要有新意。这次获奖的奖金要兑现,张武用到什么地方,张副总提出任用方案。

三、成立3C网络公司,加快货物快速流通速度,降低生产和营销成本。这件事由朱副总落实。

四、公司研发和生产是关键,静娴总经理要抓好整个工作的协调。

五、林若莹牵头对大陆市场做一次全面而细致的调研,对今后公司的物流趋势、网点布局做好预测分析,以便制定厦门安泰下一步的发展战略。

仙岳儿女

第十九章

女人和孩子们

住在"贵州村"的女人大都是没有文化的农村妇女，当年老公到经济特区打工，因为孩子太小，或上有公婆需要伺候，在家独守空房。孩子长大也外出打工了或上学了，远方的老公也需要人照顾，于是她们便从四面八方汇聚而来。

她们当中有些人进城后当了保姆，给人洗洗刷刷，带带孩子，做些家务，有的人的收入比老公还高；有的经人介绍当了清洁工，或者承包一间公共厕所，每个月都有了一份固定的收入；有些则不愿意受别人的指指点点，便农贸市场买些处理的便宜蔬菜，或把蔬菜摊贩们丢弃的菜头菜叶捡起来，洗干净，做成酸菜、泡菜，卖给城里人，也能赚一些收入。总之，猫有猫道，狗有狗路，八仙过海，各显神通，大家都努力去赚取一些辛苦钱，盼望积攒到一笔足够的钱后，完成人生的三件大事：盖房子，娶媳妇，建坟修墓。

说起这人生的三件大事，倒有一个说法。

这盖房子是乡下人的头等大事。房子是乡下人的面子，房子建得漂亮，令人刮目相看，房子残破陈陋，便会被人看不起，谁家好姑娘会嫁到这种人家啊！

这娶媳妇呢？那可是家家都不敢忽视的大事。俗话说："不孝有三，无后为大。"现在虽说生男生女都一样，那生女也得女人生啊！所以，谁家儿子大了娶不上媳妇，那可是最丢人的事情。

这建坟修墓那也是含糊不得的。乡下人讲风水，风水好了，先人会保佑家族兴亡，风水不好，就可能遭灾遇难。谁家不愿意找个风水好的地方建坟修墓，以求神灵保佑后人都有个好前程啊！

厦门已进入黄梅季节，老天足足卜了七七四十九天阴雨。可让"贵州村"里的女人倒霉了。放在屋里的被子又潮又湿，几乎可以挤出水来，房子没有给水、排水系统，通道成了沼泽地，臭水横流，污泥四溢。虽说稍有不慎就可能摔个七仰八叉，但女人们总得把家人的一日三餐侍弄好了啊！

"贵州村"的女人们也有星期天。

每到这个时候，女人们就会扯破嗓子呼唤好友到家中去聊天。

这些日子，张奋发家又成了最具吸力的地方。二儿子张武升了官，当了设计科的副科长。科长，副科长是什么官，比县长大，还是比乡长大，女人们谁都说不清。但在她们的心目中，这官一定不小。让这些女人想，人家张武上了大学又当了官，一定是有神仙保佑，家里有风水，所以都爱到张奋发家来聊天，希望自己也能沾点福气。

"大哥，大嫂。"说话的是赵明英的母亲。前一段时间，她曾耳闻自己的女儿跟张奋发的小儿子张武好上了，以后不知偷着乐了几回。"听说张武升官了，要不要摆几桌呀？"

"是呀！让我们也沾沾喜气。"这是秋莲的母亲，镶着一口金牙，张嘴满口金灿灿。

"是呀！你们家张武这回可真变成城里人了。"一个女人羡慕地说。

女人们七嘴八舌，围绕着张武的升迁谈了个热火朝天。张奋发的老婆听了心里乐滋滋的。她感到那么多年省吃俭用总算有了回报，现在儿子升官了，做父母的脸上多有光彩呀！

女人们在一起话题来得快，转得也快。什么你这个月酸菜卖了多少钱呀？她工资这个月进账多少？你老公昨晚有没有跟你干那事情？力度够不够呀……都是些家长里短，没完没了。

"他妈的，跑到哪里叫春去了。"正当女人们说在兴头上，不知哪家的老公回来了，干了一天的体力活，回到家里黑灯瞎火的，连口热水也没有，张口就骂了起来。

"坏了，坏了。那死牛牯回来了。"正在东家长西家短的女人们突然叫声不好，一溜烟逃离了张奋发的家。

阴雨天给"贵州村"的女人们提供了聊天的好机会，却苦煞热恋中的张武和赵明英两个年轻人。天好的时候，随便找个地方都可以卿卿我我，可是这绵绵阴雨天，到处都湿漉漉的，连找个放屁股的地方都没有，那晨还有什么浪漫的兴致呀！

在租住房的狭窄空间里，没有书籍，没有电视，张武搞了一架老掉牙的收音机，也不知什么原因，一打开便吱吱喳喳，比磨牙的声音还让人难受。

吃了一盒三块钱的快餐，张武倒有了一种别样的心情。他在回忆这几个月来与赵明英在仙岳山下那棵树下亲密的幽会情景，脸上浮现出一种幸福感。

"那绝对是一个浪漫的地方。"张武自言自语，透过毛毛细雨给大地带来的朦胧，他又想到了被宣布提拔为设计科副科长的那天晚上……

他为结识了黄海林而庆幸，为自己能这么容易就得到提拔而感激黄海林。没想到虽是萍水相逢，人家黄海林可真够哥们儿，说话算话。在第一次相遇后没几天功夫，黄海林双约张武在咖啡一条街开了一次洋荤，并带回自己的住所将一卷图纸交给了他。

"这是一个非常有名望的设计师设计的作品，你带回去上交，肯定可以拿到奖金的。"黄海林胸有成竹般地对张武说。

"这，恐怕不行吧？这……"张武浑身打颤，头冒虚汗，可他的两只眼睛却贪婪地紧盯着摊在桌子上的图纸不放。太精美了，那真是一种实用性和艺术性的完美结合！他为作者的聪明才智而深深地折服。

"怎么样，还满意吧？"黄海林狡黠地笑着说。

后来，虽然张武佯装推辞多次，但终究经不起诱惑，把那五张包括随手泡、电饼锅、压力锅、咖啡机和电烫斗的外形创意设计图抱在了自己的怀中，向黄海林深深地鞠了一躬。

朱云生原本在自己住院期间张武的热心照顾很有感激之情，也想在工作中

对这个年轻人以照顾和提携，但在实际工作的观察当中，他又发现这位刚走出校门的大学生的根基并不很扎实，而虚荣心却很强，觉得这后生仔还得经过一阵火候的锤炼。现在，当张武将那五张图纸摆到自己眼前的时候，他几乎不敢相信眼前这位嘴上没毛的后生设计的图纸竟如此老练、娴熟。难道我真是有眼不识金镶玉，看走眼了吗？朱云生自问。

很快，张武如愿以偿，得到了一笔奖金；

接着，他又摇身一变，成了设计科副科长；

再接着，月工资从2500元上升到3000元，足足增加500元呀！

一切都在转眼之间，一切都来得那么突然，那么顺利！张武在睡梦中几次哧、哧、哧地笑出了声。

我终于熬出头了！

我终于升官了！

我终于可以与城里人一样平起平坐了！

张武开心，还有一个人比张武还开心每天都乐眯着眼，走路的姿态都发生了变化，屁股一撅一撅学起了当城市姑娘的样子。因为，张武的升迁给了赵明英莫大的幸福感，她以张武为荣，为自己委身于张武为傲。

天，慢慢暗了下来，屋外的连绵细雨还是淅淅沥沥地下个不停。张武想约赵明英出去乐一乐，放松一下身心，但天公不作美。到赵明英那里去，肯定不行，人家三个姑娘的房子里你能干什么？约赵明英到这里来？十二平的房间哥哥张文躺在床上蒙着头睡觉，别说亲亲，恐怕连说句亲热话也不方便。

张武坐立不安，走出房间，眼神在四处飘来飘去……

"张武……"正在抓耳挠腮的张武耳边响起赵明英有些发烫的声音。"你在这里站了那么久干嘛？"

张武的思绪被叫声打断，转过身看见路灯照射下的赵明英，那圆圆的脸蛋上红扑扑地闪着光，一双眼睛充满着热情和渴望。这半年来，一对年轻男女几乎隔天都要到野外幽会一次，虽然不能放开手脚，畅快淋漓地享受人生男女之欢，但总可以满足些许的欲望。这一段时间老天不开眼，憋得欲火燥身。

"你快想个办法吧！"赵明英扭闾好看的腰。

"我知道。"两个人隔得很近，张武似乎听到了赵明英咚咚的心跳和急促的呼吸声。

赵明英撅着小嘴说，"这样下去会生病的。"

"可哪有合适的地方呀？"张武无奈地双手一摊，痛苦地摇着头。

"在你们房间。"

"不行，有我哥哥怎么行？"

"我又没叫你哥哥一起干那事儿，怎么不行？"

"那也不能把我哥哥轰出去吧？"

"我又没有叫你哥哥出去呀！"

"不出去，那怎么行？"

"他睡他的觉，我们办我们的事儿不就得了呗！"

"那恐怕不合适吧？"

"有什么不合适的，听说你们大学生七八个人住一个宿舍还照样干那事，我们怎么就不行了呢？"赵明英有些起急地说。

赵明英的话勾起了张武对往事的回忆。那还是刚刚进入大学校园的时候，就听人讲了这样一个荒唐的故事。说是在某一知名的大学里，在一间住着七八个男生的宿舍里，有一天一个男同学用花布把自己的架子床围了起来，开始大家还相安无事。可是有一天晚上，一位睡在上床的同学被摇得咯咯吱吱作响的床板声惊醒，以为发生了地震，吓得尖叫了一声："地震了！"

这一喊不要紧，全寝室已进入梦乡的同学都被轰了起来，慌乱中有人打开了电灯，，大家惊讶地发现八人的房间中竟然出现了九个人，一个赤裸着上身，下身仅穿着一件丁字裤的女生，在两眼的灯光下，双手捂着脸，头埋在床上打哆嗦，两个白花花的屁股蛋明晃晃地展露在大家面前……

当年张武在听了这个故事后曾一笑了之，甚至还正人君子似的对这种行为进行了义正词严的谴责。可是，可是现在难道自己也要做那让人不耻的事情么？张武的内心极度矛盾。

"你个女孩子家怎么也会听到这种故事？"从回忆中回到现实的张武反问赵明英。

第十九章

女人和孩子们

"听这种故事难道只是你们男孩子的专利么？"赵明英反讥了张武一句后，也不等张武分辩，又问道"你们房间不是两张床么？"

"两张床又怎么样？"张武明知故问。

"两张麻中间拉一道布帘子，里面不就是我们的世界了么！。"赵明英说得非常得意开心。

"这……"张武还是举棋不定，毕竟自己与张文是亲兄弟呀！

"还这个什么，那大学生都可以干，凭什么我们就不能干？"赵明英真有些急不可耐了。

"那好吧。"看到赵明英憋得涨红的脸，张武屈服了。

"那我这就到超市上去买布，时间还来得及。"赵明英看到张武点了头，兴奋异常，拔腿就要往雨中冲去。

"急什么，还要量一下尺寸啊！"张武朝赵明英喊道。

"我早已量好啦！"已经隐入濛濛细雨中的赵明英头也不回地答道。

看着明英远去的身影，张武感到一种无奈。他在想，这事要不要告诉哥哥，又怎么向哥哥张口呢？他先是摇了摇头，随即又做了一下呼吸，回到自己租住的房间。

当张武踏进房间，哥哥张文仍在蒙头睡觉。他是一个性格与弟弟相反的年轻人，内敛、处事沉稳。在弟弟没有到特区前自己曾跟赵明英心心相印，晚上隔着一层木板，常常为共同的话题彻夜长谈，互诉衷肠。当时自己曾下决心要好好做工，多存一些钱，将赵明英娶进家门。可是弟弟来了以后，这一切都发生了变化。……

"去就去吧，世上何处无芳草，认真做的人何愁找不到老婆。"张文尽管难受很长时间，但最终想通了。现在听完弟弟的话，表现得非常平静，只淡淡地说了一句话："兄弟间，应该的，我将床拉出一点。"

哥哥的话让张武心里有一种说不清的滋味。设身处地地想想，自己隔着一道布帘子与女人厮混，哥哥却要在外面望天花板备受煎熬，情何以堪呀！这太对不起哥哥了！这对哥哥实在太不公，张武想追回赵明英，但为时已晚，赵明英此时已经抱着一卷布兴冲冲地冲了进来。

"委屈你了,哥。"张武愧疚地对哥哥说。

"没事,我帮你们吧。"老实厚道的张文找来了铁丝、钉子和锤子,从床上一跃而起,帮张武把床拉开,用布把弟弟的床包了起来,然后悄没声地走进了室外的濛濛细雨中……

由于房间小,两床之间只有一尺左右宽,如果伸一个懒腰,伸手可及。但对于张武和赵明英已经足够满意了。从此,再也不要到野外去幽会,再也不会只靠夜色去遮羞了,更不会因为天气的影响而憋得乱转了。

赵明英看到自己的爱巢如此快捷地筑起,用力将帘子一拉,迫不及待地抱着张武,"啾、啾、啾"不停地热吻起来,那吻声之刺耳,如果哥哥张文真不稳中有降会是一种什么样的感受。

那一夜,是张武与赵明英公开同居的第一个晚上。

躲总不是长久之计,正如俗话说,"躲得过初一,躲不过十五"。为了免受刺激,无处安身少言寡语的张文便总是赶在弟弟他们还未休息的时候,将头用被子蒙得严严实实,希望自己早点睡熟。人睡深了,睡踏实了,周边的一切对自己都无济于事。可是,事情却常常与人的主观意志相违背,这张文越想将自己早点进入梦乡,可是这大脑皮层却越是兴奋。张文强忍着,但越忍越难受。每当张武和赵明英做那翻云覆雨之事的时候,都让张文感到浑身上下一阵又一阵,燥热难熬……

可怜的张文熬过了多少个这样的不眠之夜。

第十九章

女人和孩子们

第二十章

夫妻之间的温情

　　安泰公司的业务越来越繁杂，成了空中飞人，一会儿要返回台湾处理那边的事务，一会儿又要赶回来处理大陆这边的事务，在海峡上空无休无止地打着"空的"。静娴常常一个人独守着空房，坐在孤灯之下，常常无法入眠。眼巴巴盼到老公回到厦门，又只见他忙得脚跟碰着后脑勺地转着，回到家里躺在床上便呼呼入睡，时刻希望得到老公温存的她，又不得不失望地连连叹气。

　　久而久之，她感到一种难解的郁闷，却又无处发泄与倾诉。尤其是走进办公室看见老公和林若莹头碰着头研究工作时，总有一种难言的痛楚。更令静娴痛苦的是，最近几个月自己的生理周期出现了问题，如果说是更年期，掐起手指一算又还不是时候。除此之外还能有什么问题呢？以前年纪轻，夫妻恩爱，一有大事小事，总可以在丈夫面前撒撒娇，蜷缩在丈夫怀里倾诉自己的心事。现在，看到丈夫对自己爱理不理，连一亩三分地也无心耕种，常常感到心里一阵阵酸楚，自叹命苦。对着镜子偷偷抹着伤心的眼泪。

　　这一段，她又觉得自己有一种莫名其妙的倦意，做事提不起劲，手软脚酸，甚至半天上班处理事情都感到精力不济。她多么希望能像年轻的时候那样偎依在丈夫那毛茸茸的宽大胸膛前诉说。但是，没有机会，没有气氛，也没有那种心情。

她隐隐约约感到青春已经离自己渐行渐远，如胶似漆的甜蜜夫妻生活已经渐渐逝去。

阿辉回台湾已经有半个多月，听说他今天下午返回厦门，静娴内心产生了一种兴奋，更有着一种期待。一下班便匆匆忙忙驾着车返回住处，翻出冰箱里的东西，精心地做了几道阿辉喜欢的菜。然后，走进卫生间从头到尾洗了无数遍，施了淡妆，喷了法国香水。做完这一切，不知不觉已是晚上九点多钟。她多么希望丈夫此时能回到家中，赞美几句自己的厨艺，多看自己一眼，给自己一点渴望的温存。

可是，她失望了。

九点半，阿辉没有回来。

十点半，阿辉还没有回来。

静娴叹了一口气，拿起电话拨通了阿辉的手机，可是没人接。她不由得感到了一丝凄凉。

十一点半了，静娴终于支撑不住沉重的眼皮，迷迷糊糊地睡着了……

阿辉今天确实回到了厦门但是却没有直接回公司。

他乘坐的航班一落地，刚打开手机就接到了市公安局刘警官的电话。

"阿辉先生，有空吗？"看来刘警官有重要的事情要谈。

"您好，刘警官。我从台湾刚回来，现在还在机场，我现在直接去你那里好吗？"阿辉知道，刘警官很忙，不如自己直接去公安局更快一点。

"也好，我在办公室等您。"刘警官约定半个小时后见面。

到了市局，刘警官将阿辉让进了接待室。

"你有一个叫阿福的台湾朋友吗？"刚一坐定，刘警官便开门见山地问道。

"阿福！他是我师父的儿子呀。"

"你知道他也在厦门吗？"

"知道，但没有联系过。"

"原来是这样……"刘警官若有所思。

"他对你家有掷茭的事情了解么？"

第二十章

夫妻之间的温情

"⋯⋯"阿辉一头雾水,摇了摇头。

"那⋯⋯"刘警官还想再问什么,却欲言又止。

阿辉奇怪,刘警官怎么会把阿福和掷茭扯在了一起呢?这阿福尽管做人做事都不怎么的,但无论如何也不会与丢失掷茭牵连在一起吧?

"是这样的。"刘警官点燃了一支烟,走到窗关,使劲地吸了几口,突然转过身来说:"阿辉先生,根据我们的排查,你的掷茭丢失很可能与这个阿福有关系。"

"不会吧!"阿辉有些吃惊,思考片刻后摇了摇头。因为他没有任何理由相信阿福会干这样的事。

"阿辉先生,从我们目前掌握的情况分析,这件事是阿福组织手下几个员工干的。今天给你通报这一情况,就是希望你能为我提供一些更为详细的材料。"刘警官说。

"如果你们有证据,不就可以采取法律措施吗?"阿辉不解地问。

"是啊!但阿福是台湾同胞,我们两岸目前还没有司法合作,我们在采取法律措施之前必须要有百分之百的把握。比如,如果是他作案,那么他的动机究竟是什么,就必须要搞清楚。"

"阿福为什么要参与作案?阿福为什么⋯⋯"阿辉紧锁双眉,不断地自问。他们作案的动机无非两个方面。"

"阿辉先生,我们这是在分析案情,你不要有任何顾虑。"刘警官鼓励阿辉。

循着刘警官的提示,阿辉似乎理出了一些思路。她长吐了一口在胸中的闷气,把自己的想法逐一道了出来。"这一呢,因为我那掷茭历史悠久,与其说是祖传,还不如说与我们仙岳山土地公庙的历史息息相关,是承载历史的见证,甚至可以毫不夸张地说是仙岳山历史、乃至发展两岸关系历史的见证。"

"从这个方面来说,它是一件不可多得的历史文物。"刘警官说。

阿辉表示认同。

"这二呢?如果真是阿福所为。那么,还有一个层面的问题,嫉妒。我是他父亲阿庚的徒弟,以前在他家当学徒。现在我的事业有了发展,他们家却没有发展起来,他心里不舒服。"

"有道理。"

"这三呢? 如果是由于嫉妒,那就是我带掷茭回来认祖投资,目的便是让更多的乡亲能知晓我,支持我的事业。他原以为将这掷茭偷走,便可阻止我的事业发展……"

"这分析得很好。"

"但是,有一点让我想不明白。"阿辉又向刘警官重复述说了离台来大陆的经过,"我这掷茭知道的人没几个,我来大陆是先去威尔京群岛再转过来的,身边两个助手不可能将我们上山拜土地公的时间告诉别人……"

"你有没有考虑过,一路乘机的人有认识你,或认识你两个助手的么?"

"……"阿辉茫然,摇了摇头。

"或者在乘机的时候有没有谈过去仙岳山拜土地公的事?"

"阿辉这回点了点头,可紧接着又摇了摇头。

"这就对了!"刘警官对这次约谈似乎很满意,他见阿辉很难再提供有价值的线索,便站起身对阿辉,"这件事,我们今天先谈到这里,您放心,你这传家宝我一定给您找回来!"

"谢谢。"案发那么久了,刘警官第一次这么有信心地对自己说,阿辉心里一阵激动……

从市公安局出来已是九点多钟,阿辉在车上伸了一个懒腰,重重地吐了一口气。他想叫司机将车子直接开回家里,他知道静娴的性格,她一定火急火燎地盼着自己早一点回去。

可是,没等到阿辉口张开,司机倒先开口了:"董事长,刚才林助理打来电话,说有重要事情向你报告,她在办公室等您!"

"噢!"阿辉摇了摇头,无可奈何地苦笑了一下,"那先到办公室吧!"

"好!"司机应了一声,脚踩油门,新买的小轿车"嗖"的一声向公司方向飞驰而去。

办公室的灯开亮着,估计林若莹已经等候多时了。

"董事长辛苦了。"阿辉还未踏进办公室,林若莹已迎了上来,接过他手中的公文包。然后将一份沙茶面放在微波炉热了一下，又麻利地给阿辉端上一杯香喷喷的铁观音。

今天晚上林若莹打扮得非常得体，米黄色的牛仔裤，上着紧身乳白色的T恤，那披肩的长发只用小手绢系了一下，没有任何施粉。在明亮的灯光下，白皙的皮肤，丰腴的身子显得更加成熟、更加妩媚，更加楚楚动人。

阿辉近来真是疲于奔命，烦心琐事接二连三，忙得他几乎没有工夫，没有闲心关心其他事情。工作之余的但此时，当林若莹在自己眼前走动的时候，却磁石般地吸住了他的目光。对这位特别助理，阿辉是非常欣赏的，可是，分离半个月也曾产生过思念之情，但那只是一瞬间，一种飘忽而过的感觉。因为，林若莹再美，也仅仅是自己的助理呀！

他也曾不止一次地想择空找若莹聊一聊，这么一个优秀的女性，不论是长相、气质，还是才华，都是在芸芸女性中难以寻求的，可是年近30了，为什么还听不到有男朋友的信息……

"董事长……"林若莹被阿辉像炽热的目光看得有些不自在。她从内心深处敬佩这位务实能干的本家台胞，也无数次把未来丈夫的标准设定为阿辉这种形象只是，茫茫人海，一路走来却没有让自己感到心仪、碰触出火花的人。

"噢！"被林若莹一叫，阿辉也感到自己思想开了小差，赶紧收回了目光。

"您先吃一碗沙茶面吧，一定饿坏了。这可是厦门老字号的招牌小吃。"银铃似的声音又在耳边响起，听起来让人非常悦耳，非常舒坦。

"若莹，将来你是嫁人，绝对是一个贤妻良母，谁能娶到你那肯定是祖上积了阴德。"与其说这是阿辉对林若莹的赞美，倒不如说道出了这两年多时间里发自内心的感悟。

"看您说的，人家现在是单身一个，跟您说的还是没边没谱的事情呢！"林若莹一脸羞涩，默默地低下了头。

"你不是说有重要的事情吗？我一边吃，一边听。"阿辉确实感到饿了，而这沙茶面是自己的最爱，百吃不厌。他感激林若莹的细心照顾，吃在口中，甜在心里。

"是这样。"被阿辉一问，林若莹抬起头道："这一段根据您的要求，我们在做公司发展战略的调查研究过程中，了解到厦门飞利浦公司为了扩大在中国大陆的市场份额，正在策划制定一项新的战略。

"哦？"阿辉放下了手中的茶面，专注地看着对自己的助理等待着她讲下去。

"飞利浦公司的这个战略大致包括两个部分。一个部分是强行渗透。也就是说，中国市场之大，但市场的需求差异也大。强行渗透就是将中国分为东、中、西三个大区块，建立销售总部，产品也按三个区块的消费特点，分为高、中、低端三个层次，错位经营……"

阿辉身体微微震动了一下。看来自己昔日的老朋友陈子茵这位女强人已经在实践自己非友即敌的的誓言。

"另一部分，是强力提升产品档次。就是加速小家电产品的智能化、高端化，加速产品的升级换代，适应东部地区消费群体的需求，而把目前在东部流通的产品往西部渗透……"

阿辉在认真地听着，深深地感到陈子茵漂亮的外表之下，还有一种女人少有的强悍和睿智，这在商场竞争当中绝对是一个狠角色，自己万万不能掉以轻心。飞利浦这边已经蠢蠢欲动，老冤家日本东林公司那边也一定会有新的动作。在听完飞利浦的情况之后，他又问林若莹，"东林公司那边有什么动静吗？"

"我已留意那边的情况，目前还没有新的信息。一有情况我会立即向您报告。"

"若莹，你的工作很有成绩，谢谢你。"阿辉看看表，已经过了零时，估计静娴早已经等急了，弄得不好晚上将又要迎接另外一场战争。

想到这里，阿辉站起身，对林若莹说："回家吧，你也辛苦了，早点休息。明日上午一上班我们再找朱云生、张云山几个一起研究研究对策。"

"晚安。"林若莹与阿辉道别，脸上也掠过一丝不安的神情。

这是一个秋高气爽的日子，也是厦门最美好的季节。

习习的秋风驱走了暑意，一轮明月在头顶高悬，仙岳山上茂密的丛林浓墨重妆。如同一幅曼妙的图画。郁郁葱葱的大树源源不断地输出充满负氧离子的清新空气，沁人心脾。

热火朝天的工厂都已歇息，整个工业区都进入梦乡。在工业区的各主次干道

上，偶尔有几部汽车射着大灯飞驰而过。司机打开车门，阿辉留恋地朝办公楼看了一眼。从昨日早晨离开台北，到现在已经20个小时了，该回家了。

悄悄地走进家门，阿辉想给静娴一个惊喜。房间门敞开着，床头的那柔和的灯光亮着，一股幽香从里飘出来。他想这一定是静娴，特意营造的温馨的氛围。

阿辉朝房间探了一下头，见静娴赤裸着身子，四仰八叉地躺在床上。

"她或许佯装着睡着了。"阿辉在臆测着，换了鞋，蹑手蹑脚地走到床边。

久盼丈夫不归的静娴已经睡熟了。

阿辉静静地坐在床头，细细端详着自己的妻子，她睡得很熟、很香。

阿辉脑海里浮现了有一次出差回来，静娴也是睡着这样的姿势，双人床上摆一个大大的大字。只是，只是现在的静娴与十多年前相比，岁月已经带走了她当年婀娜多姿的身体，她发胖了，头发依稀有着许多白头发；脸颊上的光泽已经褪去，取而代之的是清晰可见的雀斑；原来起伏有致的身体，现在却一马平川。该凸出的地方凹进去了，该凹进去的地方却刺眼地凸了出来。

岁月无情呀！

阿辉想给妻子一个亲亲的吻，却发现静娴已经带有鱼尾纹的双眼似乎还残存着风干的泪痕，顿时一种怜爱之心油然升起。进入家门前，他曾有一种冲动，小别胜新婚嘛！他的上当落在了妻子下身的小内裤上，一片卫生护翼清晰可见……

那是女人的生理周期的标志，也是暂缓通行的警示。阿辉原本的冲动一刹那间消失了。

自己临回台湾时，静娴不是也有这样么？阿辉不解。

第二十一章

调整发展战略

林若莹报告飞利浦在中国的发展战略，阿辉深感震动。一家先行一步进入大陆的外国公司，虽然早已站稳了脚根，却能站在高位来谋划自己的发展，而且它的举措既富有创新性，又具有排他性，这不能不让阿辉看到自己在组织科研生产和营销决策上的不足。

阿辉将公司高管，连同来自厦门大学的专家教授，闭门对安泰公司的发展战略作了调整。决定一方面要加快产品的升级换代，着力在研发制造智能化小家电高端产品下功夫，将原来投入的研发经费提高两倍，力求产品外观和内在功能交相辉映；别一方面由朱云生、张云山加速筹组物流公司的建设步伐和产品销售及售后服务的网点建设，加快物流速度，缩短资金周转期限，提高资金周转率。

一干人等夜以继日，几天下来，阿辉和几个高管眼睛熬得通红，个个变成了大熊猫。

朱云生的工作压力陡然间增加了好几倍。这位原来职业学院的教师，现在每天熬更过夜，面对大到战略发展的制定，小到员工的组织考核培训，真有一点让他扛不下去。好在林若莹这个董事长特别助理像一个不管部长似的东奔西颠，马不停蹄,大大减轻了朱云生的负担。尽管如此,原本身体比较单薄的朱云生还是变得又黑又瘦,让人看着心痛。

今天阿辉刚打开办公室,朱云生晃晃悠悠地走进来递给阿辉一摞文稿,满脸倦意地说:"这是我们几个经过几天的加班,调整后的公司发展战略。"他的身后跟着张云山。

"辛苦了,云生。你气色不好,要注意休息。"眼前是自己的老师,但十几年的相处已经情同兄弟,看到朱云生满脸憔悴,阿辉心中发酸。

"不要紧。就这一段,咬咬牙,便熬过去了。"朱云生轻松地笑了笑,"只是……"

"只是什么?"见朱云生欲言又止,阿辉忙问。

"是这样的,关于产品智能化开发问题,目前碰到了一个很大的障碍。"张云山接过话题。

"人才是么?"阿辉已经估计到了。眼下这方面人才奇缺,很难招聘到,纵使能招聘到,也远水救不了近火。

"我这几天也在考虑这个问题,目前台资企业在厦门很多,有一家天源科技电子公司是搞这一块的。我建议你亲自出面与他们联系一下,看能不能进行合作研发,借助他们现有的技术力量,将产品升级换代的工作搞上去。这就叫作借鸡生蛋!"

"借鸡生蛋!"听了朱云生的话,阿辉心中一振。

"我看这是突破目前瓶颈最佳办法。"张云山表示支持。

"叫总经理一起来商量一下。林助理,你也参加。"阿辉感到这确实是一个好主意,借鸡生蛋,这不同借船出海是一个道理么?

"知道了,董事长!"隔着玻璃墙,林若莹先给静娴打了电话,而后又打开互联网下载打印出了天源科技电子公司的相关资料。

静娴已经进了门。

"董事长,这是天源科技电子公司的资料。"林若莹跟在静娴后面,将资料递给了阿辉:"从资料看,这家天源公司是台湾天行健公司的子公司,而天行健集团的董事长张云峰老先生不是您的老朋友么?"

"林助理，你可是神仙呀！"林若莹的话让张云山吃惊，他惊叹这位大陆年轻女性的聪慧和能干。

"那还用说么？我若莹妹是打着灯笼也难找到的人才！"静娴接过张云山话也夸赞了一番。讲实在话，静娴打心眼里佩服这个林若莹，人长得漂亮，有气质暂不说，关键是内秀、有才，而且心地善良。无论外表与内在的东西都胜自己一筹。但同时她又担心，担心，这么一个年轻貌美有才的姑娘天天与阿辉形影不离……

"静娴，你看云生的意见如何？"阿辉征询静娴的意见。

"是一个不错的想法。况且张董事长是我们的老朋友，我看行。"静娴敬佩张云峰，如果能借助他的力量，那绝对是一项明智的选择。

大家都表明了自己的态度，但阿辉并没有马上定下决心，而是提出了谁也没有想到的一个问题："这天行健怎么又这么快投资了一家高科技公司呢？"

众人面面相觑。

"林助理，你联系一下天源公司，问问张云峰董事长有没有在厦门。如方便，我尽快去拜访。"阿辉感到事不宜迟。

"嗯，我马上落实。"若莹应声。

也许是土地公的庇佑，也许是阿辉与张云峰有缘，林若莹很快与天源取得了联系，而且得知，张云峰老先生正她在回厦门。这位充满智慧又注重扶持新人的商业界的长辈，听说阿辉要来拜访，表示热烈的欢迎。

天源科技电子公司设在经济特区的高科技园区之内，与湖里工业相距区不足三公里。问清了地址，阿辉带着正、副总经理加上林若莹一行五人，直天源而来。

张云峰老先生已经七十有余，童颜鹤发，精神抖擞，见到自己颇信赖的后辈来访，高兴地笑眯了眼。

"阿辉，如果我没猜错，你一定碰到了困难了。"开门见山，张云峰哈哈一乐。

"让长辈猜中了。我这人平时很宅，但走出家门，一定会给人找麻烦。请长辈见谅。"阿辉很谦逊地回答。

"你这个阿辉呀！平时不烧香，急时抱佛脚。"张云峰忍风趣地说，"有什么事，尽管直说，需要老叔帮什么忙？"

"是这样……"看见张云峰心情很好，阿辉也不再拐弯抹角，对目前小家电市场竞争的形势和安泰面临的困难作了扼要的说明，最后想出："我希望老叔伸出援助之手，借助贵公司电子方面研发人才优势，在小家电智能化方面帮我们一把。"

"就这些？"张去峰追问。

"目前就想到这些。"阿辉不敢贸然再提出其他要求。

"用什么形式支持，需要多大的投入你考虑过了么？"张云峰又问。

"我想无非几种形式：一是合作参股，携手研发智能小家电，共同应对市场竞争；二是天源公司作为配套厂商，研发智能小家电控制板，由安泰组装上市。"

"还有别的要求么？"张云峰幽默地说，说是一个举手之劳，他回答得非常轻松，"再不说便没有下一回啦。"说完，老人自个儿哈哈大笑起来。

"就这些，其他的还没想出来。"在长辈面前阿辉实话实说。

"那好吧，就按你讲的第二种办法，天源公司作为你的配套厂商，负责智能电路板研发。前期的所发经费由天行健总部拨付，记住，可是要付利息的哟！"张云峰不愧是商战中的老将，三句话不离本行，说得大家一起笑起来。"至于其他的细节问题，我让总经理跟你们具体面谈。你看如何？"见阿辉点头，张云峰唤来秘书，"请总经理来一趟。"

"好的。"张云峰的秘书也是个大陆的年轻女孩，长得玲珑仅俊秀，甜甜的，满脸都是喜气。

"董事长，有事找我？"不一会儿，一位年约四十上下岁的中年男子推门进来，张云峰介绍道，"这就是我们天源公司的总经理李作榕，哈尔滨工程学院的高材生哟！"介绍完李作榕，他又指着阿辉说："李总，这是安泰家电的董事长阿辉，台湾青年企业家，是一个传奇的人物。今后我们就是合作伙伴了。哈哈……"

"是，董事长。我一定会合作得很好的，请放心。"李作榕应承着，他用眼光看了一下比自己年纪小许多的这个年轻董事长，这个倍爱董事长推崇的传奇人物。非常尊敬地用手作了一个姿势："阿辉董事长，我们到总经理室详细交换一下意见好么？"

"谢谢！"想不到这几天一直煎熬自己的问题，竟然如此轻松地解决了。阿辉如释重负满怀感激地对着张云峰老人深深地一鞠躬……

东林公司还是没有丝毫的信息，这让阿辉感到不安。阿辉根据自己对东进一郎和师父老阿庚为人和秉性的了解，东进公司决不可能如此平静，如此无声无息。平静当中一定隐藏着大的举动，对这一点，阿辉深信不疑。

事实证明，阿辉判断得非常准确。

自从黄海林认识张武，了解到张武内心的苦衷和安泰公司的一些情况之后，立即向老阿庚作了禀报。老阿庚又迅速报告了东进一郎。

"找一个无名小卒，有利用价值吗？"东进一郎听完老阿庚眉飞色舞的报告后，眼睛一瞪，很不高兴地反问道。

"有啊！花很少的钱买一头小猪，养成大肥猪后，再杀掉，这样的利润将会更大。这是我们乡下人的习惯。"老阿庚打了一个比方。花几个钱，弄几张图纸东林公司来讲那简直是小菜一碟。但图纸交给这个张武，张武再交上去，得个什么奖，再升个什么官，那么他会感激涕零、感恩不尽……

"就这些？……"东进一郎有些失望："花大钱买来图纸，就是让一个小打工的听我们转，那还不如招他到我们东林，我们可以天天使唤他！"

老阿庚一听哭笑不得，他知道东进一郎并没有真正理解他的良苦用心。于是，凑近东进一郎耳边，压低声音说道："那几张图纸我们留下了原创者的所有资料，如果那个张武拿回去被安泰看中，应用到产品制作上去。那么……"

"噢！噢！噢……"东进一郎被阿庚说得频频点头，他这才用一种奇异的目光一审视着面前这位经常被自己训斥，而又对自己俯首帖耳的老阿庚，快七十岁的人了，个子不高，乍一看简直是一个地地道道的乡马佬，没成想到这个岁数了，还能想出这样的鬼点子。人才，真是难以寻找的人才。

"你看，东进董事长。这想法是否可行？"看到东进一郎的脸上充满着喜意，这阿庚涎着脸再问了一句。

第二十一章

调整发展战略

183

"好，很好！你的很聪明。"东进一郎称赞道。

老阿庚实施得很顺利。张武上了圈套，拿走了图纸；交了上去，被选中；张武获了奖，当上了安泰公司的设计科长；图纸很快就要用到新产品开发上去……。

老谋深算的老阿庚脸上露出了不易察觉的微笑，现在他要实施第二步计划了。他认为，对付别人自己可能还需要多动动脑子，可是要摆布自己的徒弟阿辉，那可说是不用吹灰之力。因为，这徒弟憨厚、讲义气，一条筋……随便耍点手腕便可让他东倒西歪。

本来，师徒如父子，此乃人之常情，而老庚与阿辉这对师徒则不然，徒弟感恩于师父，师父却有负于徒弟。在阿庚看来，这阿辉的感恩行为一切都是为了标榜他自己，打击师父我老阿庚。

不是么？如果不是他成立什么安泰公司，不是他牵头成立小家电同业公会，把东林公司挤出台湾市场，自己会丢掉饭碗么？这个阿辉，表面上师父长，师父短，实际上是师父挤进了火炕里。

不是么？表面上是将师父接回村里，假仁慈地将自己父子安排到他公司做工，给他去看仓库，少得可怜的一千多块钱的薪水，这不是让自己丢面子，在十里八乡无地自容吗？

不是么？如果不是因为阿辉，自己和儿子阿福会落到如此下场，父子同在厦门，却几年不能相认吗？

不是么？他的老婆本来应该是自己的儿媳妇，却他生生夺了去。否则，此时自己也早应该是一个含饴弄孙的爷爷了，何至于七老八十还要给那可恶的东进一郎当什么鸟营销科长

老阿庚在心底里翻来倒去折腾着，越想这个徒弟越可恨，如不弄得他佛家荡产，实在难解心头之恨……

阿庚带着这种愤恨，带着这种畸形的愤恨开始了对自己徒弟的报复行动，于是，他在返回台南乡下不久后秘密失踪了，重新投靠东进一郎，当了东林公司的营销专员。

再后，他又随着东进一郎来到了厦门。真是冤家路窄，师徒又在厦门经济特区相遇了。

这着实让老阿庚一阵惊喜,这终于让他有了报复阿辉的机会了。

如果说,厦门特区的商业之战,飞利普使的是一种正面的,真刀真枪的搏斗的话,那么,东进公司则是使阴着放冷箭,让人猝不及防。

老阿庚使用一些下三滥的手段,将阿辉置于死地。

总之,阿庚感到自己已经在世上没有多少活头,他要使劲浑身解数,与自己的徒弟和他的安泰公司拼死一搏……

第二十一章

调整发展战略

第二十二章

张武兄弟他们

张武因为参加安泰公司设计方案征集比赛，一举成名。这对"贵州村"的几个年轻人是一个不小的激励。这一点对于张武的哥哥张文来说，尤为明显。

安泰公司与厦门大学共同合作成立厦门大学安泰学院，作为公司发展培养骨干的摇篮，这对于张文产生了极大的吸引力，并调动起了他那已经湮来着了的向上精神。

这几年跟随父母到厦门打工，张文深深地感受到，没有文化知识，没有一个一技之长很难在职场中赢得竞争的主动。尽管现在，社会上对农民工的处境、工资及社会保障给予极大的关注与同情，报刊也好，广播电视也罢，都纷纷呼吁，要取消农民工这一带有歧视性的称呼，主张改称进城务工人员、新市民……林林总总，五花八门。但说白了，说穿了，只要农民身份没改变，纵使称之为皇帝工，也是一种浪得虚名呼悠。而要真正改变自己命运的莫过于丰富自己的内涵，提升自己的综合素质，才能应对挑战，才能走一条踏踏实实的人生道路。他下决心，要一步一步一个脚印地踏踏实实实现自己的追求和抱负。

他和赵明英、秋莲也一起商量过，要争取做安泰学院第一届学员。白天上班，晚上充电，经过几年努力，使自己也成为一名有文凭有学问，像张武那样令人羡慕的人，成为公司的白领，成为真正的城市人。

人们羡慕张武，只知道张武的风光，却不知张武的苦衷。自从张武那晚接过黄海林手中的图纸之时，就已经深深陷进东进一郎和老阿庚精心设计的陷阱里。

那陷阱深，深得不可见底，深得令人恐惧。

张武却在得了奖、当上科长之后，心情大不如前。以前每天按时上班，下班后几个年轻人吃完晚饭后便一起去散步，谈笑风生，打趣嬉闹，打扑克、斗地主……；自从得到了赵明英之后，尽管心里觉得愧对哥哥张文，但每天一下班，三个人一起煮饭，说说笑笑，多少有了一个小家庭似的温馨。

这是一段多么甜蜜、多么温馨的生活呀！

可是，这样的生活却是那么短暂，那么如流星雨一样一逝而过。

那是公司宣布自己当设计科长之后没几天，黄海林便打来电话约自己出去喝咖啡。这咖啡有什么好喝的？还不如家中老母亲常用锅煮的那三片叶子便可做一条短裤的老茶叶味道好。但人家帮了自己那么大的忙，几乎是一脚将自己从城外踢到城里，自己虽然拿不出什么好东西去报答，如果面都不肯见，那也太不合情理了吧！

从那时开始，张武几乎每天下班以后便借故外出，到黄海林指定的地点去泡茶、喝咖啡，一切花费自然还是都由黄海林买单。

一个从大学毕业刚出校门的学生，一个来自贫困的西南地区涉世不深的青年，一个急于想成为真正的城市人的"二代农民工"，在自我感觉正春风得意的时候，怎么会想到已经钻进了人家精设计的圈套呢？他竟然以为自己非常幸运，以为自己命好，一踏上社会便遇上了贵人。所以呀，张武在与黄海林的接触中，他是有问必答，无所顾忌，什么公司战略发展呀，公司现状呀，只要他知道的，一概知无不言、言无不尽……

张武觉得，自己理应答谢人家，要知恩图报，决不能忘恩负义，丢了咱乡下人的脸。

当今社会，有些年轻人走出校门，从商的希望一夜之间成为千万、亿万富翁；从政的，希望一年半载当上科长、局长，甚至当上县长、市长……此时的张武

便是这样，他觉得自己当科长是应该的，他始终没有去思考、去琢磨，这黄海林非亲非故，凭什么会如此倾情于他？为什么在他身上要花那么多的精力？更没有去想这黄海林为什么对安泰公司那么的感兴趣……

如此便注定了张武要吃大亏。

张武经常下班以后到市中心去，而且往往要到深夜才回巢。那么，他的宿舍里，上半夜就只剩下了哥哥张文和女友赵明英这两个孤男寡女了。

弟弟在的时候，张文虽然每天过着难熬的漫漫长夜，但倒也相安无事。可弟弟不在的时候张文望着那层布帘，却感到比弟弟在的时候还要倍受煎熬……

张文也曾经想学着弟弟的样子去交个女朋友，想去亲近秋莲，可是，他想几次张口都张不开，薄薄的嘴唇比铅还沉重。

这种日子日复一日，过得那么漫长，过得那样压抑，却又过得那样无奈。

在农村老家，说起娶媳妇，那得长幼有序。如果弟弟有了老婆，哥哥还光棍一条，那可是最没有面子的事情。现在的张文便处这种难堪尴尬的处境。

下班了，沉默寡言的张文第一个回到家，作为兄长，到家第一件事便是撬开那简易的煤炉灶为弟弟和赵明英煮饭、煮菜，之后洗碗的活由赵明英去料理。

这是这个临时的家不成文的规矩。

"张文，张武这家伙又出去了。"张文舀好米正要淘洗的时候，赵明英回到了这个家。

"喔，知道了。"张文将米倒米桶里一些。

"我来洗菜吧！"赵明英看到张文每天默默无闻地操持家务，常常感到过意不去。特别是想到每晚自己和张武睡在布帘后，而张文却独守空床，心中总会有一些不安，总想找机会给这位兄长，给这位自己曾经爱慕过的张文做一些补偿。

是啊，如果不是张武的出现，自己一定会选择张文，如果张文早一点向自己表白，说不定在张武没来之前自己已投向张文的怀抱。每当想起这些，赵明英总有一种愧意。

"我来吧！"张文伸手想去接过赵明英手中的菜。

"不用，我来。"赵明英用手轻轻地推开张文。

"我来……"

"我来……"

这一男一女推来推去,不经意间,两人的目光相碰在一起,瞬间又迅速地分开了。

这人就那么怪,以往三个人在也罢,两个人在也罢,大家都非常自然。可是,今天就是那么目光一刹那的碰触,张文和赵明英却发现自己的心是那么的慌乱,砰砰直跳。

两个人默默地吃饭;

两个人默默地隔着布帘子不再吱声。

房间里没有书报,没有广播,没有电视。

隔着布帘子的赵明英和张文各自靠在被子上发着愣……

九点半,张武仍没有消息;

十点钟,还是静悄悄的;

十点半,已经坐等张武几个小时的张文和赵明英终于等得不耐烦了,各自整理被子,关掉了那昏暗的灯光,准备睡觉了。

这人和动物是有区别的,但终究摆脱不了动物的某些习性,发育成熟的男女尽管没有过任何性经历,也会无师自通。何况张文这个血气方刚的汉子,他虽然沉默不语,在内心深处却积蓄了一股浓烈的欲望。而此时一步之隔的赵明英,却有独守空房的伤感。一道布帘子可以挡住视线,却挡不住两人那有规律而又急促的呼吸声……

赵明英在布帘的里边不停地翻身,一声又一声地叹气;

张文在布帘的外边辗转不宁,呼哧呼哧地喘着粗气。

秋天的气候不热,也不冷。既不用盖被子,也不要开电风扇。

隔着那道布帘子,赵明英和张文就这么翻来覆去难以入眠。

"哎……"终于,张文耐不住这沉闷的气氛和难耐的失眠,重重地翻了一个身,伸了一个懒腰,一不留神,一只手突破了布帘子,刚好与赵明英的手碰触在一起。

张文一惊,想迅速将手收回。可是,他隐隐约约觉得那边赵明英的手却一动

第二十二章

张武兄弟他们

189

不动。他壮着胆子试探性地动了动那边的手，布帘那边的手竟然还是一动不动。待他数到第四次的时候，感觉到布帘那边的手指竟然微微弯了起来，不轻不重地将手钩在了一起。

"还没睡？"张文鼓足勇气问了一声。声音很小，小得好像蚊子的叫声。他不知道布帘那边的赵明英听到了没有，只感觉到赵明英向自己这边靠近一些，整个手掌都递给了张文。

"我睡不着……"张文也挪了挪身子，向里边靠近了一些，紧紧地握住了赵明英的手。

已经十一点钟了，张武还没回来。

两个在黑灯瞎火中的青年男女将身体越来越靠近了对方。

突然，张文撩开布帘子，疯狂地扑了过去，在赵明英的身上乱摸起来。

赵明英此时，犹如一只绵羊一动不动，任由张文的手在身上乱舞。

"明英，明英……"张文呼唤着赵明英的名字，他的占有欲战胜了恐惧，也战胜了理智。

赵明英眼睛含着泪花，她本想拒绝，但又同情张文……

正当两个男女青年在欲火中烧之时，门外有了动静了。本想脱下内裤进入男女之欢的两个男女，他们来了个紧急刹车，迅速回到自己应该在的位置上。等张武开锁进入房间的时候，张文已响起了呼噜声……

张武可能一夜应酬已经疲惫不堪，既没有洗脸，也没有洗脚，衣服一脱倒头就睡着了。可是，张文和赵明英却彻夜未眠……

第二天，各自头重脚轻地上班去了。

又是一天下班后，张武又跟赵明英说了一声："我晚上有一个朋友相约，不回家吃饭了。"

赵明英此时心里不知是喜还是忧，说也说不清，道又道不明，只是一言不发地点了点头。

又是煮饭、煮菜。

还是洗碗、刷锅。

一个傍晚一直到料理完一切家务，张文和赵明英都没有讲过一句话。他们

仙岳儿女

默契地配合着。

　　一直等到九点钟，一夜无语的张文蓦然抬起头，那似火的眼睛看着赵明英，目不转睛，火辣辣的目光看得赵明英浑身不自在。

　　"张文，你怎么啦。"张文的目光炽热、贪婪，又那么可怜巴巴，赵明英有点于心不忍。

　　"我，我……"张文欲言又止。

　　"你，怎么啦？"赵明英明知故问，心里很矛盾。自己与张武尽管没有正式结婚，可早已以身相许，清楚自己如再控制不住自己，身子再挪近一点将意味着什么。

　　人呀，为什么那么难！

　　人生呀，为什么会有那么多矛盾！、

　　"我们一起睡吧……"张文艰难地鼓足勇气，将自己憋了很久的心里话说了出来。他担心被拒绝，甚至被臭骂一顿，再给自己一记响亮的耳光……

　　"我，我……"赵明英也正处在矛盾之中，不知如何作答。即没有答应，也没有拒绝。

　　在张武来厦门之前，张文与赵明英已经在"贵州村"里一起呆了四年多，他了解赵明英，喜欢赵明英，更理解眼前的赵明英。赵明英没有答应，说明她不想有负于弟弟张武，没有拒绝则表明她对自己还恋有旧情。张文的内心犹如一堆干柴上浇了汽油，遇上一个火星子，便会燃起熊熊烈火。

　　张文感到此时此刻，这天地之间只有他和赵明英二个人，一切都属于他们自己。他嘴里呼唤着赵明英的名字，猛然从自己的床上跳跃到地上，冲向房门将门反锁，转过身，像饿狼一般扑向赵明英……

　　二个人紧紧地拥抱着，喘息着；

　　二个人的汗水流在一起，交织着；

　　二个人谁也不肯松手……

　　许久，许久，张文沸腾地热血终于冷却下来了，今天自己与赵明英有了第一次，以后还会有第二次，第三次……

　　如果哪一天自己与赵明英正好做那事，被弟弟碰见了，那彼此情何以堪？

如果长此以往就这么偷鸡摸狗地混下去，那不是枉度人生了么？……

无数个如果张文的脑子里翻腾，兴奋变成了痛苦，他退缩了，他后悔了，他丢下赵明英，回到了自己的床上……

仙岳儿女

第二十三章

悬在两岸的心

这一段时间阿辉去了欧美进行市场调研，开展开拓市场拓展业务。

为了让董事长返回厦门之后，对物流路径和业绩有一个全面的了解，林若莹从各相关部门和网络资料中进行分析研判，得出了一个令人振奋的消息，大陆市场的市场份额，除了一些国际大品牌产品之外，日本东林，德国菲力浦和厦门安泰几乎平分秋色，公司的业绩，是骄人的。但是，这种态势还能延续多久，还有没有增长的空间么？林若莹的脑子在不停地思考着。她是一个勤于思考的人，是一个有强烈危机意识的人。面对商场上的激烈竞争，安泰与东林公司和德国飞利浦公司相比，毕竟是一个新的公司……林若莹的思绪在这里静止了。

如何发挥安泰公司的优势？如何张扬安泰的个性？如何寻找安泰发展的突破口？

前一段董事长交给自己编制厦门安泰的发展战略，可是过去了这么长的时间，却在这几个如何当中停滞了。

林若莹苦苦地思索，找不到答案。

"找静娴姐聊一聊吧。"公司开业两年多了，生产经营已经走上了正轨，董事长不在，先找总经理谈一谈孔未尝不是一个好主意。

193

此时静娴正在八楼办公室最近一段时间她感到自己身体已经出现明显的不适，除了那生理周期没完没了之外，下腹部闷痛的频率增加。开始以为到了四十岁了，这是一种自然的生理现象，忍着、拖着。哎，这不都是因为阿辉么！要支撑这一大片家业，大事小事连同家中的琐碎之事每天忙忙碌碌，简直是没完没了！想当初。自己大学毕业，不少富家子弟跟在身后。那年代，自己虽然谈不上羞花闭月，沉鱼落雁，但至少也有一个班的追逐者，只要挑一个将自己嫁了出去，也不至于像今天这样……

　　而自己却不知道那条筋接错，一头扎进了阿辉的怀里……

　　阿辉是一个好人，是一个难得的好子弟，吃苦耐劳，善于打拼，为了事业他承受着别人无法承受的压力，吃尽了别人无法吃的苦头，硬是把一片寸草不生的光头山变成一片绿洲，用自己的心血打开了一片天地。但他不是一个好丈夫。尤其是这几年事业越做越大，他成了空中飞人，在两岸，在欧美各地奔走，硬是用他那并不丰富的知识和他那不甚魁梧的身体支撑着安泰这座大厦。阿辉对事业太执着，太投入了，他忽略了自己，忽略了儿子，忽略了这个家庭。

　　静娴想到了儿子小俊，难免心头一阵酸楚。

　　上个月，已经几个月没见到父母，没见到儿子的静娴回到台南梅山。

　　一进到自己的家，原本了如指掌的家已经有一些陌生。推开家门，已是风烛残年的父母正坐在太师椅上藤沙发打着瞌睡。阿辉和自己曾多次劝父母搬到厦门去住，这样有一个头痛脑热时也好照应。可是，老人故土难离，何况这里有着祖宗留下的几千亩梅山，有着弟弟荣生，还有他们的宝贝外孙小俊……

　　荣生在打理着台湾安泰这一块业务，这里虽然有陈茂祥、杨金威一帮长辈提携，身边还有李作良、黄文斌一帮股东的帮助，但他还是忙得不亦乐乎，十天八天才回到家里与老人打一回照面。

　　更让人放心不下的是，这荣生成天在外东蹦西颠，到现在还连个老婆也没混上。父母打发熟人四处找人介绍，结果是皇帝不急太监急。你说他没女伴吗，每天都有女的在他那儿晃悠，你说他有女友吧，却没有一个可以带回家见父母的。

　　这是一个光谈恋爱不结婚的货。

　　父亲已经老了，尤其是大妈过去之后，他艰难地跨过了人生这道坎，幸好有曾经当过护士的母亲左右相伴，用自己的心血照顾着这条弱不禁风的生命，让他活了过来。可是，这人越老，岁数越大，越固守自己的信念，越祈望自己儿孙满堂。这边，自己生下小俊之后便没了动力。想再生一个，开始担心冷落了小俊，不敢要；后来下决心生，肚子就是不争气。父母盼着荣生早点结婚生子，得来的却是遥遥无期。

老人急呀！可是让老人更急更上火的还是那小俊，不知是青春发育期的叛逆，还是这十多年来，自己和阿辉忙于事业忽略了他的成长，彼此之间缺乏一种父子、母子之间的热切与真诚。除非自己打电话寻找这个儿子，能说上几句不冷不热的话外，要等小俊主动打电话来，那是除非太阳从西边出。

记得那天，自己拎着大包从大陆带回家中的土特产，那些都是厦门中山路那间百年老店——光华药店经营的名贵中药材，还有华祥苑的上等铁观音。可当自己跨进家门时，发现父母的目光是迟钝，见到自己回来，也没有表现出像以前那般欣慰。

"爸，妈，我回来了。"静娴忘记了奔波千里的疲惫，装着一副轻松高兴的样子呼唤父母，自己多么想像孩子一样扑向年迈的父母呀！可是，自己虽然极尽全力，也没有做出来，再也装不出当年的青春与浪漫。

"嗯，回来了。"父亲只是欠了欠身子。

"回来便好，台湾什么都不缺，何必花钱又费力气。"母亲附和。

"不一样的，这东西只有大陆的才最道地。呐，这虫草，多粗壮，听说对老人身体健康超有作用。"静娴用最年轻、最时尚的话对自己带回的东西作介绍，希望能激发老人的兴趣。

"别说得那么好听，人老了，就会死的，皇帝都会死，谁还能躲得过呀。"母亲对女儿的介绍似乎不感兴趣，离开坐位，用她那不甚利索的手，给女儿泡了一杯茶："你们成天忙得不见踪影，也不顾儿子怎么样，小俊如果学坏了，事业做得再大，钱赚再多，有什么用呀？"

兴许这是中国人的传统，老一辈人废寝忘食，去打拼，去开拓事业，目的便是为了给下一代创造财富，而且希望下一代能够传承下去，创造更多的财富。

"不会的，妈！"静娴从母亲那带着埋怨和伤感的口吻中似乎了解到了什

第二十三章

悬在两岸的心

么，但她故作轻松。母亲的话声音不大，却重重地撞击着自己的心窝。儿子小俊从幼稚园到小学，又从小学到初中，现在上高中，自己和阿辉几乎就没有时间过问过。当时刚到大陆投资时，曾带过去读了一段时间，目的是想留在自己身边管一管，可是这小家伙却闹着要回台湾，加上自己忙于事业，也确实没有多少时间可以陪着他，便又送回台湾来了。

"现在，总不会做出格的事情吧？"静娴心里打鼓，把目光投向父母。父亲还半躺在藤沙发上打瞌睡，母亲则一脸愁云。

妈妈没有回答女儿的话，兴许是看到女儿这么远赶回来，屁股都还没有坐热就唠叨一些烦心的事，扫了女儿的兴。

"妈，你不是听见小俊在外面做了什么坏事情吧？"静娴从房里找了一条毛巾被轻轻地盖在父亲身上，又焦急地问母亲。

"哎，这孩子呀都已经快二十岁了，成天闹着要出国留学。可就是不好好读书，一帮朋友开着汽车东溜西跑，这样下去还能学好么？"彩凤被女儿一再追问，便将自己担忧脱口而出。

"是吗？……"静娴的心颤抖了一下。讲实话，这是自己和阿辉最大的担心。自己和阿辉靠着吃苦耐劳打拼，目的便是让老人和后代过上好日子，能过健健康康幸福的生活。现在总算有了一份可观的家业，多么希望儿子今后能在自己事业上再发展一步呀！

静娴决定趁这次回来的机会，一定要跟儿子好好聊一聊。

"妈，今天是周末，小俊会回来么？"

彩凤摇了摇头，叹了口气。她不是不想回答。女儿的提问，而是不知如何回答是好。对自己的这个外孙，她吃不准，有时早回来，有时深更半夜回来，有时根本不回来，而且从来没有打过一个电话。

"我给他打一个电话。"看到母亲心情如此沉重，静娴的心隐隐作痛。她拿起电话，给儿子小俊打了一个电话。

"嘟、嘟、嘟……"电话拨通了，可是没人接听。

第二次拨还是这样，第三次拨仍然是这样。

静娴一次，又一次地重拨，"嘟、嘟、嘟……"的声音也反复地重复着，她耐心地等待着电话筒里传来儿子的声音。许久许久，电话筒里终于响起了小俊的声音："奶奶，今天我不回去了。"还没等静娴出声，那头已经挂线了。

"小叮铛……"静娴骂了一句，又拿起电话重拨了一遍。

"奶奶……"小俊似乎有些不耐烦。

"小俊，我是妈妈，我回来了，你今晚回来吧！"怕儿子又挂掉电话，静娴没等儿子说完，抢先发声。她本想严厉地教训儿子，可是心里涌出了一种难以言表的怜悯之情。儿子很长时间没有得到父母的呵护，要怪，则要怪自己呀！她的泪水从眼眶里流了出来，对着话筒哀求道："小俊，妈妈想你，你一定要回来啊！"

"……"电话没有声音，静娴多么希望儿子能激动地呼唤一声"妈妈"呀。

"小俊，妈妈想你，你一定要回来啊！"静娴重复道。

"那，好吧，但要迟一点。"也许小俊被母亲的话感动了，迟疑了许久，才勉强地答应下来。

那一天，听说外孙要回来，母亲露出了轻松的笑容，父亲脸上的皱纹也好像舒展开来。静娴不时地从屋里走到门口的公路上，踮着脚尖向山下看去，盼望着儿子能够早点出现。

可是，从太阳西斜到夜幕降临，小俊还没有回来。

静娴心急如焚，不得不拿起电话反复拨通儿子的手机。可是，要么他不接，要么不耐烦地说："我正忙着，忙完便回去，别催！"三言两语便将静娴给打发了。

静娴将煮好的饭菜热了好几遍，儿子的身影仍然没有出现。这时的静娴也深深感受到父母内心不安的原因，她难掩内心的痛苦对父母说："爸妈，别等了，我们吃饭吧！"

"再等一下吧，好不容易等你回啦。"彩凤似乎有些伤感。

"吃吧！小俊回来再说。"静娴断定儿子是不会回来吃晚饭了。她嘴里虽然这么说，可她的心在疼，自己千里迢迢回到家里，可自己的儿子怎么就这么对待生他、养他，为他操心的长辈？竟如此不懂亲情？

晚上九点多钟，年迈的父亲，不断地打着哈欠进房间休息了。

十点多钟，坐在藤沙发上的母亲挡不住倦意，也无奈地进房休息了。

焦虑不安等待儿子归来的静娴只好在昏黄的电灯下，伸长脖子看着门外，不断地拨打着电话。

　　从进入家门到现在足足过了七个钟头，静娴眼巴巴地期待着儿子出现在家门口。这种母亲期盼儿子的迫切心情让她坐立不安，辗转不宁。

　　"小叮铛……"静娴泪水又涌出眼眶……

　　"咚、咚、咚。"门外传来了敲门声，静娴内心狂喜，急冲冲走向大门，儿子的高大身影。可是当她打开大门时，儿子的形象却让她大吃一惊。这是自己儿子小俊么？头发染得金黄金黄，一脸憔悴，两个脸颊深深地凹了进去……

　　母子相遇，都呆住了，静娴不敢相信，几个月工夫，儿子怎么会变成这个样子？

　　"妈！"小俊站在大门槛外，不冷不热地叫了一声。

　　"小俊，你怎么会这番打扮？"静娴看着自己日夜思念的儿子，感到是那么陌生。

　　"怎么啦？我这打扮怎么啦？"小俊满不在乎地应答。"有什么急事，这么三番五次地催我回来呀？"

　　"妈想你，希望早点见到你。"静娴说可怜兮兮地说。

　　"平时就不想吗？"儿子并不领情，硬梆梆反问了一句。

　　静娴失语，只有心酸。

　　……

　　静娴从心酸到心碎，带着滴血的心回到了厦门。

　　阿辉又去欧洲了，夫妻在空中交会，已经足足一个月没有见面了

　　当每晚在昏黄的灯光下回忆这些往事时，静娴总有一种莫名的痛楚。她在反复思考，年轻的时候自己无忧无虑，心里充满着阳光，可是现却常常阴霾层层，潮乎乎的梅雨季节，手一抓能挤出滴滴答答的水珠来。尤其是这一段时间，自己隐隐约约感到身体出现了异样，晚上时常被噩梦惊醒，白天四肢疲乏懈怠，走几步路都感到吃力，腹部发出阵阵胀痛……

　　自己曾几次想回台湾时去看医生，检查一下，看一看到底是身上的哪个部件出了问题。可是，看了父母，看了儿子，完了还抓紧时间办理公司的业务，东奔西跑，早出晚归，匆匆忙忙回台湾，又急急忙忙回大陆……

仙岳儿女

四十岁的男人一枝花，四十岁的女人豆腐渣，老公阿辉才三十七岁，而自己已经足足四十岁了……

静娴在回忆着往事，自然增加了许多忧虑和悲愁。尤其是一旦查出自己有什么病，或查出个不治之病，这对自己、对阿辉都将是一个沉重的打击。

与其这样，倒不如顺其自然。

拖吧，也许拖是一个最好的解决办法。

静娴在自悲、自慰、自解……

"静娴姐。"静娴还在胡思乱想，一阵敲门声后，林若莹推门进来了。

林若莹是一个处事非常有分寸的人，只要有第三人在，她会毕恭毕敬地称静娴总经理。如果只有静娴一人，就是是一声"姐"长，一声"姐"短亲昵地呼唤。开始时，静娴有点不习惯，细细一想也不无道理。阿辉是湖里村人的后代，论辈份他叫林若莹的父亲林万寿为阿叔。那么，林若莹称阿辉为哥，称自己为姐，那是恰如其分的了。当初，静娴担心自己的男人每天跟着一个年轻漂亮的女人同进同出，哪有不生情的呀！土地公保佑，现在已经过了多年，倒没有听见有什么不正常的消息。

"若莹！"看到林若莹走近自己的办公桌前，静娴露出了难得的宽松的笑。真的，看到林若莹那充满阳光而又漂亮得体的形象，是那么可人，哪个男人不会动心？

只可惜自己也是一个女的，可这天底下的男人都是什么眼光，怎么没有人追逐若莹呢？

静娴百思不得其解。

"静娴姐。"林若莹站在静娴的面前，她发现自己的总经理、董事长的夫人气色不是很好，脸上的斑增加了不少，前几年红扑扑的面容不见了……

"看什么呢？若莹。"看到林若莹目不转睛地看着自己，静娴问。

"姐，我看你气色不是很好，是不是身体有什么不适？"林若莹终于忍不住问了一句。

"没，没有啊！"林若莹的话让静娴有些惊慌，她自己的秘密不想让别人看破。

"静娴姐，有病一定要看医生啊。"

"没，没有，大概是这几天太忙了。"静娴掩饰着。

"是吗？要不我陪你去医院去检查一下？"

"以后再说吧！若莹，有事吗？"看见林若莹穷追不止，静娴扯开了话题。

"噢！是这样的。这一段通过各种推介手段，我们的产品在大陆市场的份额还在稳步攀升。"林若莹递给静娴一份资料。

"这说明我们前一段投放大力度的广告很有成效呀！"静娴脸上露出了满意的笑容。

"是的。但我隐隐约约感到还存在的危机。"看着信心满满的总经理，林若莹说出了自己的顾虑："小家电行业利润空间不大，短时间内进行大力度广告覆盖是有作用，但不可能一年三百六十五天，天天如此呀！"

"你说得对！但也不要过于担心。我们在台湾投资的3C店在这方面已经积攒了相当成熟的经验，我们不是已经开始在大陆作了布局吗？我相信目前的这种势头是可以持续下去的。"静娴感依然非常乐观。

"静娴姐……"林若莹还想再作有些解释。

"你放心好了，对营销阿辉是很有经验的。"静娴见林若莹站在那里，没有离开的意思，又开了话题，说："你现在忙吗？"

"不，不忙！"

"那，你陪姐出去走一走好吗？"

"好！"

"还早，我们到仙岳山走一走吧！"

"嗯！"若莹欣然点头……

第二十四章

制造与创造的转型

　　前一段时间阿辉回台湾处理台湾安泰的事情，业务结束后，考虑到公司在欧美市场的业务也急需调整，便直接从台湾飞往美国，然后又到了欧洲。

　　此间，已几个月没有返回台湾的静娴思念父母和儿子，也急需了解安泰在台湾布局3C店的经营情况，尤其是辅导3C店在美国纳斯达克上市的工作，也匆匆赶回台湾。

　　夫妻俩在空中擦边而过，未能见上一面。

　　阿辉到了美国，拜访了几个客户和经销代理商之后，又匆匆赶赴德国。

　　到了德国，他首先拜访的是当年自己第一次出国参加世界小家电博览会时给过自己很大帮助的飞利浦公司总经理彼得先生。彼得已年过七旬，退休多年在家。在阿辉的心目中，彼得是一个学者，一个专家，又是一个富有远见的企业家。阿辉拜会这位老前辈，是想请教一下安泰未来发展的一些问题。

　　彼得是一个很有感情的人，自从那年认识阿辉之后，一直与阿辉保持着密切的联系，时时关注这阿辉和安泰的情况。现在，听说阿辉来到柏林，自然是非常热情地接待这位来自东方的年轻朋友。

　　"彼得先生，您好！"现在的阿辉已经今非昔比，除用英语会话之外，还能说上几句德语。尽管带着浓重的台湾味，也难免有些三脚猫的痕迹，但马马虎虎，语言再加手势比划，基本上还可以应付过去。

当然，这彼得也是一个中国通，汉语说得也相当凑合。

"阿辉兄弟。"彼得一脸兴奋，见到阿辉如同见到久违的朋友，又是握手，又是拥抱，亲热得让人感到有些过度。

双方寒暄了一阵，便迅速转入了正题。

"阿辉老板有重要的事情找我这老头子？"这彼得是一个非常风趣的人。他知道，这阿辉以前来柏林，每次都是匆匆忙忙地见个面，或者打电话问个好而这次却郑重其事地提前约定，一定有非同寻常商量。

"是的，老前辈，我的安泰公司承蒙您一路指点发展到现在，真要从内心的深处感激您。"阿辉充满着感激之情。

"别客气，阿辉先生！"

"现在，世界小家电行业面临激烈的竞争，作为安泰公司的产品是刚出生的婴儿，如果与飞利普、东芝、松下这些世界名牌竞争，自然处于劣势状态……"阿辉侃侃而谈。

"嗯……"彼得不时点头，他看到自己眼前的这位中国年轻企业家，在事业快速发展之后并没有盲目乐观，而且仍保持着清醒的头脑，感到佩服。

"安泰现在员工过万，生产具备了一定规模，产品销售情况还可以，但利润却被压缩在一个狭小的空间里。而且，而且……"阿辉说到这里想寻找一个恰当的词语。

"而且，这种状况还在恶化，是吗？"彼得接过话题。

"没错。"阿辉诚实地点了点头。"因此我这一段时间一直在思考企业如何转型的问题。代工生产，以前靠着廉价的劳动力。可是，台湾也罢，大陆也罢，现在劳动力成本逐年上升，已经没有多少优势。如果不谋划企业转型，那么到企业难以为继的时候再作打算，恐怕就为时已晚了。因此，必须提前谋划，早做准备。可是如何转型，如何找突破口，就成为安泰发展道路上最近切需要解决的问题……"阿辉说到这里停了下来，将期待的目光投向自己的老朋友。

"嗯，嗯，嗯……"彼得一边不断地点头，一边在调动自己的思维快速地思

仙岳儿女

考着阿辉提出的问题。

"我希望得到您的指教!"彼得只点头不说话恳求道。

"彼得的点头变成了摇头,阿辉一头雾水。许久许久,彼得才从口中蹦出几个字,"把制造变成创造。"

"制造变成创造?"阿辉重复道。

"对!阿辉先生,摆脱目前的困境,唯有把制造变成创造。不能整体创造,最起码也要局部创造,在某些零部件、零配件等方面,成为世界小家电行业的优势。譬如,质量、低能、外观……?"

"优势?"

"对!没有创造就没有优势,就是要创造优势。"彼得有些兴奋:"我在飞利普公司任职时便考虑过这个问题,而且有些工作已经在实施当中。你可以搞一个设计班子,将目前的OEM向ODM转型!"

"将OEM向ODM转型?"

"嗯,如果做成了,你的事业便成功了!"彼得鼓励阿辉。

"噢!谢谢您。"阿辉充满感激地谢过彼得,恰在这时彼得的手机响了,打电话的正是飞利普的中国经理陈子茵。

"子茵小姐,你的老朋友在我这里!"此时的彼得像一个老小孩,他兴奋地将声音提得很高。

"谁?"陈子茵不知道彼得说的是谁。

"林信辉,阿辉老板!"彼得补充道。

"是吗?子茵回柏林来了?"阿辉高兴地叫来了。

阿辉听到陈子茵回到柏林,也很高兴。尽管几年前在厦门曾不欢而散,可是,从自己的内心深处还不时地想念着这位给自己以无数帮助的异性,这位内外兼修,既有中国传统美德,又有西域风情的异性朋友。

阿辉心里怦然一动,他下定了决心,这次一定要约陈子茵好好聊聊。

人总是有感情的,尤其是阿辉这样出身贫寒的企业家,他深知自己从一个学徒成长到现在,尽管与那些富豪相比还有相当长的路子要走。但滴水之恩,当涌泉相报,对当年曾经提携过自己,给自己以帮助的人,是永远不应该忘记的。

自从上次陈子茵约阿辉喝咖啡分别以后，阿辉曾几次给她打电话，尽管彼此内心都理解对方，但一直没有勇气再见一次面。因为单身男女在一块，稍微把持不住，难免会擦出情感的火花……现在，二人在德国柏林这个城市邂逅，老朋友见个面也是人之常情。阿辉拨通了电话，陈子茵喜出望外，满口答应，约定在一家咖啡店见面。

阿辉内心平静了许多。冤家宜解不宜结。阿辉在想，十几年前如果没有陈子茵搭桥牵线，也就不可能有安泰与飞利普的合作和自己事业的发展。这，陈子茵功不可没！更何况当前面对老冤家东林公司的挑战，加深与飞利普公司的合作也是安泰发展的需要呀！

两个人终于在柏林的一家优雅的咖啡店里见面了。陈子茵还是那么热情，她比约定的时间早了半个钟头，订好了一个雅致的包厢。

"子茵。"见了面，阿辉似乎忘却了厦门的那次不愉快，高兴地伸出手。陈子茵看到满脸倦容的阿辉，痴痴地看了一眼，扑向前，紧紧地把阿辉抱在怀里。这一抱，好像倾注了她全身心的感情。

陈子茵松开了手，看到有些木讷的阿辉，脸上露出了一丝歉意："木头，快坐下吧！"

陈子茵这突如其来的拥抱，阿辉心里好一阵紧张。十几年前的那一拥抱，足以让自己刻苦铭心。

"听说你回到德国来了。"阿辉一阵心慌之后，还真找不到合适的话题。

"就你消息灵通。"陈子茵佯装生气，说语间却掩饰不住对阿辉邀请她相聚的兴奋之情。

"嘿！嘿，我们作生意的人吧，信息最重要！"阿辉自我解嘲地傻乐着。

"阿辉，我当年就断定你的安泰公司一定能快速成长的。只是……"陈子茵的话说了半截，停住了。

"只是什么？"阿辉真不知陈子茵的后半段话说出什么来。

"只是没有想到会发展那么快？更没想到这十几年你阿辉还是那么纯洁、可爱……"说完，陈子茵哈哈大笑起来，脸微微地泛起了一片红晕。

"感谢你的夸奖，子茵，我一直在想，我们是老朋友了，现在又在同一城市发展，今后需加强联系，携起手来开创一些新的事业。安泰原来成长道路上最关键的一把就是你成就的，今天，你又到了飞利普任职，不是天助我么？"

"你呀！什么都没变，可是口才却变了，真会说话！讨近乎不是？"陈子茵用多情的眼光瞟了阿辉一眼。

"别笑我，飞利普是百年老店了，我们……"阿辉说到这里显出一脸真诚。

"你是不是有新的发展计划了？阿辉老板？"陈子茵发现这阿辉确实变了，变了许多。

是啊！阿辉确实变了许多。就说这半个多月来，他在欧美几个国家进行了详尽的商业考察，既了解了小家电研发生产，又考察了市场营销，确实让他大开了眼界！

他一边考察，一边思考着安泰的发展路子。以前，安泰靠着世界跨国公司提供的样品，照着葫芦画个瓢，赚个非常微薄的几个代工钱，表面上看产量很高，产值很高，可是留下的利润空间却非常的小。譬如，前一段在厦门，为了扩大安泰家电在大陆市场的份额，那大力度广告的轰炸和覆盖成本之高，局外人是无法了解其中苦衷的。

制造、制造、制造！

记得从美国飞抵德国的那天晚上，自己努力地找到当年第一次到柏林参加世界家电博览会居住的小客栈，躺在那里久久地沉思了一个晚上，"制造"这两个字像幽灵一样让自己辗转不宁。

用传统的思维、传统的产品和经营手段，去参与国际市场竞争，这条路肯定是行不通的。安泰必须要创造自己的品牌，才能在激烈的市场竞争中有一席之地。制造，制造！终究是给别人当苦工，自己赚吆喝。安泰必须要实现从传统的OEM来料加工模式向设计原配件或整机向国际品牌公司销售的ODM的转变。而要实现这一转变的关键，就是要创造，再创造！

阿辉向陈子茵坦诚地谈了自己的想法，谈了自己对安泰下一步的战略发展思路。他谈得很投入，很动情，甚至连那杯服务生送来的咖啡已经凉了，也没有端起来喝一口。

陈子茵静静地听着阿辉倾情阐述自己的思考，阐述自己的打算，听得很认真，很入神，她那双美丽的丹凤眼竟然连眨都没有眨一眼。她感到眼前的阿辉很陌生，这与十几年前的那憨仔判若两个人，似乎是一个站在高位运筹帷幄的战略家。

咖啡厅里静悄悄的，两个人没有仔吭一声，也没有再看一眼，只是各自低着头默默地沉思着。

"我这想法对么？子茵。"阿辉用一种期待的眼光看着陈子茵。他把陈子茵看作知己、老师、挚友，他期待着陈子茵的帮助与指导。

"这可是你的商业秘密呀！阿辉。"沉思当中的陈子茵被阿辉唤醒了，她被阿辉的真诚深深地感动了。

"对自己的朋友是不应该有秘密的。"阿辉舒心地说出了自己的心里话，这也是他决定今天约见陈子茵，化解相互之间的隔阂的真实想法。

这世界上除了男女之爱外，还有更纯洁，更崇高，更令人仰慕的爱，那便是朋友之间的真诚！

"谢谢你，阿辉。"陈子茵着实被感动了，激动的泪水从美丽的脸颊上流淌着："十多年前我曾说过，你是一个不可多得的男人，现在看来，当年我尽管幼稚，但说得绝对正确……"

"子茵"阿辉轻轻地叹息了一下，"讲实话，我心中有你，不止一次在梦中见到你，我们是真正的朋友，只希望彼此在今后的事业上携手。请原谅我，我已经有家有室，有儿子。别的我不敢奢望，尽管我时时思念着你……"

"是啊！有些事情不是你我能左右的……"陈子茵低声抽泣着："那次在厦门……"

"别说了"这次阿辉主动将自己的身子往子茵挪了挪，深情地将她搂在怀里："子茵，我为此生能认识你而感到满足，感到欣慰，但我不能占有你，你应该有更美好的未来。"

"您……？"陈子茵吃惊这个憨仔的举动，凝视着阿辉的眼睛，默默地点了点头："我知道你的心！"

"啊，还有就是我已着手培养设计队伍，回去以后准备建立属于安泰自己的工业设计院。"阿辉唯恐对陈子茵有隐瞒，补充道。

"陈子茵没有吱声,一次又一次点了点头。

"怎么啦?你不赞同?"阿辉问道。

"我期待你成功的喜讯,需要我帮助之时告知一声。"陈子茵说出了自己的心声。

这一夜,从夜幕降临一直到子夜,陈子茵和阿辉敞开心扉侃侃而谈,似乎彼此间已经没有任何界限,没有距离,谈得那么默契,那么投入。

"该告别了,回厦门谈吧,好吗?"阿辉想到明天就要乘坐国际航班回厦门,回酒店还要结账和发拾一下东西,太晚了恐怕来不及,用商量的口吻对陈子茵说。

"嗯……"陈子茵还想与阿辉多呆一些时间,但看看手表,时间确实已经不早,她有些恋恋不舍:"我送您回酒店吧!"

"谢谢,子茵。"阿辉也不拒绝,只是再次走近她,深情地作了一个拥抱,并且恰到好处地送上一个热切的吻。

飞机降落在厦门机场,阿辉没有回家,而是叫司机直接将自己送到了办公室。

林若莹早已等候在门口迎接着董事长的归来,未等她说句客套话,阿辉就下达了通知:"立即请正副总到我办公室开会。"

"现在?"林若莹惊愕。

"对!现在!"阿辉感到目前必须尽快调整将安泰的发展策略,在素质上下定决心,苦练内功,才能从根本上置自己于不败的地步。而且是刻不容缓。

只片刻工夫,参会的人便到了阿辉办公室,大家是楼上楼下,极为方便。

对丈夫望眼欲穿的静娴是第一个到的,她看到将近一个月未见面的丈夫,一脸倦容,一种作为妻子,又作为姐姐对丈夫、对弟弟的怜爱之心涌上心头。十几个钟头的飞行,连个倒时差的时间也不留给自己,真是的!

"怎么不休息一下,什么事这么急呀!"看见丈夫,静娴恬怒道。

"静娴,你的脸怎么这么憔悴?"平时粗枝大叶的阿辉不知为何此时变得如此心细,他没有回答妻子的问话,而是关切地询问妻子。已从静娴进门的一刹那已察觉出来了。

"没事。兴许这一段事多罢了。"静娴努力地装做欣喜的样子。

阿辉本想再和妻子多说几句关爱的话，怎奈天会的人已到齐，只能把到嘴的话咽了回去。

阿辉一反以往开会先让大家发表意见的做法，见大家都已坐定，自己首先将此行欧美的情况扼要地作了介绍。然后，长篇大论地谈了他对公司新的发展战略的构想。最后，他提高嗓门说："安泰公司下一步设立以设计整合为核心的世界级生活产业，提升自己的工业设计创意水平，将以往的OEM向ODM的转型。"

同事都认真地作着记录。他们觉得董事长长期以来便十分注重产品设计工作，想不到以前只是从实践层面上去探索，这次却是提高到战略层次加以考量和运作，着实令他们振奋。

"下一步的工作，是要不惜血本延揽优秀的工业设计人才，既要依靠厦门大学的专家教授，还要面向大陆各地、各同行或类似企业发现人才；另外将目前的设计课升格建立工业创新设计院，这项工作由林若莹助理全力操办！"

"我……"林若莹想说什么，可是刚张口却被阿辉制止了。

"安泰要发展，我们的人手却很缺。林助理，我完全相信你能担当地起来。"阿辉向林若莹投去信任的目光。

"那若莹的手头工作呢?"静娴问，她知道阿辉那说一不二的性格。

"你负责帮我招聘一个，由你把关。另外，台湾的3C店运作得不错，你的任务便是将那做法复制到大陆来，但动作要快。台湾那边的安泰3C将很快在美国纽约获批准挂牌上市。"

"嗯!"静娴被阿辉一说早已有些跃跃欲试，她理解丈夫，更相信丈夫。

"云生，云山。"交代完林若莹和静娴的工作，阿辉将目光投向自己的两位助手："你们在新产品研发上要抓住安泰已经有基础的电烫斗、咖啡机和烤牛排器的创新升级。总之，安泰只有占据高位，才能有竞争的资格。"

"好，请董事长放心。"朱云生、张云山齐声应道。

仙岳儿女

第二十五章

复制台湾3C经验

厦门安泰高层会议后的第二天，静娴便带人直奔河南郑州。因为前一段时间，大陆3C店的布局已经完成了东部地区几个中心城市的相关调研工作。她希望第二步在中原地区有一个突破，这种突破主要从河南郑州和湖北武汉两个城市展开，然后向大陆的西南、西北两个方向辐射。这叫做中部开花，南北发展。

安泰在台湾本岛已经布局了180多家3C店，如果进展顺当，那么在整个大陆地区布局一千家左右是没有问题的。一到郑州，静娴便将自己的想法告诉了身边的工作人员："安泰要建立一个民族品牌的小家电制造王国，还要建立一个富有中国特色的小家电销售网络。对此，我很有信心。"静娴话说到这里，脸上浮现出难得的红晕。

"总经理，您身体不好，别想那么多，我们来做吧。"随行的是一个叫孙玉胜的年轻员工，是刚从大陆一家连锁销售公司副总位置招聘过来的。静娴准备叫他担任大陆3C店的总经理。这一段时间，孙玉胜看到总经理身体状况不好，但不好细问，总是想通过自己的努力工作减轻总经理的负担。另外，孙玉胜感到，把台湾3C店的做法完全照搬到大陆来，似有不妥。看到静娴那充满自信心的神态，自己真不愿扫她的兴。

这一天, 静娴似首心情很好, 主动拉着孙玉胜坐下来, 关切地问道: "最近工作有什么感受?"

孙玉胜感到这是一个向总经理表白自己真实想法的好机会。他略作思考, 向静娴说道: "台湾3C确实是一个非常成功的经验, 许多做法都可以直接移植过来, 但不是全部。"他停了下, 等待总经理的反应。

"那谈谈你的看法。"静娴没有不高兴, 倒是绕有兴趣。

"大陆这边东南西北, 地域差异很大, 消费能力、消费水平的差异也非常大, 这是其一。"

"其二呢?"

"大陆的家电大卖场, 品牌进场是要有进场费的, 而且是一级批发价格, 自然成本低, 具竞争能力。"孙玉胜列举了海尔、格力、沃尔玛等一系列产品进行说明。

"嗯, 那其三呢?"

"如果按照台湾3C店的做法, 我们不收进场费, 只能从二级, 甚至三级经销商手中采购商品, 很显然这种优势便失去了。"孙玉胜向静娴陈述自己的想法。

这就是商业竞争, 实际上是一场没有硝烟的战斗, 占据有利地形, 才能创造取胜的条件。从安泰在大陆建立3C店的工作看, 孙玉胜尽管刚接受这项工作, 但离开厦门前他曾专门调查了安泰在大陆东南地区建立的50多家3C店的运营情况, 业绩都不很理想。又走访了几家家电大卖场, 比较全面地研究了它们的运营模式, 觉得虽然3C店在台湾能够顺风顺水, 创造良好的业绩, 甚至运行那么几年便可在美国证券市场挂牌上市, 但是如果按照那一模式在大陆一成不变地运作, 能否取得成功, 他心中没有数。特别是这次到郑州走了几天, 随着对市场行情的进一步了解, 他心中的疑惑却越来越大。

静娴非常认真地听着孙玉胜的娓娓道来, 听着从台湾干部口中从来没有听到的观点。几次想张口肯定孙玉胜的观点, 但却又金口难张。因为, 这一套经营管理办法, 在台湾是那么有效, 是自己和同事们经营多年摸索总结出来的, 要否定它, 这不是是对自己以往卓有成效工作的否定么?

"总经理, 我刚来公司不久, 说的话不一定正确, 有不当的地方请您指正。"

210

孙玉胜担心话说过了头，总经理反感。

"小刘，你的话有一定的道理，但是必须看到，3C店的经验在台湾已经运作了十几年，我们还是先按照这种模式选择运作吧。"静娴没有充足的理由否定孙玉胜的观点，也没有勇气肯定他的观点，平时风风火火的静娴第一次感到自己的左右为难。

"嗯！"见总经理这样的态度，孙玉胜多少有些失望，但他还是爽快地答应："那我这几天就商场位置选择和租金、人员选聘作一一落实，您多注意休息！"

"一起去吧！"静娴说。

"总经理，这河南是中华文明的发源地，有许多历史名胜，您走一走，放松一下，把工作放心地交给我去办吧。"孙玉胜看静娴脸色不佳，出于对上司的关心建议道。

"以后吧！今天先休息！"静娴伸了一个懒腰，看得出她很疲倦。

"那好，有事打电话通知我。"孙玉胜走出房门。

望着孙玉胜离去的身影，静娴想走到窗前看一看外面的景色，但感到两条腿酸溜溜，沉得好像灌了铅，抬都抬不起来，只好无奈地坐回沙发上。

"我这是怎么啦？"坐在沙发上的静娴似乎有了一种不祥的感觉，面对着安泰不断发展的势头，她发现自己缺乏一种兴奋，更缺乏一种自信。她记得，前一段时间回台湾跟儿子小俊几句话谈得缺乏共同点后，心情坏了好几天，一个自己含辛茹苦带大的孩子，还未成人就对他的母亲那么冷淡……这一夜静娴又彻底失眠了。

她回想也了上次回台湾的第二天，约了弟弟荣生，特地去看了他负责的台湾安泰3C公司，那里一片热气腾腾，充满着生机与活力。

"荣生！"一进门看到弟弟的办公室围满了洽谈业务的人员，静娴异常欢喜，几乎忘却了头天晚上留在心中的不快。

"姐，您回来了。"三十多岁的弟弟荣生仍然像小孩子似的扑过来拥抱姐姐，乐颠颠地说："是不是到我们公司来视察呀？"说着说着还摆了一个非常滑稽的孩子相。

"你呀……"静娴佯装生气,坐在了弟弟的老板椅上:"公司最近怎么样啊?"

"很好啊!你看整个公司的人都忙翻了天,180多间店每年进账过亿,我们还想将这种经营网路往乡下延伸。"荣生信心十足。

"今年的利润怎么样啊?"衡量一个效绩是最具体,也是最重要的。静娴看着充满阳光的弟弟,故作视察状地问道。阿辉临出国前,布置了大陆复制台湾3C店经验问题,自己此行就是要做一个详细的了解。

"纯利润一亿以上吧,绝对有把握。"荣生还是那样充满着自信:"而且,而且在美国挂牌上市已经获得批准了。这样,我们安泰旗下已经有两家上市公司了。"

是啊!一亿的利润的确是一个不小的业绩了,获准在美国上市,无疑为安泰3C的腾飞插上了一副强有力的翅膀!

荣生非常开心,非常详细地向姐姐汇报3C店的经营情况。

静娴满心欢喜,非常认真仔细地听弟弟的经营之道。

兄妹之间已经几个月没见面了,他们谈得非常亲密,非常深入,非常静心。

"荣生,你把台湾3C店的章程和管理办法全套文件发过去,那边也要推行这种做法。"静娴一直认为荣生已经闯出一条路子了,照葫芦画瓢就可以了。可是,为什么在大陆行不通呢?

尤其是前一段,第一批布局大陆的几家3C店经营业绩一团糟,经营亏损的情况在迅速蔓延。那么造成如此状况的缘故是不是孙玉胜所说的那些?静娴联想到这,感到前所未有的纷乱。

"咳……"身体疲劳,脑子更疲劳,静娴重重地叹了一口气……

以后几天时间里,静娴由孙玉胜陪同,从郑州再到武汉,就布局大陆安泰3C店的事情继续奔波着,但内心的矛盾依然反反复复、无休无止在脑子里交替出现,纠缠着……

静娴为在大陆布局3C店的事烦透了心。

湖畔咖啡店的阿福也为掷荽的事坐卧不宁。

原来听信黄海林的蛊惑，鬼使神差去偷了阿辉的祖传掷荽，当时以为得了一件古董，既可以阻挡阿辉在大陆顺利投资的脚步，又可以将那宝物到古董市场上弄上一笔钱。想不到的是，那是一株烫手的山芋。他想尽快脱手，但每当他看到有一些陌生的面孔到湖畔咖啡店消费时，心虚的他总以为是公安的便衣来了……

留，不是；卖，不敢；弃，可惜。花了那么多钱，买来了个担惊受怕！

这，真让阿福感到从头到尾的恐惧与后悔。

然而，更让阿福恐惧和后悔的远远不止这些，三年多来，张小红似乎死死地掐住了他的生死命脉。

开始，阿福答应给她买一套房子，娶她为妻，那是为了笼络她，取得她在偷掷荽中的配合，同时也是为了占有她。阿福确实看中了张小红那生长自西南山区女孩独有的美丽。

"这女孩真是可人啊！"阿福从招聘张小红入店起便产生了对她的的饥渴感。

可是，自从把掷荽弄到手之后，这张小红似乎变了一个人，变成了让自阿福不敢相认的一个人。

开始，她要阿福兑现买房子的承诺，阿福想方设法一拖再拖，可这张小红也不是好糊弄的，总是软硬兼施，采取各种手段折磨阿福，真是把阿福弄得殚精力竭。

阿福经不住张小红软磨硬泡，狠了狠心，咬了咬牙，在附近买了一套房子。

"这下，你张小红应该平静了吧！"阿福心想。

果然，房子买了，这张小红也歇息了，那间他们同居的出租屋出现了笑声。可是，这样安稳日子过没几天，张小红折腾起来。

原来，新买的房子还没有办产权证，买房的契约也没有写她张小红的名字。

又是无休无止地折磨阿福。这一次折磨远比以前更严重，密度更大，力度更大几乎让阿福成夜成夜地不得休息，头发掉得连头皮都露了出来。

阿福又认输了，将买房的发票和合同拱手交给她："小红，你别闹了，这都给你，去吧，去吧，去办产权证，用什么名字，随便。"

阿福的心都碎了，悲哀至极，后悔至极。他不停地摇头，不停地叹息。那可是三十多万人民币呀！如果算上同居三年多给张小红的花费，咖啡店的全部收入也不够啊！买房的钱那还是从老爹那里啃来的呀！

阿福恨自己，快四十岁的人了，也不长见识，竟然被一个山里的女人弄的团团转，丢人呀！

产权证好，张小红不吵不闹了，加上天气不错，湖畔咖啡店的生意也有所起色，阿福轻轻地吐了一口气，蓦然间对那久违的男女之爱又陡然涌上一股浓浓的兴趣。他先一步回到了出租房里，沐浴更衣，翘首以待，期盼着张小红那银铃般的声音能够从门外传来。

可是，左等右盼，门外却一直不见张小红的身影，这让他火急火燎，欲火难忍。

十一点钟过去了，

十二点钟过去了。

张小红的身影始终没有出现。阿福心慌了，他拿起手机给店里打电话，电话铃声响了许久，却没有人接听，这让他更加慌乱。

阿福在客厅里面如热锅上的蚂蚁不停地踱步，他在思考者这咖啡店是不是出了什么问题。按照往常的习惯，十二点刚过，客人是还不会这么早离去的，离打烊的时间还早，但张小红却是早该回来了。

"去看一看吧！"阿福想重新换上衣服回到咖啡店看看，却因为有那个掷茭的事情，心里总是发虚，总是心慌意乱，甚至常常梦见公安会将他带走……

"咚……"正当阿福左右为难的时候，那房门被打开了。

"小红，你……"阿福知道是张小红回来了，他抖擞了一下精神，准备给张小红一个浪漫的拥抱和浪漫的吻，可当他把双手抬起，嘴巴张大后，就再也放不下、合不拢了。原来，张小红的身后站着几位公安局的警察。

"完了，完了，这一天终于来了。"阿福看到眼前的一切，心里暗暗叫苦悔不该听那黄海林狗东西的话，鬼迷心窍地做了一件损人又损己的事情。唉！真是善有善报，恶有恶报。

"陈阿福！"刘警官从门外走到阿福面前，威严地宣佈："根据公安机关侦查，你跟一桩盗窃案有关联。现在，请你收集好东西，接受公安机关的调查！"

"警、警官先生，我坦白，我认罪……"尽管阿福平时经常干一些见不得人的事，但却是一个胆小如鼠的人，看到眼前的大陆公安早已吓得瑟瑟发抖，连话也说不清楚，"扑通"一声跪在地上，脑袋"砰、砰、砰"地往地上磕着求饶。

看到阿福的狼狈相，刘警官和两个同事，会心地一笑。对于这一桩案子，公安机关几个月前就已经掌握了全部情况，只是经过分析，一方面看到阿福是台商，所以在处理上采取了非常非常慎重、稳妥的策略；另一方面，这案子带有很大的报复成份，而且也没有造成太严重的后果。因此，经过多方面权衡，采取晚上突然问询的办法。

"起来，老实交代问题!"刘警官实在对阿福这一举动看不惯。

"别、别、别……"阿福没有起身，跪着爬到了沙发跟前，从布衣沙发缝里，哆哆嗦嗦地用手将那掷筊抠了出来。然后，又用双腿跪步，送到刘警官的面前："我请求政府宽待处理，宽待处理……"接着，鼻涕一把泪一把地跪地求饶。看了以后，真让人有一种哀其不幸，怒其不争的感觉。

"起来说话吧!"刘警官接过掷筊，仔细地进行了观察，发现与阿辉所描述的，心里宽慰了许多。阿福的态度也明显地变化了许多。

阿福战战兢兢才从地上爬起来，老老实实地回答了刘警官的提问，盗窃掷蒋的来龙去脉作了交代。

"就这些吗?"刘警官追问。

"是、是、是! 决不敢对政府隐瞒。"阿福不断点头。

"为了什么目的?"刘警官又追问。

"我是看到阿辉以前充其量是我老爸的徒弟，在我家还经常被我差遣。现在却这样风光，心里嫉妒想给他制造点麻烦，想不到……"阿福实话实说。

"就这个?"刘警官用犀利的目光盯着阿福。

"原来黄海林说这是个古董，可以换不少钱。可是，往哪出手呀，纵使出手又能值几个钱呀! 因此，我又担心在我手中丢失，所以就将这东西藏在了这里面……。"阿福说完，用眼光瞟了一旁若无其事的张小红"

"你知道掷筊藏在这里吗?"刘警官将目光投向张小红。

"不、不，不知道。"张小红本来看到阿福那副狼狈样，心里又可怜，又得意，却没有想到这阿福将火引向了自己，不禁怒不可遏尖叫起来："这都是他一手策划组织的，我仅仅是为了在他的咖啡店能稳定地做下去，得到他的信任，多拿几块钱工资而已。真的，刘警官。"

"哦，那跟他同居，要他给你买房子，也是这个目的吗？"

"不、不、不……"张小红紧张得前言不搭后语。

仙岳儿女

第二十六章

东林公司釜底抽薪

清明节前后的厦门，是一年当中最多雨、时间延续又是最长的季节。每天的雨不大不小，几乎不间断，一连下了近两个月，太阳有效的照耀时间不足十个小时，让人全身都要发霉。

那花岗岩或地砖铺没的地面是湿湿漉漉的，墙壁是湿漉漉的，屋里屋外都是温漉漉的……

整个城市被浸泡在雾气当中，二百米外看不见人影，街道上行驶的汽车都打开雾灯像鬼火似的一闪一闪。海山的轮船、厦门本岛与鼓浪屿的轮渡都停了，高崎机场的航班更是大面积延误……

这种天气让急于远行的人感到郁闷，让原本身体残弱的人雪上加霜……

清明前后生病多，跨不过这个坎的老人比平时多出好几成。那便是健康的人也是浑身上下不给力，心情忧郁，脸上阴多晴少……

东进一郎这一段的心情也随着天气起伏着。他起得很早，因为在厦门，这里的夜生活虽然五光十色，但比起东京，比起台北，他感到乏味。这里虽然有各种咖啡店，有KTV，还有酒吧，却没有他最钟意的那种充满嗲声嗲气的地方，偶尔在朋友引荐下去了某个好去处，不久又听说被公安局端掉了，以往在东京、在台北那种随心随欲的生活被破坏了。

这使他感到乏味，感到一种前所未有的难受。

让他更难受的是，现在投资环境在变化着，从产品研发和营销上，他竞争不过本国的东芝和松下，在国外，竞争不过飞利普。在中国台湾，他曾经想挤垮安泰，独坐天下，结果激起台湾同行业者的反击，弄的满头是包，一败涂地。到了中国大陆，原本想东山再起，想不到，昔日的老对手安泰也登陆厦门，而且今日的安泰已经不再是往日的那个安泰，已经在竞争实力上跃上了一个新台阶，具备了比自己东林公司更强的竞争能力。

周末，本是人们到野外踏青的好时光，一是这天气如此不给力，二来心情犹如这蒙蒙的阴雨浓雾，东进一郎百般无聊地来到了办公室，打开了电视机，新闻节目正不迟不早播放一则厦门安泰公司与厦门大学联办安泰学院的报道，尽管画面不足一分钟，可是却让东进一郎感到内心犹如打翻的五味瓶。

对于安泰公司，对于阿辉，东进一郎始终没有正面接触。东林公司与安泰公司的竞争，他都是躲在幕后，幕前则由阿辉的师父阿庚和黄海林这一批人表演的。从台湾开始到现在十多年时间过去了，他绞尽脑汁，使尽浑身解数，可是，竞争也罢，垄断也罢，这个安泰非但没有毫发的损伤，却在竞争当中日益地发展壮大，这真让东进一郎有点颜面扫地。

这个阿庚是阿辉地地道道的师父，在竞争中却屡屡败在他自己徒弟的手下，这简直让人不可思议。

两年前，当听说安泰公司到厦门投资设厂的时候，东进一郎的心那个烦呀！他原本以为，在台湾斗不过安泰，咱们三十六计走为上，我到中国大陆的厦门去，想不到，这个阿辉又追了过来。既然是冤家路窄，那咱们就接着斗吧！谁成想好老阿庚花了不少钱只弄来张武这个名不见经传的小偻儸，时间过去了这么久，却丝毫没有见到成效。而安泰却逆势而上，将东林公司推入被动之中。

这真是应验了中国的一句谚语，王老五过年，一年不如一年呀！东进一郎不断地摇头叹气。

"叮咚……"正在挠心的东进一郎被门铃声打断，抬头一看，是营销科长阿庚推门进来了。

"有事么?"他带搭不理地问道。东进一郎对这个营销科长的评价是:老奸巨滑,歪点子多;肚子里墨水太少,处事笨拙,过于简单,成不了大事。真是取之有味,弃之可惜。

"董事长,我打探到安泰他们正在全国布局更多的3C店。"老阿庚喜形于色地说。

"人家开店也值得让你乐成这个样子么?"看到眼前小丑一样的营销科长东进一郎感到厌恶。

"董事长您是有所不知,这事儿确实值得咱们东林乐,而且要开怀大乐"老阿庚不理会东进一郎对自己的不屑。

"什么意思?"东进一郎不明就里。

老阿庚凑近东进一郎悄声说道:"我发现最近他们销售的产品当中,有相当一部分是依照我们给张武的那几张图纸制造的!"

"可靠么?"东进一郎不敢轻信。

"千真万确!""老阿庚拍着胸脯回答。然后他又神神秘秘地附在东进一郎的耳边嘀咕了一阵。

"嗯……"东进一郎喜行于色,不住地点头称是:"那,阿庚君,你去将那张武叫来一下,我要亲自找他谈一谈。"

"好,我马上去办!"阿庚应声回答。

"找得到他么?"东进一郎担心地追问了一句。

"没有问题,前几天我已给他买了一部手机,他会随叫随到。"老阿庚信心十足。

"今天晚上喝咖啡,地点你定。快去办吧!"东进一郎在老阿庚离去后,又开始九肠十八湾地琢磨对付安泰的鬼主意了。

张武正在搂着赵明英睡着懒觉。

打工仔的业余生活是枯燥的。晚上下班回来要么坐在院子里聊聊天,要么走到马路上蹓蹓弯儿,要么便在房间里打扑克斗地主,一轮又一轮,甚至通宵达旦,剩下的便是睡懒觉。把被子将头蒙的严严实实,睡得昏天黑地,腰酸背痛,

连早餐都可以节省了。

当然，张武较之其他打工仔要略为贵族一些，因为他拥有赵明英。

这一段时间，张武表面上看起来很风光，可是他自己却感到越来越有无尽的烦恼。自从得了几张图纸，又得了奖，又升了官，得意一阵子之后他慢慢感到，这绝不是天上掉下来的馅饼，自己已经完完全全掉进了黄海林设计的陷阱当中。那黄海林三天两头约自己去喝咖啡，却在他完全没有设防的情况下，打听安泰公司的发展情况，包括产品研发，营销运行情况，公司内部人员状况……这不是在窃取商业秘密么？不知道的情况，自己还听从黄海林差遣，像做贼一样去打探……

张武感到自己每天在做见不得人的事，像电视剧里的汉奸一样。这是一种道德的沦丧，一种犯罪！张武觉得自己对不起父母，父母为了培养自己花了多少血汗钱呀！

张武觉得对不起哥哥，哥哥为了让自己上大学而放弃了深造的机会。

张武觉得对不起赵明英对自己那可是倾心相爱呀！

亲人们对自己都寄予厚望，无非就是希望自己能够出人头地，可是自己却……

无数个夜晚张武被连连的恶梦惊醒；无数个白天想到自己的所作所为而心惊胆战；无数次听到腰间的手机一响，便浑身瑟瑟发抖……

张武后悔了，彻底地后悔了。

发现张武这种变化的首先是赵明英。以前张武每天晚上都会把她紧紧搂在怀里，左手成为她头下的枕头，右手则轻轻地抚摸。以前，乐观阳光的张武平时总是曲不离口，每天一歌，甚至二歌、三歌……。而现在，看他整天耷拉着着脑袋沉默无语，晚上睡觉的那种亲热举动没有了，常常在自己熟睡时突然惊叫坐起来，浑身冷汗淋漓……

天亮了。

当赵明英睁开眼睛时，张文早已不知去向赵明英满心愧疚，却也无可奈何。而此时看到身边两眼发直的张武，随口问道"张武，你是不是有什么事呀？"像丢了魂似的！

"没有！"张武张口就否认，过了一会儿又补充了一句："如果有，我不早告诉你了！"

"不对！"赵明英眼睛使劲地瞪着张武说。这女人的心很细，她已经从自己的视觉、触觉感觉到了张武内心的某些变化，而且这种变化是那么明显，不用说自己这个同床共枕的人，甚至连明眼人也看得一清二楚。张武没有了两年前那种单纯，忧郁的眼神，灰暗的脸色，原本已经很高的锁骨更加突显，无神的眼睛深深地陷了进去……

"别乱猜，没有好心情。"

"不说算了，我也懒得管你！"赵明英看着自己崇拜得五体投地的男人，想不到会变成这，以前那种炽热之爱却在一刹那间消褪去了一大半……

她感到一种难言的痛苦与委屈。一个女人心里同时装着二个男人，一个是曾经在"贵州树"一同打过四年工的张文，可是，张武出现了，她被大学毕业生这项桂冠倾倒，转身投向了张武。甜蜜的生活刚刚开始，谁成想在这漫漫长夜当中张文向她伸出了滚烫的手，让她在冲动之中鬼迷了心窍。

这种畸形的爱，这种严重违背伦理道德底线的爱，让她心上背负了沉重的枷锁。

两个人话不投机，张武索性起床穿衣，上衣刚套上，裤子的拉链还来不及拉，他的手机响了起来。

张武看了看手机显示的号码，慌乱地系好皮带走出门外接电话去了。

赵明英心里又是一阵难爱。就说这手机把，是买的，是别人送的，还是向别人借的，张武就从来没有向自己说清楚过。她对张武的收入一清二楚，这个年头买一部手机价钱不得了，养一部手机更是一般打工仔负担不了的。那次张武深夜回来，手中拿着手机时，赵明英心里就"格登、格登"跳个不停，安泰公司除了副总经理以上的人才有手机外，连林大助理都没舍得买那样的东西。

如果是张武买的，这钱从哪来的？更重要的是，还有，就是她从来没有听说张武花钱去交手机的费用呀！那谁会为他买手机，交手机费用呢？

赵明英心里的疑团更大了，心情更加沉重了。

"明英，我有一个业务要联系，马上要出去一下。"张武推门进来对赵明英

说了一声。

"今天不是周末么,还加班?"赵明英反问。

"嗯!"张武没有解释,哼了一声便掩门而去。

那电话还是黄海林打来的。

他告诉张武,今天中午老板想请他喝咖啡,要他立即打的过去。

"老板,谁的老板?"张武心里一阵紧张。

"见面便知道了,绝对是对你有好处的!"黄海林仍然像往常一样嬉皮笑脸。

"嗯,嗯……"张武有些犹豫。

"记住,别耽误了。"电话那头的黄海林不给张武有任何的回旋余地。

张武只好硬着头皮叫了一辆的士……

走进咖啡馆里的包厢,除黄海林之外还坐着两个人,一个人没见过,还有一个人似曾相识,那是老阿庚。

"这是我们的老板,东进一郎先生。"黄海林热情地向张武介绍。

"噢!很像日本人的名字耶。"张武没有交际经验,不加思索地脱口而出。

"这位小老弟你算说对了,这就是我们大名鼎鼎的,东林公司董事长。"老阿庚补充介绍道。

张武吃了一惊,东林公司是日本人投资的企业,也设在湖里工业区,也是研发制造小家电的。自己曾无数次在公司领导那里听说这东林公司在台湾便是安泰公司的死对头、老冤家,两家企业在商场上的拼杀已经达到你死我活的地步。

可是,这黄海林自从认识到现在从来没有提到过东林公司,一直说他海峡投资咨询顾问公司的。这海峡投资咨询顾问公司到底是自己从没有问过黄海林,也没有去过他的公司,每次见面都到黄海林租住的房间他一直认为黄海林是在帮助自己,是一个贵人,是一个好人怎么突然间变成东林公司的人了呢?

"黄大哥,你不是说是……"张武现在才开始着慌起来,四肢一软,瘫在沙发上。

"哈哈……张武先生不要误会。黄海林先生确实是东林公司的人,也是海峡公司的人,因为海峡公司也是我投资的。他可是从来没有欺骗过你的哟!"东进一郎此时满脸充满着微笑:"今天请你来喝咖啡,就是要表达你这么长时间以来对东林公司，啊，海峡投资咨询公司的大力支持和帮助的，只是略表谢意的哟！"

"不！不！不……"张武害怕了，双脚不由自主地抖动起来。

"不要紧张哟，张武先生。"东进一郎看到眼前的年轻人如此脆弱，努力用一种非常亲切的语调告诉张武，"我们东林公司对每一个有成就、有贡献的人都不会忘记的，包括你！来，请喝咖啡。"

"我……"张武还处在高度紧张当中见大家都已端起杯子看着自己，张武也哆哆嗦嗦地端起咖啡杯送到了嘴边。他尝不出来今天的咖啡是什么味道，也搞不清这以后东进一郎三个人对自己都说了些什么，也记不清自己对他们都说了些什么。只记得在他稍微清醒的时候，东进一郎问道：

"张武先生，在安泰公司你最佩服的是哪一位呢？"

"当然是我们董事长阿辉啦！"张武不加思考脱口而出。

"说得对。你们董事长那也是我很敬仰的哟！"提起阿辉，东进一郎恨得咬牙切齿，但他故作赞同状，"那除了从台湾来的干部，你认为谁最值得你学习哟？"

"要说，便是我们董事长特别助理林若莹小姐。"张武略加思考回答。

"哦，能不能详细介绍一下。"东进一郎一步一步地引诱张武上套。

"她清华大学毕业，硕士，人长得很漂亮，很有能力，公司发展战略、人才培养等等都由她负责。对，还兼安泰学院的院长。大家都很喜欢她……"。张武倾诉自己对崇拜偶像的真实看法。

"说得好，年轻人就是要有自己学习的榜样哟！用你们中国的一句成语，叫'近朱者赤，近墨者黑'，是吧？哈哈……来来来，我们不谈别的，继续喝咖啡。东进一郎对张武的回答感到非常满意。

"今晚非常荣幸与张武先生会面，我们来日芳长。时间不早了，黄海林你打的送张武先生回家吧！"东进一郎还是那样客气，张武走出咖啡馆。

送走张武，东进一郎将目光投向老阿庚："阿庚，现在你要做的事有两件：一是请一位资深的有人脉的律师起诉安泰公司用不正当手段窃取我们的工业设计图纸，追讨知识产权费，要快！要狠，务必要获得最大的效益。"

第二十六章

东林公司釜底抽薪

"是！我马上办！"阿庚点头称是。

　　"二是尽快接触林若莹，把她挖过来为我们所用，让那个阿辉没了手脚！"精于算计的东进一郎喜形于色。

　　"好！我立即组织力量去做！"

　　"人不能多，要神不知，鬼不觉。"东进一郎诡秘地笑了笑，悠然自得地点了一支雪茄烟，吸了一口，吐出一个圆圆的烟圈。

　　那烟圈在咖啡馆的包厢里慢慢地升腾起来，又慢慢地散了出去……

仙岳儿女

第二十七章

安泰学院将开学

纵使明日地球会毁灭，安泰今日依然会种下两颗葡萄：研究开发、教育训练。

这是安泰企业发展的宗旨，更是安泰十余年发展累积的文化内核。实现安泰的转型要人才，要有一大批属于安泰自己的人才。这些人才除了向社会招聘外，那就是自己培养。

这项工作从安泰开业之初就列入了议事日程，并伴随着安泰的日益发展。阿辉一直强调，办学要高起点，谋划企业要占据高位，选聘人才要高素质。这"三高"便成了创办安泰学院的基本指导。安泰在厦门经济特区投资，有天时、地利与人和的有利条件。背靠着整个东南亚有着非凡影响力的厦门大学，能够为安泰的发展提供坚实可靠的人才支持。因此，一开始阿辉便明确要求未来兴办的安泰学院要与厦门大学联办，以便得到厦门大学雄厚师资力量的支持与帮助。

对企业兴办自己的人才培养基地，不论厦门大学还是当地政府都给予了倾力的支持，这让阿辉对办好学院，发展安泰，建立属于中华民族自身品牌的小家电研发王国增添了信心和勇气。

八月的厦门处于盛夏季节，但地处仙岳山下的安泰公司坐拥地利，背靠仙岳山上吹拂下来的习习凉风，与大海深处刮来的海风相互交织，处处散发着郁郁葱葱的芬芳，又夹杂淡淡的咸味，给人以神清气爽的感觉。阿辉沉思片刻后，把林若莹叫了过来，一起研究安泰学院筹组问题。

前些考虑到林若莹的工作量太大，特别嘱咐静娴为自己再聘一个特别助理。可是，兴许是静娴眼光太高，至今为止没有一个被看她中，这让阿辉多少有些失望。

"班主任和辅导教师以我们公司大学本科毕业以上优秀员工为主，有些课还可请公司领导兼一兼，课程骨干教师由厦门大学派出，总的阵容还算比较强大。"林若莹向董事长汇报师资力量筹划情况。

"专业设置呢？"

"今年是第一届，已暂定四个专业、电热管制造、小马达制造、工艺设计、品牌培育与营销，每个班招50个学员，共200人。"

"招生对象呢？"

"先从车间的优秀工人中推荐，原则上都应有高中毕业水平，经考试后择优录取。"

"好！工艺设计专业要配备最强的教师，学员的素质也力求高一些，这是我上次给大家讲的推进安泰转型的关键。用三年时间，通过书本和实践的结合，在厦大老师的培养下，建立一支安泰公司自己的高素质的工艺设计人材。如果师资力量可以保证，这个专业招100人，分两个班可以么？"阿辉根据自己大半生成长的经历，对设计工作情有独钟，而且这是下一步企业发展和转型是重点，他特地提醒林若莹。

"这个……"林若莹有些迟疑。

"有困难？"阿辉问。

"主要是教师问题，目前这一专业的教师厦门大学也非常缺！"

"那就想法从其他地方聘请，出价可以高一些，我也可以上几节课。"阿辉认为师资问题总是有办法的："虽然我没有上过大学，但我可以从自己大半生摸索出来的体会，给学员作一些借鉴。"

"那当然好，董事长亲自上课一定会给学生更多的激励的。这事我现在马上就去落实。"林若莹说完就告辞走了。

看着林若莹离去的身影，阿辉又想到了妻子静娴最近身体状况越来越差，脸色蜡黄。才四十来岁的女人，那生理周期却像没完没了似的，尽管催促她去看医生，她却似乎一点兴趣都没有。阿辉决定不管再忙，也要抽时间亲自陪她去作一个彻彻底底的检查。

百年修的同船渡，千年修得共床眠呀！

自己和静娴是一对白手起家，经历无数苦难，艰辛创业，一路同行的夫妻，命运已经不能再分彼此，不能让她有半点的闪失。想到这里，阿辉心里有许多的愧疚，这些年来为了安泰的发展，自己每天不是当空中飞人，便是在办公室和生产车间无休无止地忙碌。岁月不绕人啊，静娴已经四十多岁，四十多岁的女人进入了人生的多事之秋，可是自己却还常常把她当作当年二十岁的年纪……

这一段时间，各方面工作推进得比较顺畅，心情也陡然轻松起来。昨天晚上，便早早回到家里，想与妻子来一次久违的温存。可是，当将她搂在怀里时，近距离地看着自己的妻子时，发现她是那么的憔悴，那么的虚弱……

柔和的灯光下，满脸倦容的妻子已经没有年轻时的那种妩媚，那种活力，像一头病猫一样可怜巴巴地倚在自己的胸前，深情地抚摸着自己的胸部，带着鱼尾纹的眼角上流淌着泪水……

"静娴，你身体是不是有问题呀？"阿辉一阵心酸，问怀里的妻子。

"没、没有！"静娴没有用手去擦拭眼角的泪珠，还是那样深情地抚摸着阿辉的胸肌，好像摸一次便少一次似的，摸得那么专注，那么用心，那么倾情。

"不对，这么长时间来，你的生理周期似乎就没有歇息过。"阿辉说出了自己的怀疑和担忧。因为，刚才阿辉要给妻子宽衣解带时，又发现了她下身的禁行标志。

"你想要便要吧，轻一点，完了清洗一下。"静娴觉得自己亏欠丈夫，竟嘤嘤地哭出声音来。

"对不起，这些年为了事业我没有照顾好你。"男人最怕女人的哭声，尤其是最怕妻子的哭声。尽管人生经历了许多不堪回首的往事，阿辉有着一般男人少有的坚韧，但被静娴悲伤的哭泣声催得一阵阵心酸，他死死地把妻子抱在怀里……

"应该撇开一切繁杂之事,陪她去看看医生,尽快治愈她,让她能够陪伴自己把事业推向一个新历程。"阿辉下定了决心。

这一夜,阿辉就将妻子搂在的怀里,一直搂到天亮……

他想尽可能弥补自己这些年来疏于对妻子的照顾,努力以自己的一切给妻子以最大的弥补……

阿辉亲自陪着静娴到了市里最好的医院,请了最好的医生对静娴的身体进行了检查。他心急如焚地向医生打听检查的结果,可是那医生面无表情,只字未露。

一天过去了;二天过去了;……

那几天,阿辉犹如一个等待法院判决的囚徒,从早到晚,心不在焉,眼巴巴等待着化验结果。他独自爬上仙岳山在土地公面前烧了香,作了真诚的祈祷,期盼土地公保佑妻子平平安安。

这是多么难熬的日子啊!

可是,此时的静娴倒像这一切与她无关似的,还是得那么平静,那么坦然,那么若无其事。

又几天过去了。

办公桌上的电话铃声响了起来。

阿辉一看来电显示便知道那是医院打来的电话。他拿起电话筒,那一头响起了医院护士没有表情的声音:"你是阿辉先生吗? 静娴女士的化验结果出来了,是用快递,还是你派人来取?"

"有什么问题吗?"阿辉急于了解静娴的化验结果。

"你过来看就知道了。"还是那种没有丝毫表情的话,阿辉还想再追问一句,可是对方已经挂断了电话。

阿辉的心好像一下掉到了冰水里,他没有告诉任何人,只招呼了一下司机,马上发动汽车,直奔医院。

是福,还是祸? 在自己的座驾当中,阿辉是从来不抽烟的,此时却抽出一颗雪茄点上火用力地吸了起来。

"董事长,这……"司机见董事长破了自己制定的规矩,善意地提醒了一下。

"快一点，好好看你的事。"阿辉没有好心情。

司机明白此时老板的心情，专心开车，不再吱声。

小轿车飞一样的在街道上急驶，街道旁的树急速地向后边退去，匆匆行走的人群在汽车后面越来越远，越来越模糊……

车终于在医院化验科门前停了下来。

从护士手中接过化验单，用电脑打印的化验结果密密麻麻，一个行写有Ca的英文字母疯狂地跳跃在阿辉的眼前。

"Ca!"阿辉的脑袋似乎被人狠狠地打了一记闷棍，他感到眼冒金星，两腿发软，自己的担心终于变成了残酷的现实，静娴患上了不治之症。

司机看到董事长脸上瞬间苍白起来，步子也显得踉踉跄跄，赶快伸手去搀扶，凭着他对董事长的了解，能够如此沉重打击董事长的肯定不是好消息。

"没事，我能挺得住。"阿辉轻轻地推开司机的手："谢谢你，没问题，回去千万别多嘴。"

"嗯。"司机为阿辉打开车门，扶他坐了进去。阿辉靠在后座的座位上，轻轻地闭上了眼睛。

"我们回去吗? 董事长。"司机问。

"好! 走吧!"阿辉说话有气无力，额头上冒出了一层密密麻麻的汗珠，"别说话，让我安静一会儿。"

那结果让阿辉如同晴天霹雳，让他瞬间脑袋嗡嗡作响。静娴得了子宫癌，而且已经严重扩散，癌细胞占据了整个腹腔……

静娴的生命危在旦夕。

"住院，立即住院!"阿辉整个精神世界都要崩溃了，他站在办公桌前将手中的另一个已经跟随自己十多年的精致茶壶愤怒地砸在地上。

破碎的茶壶连同壶里的茶叶、茶水向四处飞溅起来，洒在地上、墙上、沙发上……

"董事长，别急，急也没有用，现在我们要冷静下来。"在阿辉身边工作的人都知道，不管困难再大，压力再大，董事长最多只是沉着脸，从来没有看到他发那么大的火，生那么大的气。林若莹一边安慰着阿辉，一边清理着地上的碎

茶壶和茶叶水。

"我冷静得下来吗？我们是一对苦难夫妻，当年白手起家，历尽千辛。现在事业刚有起色，她却……"阿辉似乎丧失了理智，他大声吼叫着，当看到林若莹那噙着泪水的双眼时，一下趴在了办公桌上，将脑袋深深地埋在双臂之间。他不想让身边的工作人员看到自己的痛苦表情，不愿让也跟着肝肠寸断。

"董事长，静娴姐是在厦门住院，还是回台北？"许久许久，收拾好房间的林若莹，接着又安慰道："你别急，我来办好一切手续。"

阿辉没有回答，他仍然趴在办公桌上。

朱云生来了！张云山也来了！

"朱总，张总，你们看总经理在厦门住院，还是……"若莹征询两位副总的意见。

阿辉似乎冷静了下来，他看着身边的三个部下说："还是将静娴送回台北去治疗吧，在那里医治条件可能会比较好吧！"

"那，我先联系台大医院好吗？董事长"朱云生点了点头，他知道台大医院在医治恶性肿瘤方面在全台首屈一指，她已是恶性肿瘤晚期了。作为同事，理应帮助董事长，抓紧时间去医治，尽最大可能从死神手中夺回总经理的生命。

"行，我明天送你们总经理回台北，这里的工作由云生你负责。云山、林助理你们要全力配合好，拜托了。"阿辉长出了一口气，将工作一一交付给部下。

"你一定要照顾好自己，别着急。"林若莹是一个温柔的女性，用女人特有的敏感与贤淑，温馨地提醒着阿辉。

"知道了，谢谢。"阿辉感激地看着林若莹，问道："安泰学院的开学式典礼定什么时候？"

"九月十五日，那天正好是农历八月初二，又是土地公祭拜的日子。"

"现在还有几天？"阿辉问。

"还有十天。"朱云生答。

"你安心照顾总经理去吧！这边的事儿我们会处理好的。"若莹诚恳地说。

"不，我一定会回来参加开学典礼的！"阿辉非常肯定地说："那天，我们还要组织所有的师生到仙岳山祭拜土地公，让每一个师生都懂得如何感恩，如何去追求与奋斗……"

"叮铃铃，叮铃铃……"林若莹办公桌上的电话响了起来，她赶快回到自己的办公室拿起电话，"欢迎，欢迎"地说个没完，然后快步走进阿辉的办公室，轻声地告诉阿辉："市公安局的刘警官来要拜访您。"

"什么时间？"阿辉问。

"已经进了大门。"

"快，快请到贵宾室去。"听说刘警官来访，阿辉努力把焦与伤感搁置了起来，来迎接为了那掷筊的事情，不知度过多少个不眠之夜的刘警官。

"阿辉董事长，您好，打扰了。"阿辉与刘警官一行人正好在贵宾室门口相遇，见到老朋友彼此都非常开心，热情地一一握手。

"刘警官，一件小事让你和弟兄们熬更过夜，实在不好意思。"阿辉表达由衷的感激与敬佩。

"今天，我们是来向您道喜的，您丢失的那副掷筊找到了。现在，我代表公安机关专程送回来，让它完璧归赵。"刘警官那充满阳刚之气的声音着实让人感到有些兴奋。

太感谢你们啦！太感谢你们啦！阿辉向刘警官深深地鞠了一躬。

"阿辉先生，你猜猜这事是谁干的？"刘警官卖了个关子。

阿辉摇摇头。

"猜不出来吧？我现在郑重告诉您，是你的老朋友阿福组织人干的。"刘警官道出了谜底。

"阿福吗？怎么会是阿福偷呢？这个人呀！"阿辉无奈地叹了口气。

"阿辉先生，我们接到报案后经过分析认为，这掷筊往小处说是我们仙岳山土地公庙悠久历史的见证，往大处说则是中华民族文化的一个不可或缺的组成部份，是海峡两岸不可分离的历史的重要组成部分。因此，我们投入了精兵强将进行侦破，务求尽快破案。实际上，这掷筊去向我们很早便掌握了情况，只是因为作案人是台湾同胞，又跟您有着某些关联，加上担心阿福将掷筊遗弃、丢失或出手销脏。所以一直等待最佳的破案机会。因此让您着急了，今天向您致歉……"刘警官言辞恳切，说罢，叫助手从公文包中将那副油黑的掷筊双手捧给

了阿辉。

"阿辉先生，现在就请你验明正身。"刘警官郑重地对阿辉说。

"……"阿辉用颤抖的双手接过之间，反复认真地看哪看哪，含着激动的泪水说道："没错，没错，谢谢刘警官，谢谢各位兄弟……"

"如果没有差错，那我们就完成了此行的任务。我们还有公务在身，不便久留。阿辉先生，那我们就告辞了。"刘警官庄重地给阿辉敬了一个举手礼。

阿辉一直把刘警官送出厂门，才回到办公室，他思绪又回到静娴身上来。

送静娴回到台北医治，可这边的事务那么多；如果不送回去，大陆这边的医疗条件能行么？能否找到一个两全齐美的之策呢？

如何做到既能照顾自己的妻子，给她以最大限度、最完善的照顾，又不影响公司的运作？这实在是让他左右为难呀！

子宫癌晚期，癌细胞已经弥漫到整个腹腔，这是绝对不能乐观的，如果有什么闪失，如果因为自己照顾不周出现意外，那自己将悔恨终生……

"静娴呀，你为什么生病不早说呀！怎么会把病情延误到现在呀！"阿辉埋怨妻子更悔恨自己。不由得一阵阵愧疚涌上心头。"不！一定要想办法拯救静娴，挽救这条与自己携手打拼，历尽艰辛的生命！"他拿起电话……

"喂，张云峰董事长吗？老叔，请您帮帮我……"

"喂，茂祥叔吗？我碰上了天大的困难，请您出出面……"

"喂，金威叔吗？我是阿辉，请您无论如何要帮我渡过难关……"

"喂，作良兄吗？静娴得了重病……"

……

阿辉好像疯了一样，他不停地向岛内的亲友打了无数通电话，请求他们的支持与帮助。但目的只有一个，救救静娴！救救自己的妻子！无论如何，也要将妻子从病魔手中抢回来，抢回到自己的怀抱之中……

第二十八章

东林公司起诉案

妻子静娴的患病给事业上正在蒸蒸日上的阿辉当头一棒，支撑安泰这座大厦的一根大梁倒下了，大厦出现了倾斜。

市公安局刘警官将遗失的掷茭找了回来，给了阿辉莫大的慰藉。静娴得知这个消息后，病痛也似手减轻了许多。

"天大地大老婆最大"，这是阿辉以前的想法。阿辉现在的想法是"天大地大治好老婆的病最大"。安泰的迅速发展每天都处在紧张状态当中，企业要转型，安泰学院开学，3C店大陆要布局，还有安泰在上海证交所上市辅导了一年多，挂牌上市批准在即……

如果静娴身体好，既不要分散自己的精力，还可独挡一面，该多好啊!

阿辉在想，人就是这样，唇齿相依，总会有相交打架的时候，同床共眠，有甜蜜也有苦涩。当你拥有他（她）的时候，并不完全懂得他（她）的价值；当你失去的时候，才知道他（他）是那样弥足的珍贵。

以前静娴那么霸道，似乎感到他是自己世业上的一障碍，今天当了解到她得了绝症之后，自己才真的感受到静娴的重要，她就像自己生命不可分离的一个重要组成部分。

阿辉不敢将实情告诉静娴，目的是让她少一分思想负担，少一份痛苦。静娴倒像是了如指掌一样，每天仍然像没事一般，脸上总是挂着笑容。

那天要赶上早上七点半的航班。由香港转机台北。夫妻俩起得很早，临离开住地时，天刚蒙蒙亮，安泰的高管们已聚集在门口为静娴总经理送行。

朱云生、张云山、林若莹站在门口的小轿车旁，林若莹已经将后座的车门打开等候着静娴上车。大家都祝福总经理能安然回来，大家又都忧心这是与总经理最后诀别。

生死有命，富贵在天。人的生命是非常脆弱的，你只能知道你的昨天和今天，却不能知道您的明天呀！

"你们这是干嘛呀，好像我要去天马山一样！"静娴看见同事们在为他送行，依然不改老脾气，嘻嘻哈哈地开了一句玩笑。天马山是厦门新建在岛外的殡仪馆。静娴不说也罢，这一说倒把大家说得心里酸溜溜的，林若莹更是两行泪水"叭嗒叭嗒"掉了下来。"静娴姐，安心养病，祝你早日归来。"平时在众人面前一直称静娴总经理的林若莹今天也改了口，她调整好自己的情绪，努力挤出一脸笑意说。

"若莹妹，我一准半个月内就能回来，这里的事拜托您多辛苦一些。尤其是阿辉工作起来不要命，你要多……"静娴似乎知道自己所患疾病的严重性，也在众人面前第一次用若莹妹这样的称呼，像留遗言似地想留给林若莹一堆话，但话到口中却好像感到不适，停顿了一下才说出了："费心"两个字。

"别担心，有朱副总和张副总一起，您放心养病。"林若莹是一个聪明的人，她从静娴的眼神和表情上知道她想说些什么。

"还有，我此去什么时候回来还不清楚？阿辉，我看可以孙玉胜用起来，先让他兼一下公司副总吧，这可是个人才呀！"静娴出乎意料地向阿辉建议。

"行，行，先干一段总经理助理吧。这个小孙能干。"阿辉未加思考，转身告诉林若莹："你通知人事课办一下，但3C店工作还得兼。"

若莹点头。

"走了！回来我给你带好吃的！"静娴坐到了车里，向林若莹挤了挤眼睛，作了一副鬼脸……

林若莹看着远去的小轿车，心情很复杂。自己从踏入安泰的第一天起，每天都看到总经理总是在不知疲倦地奔波，心直口快的她，看到有什么不满意的地方，历来都是毫无遮拦地说出自己的意见。只是，这一年多，自己也在忙着别的事，很少跟她闲聊，才蓦然间感到她的性格变化那么大，气色变得那么差！

"她一定知道到了自己患上不治之症！"林若莹在回忆往事，心里有些伤感，一个人年轻的时候为了事业奔波，把全身的精力都投了进去，可是事业马上就要成功了，却看不到自己的劳动果实，能说不悲哀么？

"明知道自己患了不治之症，却还能那么淡定，笑得那么灿烂，真让人饮佩呀！"林若莹的脑海里一直还留着静娴离开时的那种坦然、那种阳光的表情……无论是静娴总经理，还是阿辉董事长，若莹都觉得是自己敬佩的同辈，尤其是静娴今天她突然离开之时，让自己萌发了无限的想象、无限的思念。

踩进办公室，林若莹感到内心空落落的，为什么会出现这种感觉，她是找不到答案。

"叮铃铃，叮铃铃……"办公室的电话响了起来，她不想去接，此刻她脑子有点乱，一种没有理由的乱。

"叮铃铃，叮铃铃……"电话无休无止地响着，林若莹才拿起话筒非常礼貌地应了一声："您好！"

"你是安泰公司吗？"对方有些不高兴。"

"我是区人民法院！"对方说，"东林电子有限公司起诉了你们安泰公司侵犯了他们的知识产权，要求索赔。"

"什么？我们跟东林公司并没有任何业务来往呀！"若莹倒吸了一口冷气，董事长刚离开厦门，迟不来，早不来，这个节骨眼上这没头没脑的官司偏偏来凑热闹！

"起诉书附本你们是派人来取，还是我们派人送去？"对方问道。

林若莹工作这么长的时间，这样的事还是第一次碰上，不稳中有降如何回答是好……

"您好，那还是我们派人送达好了。不要着急，待会儿看了副本便清楚了。"对方见林若莹没有回话，可能猜测到接电话人此时的状态，用非常温和的语气

说道。

"啊,不用麻烦了,还是我亲自去取件好吧!"若莹头脑冷静下来,尽管此事来得太突然了,犹如晴天惊雷,眼下为了保证这件事在没弄明白之前不闹得沸沸扬扬,她决定自己亲自去取,待看到对方诉状之后,再找朱云生和张云山两位副总经理研究应对之策。

事不宜迟,若莹叫了一部车子,朝着区人民法院急驶而去……

朱云生和张云山听到林若莹的报告,感到此事蹊跷。东林与安泰除历史上的纠葛外,在厦门几乎没有任何往来,更不会有什么把柄落在他们手中啊!

事关重大,而且来得突然,三个人都百思不得其解。

"要不要先给董事长报告?"张云山建议。

"阿辉现在还在香港转机呢!"朱云生摇了摇头,"况且静娴得了那样的恶病,他已经难以承受了不要再惊扰他了。"

"二位副总,我想是不是请公司的法律顾问来一下,既然东林公司起诉了,我们就不能不做好应诉准备!"林若莹感到,打官司莫过于律师有经验。

"对对对!快请公司法律顾问。"朱云生和张云山异口同声。

"我详细地研究了东林的起诉状,诉状中提到五款小家电,是目前我们公司在市场上消费者反映最好,市场份额最大的产品。"若莹一边说,一边在翻阅着资料,"不知二位副总发现了没有,这五款产品是由张武设计的。"

"是么?"听林若莹这么一说,朱云生和张云山都愣住了。

"会么?怎么会是这样……"最吃惊的莫过于朱云生,他从若莹手中接过资料认真地反复地看了几遍,简直不敢相信自己的眼睛,脸上浮现出气愤与不安。

"各位老总,有何要事相商?"正当三个人在一筹莫展时,法律顾问孙祥和一脚踏进了会议室。

"孙律师,请您快看看这些材料。"朱云生将东林公司起诉的副本和林若莹找出的那份材料递了过去。

"好!你们先不要急,我看了材料再说。"孙祥和是一位经验丰富的老律师,他从包里掏出老花眼镜,把材料摊在桌上,一字字,一句句认真地研究起来。

"有问题?"过了很长时间,林若莹看着孙祥和的表情的变化,问了一句。

"嗯!"孙祥和端起面前的一杯水,喝了一口:"现在不能急,得先找张武了解一下情况。"

朱云生悔恨地拍打着自己的脑袋,"这个张武啊,他是从哪里弄来的那几张图纸,难道真的不是还是他自己创作设计的?我当时怎么就没有细问一下呀!"

"马上通知张武到这里来!"张云山也很脑火。安泰从成立到现在已经十多年,还从来都没有出现过这样的事情,莫非真的要一颗老鼠屎,坏了一锅汤?

"稍等,我看我们还是把这个张武的情况分析一下再说的好。"孙祥和经历了无数大案小案,他知道自己服务的是一个遵规守法的企业,绝不至于使用非法手段去获取人家的设计图纸。这其中肯定是有人做了手脚。他示意三位高管把各自对张武了解的情况讲一讲。

"这张武是咱们公司开业第一批招聘的大学毕业生,西南工业大学设计学院学士。"朱云生回忆了道,"人机灵,而且有着强烈的上进心,就是有些浮躁。当时公司开业急需人才,尤其是我们董事长非常注重设计人才,在需要人才而缺乏人才的矛盾当中,正好他有五张图纸在征集比赛中获奖,我们便破格提拔他,他现在是我们设计科科长。"

"他是不是很活跃,交际很广?"孙祥和问了一声。

"倒没有这方面的感觉!"林若莹应道。

"他跟东林公司很熟悉,譬如某个高管?"

"没听他提起过,我们公司本身与东林公司没有什么业务往来呀?"朱云生惊鄂。

"再如他的朋友,有没有跟东林公司的人有联系呢!"

"……"几个人都摇了摇头。

"可以推论,这个张武一定跟东林公司的某一个人有着密切的关联,而且并非你们所说的他没有那边的朋友。只是……"孙祥和讲了一半,留下来后半截的话。

三人都觉得孙律师的分析得很有道理,不得不佩服这个久经沙场老律师的深谋远虑。

"那么按您所说，这场官司很复杂，是么？"林若莹看出来了，这场官司要取胜，需要付诸巨大的精力。

"也不能这么说，也可以这样说。打官司要取胜，关键是抓住有利于我们的证据。但可以看到，这场官司的胜负取决于张武。看来东林起诉安泰肯定是在事先有过精心策划的，而且经过很长时间的策划，是一次彻头彻尾的阴谋。"

"何以见得？"张云山不解。

"其一，为什么不迟不早，单单选择在这五款产品市场热销之时？其二，为什么起诉时间选择在总经理生病回台就医之时？"

"按您的思路推断，这场官司是东林官司蓄谋已久，是在台湾商场较量后的延续。可以这样理解么？"朱云生叹了一口气，他对这个东进一郎小鬼子早有耳闻，但以前都是阿辉他们去应对，想不到过了这么多年，他仍不甘心失败。

"嗯！应该是这样，不然便没有任何理由。"孙祥和赞同朱云生的分析。

"现在关键是，这几年我们以为东进一郎刀枪入库、马放南山，没有任何的防备意识。那就是说，我们是遭到东林的暗算了，现在我们处于非常被动的地位……"林若莹担心的是，如果这场官司打败了，不仅在经济上会遭受一笔不少的损失，而且在信誉上更会受到极大的伤害。

"下一步要怎么走？"平时不愠不火的朱云生，到了这个份上也着急起来。

"你们谁也不要急，把张武找来了，我先跟他谈一谈，其他的以后再说。"孙祥和慢条斯理地喝了一口茶，这是一种职业养成的习惯，遇事冷静才能对案件的缘由作出科学的判断和准确的分析。

"好！"林若莹拿起电话拨通了设计课："喂，设计课吗？"

"对！"一个年轻姑娘的声音。

"请叫张武科长听电话。"林若莹耐着性子，用平缓的语气说话。

"张武科长昨天便没有来上班。"年轻姑娘反问："你是林助理吗？他不是请假了吗？"

"是吗？"林若莹心里一惊，感到一种不祥的预兆迎面扑来。这张武迟不请假，早不请假，怎么偏偏这个时候请假。

"怎么回事？"朱云生看到林若莹脸上表情急剧变化，知道一定又在哪儿出了差错。

"他昨天便请假没上班!"

"请假?向谁请假了?"朱云生知道设计课是自己分管的工作,中层请假要经过自己批准后人事课才能办理的。可是,到目前为止张武不但没有向自己请假,而且连面也没有照过呀!

"这……"张云山觉得蹊跷,办公室的气氛紧张了起来。

"叫人事科长查一下,张武到底请假了没有?请假几天,什么理由。"朱云生吩咐。

"好!"林若莹很快又拨通了人事科长的电话:"陈科长,设计科张武请假几天?到哪里去了?"

"林助理吗?张武没有来请过假呀!"这人事科长被问得满头雾水,问道:"到底发生了什么事呀?"

"噢,没事,随便问一下。"林若莹摇了摇头,放下了电话。

"不辞而别……"大家倒吸了一口冷气,面面相觑。

"哎,这张武不是有一个哥哥,叫张文,在生产线上吗?"林若莹曾经听说过这哥俩抽签上学的故事,但始终没有见过张文。"是不是把他找来问一问?"

"嗯!可以。"朱云生点头。

生产车间虽然不少,但人事课一会儿便找到了张文。因为,正好这张文报考安泰学院,且成绩占全公司第一名,已列入录取名单。

张文很快就来到了会议室。

"你叫张文吗?"林若莹温和地问了一句。

"是"正在生产线上班的张文被人事科长突然叫走,又被带到公司办公大楼会议室,看到两位副总经理和林助理一脸严肃,吓得脸色苍白,脚和手都不由自主地发起抖来。

"张文,别紧张,先喝一杯茶吧!"从张文那表情中看出这位来自西南山区的年轻人的恐惧心理,端上一杯茶递给他:"你坐下吧,朱副总有事儿要向你了解一下。"

"嗯。"张文紧张得不断地咽着口水。

第二十八章

东林公司起诉案

"张武是你弟弟吗？"朱云生问。

"对。"张文还是一个字一个字地回答。前天张武很晚才回家，隔着那布帘他发现弟弟没了与赵明英那窃窃的笑声，取而代之的是不停的翻身和叹气。

"他请假的事，你知道吗？"

"不知道，只是昨晚我发现他没有回来，问赵明英才知道的。"讲到这里，张文的脸上出现了难言的表情。他以为弟弟不辞而别是自己造成的……

回想到这些，张文真是追悔莫及，他觉得愧对弟弟，做了一件无地自容，愧对祖宗的事情。

张文满脸羞愧，他不敢将这一切告诉面前的领导，只是深深地低着头，泪水"吧嗒、吧嗒"掉落在会议室的地板上。

"张文，你还知道你弟弟别的事情吗？"朱云生似乎看出了张文的内心有一种难言之情，尽可能放缓了口气："你可是我们学院录取的第一届学员呀。"

"不知道，不知道，真不知道。"张文以为朱副总是追问自己与赵明英的事情，更加慌乱了。

"那他在外面有什么朋友吗？"

"不知道，我天天在家他出去的时候从来没有叫过我。"当朱云生换了一个话题时，张文紧绷的心稍稍松了一下。

"你弟弟经常在晚上出去吗？"朱云生又问。

"嗯！"张武点了点头。

"一般几点回来？"

"很迟，几乎隔三差五，他回来时，我已经睡着了。"

朱云生听说张武与赵明英同居，觉得有必要再找赵明英了解一下张武的情况。于是，对张文说："没有其他的事了，你先回去吧，有了张武的消息希望你能即告诉我。"

"张武怎么啦？"张武是不是出了什么事儿？到这个时候，张文才感觉到，今天几个老总齐聚一堂找自己谈话，并不是要了解自己与赵明英的事情，而是弟弟可能出了什么问题。

那么，这张武到底干了什么错事呢？他没有请假，又会到哪里去了呢？

仙岳儿女

第二十九章

上海证券所的锣声

九月十五日安泰学院第一届学生入学开学典礼的日子临近了。

阿辉此时站立在台大医院病房的窗户前犹豫不决。临离开厦门前,他曾跟同事们承诺自己一定会赶回去参加首届学生的开学。因为,这是安泰公司发展史上可圈可点的重要活动,作为公司的董事长是不应该制度的。

可是,看到躺在病床上脸色苍白的静娴,又让阿辉寸步难移。从厦门回到台北的当天,在众多朋友的帮助下,静娴顺利地住进了台大医院肿瘤科。前天上午,静娴被推进了手术室,医院调集了全院最好的医生和护士,为静娴进行肿瘤摘除手术。但是,那天一打开腹腔,让主刀医生惊得汗珠都冒了出来。子宫癌细胞已经扩散到整个腹腔。

在现场手术的医护人员交换了意见,一致认为手术已经无法进行,只好将刀口进行了缝合。

在门外守候的阿辉及家人原以为要几个小时的手术时间,大约一个多小时手术室门就打开了,已经被麻醉的静娴被推了出来。阿辉一阵欣喜,庆幸自己的妻子手术如此快捷、成功而高兴。正要上前谢谢主刀医生,却被主刀医生拉到一边,低声告诉他:"董事长,我不得不非常歉意地告诉你,病人的病情已经非常严重，她的整个腹腔已经被癌细胞所吞噬，手术已经不能进行……"

"怎么会这样啊！"阿辉犹如被人当头一棒。他知道静娴的病情严重，可是万万没有想到会如此严重，严重得连这些专家级的医生都束手无策。

他的头嗡嗡作响，那位善良的医生还在耳边讲了哪些话他一句也没有听清楚，只是在医生转身离开时，才下意识地挥了挥手。

"姐夫，医生说姐姐最多还有一个月的时间……"许久许久，阿辉听到耳边响起了荣生的话。

"老天啊！你能保佑一下静娴吗？土地公……"阿辉没有理睬荣生，只是喃喃自语，无声地哭泣着，痛苦地思考，下一步怎么办？阿辉多么希望列祖列宗传说中的土地公能够显灵，能够从天而降，逢凶化吉，去劝说阎王爷、劝说死神，给静娴在人间留下更多的时间，让自己能够陪伴着她，补偿这大半生由于打拼事业对她的照顾得不周啊！

回到病房，看见静娴无声无息地躺在洁白的病床上，苍白的脸，一点儿血色都没有，没有往日的笑声，也没有了昔日的大嗓门……

阿辉不愿看到的一切都出现在了眼前。他的脚才在地板上觉得很虚很软，眼前的一切都是那样的不实在，一切都在晃动着……

"阿辉，阿辉……"岳父母二个老人分别坐在静娴病床两边，看到女婿气色不好，摇摇晃晃而来，知道此时此刻他一定很痛苦，他的心一定在流血，他们流着老泪水，不停地呼唤着女婿的名字。阿辉似应非应的地、迷迷糊糊地在静娴病床的一角默默地坐了下来。

九月的台北，气候还很热，空调呼、呼、呼地吹出一阵阵冷气，阿辉似乎没有任何感觉，汗珠像掉了练一样的珠子一颗一颗从额头上滚落下来，又一颗一颗地落在身上的T恤衫上……

从那个秋天晚上在路边第一次相见，两人便在苍天的撮合下相识、相爱，携手共度人生，转眼之间二十个春秋。阿辉已经记不清彼此之间有过多少次拌嘴，有过多少次呕气；也记不清彼此之间有多少次在事业成功之后共同分享着喜情和收获，沉浸在甜蜜与欢乐之中……

这二十年彼此之间不仅仅是一种男女之情的结合，而是心与心的贴近，是一种灵魂的融合。这种融合不是以金钱、索取为目的。而是一种共同的志向、共同的追求，一种相互之间的给予。

携手了二十多个年头，打拼了二十多个春秋。一起流汗，一起攀爬，

一起渡过了七千多个不平凡的日日夜夜。

可是，现在苦日子过去了，两手空空，家徒四壁的日子过去了。

两个人有了共同的事业，有着令人钦佩的事业。

怎么在转眼之间，一个泼泼辣辣，充满生机与活力，充满着挑战性的静娴却倒在病榻上了？当年的美丽倩影消失了，当年画眉一样动听悦耳的声音不见了。看着眼前气若游丝，满脸苍白，命悬一线的妻子，阿辉感到自己是那么无能，那么乏力，只能眼巴巴地看着妻子被病魔折磨，被癌细胞侵蚀。

阿辉此时此刻真想大吼一声！

阿辉此时此刻真想痛哭一场！

阿辉此时此刻真想把静娴紧紧地抱在怀里，用自己坚实的身躯保护好妻子，像古希腊的角斗士一样，与病魔作一次决斗，作一次为了爱情的决斗！

他憋足劲要吼、痛哭，却看到病妻床前白发苍苍的岳父母在为女儿默默地流泪，苦苦地向苍天祈祷，向土地公虔诚地磕着头……

真是让人欲哭无泪，欲吼天声啊！阿辉强忍着心头的巨痛，从床上站了起来，走到老人身边劝慰道："爸、妈。没事的，静娴会好起来的，这是刚才医生刚才告诉我的。"因为阿辉知道，眼下最需要安慰的是老人，风烛残年的老人，爱女儿胜过自己的老人……

"阿辉，别说了，我们心中有数，你自己也要注意身体。我们世世代代都修善积德，对土地公有着说不尽的虔诚，老天爷会保佑静娴，土地公会保佑静娴……"彩凤强抑内心的痛苦，反过来安慰遭受沉重打击的女婿。可是，老人遭受的打击太大、太重，话还没有说完，又呜呜呜地痛哭起来。

阿辉自认为自己是一个非常刚毅的人，除了那年十三岁时父亲突然长逝，年幼无助的他第一次流下伤心的泪水；以后的人生，他吃了无数的苦，流了数不清的汗，可是却没有流过一滴泪。现在，每当阿辉目眼光触及到躺在病榻上的妻子时便禁不住鼻子一阵阵地发酸，眼睛一次又一次地泪如泉涌……

阿辉费尽千言万语，终于劝走了二个老人到酒店休息。他决定，无论如何也要在静娴的人生最后旅程中日夜陪伴着她，照顾着她，尽一份的丈夫的责任，让妻子得到丈夫的最后一丝温存。

阿辉默默地坐在静娴的病榻前守护着。

麻药的药效在静娴体内整整发挥了24个小时，第二天中午时分，她终于艰难地睁开了眼睛，看到自己躺在床上，看到父母、丈夫和弟弟围坐身边，只是苦涩地一笑。

"感觉好吗？静娴？"阿辉看着妻子的双眼自己的力量传递给静娴。

"很好啊！只是刀口有些微微作痛！"静娴很坦然，很平静。

"手术很成功，那坏东西给拿掉了。"阿辉对妻子善意地撒了一个弥天大谎。

"是么？"静娴从阿辉坚毅的目光中发现有一丝游移，看出自己从没有撒过谎的丈夫、这个憨仔在撒着兴许是人生的第一次谎，故意用一种天真无邪的样子回道。

"今天是几号？"静娴若无其事地问道。

"九月十一日。"荣生不知姐姐问这日子是为了什么，应答道。

"过四天我们的安泰学院要开学了，阿辉怎么还留在这里？"静娴轻轻地叹息了一声："人生啊，生老病死是不可违背的，没有什么力量可以抗拒，唯独事业的发展可以靠自己的力量与智慧去把握。阿辉，安泰学院开学典礼看来我是去不了啦。你把我也一块代表了吧！"

"那边的事情我已安排朱云生他们处理，我来陪你，放心好了"看着妻子病榻之中还在挂念着事业，阿辉感动不已。

"临离开厦门前你不是答应他们一定回去的吗？作为董事长朝令夕改如何服众，如何取信于部下？"此时的静娴倒不像个妻子，而像一个姐姐，平静开导着弟弟。

"我……"阿辉无言以对。

"去吧阿辉，这里有我们和荣生。"彩凤开口了，她知道女儿的性格，不愿让女儿在这个时候生气。

"去吧！快去快回。"岳父也在一旁帮腔。

阿辉沉默了,他深情地看着自己的妻子,希望她能改变主意,让自己留下来陪伴她。

"没出息!"静娴见丈夫犹豫不决,真有点生气了。她想翻身将头扭到一边,却因病痛不能动弹。

"去吧,姐夫,这里还有我。"荣生知道阿辉的两难抉择,更知道姐姐的脾气,尤其是癌细胞严重扩散的病人,要尽可能让她宽心,让她高兴!

"好!我后天走!"阿辉已经没有理由拒绝,妻命难违,亲情难却呀!

在厦门的朱云生他们已经从荣生打来的电话得知静娴病情不容乐观的消息,与张云山和林若莹商量,制定了一套自己主持开学典礼仪式的方案。

"林助理,你是院长,又是本地人,这场开学典礼一定要隆重热烈,喜庆一些,冲一下晦气。"朱云生感到责任重大。

"这我知道,你们对我拟定的讲还有什么需要补充的么?"林若莹昨天已将开学典礼仪式的策划方案分别送给了二位副总。

"总的不错,但我还想请你父亲和乡亲父能够出席,开学典礼之后,我们再组织全体师生到仙岳山祭拜土地公。最后,举行全公司员工烛光晚会,共同为静娴总经理祈祷,祝她早日康复祝福。"朱云生的内心喜悦与伤感交织。

"可以,完全可以!"张云山拍手赞同,他感到自己虽然读的书不少,但在这方面真有点自愧不如。

"那如果没有其他问题!我这就按照二位副总的意见马上联系我阿爸,再请市里的戏班子来演一台《哪吒闹海》,请哪吒三兄弟保佑总经理逢凶化吉,平安顺利。"林若莹再次征询二位副总的意见。

"好,我们就按照计划各职其责吧!"朱云生话音刚落,他们手机响了起来。

"云生吗?我是阿辉。我现在已经到达香港,一个小时候后便到厦门了。"手机里传来了阿辉的声音。

"阿辉?……"朱云生一阵激动。

"你们的总经理叫我一定要回来。"阿辉解释突然回厦门的原因。

"什么?哪……"朱云生还想说什么,阿辉已关掉了电话。

三个人面面相觑了好一阵,待缓过神来之后迅速决定:一起到机场迎接董事长。

　　当阿辉乘坐的航班到达高崎机场的时候,太阳已经西下,西海域的海平面上泛着金黄金黄的光芒,整个经济特区变得金灿灿的。站在接机大厅的几个人却没有一丝兴趣欣赏美丽的景色,聚精会神地盯着出口的人群。

　　当阿辉从人流中出现的时候,大家都暗暗惊,分别不足十天时间董事长与离开时判若两人,原先精力充沛、满脸光泽的阿辉,变得一脸憔悴、满脸倦容,杂乱的头发白了一大片。看到一帮部下来机场迎接自己,阿辉很是感激,他想笑,可是那笑中带着深深的哀伤。

　　"董事长……"林若莹看见几天不见的董事长变化如此之大,鼻子发酸,真想给阿辉一个亲切的拥抱。可是,她控制住了自己,说了声"您辛苦了"后,接过了阿辉手中的轻便行囊。一行人走出大厅,登上了厅外等侯的商务车。

　　"我走这几天,公司里的情况都好么?"阿辉问朱云生。

　　"这个,这个……没有。"朱云生知道这是阿辉多年的老习惯,每次出差回来,第一件事必定是先了解工作。在以往,朱云生肯定会首先将东林公司起诉安泰公司的事情向他汇报,但话到嘴巴又戛然而止。他不忍心让本已痛苦万分的阿辉再增加沉重的负担。"哎……,真是屋漏偏逢连阴雨,船破又遇顶头风,祸不单行啊!这怎么让他承受得了呢?"朱云生想。

　　"怎么搞的,你做事历来爽爽的,今天怎么吞吞吐吐起来了?"阿辉发现自己的三个部下,今天都像被霜打的茄子,心中不快,厉声问道:"你们这是都怎么啦?"

　　"是这样的!"看来瞒是瞒不住了,不说是不行了。朱云生艰难地说出了东林公司向法院起诉安泰公司的事情。

　　"接到法院通知以后我们已请法律顾问进行了研究,并作好应诉准备。"林若莹补充道。

　　"干……"阿辉从牙缝里挤出来一句闽南粗话,手重重地拍打在车窗上。"要赶快找到张武问清理由!"

　　"张武失踪了,连他哥哥张文、女友赵明英都不知道去向。"张云山补充。

"这么说，一定是张武出了问题！"阿辉又问："离应诉最后日期还有几天？"

"大陆法院规定，应诉期为一个月，时间倒还有，现在关键是要找张武。"林若莹额头上冒出了汗珠。

商务车里静悄悄的，大家都不再吭声。

阿辉脸上浮现一阵痛苦的表情，他拿起随身包，从里面掏出了雪茄，从车上引了火，点了起来，猛然地吸了一口。这是阿辉第二次在车上点烟。

"官司一定要打好，但当下最紧要的是一定要把张武找到，人命关天呀！一个农户人农家培养一个大学生不容易呀！这样吧，请他家人，亲女友全力配合寻找；在报刊、广播电视发寻人启事；请公安局帮助发寻人通知，这些工作都要马上去做！"阿辉从激烈的思绪中缓过神来——作了交代。

"这些事情已经都做了。"林若莹应道。

"那么，这张武会跑到哪里去了呢？莫非……"阿辉似乎突然想到了什么。

说话之中，车子已经到了公司办公大楼前。

"朱总，好消息。"孙玉胜从办公室里兴冲冲地跑了过来。

"这个时候还有什么好消息！"满腹心事的朱云生以为孙玉胜在开玩笑。

"刚才，上海证券所打电话来，厦门安泰已经政府批准在他们那里挂牌上市了。这是上海证交所传真来的相关文件，原件在快递途中。"孙玉胜将传真传递给朱云生。

"是吗？"朱云生真想开怀大笑一番，但这时候不行。

"一个月后，叫我们公司的法人代表到上海证券所鸣锣挂牌。"孙玉胜还兴奋异常地解释。

"朱云生没有说话，将传真递给了阿辉。

阿辉非常平静，他知道这是在大陆上市的第一家台资企业，这是这么多同事几年来辛勤奋斗的结果，也包含着妻子的心血。

他把传真件拿在手中，却没有看，三步并作两步地朝自己的办公室走去。他要把这个喜讯早点告诉静娴，让妻子分享成功的喜悦，更希望这能让她减轻痛苦。

此时，对静娴的心，只有作丈夫的知道。

第三十章

痛苦中的张武

　　此时的张武并没有走远，他正在城乡结合部的又一处"贵州村"里，呆在床上看着天花板发愣。

　　九月的秋老虎气势汹汹，临时搭盖的房子又矮又不通风，屋顶是建筑模板上覆盖着油毛毡和被人遗弃的广告布，人躺在床上就像被放在蒸锅里的巴浪鱼。张武光着膀子，身上的每一个毛孔都流淌着汗水……

　　这是张武一个发小的临时住处。这个发小没有像张武幸运，初中没毕业后便随父母到经济特区来打工。当时年岁不够，为了怕被劳动监察大队的人发现，最初只好在小食店帮人洗碗清盘子，后来跟着父母承包了一段城市街道做保洁工作。

　　他的工作跟别人不同，基本上是在人们进入甜蜜梦乡的时候，随父母骑着改装的脚踏三轮车，在承包的街道上清扫垃圾，父母负责扫，他则负责拉到清洁楼去。因此，白天倒有许多时间与张武聊聊。现在，太阳快下山了，发小和父母又去上班了，家里只有孤零零的张武一个人。

　　张武躺在床上心烦意乱，坐起来还是心烦意乱。这里没有电视机、没有收音机，连一片废旧的报纸也没有，只有无休无止地流淌着的汗水。

房子里有一架发小从外面捡来的落地扇在呼哧呼哧地旋转着，可吹来的不是凉风，而是一阵阵热气，张武感到简直是难以忍受。他从床上"扑通"一声跳了下来，将那破得快散架的落地扇拧到最大档位。瞬间，刚才呼哧呼哧旋转的电扇咔吱咔吱地乱蹦乱跳起来，那噪音让人心更烦，烦得连站也站不稳。

离开哥哥和明英五天了，张武感到心里空荡荡的……

那天，黄海林将张武约见面，因两年多来曾无数次约见，张武并未介意，仍与往常一样，准时到了指定的咖啡店，可是走进包厢，见到了老阿庚，见到了东林公司董事长东进一郎后，他才感觉到情况不妙，但悔之晚矣！当他要离开咖啡厅包厢由黄海林送出门的时候，听到了东进一郎交代老阿庚马上起诉安泰公司的那些话，如遭五雷轰顶，脑袋一下就蒙了。他悔恨自己，这一切都是由于贪心造成的！

那天，他是怎么回到住地的已经没有多少记忆，只记得一脚高一脚低走着凌乱的步子进入租住的房子时，单纯的赵明英并没有发现自己有什么变化。因为是周末，呆在这十二平方米的房子里也没什么意思，赵明英非要拉着张武到仙岳山去转一转。

"走啊！我有一个重要秘密要告诉你！"赵明英在张武面前扭着腰撒着娇，说出来的话也嗲声嗲气。

"我没心情！"张武懒得再挪动半步。

"求你啦！"赵明英拉着张武的胳膊不停地摇晃着，好像在荡秋千似的。

张武还没有去的意思……

"怎么啦？"看到张武那样子，充满期待的赵明英像是受到巨大的委屈，眼泪不停地从眼眶中涌了出来。

万般无奈，心事重重的张武被动地跟随赵明英来到了仙岳山上的一棵大榕树下。

这是他们相识之后，第一次约会在这棵大榕树下，两人曾海誓山盟海枯石烂不变心。

可是，这段轰轰烈烈的相爱才两年多时间，却变得如此冷漠，如此索然无味，这是赵明英和张武都没有想到的。

第三十章

痛苦中的张武

"张武，这一段时间你怎么啦，每天无精打采，魂不守舍的。"赵明英看到眼前的张武面色阴沉，一层浓浓的晦气，两年前那充满上进心，又充满活力的他，到哪里去了呢？真让人感到捉摸不透。

"没什么，别没事找事。"张武没有兴趣回答。

"怎么变成这样啊！我会心疼的！"看到张武一脸的冷漠，赵明英想用女性特有的温柔唤回张武内心的活力。

"别那么鸡婆好不好？"这一举动，以往张武一定会感激不尽，甚至会燃起燎燎的欲火将赵明英搂在怀里又亲吻又抚摸……可是，今天却变得那么麻木，那么无动于衷，往日在这大榕树下的温存荡然无存。

"张武，你变了，你变心了！"几次想唤起张武激情的赵明英万分的失望，她感到委屈，感到万箭穿心。女人，二十岁又被男人爱过的女人，是一个雌性荷尔蒙分泌的最丰沛的时期，她需要有男人疯狂的爱，充足的爱，淋漓尽致的爱。

张武已经半个多月时间没有碰触过自己的身体了。现在，在这初恋的地方，在这自己将第一吻，第一次……交给他的地方，他变得如此陌生，陌生得犹如一个路人，赵明英内心的委屈犹如决堤的洪水，倾泻而出。

"张武，"赵明英嚎哭起来，"我告诉你，张武，我已经有了，我的大姨妈已经四十多天没有来了……"

"什么？"张武本不想理睬赵明英，但听到"四十多天没有来了"的时候，脸色陡然变得极其难看。那么怎么可能，怎么可能呀！张武咬牙切齿，怒火口烧。

"真的，我真的有了身孕……"看见张武怒目相对，赵明英不知是心虚还是别的原因，将声音降低了许多，无力地喃喃自语。她不敢正视张武，更不敢理直气壮地应对张武。

"谁的种，谁的？"张武愤怒了，愤怒得如同一头狮子，他恨不得一口将赵明英吞下去……

"张武……"被张武揪住衣领，赵明英脑袋摇得像拨浪鼓一样哀求着，如同一只可怜的，随时会被人宰杀的小猫、小狗一样。

"是谁干的，是张文干的吗……"看看赵明英那可怜巴巴的样子，张武脑海里突然想起几次回家看到张文慌里慌张，不敢用正眼看自己的神色。他曾经产生过怀疑, 仅仅是怀疑, 更何况是自己的亲哥哥, 还不至于……

"老天爷, 怎么会是这样呀……" 张武痛苦地蹲在地上, 不停地用拳头敲打着自己的脑袋, 叹息这人世间没有一个好人。

东进一郎、阿庚、黄海林不是好人;

哥哥张文、女友赵明英也不是好人;

好人在哪里?

自己今后要哪里去?

……

张武几乎丧失了理智, 他疯了一样飞跑起来……从仙岳山冲出来, 飞跑到工业区的道路上; 又从街道上向出租屋的小区跑去, 一直跑到自己的出租屋。哥哥张文正在家里淘米为他和赵明英煮饭。

张武想冲进屋去, 一拳把这个不顾兄弟情面的哥哥眼珠子打爆, 牙打得掉满一地, 把他打得浑身是血……

可是, 看到哥哥在默默地煮饭的身影, 想到哥哥为了自己失去了上大学的机会……他的怒气消散了大半。

他后悔了, 后悔自己太自私, 明明知道哥哥与赵明英有情感, 自己却抢先一步将她搂在怀里;

他后悔了, 后悔自己为了自己能早日摘掉农民工帽子, 一身浮躁, 不是脚踏实地做人;

他后悔了, 后悔自己急功近利, 一失足成千古恨……

张武犹如一个打足气的皮球被放掉了气。他的拳头没有砸向张文, 而是使劲地一次又一次地捶向自己的胸部, 然后顺手操起桌子上一把热水瓶, 很命地砸在地上。

"砰" 的一声, 热水瓶爆炸了, 滚烫的开水带着被打碎的玻璃渣在水泥地上流淌开来。正在忙着煮饭的张文不知道发生了什么事, 待他转过身, 却见弟弟张武已经狂跑而去……

"张武……" 看着弟弟的背影, 再看看地上破碎的热水瓶, 张文一切都明白了。他没有去追赶弟弟, 也没有去呼唤弟弟, 只是默默地拿起扫帚, 慢慢地清扫

第三十章

痛苦中的张武

着地上的碎玻璃，默默地承受着这突如其来的一切……

张武开始在工业区的道路上漫无目的的游荡，他的心已碎，对那个家已经没有了任何的兴趣。夜深了，尽管天气炎热，但想到这一切都由自己一手酿造的，张武开始感到恐惧，感到绝望。他的头很沉、很痛，四肢无比沉重。走到路的尽头，抬头一看是一座公园，张武疲惫地坐在一棵树底下坐了下来……

家不想回去了。

公司回不去了。

今后到哪里去？

离开这令自己心碎的是非之地？可是到哪里去另谋职业呢？由自己引发的东林公司官司，将还会给自己带来什么样的灾难呢？

唯一的选择便是逃离这个是非之地，一走了之。

张武摸了摸口袋，两年多的积累还有三千多块钱。

可是今晚怎么呢？公园的树底下蚊子嗡嗡嗡响个不停，一群又一群，一阵又一阵轮番地朝自己进攻，他双手左右开弓，打的皮肤发烫却又无济于事。

夜深了，公园里的人渐渐稀少了。一对对手勾着手正在这花前月下散步的情侣们开始从公园门口走出去。张武此时才感到一种前所未有的孤独朝自己袭来……

他想起了曾经相依为命的哥哥，此时他在干什么？或许他也处在痛苦的感情煎熬当中？或许正乘虚而入相拥着赵明英亲热地睡在一块么？

他想起了曾经那样与自己甜蜜厮守的赵明英，为什么那么容易转投到哥哥张文的怀抱？难道所有的女人都是那样水性杨花么？

他想起了那白发斑斑用自己的汗水和泪水培养自己，并将自己引以为傲的父母，如果得知此时的自己将会是一种什么样的状态呢？

他想起了阿辉董事长、朱云生和张云山总经理他们，如果发现自己为了一己之私，出卖了公司的秘密，而东林公司又追究那五张图纸的知识版权，一定会焦急万分……

他还想起了黄海林，这个像狼一样的东西实际上早已盯上自己。他抓住自己的软肋，设计了一个深不可测的陷阱，使自己在他的导演下一步步走向深渊……

无数个反问，一个又一个反思让张武感到惶恐不安，他不知道这场由自己参演的闹剧将会如何终结？这一杯杯自己酿造的苦酒，自己如何喝下去！

　　夜深人静了，秋雾一拨又一拨洒落在大地上，也落在张武昏昏沉沉的脑袋上和衣服上，他感到冰冷刺骨。

　　张武感到周围的高楼大厦在即将下沉的月色下阴森森的，公园里只剩下孤零零的自己。他后悔呀！后悔的泪水止不住地从眼睛里流了出来。他用手去摸，慌乱中却把眼镜掉落在草地上，眼前一片黑暗。他爬在地上去摸，希望能摸到一丝光明，找回一点希望……

　　"爸、妈……"张武在心里一次又一次地呼唤着父母。他绝望了，他看到了公园旁边的水库，水库水很深，以前还听说过那里淹死过两个不懂水性的青年农民工。

第三十章

痛苦中的张武

　　"走吧……"张武站起身不顾一切地朝那水库奔去，他想一头扎进去了却此生。

　　可是，不知是命不该绝，还是什么缘故，当张武快要跑近水库大坝的时候，不知脚下被什么东西拌了一下，踉踉跄跄"噗通"声摔了个啃狗屎，摔得他久久爬不起来。

　　"天啊……"许久许久，张武爬起身来颓然地座在草地上。他从口袋里掏出那已经关闭的手机，想把它仍到水库里。可他没有扔，沉思了半天，却决定放弃轻生的念头。他想到了同村的一个发小住在岛外的另一个"贵州村"里，那里离城市中心远一些，不如到他那里先歇上一段时间，再作下一步的打算。

　　在发小家里一住好几天，发小的父母看到失魂落魄的张武，几次想了解原因。可老实本份的农村人看见他闭口不说，只好叮嘱儿子多留心张武的举动，万万不要让他在自己家里出现什么不测。

　　这是多么难熬的日子啊！

　　一天到晚，从天亮到天黑，又从天黑到天亮，张武在这间临时住所里痴痴地呆着。

　　他希望父母、哥哥，希望公司会派人来找他；

　　他又害怕父母、哥哥，害怕公司的人找到他……

希望与恐惧折磨着张武，私欲和良知还在一直较量……

"张武、张武……"屋外响起了发小的声音，张武的思绪被打断了，只见发小急冲冲地走进屋里，满头大汗，手上捏着一张皱巴巴的报纸。

"回来了！"张武傻傻地看着发小，一种可怜巴巴的样子。

"你到底出了什么事情？张武"几天来发小一家曾无数次问了同样的问题，可今天发小好像问得特别认真、特别严肃，没有了往日的笑容。

"没有什么事情呀？"张武故作镇静。

"你还说没有事情，这报纸都登了，找你了。"发小一脸担忧，将手中的那份清扫卫生的过程中捡到的报纸递给张武。那报纸的第二版上登载了安泰公司的寻人启事，寻找失踪的员工张武，要求张武见报后立即返回公司的工作岗位……

"这……"张武希望也是最担心的事情终于发生了。他终于忍不住低下头来，伏在发小又脏又臭的工作服上号啕大哭起来。

仙岳儿女

第三十一章

林若莹的电话响了起来

　　厦门大学安泰学院的开学典礼举行得非常隆重又简朴,当年特区管理委员会的副主任,现在已经升任市委常委兼湖里区委书记刘永清,升任湖里区区长的刘志辉,带着一大批的官员前来祝贺。因为,企业办大学在经济特区是一件新鲜事,特区开办十多年了,引进外资企业几千家,安泰公司自己投资与著名的高等学府联办自己的大学却是首创,所方方面面都十分重视。

　　林若莹的父亲林万寿更是忙里忙外,他精心组织了安泰员工祭拜土地公的仪式,晚上还请了市里的歌仔戏剧团演出了《哪吒闹海》。

　　典礼活动一直延续到晚上十点多钟,林若莹又组织全公司员工为静娴总经理举办了烛光祈福活动。

　　数千名员工在安泰公司中心广场,手捧烛光形成了"静娴总经理早日康复"的图案,大家面对苍天,祈祷各路神明庇佑,祝愿总经理脱灾脱难,早日重返公司带领大家共创辉煌。

　　林若莹很忙,她既要组织员工排队造型,又要指挥行政科长制作成视频。因为明早阿辉就要返台,这些制作好的视频资料要带到海峡那边去。

　　"谢谢您,林助理。"阿辉看到祈福活动如此成功,令人振奋,再看到林若莹忙里忙外, 一种难以言表的感激之情涌上心头。

"董事长, 这是我应该做的。路灯下, 林若莹身上紧紧包着丰满身子的T恤已被汗水湿透了大半, 连那粉红色的文胸也依稀可见。当他看阿辉将目光紧紧盯着自己身体的时候, 似乎内心有着一种慌乱。

"怎么啦?" 阿辉看到了林若莹的窘态。

"没, 没什么。" 林若莹努力让自己镇定下来。

没想到阿辉接下来说的却是: "上海证交所挂牌是好事, 也好办, 可是东林公司的案子却很棘手。之所以棘手, 就难在张武失踪。你是本地人, 情况熟悉, 希望你能多担待一些。"

"嗯!" 若莹的心还在慌乱之中, 她知道阿辉的心里装着太多的事情, 身躯上有太多的压力, 太多的困难。

"我不在厦门, 你的工作压力很大, 要注意身体。" 阿辉一反往常的习惯, 突然关心起了林若莹。

"你也是, 面对这么多的困难, 你能如此镇定, 让我敬佩。" 林若莹用眼瞄了一下阿辉, 又迅速地埋下了头。

"我就先走了!" 阿辉回宿舍休息, 赶明日最早的一个航班。

"明早, 我去送你……" 林若莹的声音很小声, 也不知阿辉听见了没有。

"叮铃铃, 叮铃铃……" 就在此时, 林若莹身上的手机响了起来, 只响了两声就断了。

"谁这么晚还打电话给我?" 若莹赶快将口袋里的手机掏出来看了一下, 发现是一个陌生的号码。她想回拨, 瞬间那电话又打了进来。

"你好, 我是林若莹。"

"林助理吗? 我是张武。" 手机里传来了张武的声音。

"张武, 你在哪里? 我是林若莹。" 听到几天没有任何消息的张武突然打来电话, 林若莹一阵兴奋, 有些失态地喊了起来。

刚要走的阿辉也停下脚步。

"我想找你!" 那头的张武一副哭腔。

"你在哪里, 我立即去接你!" 林若莹兴奋得连声音都变了调。

"我在很远的地方！"

"在厦门吗？"

"嗯！"

"厦门就这么小，远不到哪里去。快告诉我详细地址，我马上开车去接你……"林若莹几乎是在喊。

"在，……"张武向林若莹讲述他的住所，讲了很久，讲得很仔细。

"你在那等着，手机别关。我马上开车去接你！"林若莹用眼光与阿辉交换了一下意见，快步走向停车棚，钻进汽车。

"轰"的一声，那车向夜色当中急驶而去。

"林助理，你带一个人去帮忙！也好有一个照应。"阿辉大声呼叫，可是迟了，小车早已冲出公司大门。他赶忙拿出手机给若莹打电话："你等一下……"

"董事长请放心，这件事事关重大，在我回来之前不要向任何人透漏。"若莹边驾车边回答。

"朱云生、张云山也不告诉吗？"阿辉追问。

"他们除外，但叫他们随时与我联系。"林若莹挂断了手机。

"知道了！"阿辉点了点头，立即打电话将二位副总经理找来。

此时东林公司董事长办公室灯光如同白昼，东进一郎和老阿庚、黄海林还正谈得火热。

东林公司向法院起诉已经十天了。黄海林联系张武，手机一直处于关机状态，这让老阿庚有些起急。因为，这场官司的输赢，张武与黄海林是两个关键的棋子。

刚才，黄海林从安泰学院开学典礼现场了解到安泰公司总经理静娴得了子宫癌，也未露面，便匆匆忙么打了一部出租车，回到东林公司向东进一郎和老阿庚报告。

"阿庚，这张武失踪对案情看是好事，还是坏事呀？"东进一郎吸了一口雪茄，看了看低头不语的老阿庚。

"当然是好消息呀？"

"为什么？"

"对于安泰来说，打赢这场官司的关键是张武提供什么样的证词，我原来还想叫黄海林去找张武，恩威并用，要他按我们的意图提供证词。现在他失踪了，虽然有利于我方的证词拿不到了，但对方也不可能拿到证明是害怕了。我们提出起诉反证材料了，那我们的胜算则大局已定！"老阿庚脸上充满得意之色。

"恩威并用？"

"是啊！只要张武按照我们授意去做，到时候我们给他一笔钱；如不按照我们的要求做，则可以暗示将他的一切告诉安泰。总之，无论是恩还是威，都能让这张武听我们的。"

"嗯，倒是一个不错的主意。"东进一郎眼睛一转："如果这里有诈，张武没有失踪，那我们岂不被动了。"

"哪……？"老阿庚被东进一郎问了一句，噎了半天，便将眼光转向黄海林，"哪……？"

"哪什么？"东进一郎厉声问。

"哪，我们便让黄海林失踪，让他们死无对质。"老阿庚说完，觉得非常得意。

"什么，叫我失踪？"刚才还喜形于色的黄海林脸煞的一下白了起来。他知道这老阿庚一肚子坏水，手段毒辣，让自己失踪是什么意思，是不是要将自己灭了。

"吓什么吓？不会叫你去死，就是死了，你这命能值几个钱呀！"这个老阿庚已经深得东进一郎的信任，说起话来口气也大了。黄海林不敢吱声了。

"不错，好主意！"东进一郎赞同地点了点头，又想起了另外一件事："上次不是商量过将安泰那个什么特别助理挖过来吗？这件事办的如何啊？"

黄海林摇了摇头："到目前为止，我还没找到一个能帮助我们，并有切实把握的人。"

"这是一个非常精明能干的人，做她的工作远比做张武的工作难得多。"老阿庚心中也没有把握，话音也提不起来。"如果能挖过来，那安泰公司从此不在安泰。"

"什么意思？"东进一郎不理解。

"林若莹这个人除了有才华、能干外，她几乎掌握着安泰公司内部的所有情况，如果能我们所用，我们便如虎添翼了。"老阿庚补充道。

"有这么神吗? 不要危言耸听!"东进一郎故意激老阿庚。

"是的，我可以拿我的人格担保!"

"你的人格?"

"不，我是说我们给她开出什么样的条件。"

"让她当公司的副总经理。"

老阿庚将头摇成波浪鼓似的。

"她在那边不只是特别助理么?"

"还有利呢?"老阿庚真是精于此道。

"具体说说看!"东进一郎知道老阿庚这次没有夸大其辞。

"她在那边大约月薪一万元，能不能加一倍? 这个人在经营和市场拓展方面具有天生的素质，能否定一个指标，每年增加部分按比例提成?"

"原来是这样……"谈到钱，东进一郎有着小日本特有的吝惜，一个中国人员给月薪二万，还要分成? 他有一点舍不得。

"董事长，东林公司的产品能在中国大陆的市场份额增加一个点，那是什么概念呀!"阿庚见东进一郎犹豫，提醒东进一郎:"如果您舍得的话，我建议将厦门东林的股份干脆给个数目，不愁她不来。"

"给干股?"东进一郎如同被割肉一般地难受。

"安泰倒了，东林公司可以乘势发展，你可以多睡几个安稳觉，孰重孰轻，你自己掂量掂量。"老阿庚想激一激东进一郎。

"你看百分之五如何?"东进一郎牙一咬，有些孤注一掷。

"那我试试看。"老阿庚来了精神。

"不! 不是试试，是志在必得! 打官司让安泰声誉尽失，元气大伤。然后把林若莹挖过来，让安泰倒台……"东进一郎用凶狠的目光盯着老阿庚:"你马上去办，一定要办好!"

"明白!"老阿庚应道。当他起身站起来的时候，才发现天已经大亮，几个心怀叵测的人又度过了一个通宵达旦的不眠之夜。

第三十一章

林若莹的电话响了起来

再说林若莹按照张武电话中的提示，开着车子在岛外几条街道转了好几个圈，才从一处烂尾楼工地找到他所说的地方。十天时间没有看到张武，原本就不是非常壮实的他此时骨皮如柴，脸颊深深地凹了进去，两颗原来还挺精神的眼珠深深陷到眼窟窿里去了，身上的衣服已经变了颜色，一股汗酸味直冲鼻子……

　　"张武……"此时的林若莹是一个地地道道的大姐姐，她看着眼前的张武真有些心疼："快上车吧！"她一时想不出说什么好。

　　"我……"张武呆站在原地，两行泪水漱漱直流。

　　"走，回去说。傻弟弟，有什么事不能好好说，非得将自己搞成这样！"林若莹知道，这十天张武一定经历过强烈的思想斗争，经历过良知和人性的忏悔。否则，不可能主动给自己打电话的。于是，她走到张武身边，像姐姐牵着弟弟一样，拉着张武的手把他送上了小车的副驾驶座位。

　　"林助理……"上车后，张武便止不住地号啕痛哭起来。

　　"别哭了，虽然你没有告诉我出走的原因，但我知道你有委屈，张武。"林若莹一面开车，一面不停地安慰着张武。

　　林若莹没有将张武接回他的住处，也没有回公司办公大楼，而是按照与朱、张两位副总的约定，并征得张武的同意，直接将车开到了台湾干部居住的别墅小区，将张武安顿在一间屋子里住了下来。

　　朱云生、张云山和公司法律顾问孙祥和早已等候在那里。

　　"林助理……"看到别墅区前站着两位副总经理和一个陌生的人在交谈，张武心中忐忑问林若莹。

　　"别怕，他们都是你的领导，大家都非常关心你的。"林若莹安慰张武。

　　"张武、张武……"朱云生、张云山和孙顾问都主动向前与张武握手。张武主动回来，对于安泰的领导者来说无疑是一个巨石落了地。送走阿辉之后，按照林若莹的要求匆匆忙忙赶到这里的。

　　"朱总，请您派人给小张弄一套干净的衣服换上好吗？"林若莹正向朱云生请示，身上的手机又响了起来。

　　"您好，我是林若莹，哪位？"林若莹热情地回话。

　　"我是东林公司的阿庚，林助理。"

"东林公司的阿庚先生?"听到东林公司的名字,林若莹吃了一惊,其他人也停住了脚步,张武则浑身像筛糠一样地抖动。"可是,我不认识你呀!阿庚先生!"

"不要紧的,林若莹小姐,我们董事长东进一郎先生久仰林小姐聪颖过人,想请您喝咖啡,并有一些事请教您。不知道您何时肯赏光呀?"电话那头老阿庚说话慢条斯理,尽量装着一副文绉绉的样子。

"东进一郎董事长要请我喝咖啡,真荣幸。可是我也不认识他呀?"林若莹想婉言拒绝,这时孙祥和走过来,作了一个手势,暗示林若莹继续耐心聊聊,要摸清对方底再作决定。

"我们中国人不是说过吗,一回生,二回熟,三回下来不成了老朋友了吗?"

"那是,那是。东进一郎先生是知名企业家,能认识他倒是我的荣幸。"林若莹看着孙祥和的手势,非常热情地与阿庚交谈起来:"只不知道,这东进一郎先生有何见教呀。"

"噢,是这样的,东进一郎先生是一个非常爱才的人,听说林小姐才华过人,他想请您能加盟到东林来。条件一切从优,一定让你满意。"老阿庚怕若莹拒绝,迫不及待将意图道了出来。

"谢谢,谢谢。厚爱了,厚爱了。"林若莹此时见孙祥和满脸笑容,知道自己的应答不错,于是按照老阿庚的思维接着谈了起来。

"别客气,我们都是很崇拜林小姐的,人往高处走,水往低处流,如能到东林公司高就,我也是可以大树底下好乘凉了。"老阿庚口气里充满着阿谀奉承。

"这可是人生大事。"林若莹故作认真地说。

"是啊!是啊!这个机会可遇不可求,请林小姐深思。"

"嗯,好。阿庚先生,我一定认真思考。"林若莹要给自己留足了时间和空间。

"那我就静候林小姐的佳音哟!"

"怎么联系您?"林若莹故意表现出继续联系的兴趣,好让这个老阿庚乐上几天。

"就这个电话号码,就这个电话号码,我是24小时开机,随时恭候您的盼

第三十一章

林若莹的电话响了起来

咐！"从话音当中听得出，老阿庚为自己这次成功联络感到满足，甚至有些得意。

"好的，谢谢。"林若莹关掉了手机，转过身却发现张武魂不守舍的样子，她心中一下明白了大半。

"张武，你这是怎么啦？"林若莹微微一笑，关切地问道。

"林助理，你不能去，你不能去？"

"不能去哪里？"张武这一急，林若莹已经猜出这张武一定与东林公司有关系，所以顺势问道。

"不能去东林公司呀！这个老阿庚，还有黄海林太坏了，太坏了。我，我，我……"张武悔恨交织，连话也说不流畅了。

"别急，张武，我们进屋去聊一聊，把你想说的话慢慢都说出来好吗？"法律顾问孙祥和走过来，把张武让进了别墅里。不仅是林若莹朱云生和张云山也都从张武的异常表现和老阿庚的一通电话中隐隐约约地感觉到，东林与安泰的商场较量从台湾已经延伸到厦门，一轮新的商战较量序幕正在拉开。起诉安泰是第一步，以后还不知会有什么新的花样……

第三十二章

面对宿敌的陷阱

一场秋雨,让台北的气温下降了许多,雨一连下了好几天,前几天满大街穿着时髦短袖上衣,下着超短裙的摩登女郎们再也顾及不了风度,一夜之间都纷纷穿起了秋装,熙熙攘攘人群瞬间变得灰暗起来了。行人个个耸着肩,撑着雨伞在街道上匆匆而过。

阿辉尽管知道大陆那边还有许多事情需要自己去处理,可是妻子还躺在病床上,他牵挂着那颗脆弱的心,牵挂着那悬于一线的生命。安泰学院开学典礼一结束,他便乘坐最早的航班,经过一整天的转机飞行,终于在傍晚回到了台北。

一下飞机,阿辉跳上小轿车,便直奔台大医院肿瘤科病房,直闯静娴的房间。

静娴躺在病床上,不知是刀口疼痛,还是病灶发作,她脸上不断地出现一阵阵痛苦的表情。她真想大叫一阵,可是当看到病榻左右坐着白发苍苍的父母,看到他们忧伤的眼神,她强忍住这一切,只等到注射时间一到,医生给她注射了一针吗啡,那种剧痛才稍稍得以缓释。母亲爱怜自己的女儿,用湿毛巾帮她擦拭着额头渗出的汗水,含着泪水安慰女儿:"是刀口痛吗?再过几天吻合便好了,忍着点!"

"嗯,实际上也没有多痛!"尽管没有人如实告诉她到底得了什么病,但她从腹部疼痛的那一天起，就已经知道自己是得了不治之症。之所以自己不说破，是不想让家人过多地为自己而担心；家人之所以不说破，是同为大家不想增加自己的心理负担。

那天在厦门医院检查，在阿辉没留意的时候她看到了自己的诊断书上潦草的中文字中夹杂着"Ca"英文字母便更清楚了自己到底得的是什么样的病。她只是感叹，得了这个病说明留给自己的日子不太多，作为人生还有许多事情要去做呀！回到台北，那天在台大医院做手术，她很冷静地看了一下挂在墙上的时钟是九点二十分。

后来，麻药褪去之后，自己曾问了一下母亲："妈，我出手术室的时间大约是什么时候？"

"哦，你问这个干什么？"母亲彩凤不知道女儿的用意。

"随便问一问。"静娴装得若无其事，为了让母亲没有疑虑，还故意轻松地装了一副笑脸。

"大概十点半吧，阿辉说手术很顺利的。"彩凤看着女儿，"当时我还特地看了一下时钟。"

"这样我心中有数了。"静娴心里坦然了。自己患的是子宫癌晚期，进了手术室一个多小时便被推了出来，这尽管自己挨了一刀，但病灶并未能切除。

"有数了便好好休息，别胡思乱想，公司的事，还有那么多人在打理。"母亲安慰她。

"知道了，妈！"静娴很听话，她只想用自己虚弱的声音，尽可能留给母亲最孝顺、最悦耳的记忆。她感到自己有气无力，元气尽失，怎么也提不起精神。但她看到年迈的父亲陪着母亲在照看自己，风烛残年的老人一个劲地伏在床榻上打着瞌睡，心中真如刀绞。

"妈，我没事了，你陪阿爸到休息室里休息一会儿去吧。"静娴强打精神劝说母亲。

静娴听母亲的话，闭上眼睛，可大脑却在不停地运转着。人生四十，本应是事业如日中天的季节，应该是报恩长辈季节的开始。可是，现在事业刚开创自己却无法看到它的辉煌；父母白发苍苍自己却无法报恩；携手人生的阿辉自己却无法与他继续同行；还有儿子小俊还在美国留学……

自己已无法看到儿子牵手儿媳的时刻；

自己更无法看到儿子将小孙子抱到自己眼前的时刻……

自己来到这世界上的时候是那样的匆匆忙忙；

现在要离开这世界上的时侯又是那样急急匆匆……

阎王爷啊！你怎么会如此残酷，如此无情地拆散我们母女之间、夫妻之间、母子之间的亲情啊！

如果能多给我几年，不！几十年的光阴，让我多尽一份爱心，多尽一份孝，送走年迈的父母，陪伴我可亲可敬的丈夫，提携我心爱的儿子，哪有多好啊！

阎王爷，你怎么就不能发发慈悲啊！

病房里静悄悄的，父母都到隔壁房间去休息了，唯有那输液管还在滴嗒、滴嗒地向自己的体内输送着那不知名的黄色液体，从入院开始，一天二十四小时从不间断，一袋接着一袋，无休无止，没完没了……

她在想，如果那输液管里的液体中止了，可能自己的生命便也终结了，人生也就画上了句号。

因为对父母的养育之恩的愧疚；对夫妻当年海枯石烂携手打拼一番事业的承诺；对儿子期盼他带一个洋妞回来当媳妇的玩笑却遥遥无期。想到这里，静娴感到遗憾，感到前所未有的愧疚，她的心碎了，伤心的泪水止不住哗哗地涌出眼眶……

纵然画上句号，这种遗憾也将带到另外一个世界上，陪伴着自己的灵魂永远也不会消停，永远也不可能让自己瞑目和安宁。

静娴思索着、痛苦地思索着。兴许是累了，兴许是手术室医生在她的腹部切了一刀，加速了癌细胞的扩散，那些如饿狼一样的癌细胞不分昼夜，争分夺秒地吞噬着这个原本充满活力、充满挑战的中年女性的生命。静娴确实感到有些累了，但她很清醒，眼角上还残留着泪水，她想用手轻轻地抹去，不然等会儿父母出来看到一定会伤心、会难受。可是，当大脑指挥自己的手的时候，那手却不听使唤，一丁点力气都没有，挣扎了几次，尝试了几次，最后在遗憾中迷迷糊糊地睡着了。

人是睡着了，可脑子却异常活跃，异常地兴奋。静娴梦见自己在海峡两岸的上空飞来飞去，在这两岸有她与丈夫阿辉携手二十年，倾注了所有的心血打拼下来的事业，有台湾安泰和厦门安泰，那里的生产线在不停地转动，标有福德安泰商标的各款小家电正源源不断地向世界各个市场拓展。周围是一片蓝天，脚下是湛蓝色的人海，静娴觉得自己的身子很轻很轻，在这海上，在云端飘飘欲仙，竟忍不住咯、咯、咯笑出声来……

此时，风尘仆仆的阿辉回来了，推开门看到妻子如同白纸一样的脸上浮现出难得的笑容。他以为妻子醒着，想上前轻轻招呼一声，拿出昨晚厦门安泰员工为她祈祷的视频让她看。但当他俯下身子的时候，发现自己牵肠挂肚的病妻此时是在睡梦当中。阿辉搬了一张椅子，静静地坐在妻子身旁……

昨晚烛光祈福晚会后，又接着处理张武的事情，阿辉一夜未合眼，只是在返回台北的飞机上稍稍打了一个盹。

阿辉在厦门时牵挂着静娴，因为妻子随时可能从自己的身边离去；回到台北妻子身边，思绪又不得不为厦门安泰面临的许多问题担忧，一颗心在妻子与事业两边牵扯着。然而，人毕竟是血肉之躯，当一路风尘返回妻子身边的时候，一种难以自控的劳顿疲倦劈头盖脸袭来，眼皮止不住地往下合着。

"哎哟……"阿辉眼皮刚刚合上，身边的妻子发出了一声轻轻的呻吟，他的睡意顷刻间烟消云散。

"静娴，静娴，我回来了，我回来了！"阿辉伏在妻子的耳边轻声地呼唤。

"阿辉，你回来了。"在隔壁房间稍作休息的岳父母听到女婿的声音，连忙走了过来。

"爸，妈！"阿辉迎了上去向老人问安，并询问妻子这几天的情况。"彩凤无奈地摇了摇头。这几天，老人慢慢感觉到了，女儿的病情并不是女婿和儿子说的那么轻松，感到静娴这次病得不轻。老人心中有数，但嘴上不说，他们不愿让不吉利的话从自己的嘴里吐出来。

"爸、妈，不要想的太多，静娴会很快好起来的。"阿辉的心和老人的心一样苦，但他必须首先要安慰老人："爸、妈，昨天晚上厦门安泰公司的员工们为静娴举行了盛况空前的烛光祈福晚会，林阿叔还专门请剧团跳了三太子为静娴驱邪除弊。"阿辉努力作出一副高兴的心情,从随行的行李包中取出了DV机。

阿辉将DV机打开,调试好放到岳父母面前;"你们看,有这么多好心人在为静娴驱邪祈福呀。"

"是吗?"两位老人戴起老花镜,开始观看女婿带回的小电视。

皎洁的月光下,一片厂房林立,数千名员工手执烛光,组成"静娴总经理早日康复"九个大字……

"嗯,好壮观,好感人……"老人边擦拭着泪水,边难得开心地称赞。

"阿辉,你回来了!"正当阿辉和给两位老人播放视频的时候,他们身后传来了静娴虚弱的声音。

"静娴,你看,你看这是什么?"阿辉将手中的DV机送到静娴的面前,为了让妻子看得清晰,他半蹲在妻子的床前……

"静娴姐,祝您早日康复,我好想,好想您呀……"DV机里出现了林若莹的画面,她是那么的庄重真诚,问候得那么甜蜜……

"若莹妹真漂亮,真迷人。"静娴让阿辉将刚才林若莹问候的画面静止下来,多角度地欣赏起来,眼睛里出现了一种复杂的表情,许久许久才接着说:"又那么聪颖能干,如果是我的妹妹多好啊!"

"她不是早就叫你静娴姐了吗?那不是妹妹是什么了?"阿辉开导妻子。

"是啊!是啊……"静娴似乎又有些累了,原来已经稍稍抬起来的头,又无力地倒在洁白的枕头上。

"休息吧,静娴,想吃些什么?"阿辉体贴地问妻子,"要么,我给你煮一碗蚵仔面?"

静娴摆了一下头,闭上了眼睛,眼角涌出了有些混浊的泪水。

此时,在安泰公司台湾干部的别墅里,朱云生、张云山、林若莹和法律顾问孙祥和正与张武在交谈。

张武刚才洗了个澡,换上了一套合身的衣服,精神状态好了一些。

"这个黄海林太可怕了……"张武回忆往事,将自己进入安泰公司之后,如何偶遇黄海林,又如何被引向歧途的经过和盘托出,心中有一种如释重负的轻松感。

"你不是说这个黄海林是海峡投资咨询顾问公司的么？"孙祥和和用心听完了张武的叙述后问道。

"对，名片上印的是海峡投资咨询顾问公司总经理。"张武回答。

"你去过他的公司吗？"孙祥和一边问，一边在笔记本上记着什么。

"没有"，张武摇头。

"那五张图纸你是在什么地方，怎么取得的？"孙祥和又问。

"那是一个傍晚，天下着毛毛细雨，黄海林约我去喝咖啡。我们先到了咖啡一条街原来常去的那间咖啡店，由于客人很多，室内别说包厢，连一般的位置都没有了，到室外风又特别大。黄海林看到这种情况便请我到他住的地方泡茶。"张武说。

"你说你们常去的是哪间咖啡店？"

"叫什么湖，湖畔咖啡，老板叫阿福，台湾人，脚有些瘸。他们之间非常熟悉，黄海林说每次都打七折。"张武挠了一下头又补充说："噢，好像这个阿福是东林公司那个营销科长阿庚的儿子。"

"这个人是董事长师傅的儿子，他的父亲是我们董事长的师傅。"朱云生听后觉得事情还挺复杂，绕了一圈又回到了安泰在台湾的老对手上。

"后来呢？"孙祥和问。

"大约半个小时左右，那时应该是晚上八点多钟，我们便打的到了飞鹰大厦十九层B座的黄海林住处，哪里居住的几乎都是台湾人。"说到这里，张武惭愧得低下了脑袋。

"不要难过，你要洗刷自己过去的耻辱，现在就是唯一的办法就是如实说清楚。这样我们才好帮助你，知道吗？张武。"朱云山提醒说。

"嗯，我知道！"张武说："黄海林的住处是一个两房一厅的公寓，两个房间一个居住，一个是书房。他带我走进房间的时候，那写字台上放着一叠咖啡机设计的图纸。当时，公司正在征集设计图纸，我很想一举成名，尤其是第一批干部招聘之后，与我同一批招进去的人刘明他们都被任用了，唯独没有我的名字，心里很着急，就想借这次图案征集，自己能拿出几张高人一等的图纸出来。可是由于实践经验不足，连续几个晚上加班加点，绞尽脑汁也没想出个子丑寅卯来。因此看到那几张图纸，恨不得全部记在脑海里，回家后照葫芦画瓢，也好有一个出人头地……"说着说着，张武泪水流了出来。他明白了，自己人生之棋一步走错，便是从这一刻开始的。

"接着说吧，事情已经过去，现在挽回还来得及，张武！"林若莹看到张武后悔莫及的样子，心中真是替他惋惜。

"正好这时黄海林出来了，他看到我喜欢便叫我拿去，还说不要客气。"张武接着说："黄海林还告诉我，这是他的作品，以后还会辅导我，帮助我提高设计水平。"

"那你就拿来了？"孙祥和在记录上作上记号。

"嗯，他总共送我五张图纸……"张武头又低了下来。

"然后呢……"孙律师追问。

"从此，我便认黄海林为老师，只要他叫我，我就随叫随到。"

"平时你们都聊些什么呢？"孙祥和问道。

"什么都聊，他说海峡咨询顾问公司是做顾问决策的，需要很多实例。因此问我了解安泰产品研发、市场开拓的情况。"张武缓了一口气："后来他还要我了解公司的发展战略的情况，要我将方案想办法拿一份给他。"

听到这里，孙祥和几个人相互交换了一下眼神，都感到问题比原先估计得还复杂、还严重。东林对安泰的窥视已经不是一朝一夕，大家的脸色不知不觉严肃起来。

"我是混蛋，我对不起公司，对不起阿辉董事长，对不起……"张武自己将祸惹大了，痛苦不已，说着说着"呜、呜、呜"地抱头痛哭起来。

"哭哭哭，哭有什么用！"张云山腾的一下站了起来，他心烦意乱，真想把这个没出息的东西狠揍一顿。

"云山！"朱云生出奇的冷静，示意张云山坐下。张武固然可恨，但一个刚走出校门的孩子，如此浮躁的社会环境中，又遇上一个如此阴险狡猾的安泰的宿敌，那是防不胜防呀！现在张武说出来了，这是不幸当中的万幸，让大家多了一份防备之心，有了一次亡羊补牢的机会。

第三十二章

面对宿敌的陷阱

如果不是张武出走，如果张武不回来，安泰公司将陷入更加被动的困境，将会处处被动挨打。那么，安泰公司生存都将是一个问题，还能奢谈发展么？从这个角度上看，张武还算是有功的，最起码可以将功补过。

"你还知道什么情况吗？"林若莹继续耐心地诱导。

"还有东进一郎还想挖墙角。"张武又说出最后一次被黄海林叫去见到东进一郎与老阿庚的情况，"他们想将林若莹助理挖到东林公司去……"

"嗯，这我们知道了。"张武提供的情况，为林若莹破解了为什么刚才突然会接到老阿庚来电话之迷。她很感激这个年轻人，说明他的良知并未泯灭，只是一时被人利用，才走上了歧途……

孙祥和见张武该说的情况基本情况讲了出来，便和谒地对张武说："我们大家都感谢你说了真心话，以后想起了什么需要告诉我们，你随时可以找我们当中的任何一个人。"张武点头。

"那好！现在就住在这里，暂时不要外出，你看行么？"张武又点头。

"那好，现在就让林助理送你回去休息，好么？"张武起身随林若莹去了公司安排的房间……

"下一步的路怎么走？孙律师！"听完了张武的情况介绍，朱云生已经非常清楚，东林公司起诉安泰是蓄谋已久，而且并非一个单独的事情。见林若莹回来，他向孙顾问请教。

孙祥和在张武走后，一直在笔记本上写着什么，听到朱云生的问话，合上了笔记本，站起身，走近窗口，深深地吸了一口新鲜空气。他在想国家改革开放，在引进外资、技术人才和管理经验的同时，也鱼龙混杂，混进了诸多消极负面的东西，自己有责任帮助安泰公司去打赢这场官司。

"这样吧！"孙祥和沉思良久才转过身来说："我刚才已经说了张武暂时不要露面，对外仍然放风说此人失踪，让对方造成判断上的失误。这是其一。"

"好！按照您的意见办。"几个人表示同意。

"张武不是有一台手机么？继续关机。"孙律师如同下达命令。

众人点头。

"这事我来落实。"林若莹接应。

仙岳儿女

"第三, 林助理过两天再给老阿庚回电话, 要见机行事, 尽可能谈得深入一些, 同时要注意留下证据。"

"证据?"林若莹问道。

"对, 证据! 要留下录音!"孙祥和强调。

第三十二章

面对宿敌的陷阱

第三十三章

秋后响起了雷声

　　秋天响雷，是一个凶兆。这雷声无论响在秋天的头，还是秋天的尾，对于乡下人来说，心里总会有一种恐惧。有句乡间谚语，道破了其中缘由："雷打秋，对半收。"还有一种传言，说秋雷对那些身患疾病的人来说，也绝不是好消息，是人生的一道坎。

　　那天的雷声倒不大，但沉闷的雷声却给正在照顾静娴的阿辉原本闷闷不乐的心震得更加糟糕。那时阿辉正坐在床上给静娴喂着刚熬好的中药，这是一剂从阿里山上求来的偏方。据说，这偏方取之阿里山深山之中，已经让很多患癌病的人服了之后减缓了病情。

　　病急乱投医，静娴的病经医生诊断认为已无力回天了，心急如焚的阿辉便疯了一样四处求医，他想用自己的力量挽救妻子的生命，那怕是能延缓，也要再所不辞。他听说阿里山上有此偏方，足足奔波了两天多时间才弄到了手。

　　好不容易弄来的草药，煎熬中散发出令人作呕的臭气。但为了求生，静娴在阿辉的劝慰下还是皱着眉头艰难地一口一口往肚子里咽了下去。

　　"阿辉，反正世上的日子我过不了几天了，我不想喝了，这是活受罪呀！"那药味确实让人难以下咽，静娴向阿辉求情。

"别乱讲，很快会好的！"听了妻子的话，阿辉心里如同刀割。这一段时间，静娴剧烈的疼痛让她吃不下东西，睡不着觉，整个人已经骨瘦如柴，忍不住疼痛时便请医生注射一支吗啡予以缓释。

静娴的生命仅靠着营养液输液维持着，疾病的折磨，剧痛的摧残，静娴的头发大片大片地脱落，与几个月前判若两人。几乎没掉过眼泪的阿辉经常躲到卫生间里偷偷地哭泣。他为自己眼睁睁看着妻子受罪无法提供帮助，看着她的生命一天天被癌细胞吞噬却无力挽救而痛苦不已。

静娴的泪水从眼眶里涌了出以来，挣扎了许久，艰难地举起右手将阿辉拿着汤勺的手推开。

"再喝一口，再喝一口。"阿辉耐心地像哄个小孩子似的哄着妻子喝药，喝那令人作呕的药。

"轰隆隆、轰隆隆……"一阵秋雷响了起来，那雷声很沉，很闷，阿辉和静娴都不由得地打了一个寒噤。夫妇俩都生长在台湾南部的乡下，大概都知道的那句谚语，但谁也没说出来。

"兴许是谁家在炸石头吧！"阿辉编着瞎话哄妻子开心。一句安慰妻子的话。

"嗯，很像！"聪明的静娴理解丈夫的良苦用心，望着丈夫苦笑了一下。静娴觉得身体很软，软得连一点力气都没有，连再说一句话，吐一个字的力气都没有。

"那你先休息，我去弄一点你喜欢吃的东西。"看到妻子痛苦的样子，阿辉心已经支离破碎，他想到阳台上站一站，尽管不能向任何人诉说心中的痛楚，至少可以不让病妻看到自己一副忧郁的脸。

静娴无声又无力地点了点头。

在阳台上站着，室外仍然很亮，只是在那阳光背后有一层浓浓的乌云，随着秋风在飘荡着，那阳光透过乌云折射出刺眼的光，让人感到如同麦芒一样刺着背部，一阵接一阵的难受，一阵接一阵的让人感到坐立不安。

"静娴呀！你可要咬紧牙关挺过去呀！我们的事业刚刚开始，当年不是讲好我们要培育一个属于中华民族的小家电世界品牌吗？不是讲好要建立一个属于我们民族的、成为世界上首屈一指的小家电研发王国吗？现在，这一切刚刚开始，今后还需要我们共同携手啊……"看着那朵朵乌云，看看那透过乌云的阳

光，再想想刚才的那声闷雷。阿辉想到那雷声一定是响在阳明山，一定响在那层层叠叠的群山之巅。

想到那山巅，阿辉又想到那次德国之行回到台北之后，有一次自己要到台北来出差，静娴挺着一个大肚子，执意要与自己同行，看到自己的事业已经走出低谷，建立了与广达等多个企业重组后的安泰公司，又从德国签订了一大批的代工合同，心情也格外的好，于是欣然带着妻子上了路。

那是一个百花盛开的春天，小夫妻坐着观光车沿着那盘旋而上，蜿蜒曲折的山路，摇摇晃晃的一路前行，静娴从车窗往外看到窗下崎岖的山路，陡峭山崖下的深渊，吓得闭着眼睛将脑袋深深地埋在自己的怀里。到了山顶，这阳明山百花盛开，樱花、杜鹃花，还有许多叫不清名字的鲜花，在这山盘翠绿中争相绽放，姹紫嫣红，多姿多彩，让人感到美不胜收，令人心旷神怡。

春雨在山上淅淅沥沥地洒着不大不小的雨珠。

夫妻俩在鲜花丛中穿梭，在花海中游弋那时。静娴身孕的月份不大，行动与未怀孕时没有多少差别，她不时地在花丛中摆出各种姿势，像台北城里的那些年轻人一样显得天真浪漫，咯咯咯的笑声在花海中荡漾着。

"阿辉，给我来一张。"阿辉拿着从德国买回来的一架新相机，他看见静娴把自己的身子埋藏在花丛中，只露出那张甜美而红扑扑的笑脸在大声叫唤着。阿辉举着相机，不时搜寻着妻子的靓影，不时地拍下静娴在鲜花丛中摆着各种造型的照片。

这里一段是多么美好，又多么难忘的岁月啊！

阿辉还依稀记得，那天他们正在花海当中乐不思蜀的时候，一声春雷在雨中响了起来。那雷声不像刚才的那样沉闷，而是非常清脆，从这个山头响起后又传到另外一个山头，然后又慢慢地在周边的群山中回荡。

夫妻俩乐了，双臂张开，大声呼唤，如同一对天真无邪的孩子在尽情享受着浪漫春光……

弹指一挥间，二十多个春夏秋冬过去了。

清脆的春雷变成了沉闷的秋雷。

充满青春活力，如花似玉的静娴已被苍白、灰暗的颜容所取代……

"人生啊……"阿辉不觉眼眶一片潮湿，身边是命悬一线的妻子，隔着海峡那边还有千头万绪的工作需要自己去处理。

东林起诉安泰的案件不知进展到什么地步了……

上海证交所安泰公司上市挂牌的时间也将临近……

公司新产品研发不知进展如何？

大陆家电3C网络布局也不知道怎么样了？

千头万绪，压力重重。事业、家庭、静娴、商场竞争接二连三，不能不让自己身心俱惫。真是如长辈所说，分身无术，祸不单行呀！

一阵秋雷也让湖里村主任林万寿着实难受了几分钟。这个原本在田间地头生活了六十多年的老人，对农村这种习俗了如指掌，更对秋雷响后可能造成的气候变动有着切身的体会。愣了几分钟，他呆呆地看着门外的天空，想起了侄儿阿辉的妻子患病仍然在台湾的医院治疗，原本焦虑的心更加不安起来。

"四十岁，正当壮年啊！"林万寿叹息道。可是，叹息归叹息，作为一个老人除了叹息，还能有什么作为呢？现在这天莫名其妙地在秋天响起了雷声，这不是让人更揪心吗？

这一段时间，林万寿老人每逢初一、十五，必定要到仙岳山土地公庙上一次香，而每次上香唯一的祈祷，唯一的祝福便是请土地公保佑静娴脱灾脱难，早日康复。

"今天是初几呀！"人老了，思路反应稍微迟钝了，林万寿忘却了今天农历的日子。

"十五！"屋子里的老伴应了一声。

"我上仙岳山走一趟。"

"去吧！"老夫老妻还像年轻人那般缠绵，问一声，答一句。

"我去给侄媳妇掷一个茭，请土地公保佑她平安。"老人的声音还留在屋子里，脚步已离开屋子几米远了。

"爸，你去哪里呀？"刚从家门走到小区的路口，迎面正遇上女儿林若莹从车窗里探出头问父亲。

"去仙岳山替静娴烧一炷香！"老人心情不好，摇了摇头，声音也很低沉。

"爸，别烧了。"若莹眼眶红红的，声音哽咽。

"怎么啦？"林万寿一惊，全身随之颤抖起来。"莫非……"，想归想，但不吉利的话，他却不敢说出口。

"爸，静娴姐已经走了！"若莹跳下车，呜呜呜地哭出声来。

"别乱说！"林万寿很凶，两只眼睛瞪得像铜铃似的，"你是从哪里听来的！"

"没错！是阿辉哥刚从台北打电话来说的。"

"老天爷啊！你不长眼啊！"老人对着天空悲恸地呼喊着，踉踉跄跄走回家中，颓然无力地坐在门前的小板凳上。

"爸，您怎么办呀！"若莹此时好像变成了一个孤儿。得知噩耗，朱云生、张云山立即赶搭飞机返回台北协助阿辉处理静娴的后事。可林若莹是大陆人，去台湾没有手续，又非三等亲，纵使有邀请也不能在短时间内得到当局批准。

去台北已经没有任何的可能，隔着海峡如何来祭奠亡灵自己又没有任何经验。万般无奈的林若莹将公司的工作稍作交代，便赶回来向父亲求救。

"静娴是我们湖里村的人，湖里村的儿媳妇，按礼节我们是应该帮忙的。可是隔着这茫茫海峡，怎么办呢？"大半辈子经历了无数红白喜事的林万寿被女儿一问，此时却像老革命遇到了新问题，也感到束手无策，嘴巴在不停地抖动着……

"阿爸……"看到爸爸坐在凳子上一动不动，林若莹在一旁催促。

"……"林万寿翻遍了大半生的记忆，却理不清头绪，他无奈地摆了摆手。真的，他实在想不出办法。

"要吗，我们在公司设一个灵堂，组织员工举行吊唁，然后再举办一次追悼会？"林若莹按照在电视上看过类似的情况自言自语道，不知是说给老人听，还是说给自己听。

"那我们湖里村的人呢？"这回轮到林万寿问女儿了。

"那就一起去公司吊唁，行吗？"林若莹感到自己所想，应该是一个好办法，期待着他老人家点头。

仙岳儿女

"也只能这样了!"林万寿无奈地点了点头,这是新的习俗,按照湖里村的礼数并不是这样的。但没有办法,隔着海峡谁也飞不过去,只能按照若莹的思路去做了。

白发人送黑发人,林万寿的心里有一种说不出的痛苦,但侄媳妇走了,谁也没有回天之力。老人用伤心的目光看了看女儿许久,终于说出了一句话:"若莹,静娴是我们村的人,你要把这件事当作自己村的事办好,这是我们村里的规矩,也是我们村里自古以来一直传下来的习惯……"

"知道了,阿爸!"若莹走出门外,秋雨阵阵,看见老父亲鼻孔上流着鼻清,担心地回过头:"一阵秋雨一场寒,天气凉了,阿爸你要多穿一些衣服。"

林万寿没有回答女儿,只是默默地点头,痛苦的泪水止不住地从纵横交错皱纹中流了下来。

第三十三章

秋后响起了雷声

秋雨来了,秋雷响了,厦门安泰仿佛也遭遇了秋寒,麻烦事接二连三的。

首当其中的安泰3C网络。静娴先前将台湾3C网络的经验复制到大陆,只在一年多的时间里,便在东西南北中布局了七十几家大卖场。出乎意料的是,这些卖场却没有像在台湾那样红火……

先是经营业绩不佳;紧接着便是巨额的亏损。

正在西南重镇四川筹办新店的安泰3C网络公司副总经理孙玉胜被弄得焦头烂额。此时正想坐下来喝杯茶,冷静地反思一下公司的经营理念和运作手段是否切合实际。因为,照这样的运营模式再搞下去,公司倒闭已经没有悬念,造成的巨额亏损令人痛心啊!

房间门被推开了,"孙总,这是上季度的经营情况,根据您的要求,我已经整理好了,请您过目。"秘书是一个年轻的男生,带着一副眼镜,斯斯文文的。

"又亏将近二千万?"孙玉胜的目光在经营报表的一栏停住了。他吃惊地念出了那惊人的数字。一年前公司3C店数量少,每月亏一二百万,现在数量多了,一个月就要亏二千万左右,累积亏损已经将近一亿元了,天哪!

孙玉胜感到心里有着一种沉重的压力。他是当时是大陆几家著名的连锁店经营商之一的朝晖电器的副总经理,更是一位富有小诸葛美誉的高管。当时被

277

安泰公司董事长阿辉神奇的创业人生而深深地感动，更为他要三年内在大陆各大中城市布局300家店的勃勃雄心所震撼。一开始，他曾对安泰在台湾的经营模式有些异议，前几个月与总经理静娴到中南地区布局的时候，又直率地提出了自己的看法与打算。虽然当时已经亏损了几千万，但他的建议又未被采纳。又几个月过去了，亏损还在继续，而且布局越多亏损越大。

"如果不迅速收摊，后果堪忧，如果……"孙玉胜手拿着经营季报，想到了董事长阿辉、总经理静娴对自己的信任，将这大的一份资产交给自己经营，可是业绩如此糟糕，自己真是无地自容，无面对董事长和总经理。

成都的秋天常常起雾，那雾很浓、很浓，天地之间白茫茫的一片，让人感到神秘莫测。

这种天气让原本已经非常惆怅的孙玉胜更加感到压抑，他从座位上站了起来，在不算宽畅的办公室里焦躁不安地来回踱步。

他想在踱步当中让自己的思维冲出重围，走出一片广阔的天地，将这几乎陷入沼泽的安泰3C店带到阳光的坦途当中。

他想到辞职，辞去安泰3C公司副总经理的职务，去另辟出路，闯一番事业。但，这个念头刚一闪现，便被自己否定了。自己是一个懂感恩，充满自信，勇于接受挑战的人，面对困难，四十多岁的从来没有退却缩的纪录……

就这样，孙玉胜足足踱了半个小时，手指上夹着的烟一根接一根……

终于，他的眼前一亮，这3C店的模式国际上沃尔玛、家乐福、SOGO……不胜败举，但其中的运行模式却大不相同。应该快向董事长提出报告，陈述自己的意见和建议，迅速停止盲目扩张，采取收缩战略，改变经营模式，争取在短时间里扭亏为盈。这种想法在孙玉胜的脑海中已经反复出现多次，不能再犹豫了，此时不行何时行？于是，他返回办公桌前，打开了电脑……

"静娴总经理，并转呈安泰公司董事会：

承蒙厚爱，我就任安泰3C公司副总经理一年有余，无时无刻不在努力工作，以优异业绩感恩各位董事长的垂爱与信任。然……"

"叮铃铃……"办公桌上的电话铃声一阵又一阵的响了起来，正在全神贯注投入撰写报告的孙玉胜不得不放下手中的工作，拿起了话筒。

"孙副总经理吗？"电话里传来了一个低沉而又悲伤的女中音，孙玉胜听得出来，那是董事长特别助理林若莹的声音。

"您好！林助理，我是孙玉胜。"听到林若莹那悲哀的话音，孙玉胜心中一紧。

"静娴总经理已经走了，公司决定外派的中层以上干部迅速交办手中的工作，返回总公司吊唁……"电话里传来了林若莹嘤嘤的哭出声。

"什么？谁？"孙玉胜以为自己听错了。"静娴总经理？不可能！绝对不可能！"孙玉胜好像跟人打架似的。

"是的，孙副总。静娴总经理是昨天走的……"林若莹理解同事的心情，没有再做更多的解释……

第三十三章

秋后响起了雷声

279

第三十四章

无休无止的秋雨

真是应验了"雷打秋，对半收。那句谚语，老天爷似乎肠胃不适，无休无止地下着雨，没完没了，秋天成了春天，到处湿漉漉的，气温也较往常冷了许多，一些体弱的老人和孩子们有不少生起病来，而年轻力壮的人也让这天气弄得异常疲乏。

林若莹感到前所未有的疲惫。东林公司似乎发现安泰公司正处在非常时期，加紧对安泰公司的釜底抽薪。

"该去了，再迟了恐怕引起对方警惕。"孙祥和以法律顾问特有的敏感提示林若莹。

"孙律师，我此去应把握那些问题，请提示一下好么？"林若莹长这么大第一次扮演这种角色，感到自己肩上的担子沉甸甸的，在这种非常时期，此行不能有半点的差池，否则会给下一步工作造成被动。

"从张武介绍的情况来看，这个案件是东林公司处心积虑设计的，要了解清楚黄海林与东林公司的真实关系，要弄清楚图纸是不是张武用不正当的手段获取的，这对我们至关重要。"孙祥和吸了口烟："我还是那句话，打官司要证据，你此去一定要冷静，发挥你的机敏与睿智。"

"嗯……"林若莹认真地听取孙律师的建议，不断地点着头。

林若莹打了一部的士，穿过繁华的市区，朝阿庚约定的酒店驶去。

长时间的阴雨，天气很冷，街道上行走的人不多。坐在出租车上的林若莹有所思地凝视窗外，看见路上的车辆一闪而过，车轮溅起的雨水向路边泼洒过去，纷纷扬扬落在路旁的绿化带中，平静的湖水被激出点点涟漪……

望着车窗外的绵绵细雨，林若莹想了很多很多……静娴总经理是一个充满活力，富有个性，喜于挑战的人，她与自己的丈夫携手打造了安泰公司，正当事业要快步发展的时候，她却匆匆忙忙地走了……

现在安泰公司处在非常时期，许多工作摆在面前，公司挂牌后的增资扩股；3C店经营的被动局面如何逆转；东林公司起诉安泰那种无厘头的官司；安泰要从制造到创造的转型……这需要活着的人不懈地去追求，不懈地去努力，不断地去奋斗。

阿辉董事长以前身边有静娴总经理照顾，事业有妻子相助。现在静娴总经理走了，走到另一个世界上去了，留下孤零零的他，留下海峡两岸两大摊方兴未成的事业，谁还能像总经理那样去帮助他呢？

林若莹的心有些乱，有种说不清的感觉……

东进一郎特地叫阿庚在全市最好的金雁酒店湖畔厅接待林若莹。这是一家五星级酒店，座拥着湖光与山色，包厢装饰得极尽豪华，坐在里面，笠笪湖的美景一览无余，秀色可餐。

"若莹小姐，久仰、久仰！"若莹没有进门，东进一郎已经领着阿庚和黄海林在门口迎接了。

"董事长先生，感谢您的厚爱，您这样高规格的接待，实在让我消受不起啊！"林若莹看到这架势，用非常娴熟的日语回答了东进一郎的汉语问候。

"哇塞，若莹小姐日语讲得如此流利，连我这个日本生、日本长的人也望尘莫及哟。"东进一郎看到眼前如此貌美，气质文雅的林若莹，两只眼珠闪闪发亮，继续用汉语回答。

"是啊，东进一郎先生，如果不是人家介绍，我也一定以为你是中国人！"林若莹用日语反唇相讥。

"若莹小姐，我们东林公司是日本知名的跨国公司，向来十分爱惜人才，像您这样的人才一定在敝公司里一定会受到重用的。今天我东进一郎怀着对人才的敬仰之心，希望您成为东林的一员。"东进一郎开门见山。

"是啊！东进先生的真诚令我感动，董事长先生爱才若渴的举动已经令我坐卧不安。"林若莹尽管心里很恶心，但此时还是非常坦诚地回答了东进一郎给出的问题。只见她话峰一转说道："我想您是知道的，东进先生，我在安泰已经有了一份应该算是很不错的工作，如果没有更适合我的职位，那何要背弃原来的主人呢？"林若莹这在是卖关子，提条件。

"那是自然，那是自然。人往高处走，水往低处流么。"东进一郎心中暗喜，人为财死，鸟为食亡，看来这个漂亮女子要上钩了。

"东进先生说得对，谈生意总是要货比三家的么？"林若莹顺着东进一郎的话说。"

"那是当然。"东进一郎说到这里咽了一口唾味，转了一下眼球继续说道："我不知道您是否清楚，您所在的那个什么安泰公司实际上是一个很差劲的公司，那个也号称董事长的阿辉实际上就是一个什么，用你的话说，就是一个烂仔。在台湾混不下去了，才跑到你们这里，啊，中国大陆来了。"

"是么？"林若莹做惊讶状。

"如果您能服务于我们东林公司，做我们的经营管理副总经理如何？"

"是么！"林若莹做受宠若惊状。

"听说您在安泰是件薪十五万，是吗？"林若莹点关。到东林来我给您三十五的年薪，外加公司百分之五的股份，如何？"东进一郎开出的条件确实有诱惑力，林若莹脸上浮现出惊喜的表情。"

东进一郎见状，以为已经将面前的这条美人鱼收入囊中，没想到林若莹突然收住了笑容，问道："有条件吗？"

"其实也没有多少条件！"东进一郎一惊，一时不知如何作答。他万万没想到这个美丽的小女子，竟有如此慎密的思维，如此了解商战中的通行规则，在如此巨大的诱惑面前还如此沉得住气，这更加感到这是个不可多得的尤物。

"那说明还是有的，是吗？"若莹说着忍不住咯咯咯地笑出声来。

"董事长说的条件其实也没什么，只是希望您把安泰的一些资料能带过来。"在一旁一直竖着耳朵的阿庚趁机插话。

"哦，安泰的资料仅我经手的就有好多好多呀！总不能车都拉过来吧？"

"不，不是这个意思。"东进一郎狠狠地瞪了老阿庚一眼，解释道："如果林小姐能把他们公司的发展战略和重要技术管理名单带过来就足够了。"东进一郎补充道。

"就这个呀。"林若莹用无所谓的口吻说道。"哎，其实安泰确实是已经困难至极了。"

"他们现在真的很困难吗？"东进一郎来了兴趣。

林若莹故意光点头不说出口，叹息着摇了摇头。"东进不是起诉了安泰吗？他们要破大财了。"林若莹说着说着就把话扯到图纸上来了东林公司，"你们东林也真有办法，怎么就能把你们的图纸会弄到安泰去呢？"

"嘿！嘿！……"一旁根本插不上话的黄海林感到自己功不可没，可逮着机会急忙表白道："没想到我略施小计，就让张武那个二百五中了圈套。"

"别在若莹小姐面前乱说！"老阿庚训斥黄海林。

"阿庚先生说得对，我是外人么。"林若莹说完，端起杯子，抬起头，一口又一口地品尝起了美味的咖啡。

"别误会，若莹小姐别误会。"东进一郎已经断定这个林若莹要跳槽了，朝黄海林说："黄总，你可以继续往下说，不要紧，很快若莹小姐便是你的副总经理了。你说是吗？若莹小姐。"

若莹会心一笑，算是作了回答。她放下咖啡杯，看了一眼黄海林，不解地问道："黄总，到现在我还没弄明白，你这海峡投资咨询顾问公司和咱们东林公司究竟是什么关系呢？"

"啊，我忘记介绍了，以前是他自己干，现在已经投到了东林的旗下。这小子以前不学好，最近干得不错。"阿庚不知道是鼓励还是批评。

"噢，原来是这样。我一看黄总也一定是一个难得的人才么？"林若莹的话到得东进一郎和老阿庚哈哈大笑起来……

离开酒店时已经晚上十点多钟，东进一郎执意要用自己的豪车送林若莹，被

第三十四章

无休无止的秋雨

她坚决地拒绝了，道理很简单，"这样招摇不就会泄露了今天的秘密了么？"林若莹对东进一郎谢道，东进一郎点头称是，为自己慧眼识珠而得意。

出租车在回去的路上飞驰着，车窗外仍然是那没完没了的毛毛细雨。雨水飘洒在挡风玻璃上，一阵又一阵，一层又一层，那细细的像雾一样的雨飘洒下来又凝聚成水珠，顺着挡风玻璃流淌着。司机嘴巴里嘟囔了一句，开启了雨刮器，雨刮器有规律地左右摆动起来。

林若莹看着那雨刮器在循环往复地工作着，每刮一次都把那像雾一样的水珠刮得干干净净，她的心似乎也轻松了一些。这是她第一次在董事长阿辉和总经理静娴不在的情况下，单独一人去执行这样的任务，她不由自主地摸了摸小背包里的录音笔，心里似乎增加了几分自信。

"如果阿辉在公司多好呀，我会首先将这情况立即向他汇报，起码可以稍稍缓释他本已不堪重负的心情。可是阿辉此时在哪里呢？在台北，还是在台南……"林若莹的思绪又不由自主地想起了阿辉。

酒店到公司的路不远，穿过美丽的筼筜湖转一个圈便到了。夜深的白鹭洲公园此时已没了白天的热闹，在依稀的灯光下，只有纵横交错的大叶榕的倒影。可能是由于雨天的缘故吧，没了往日那一双双情意绵绵的情侣的身影……

静娴姐已经走了七、八天了吧！如果还有另外一个世界，那么静娴孤身一人在通往另一个世界的道路上行走，此时大约会走到什么地方？也许已经到了奈何桥头，或许已经过了奈何桥了……

静娴姐，您慢慢走，别着急！

"小姐，安泰公司到了！"林若莹还在漫无边际地遐想着，出租车已经开到公司的办公楼前停了下来，热情的司机提醒林若莹。

"噢！谢谢。"林若莹付费后走下车，抬头朝办公楼看去，竟发现办公室的灯还亮着，难道下午走的时候忘记关灯了？

林若莹赶紧走进电梯上到了九楼，打算把灯关了以后就回宿舍休息。可是，当她打开办公室门的时候，一下惊呆了，阿辉竟一动不动地趴在自己的办公桌上。董事长怎么今天回来了……

林若莹站在门口凝视着，她真不知该不该进去……

"若莹!"也许此时阿辉正在陷入沉思,正在追思着刚刚离去的亡妻,也许……听到门开声,阿辉无力地慢慢地抬起了头,目光滞呆地看着林若莹。

"阿辉……"林若莹看到阿辉蓬头垢面,满脸忧伤,又惊又悲又喜地叫了一声:"什么时候回来的?为什么没有事先打一个电话通知我?吃饭了吗?"

一连串三个问候,林若莹把对阿辉的惦念,一下子全部表达了出来。

"……"阿辉没有回答。一个多月前夫妻两个人回台,而今却孑身一人孤零零回到厦门,他有很多话想说,却像被棉花堵塞住了喉咙,一句话也说不出来,可怜兮兮地看着林若莹泪水止不住地落了下来。

林若莹也没有说话,她将脚步放得很轻,步伐放得很慢,从纸盒里抽出了几张抽纸,细心地擦试阿辉的泪水。

一次、二次、三次……每擦一次都是那么地充满柔情,充满亲情。

此时的林若莹是一位姐姐,一位母亲,像姐姐对弟弟一样,像母亲对儿子一样轻轻地整理着阿辉蓬乱的头发。

"阿辉,静娴姐已经走了,人死不能复生,你一定要节哀顺变呀。安泰正在发展中,许多困难需要你去面对,许多……"林若莹唠唠叨叨,没完没了,每一句话都要反反复复说上好几遍。往日的快言快语,今天变得婆婆妈妈起来了。

阿辉已经没有往日的风采,默默地座在靠背椅上,任由林若莹摆布。

"我和云山、云生回来,原想找你了解一下公司的情况,可是听说你出去了……"过了许久许久,阿辉才把林若莹的手轻轻推开,扭过头来说道:"我知道你今晚一定会回到办公室的。"

"是吗?我到东林公司去了。"林若莹已经没有了在回来的路上的急于向阿辉报告已经获得了证据的那种兴奋,只是扼要地把事情经过说了一遍。

"辛苦了,若莹!"阿辉从内心深处感激自己的助手。

"我给您叫一碗面线糊?"林若莹看到阿辉情绪有所好转,便问道。

"不吃了,飞机上已经用过了。"阿辉站起身,长长地吐了一口心的郁气,精神似乎好了许多。她在屋子里来回走了起来,又突然停下了脚步。"眼下最重要的就是要全力打好官司!"这话他是对自己说,也是对若莹说……

第三十五章

远隔世界的思念

一场绵绵秋雨足足下了三七二十一天。等到雨停之后，人们才发现已经进入了深秋的季节，满大街的人都穿上了应季的夹克衫之类的服装。天气放晴，太阳出来了，人们又恢复了往日的活力。

今天，厦门安泰如开静娴总经理去世扣的第一次公司高管会议，除了阿辉、朱云生、张云山、林若莹外，安泰3C店副总经理孙玉胜也参加了会议。

几个领导者已经有一段时间没有坐下来研究工作了，此时坐下来好像有一种久别重逢的感觉，只是当看到静娴总经理的座位空着的时候，难免心头又涌起一阵阵悲伤。

"林若莹久久凝视那个位置，眼眶有些微微发红起来，其他人似乎也都和林若莹的心情一样，目光在阿辉的脸一扫而过，便沉默不语了。

"总经理走了，我们的责任更重了，让安泰强盛起来，是她未了的愿望。今天请大家来，一是将前一段工作沟通一下；二是研究部署下一步的工作。"阿辉看到身边几张伤感飘忽的脸，开门见山地说出了今天会议的主题。

"……"，大家还是默不作声。

"云生，你先将工作交流一下。"见没人带头发言，阿辉开始点名。

"嗯!"朱云生被阿辉点将,提了一下精神说:"这一段时间,公司可以说是多事之秋,好事坏事都上门来凑热闹。因此,唯有我们沉着应对,才不会自乱阵脚。我先说点想法,请董事长裁定。"朱云生说到这里停顿了一下,因为他感到这话原本应由静娴总经理说的。他喝了口水,清了清嗓子:"当前有几件事都很急,而且都关系到公司发展的未来。一是应对东林公司起诉问题,事实很清楚,若莹助理已获取了有力的证据。法庭明日开庭,建议由孙祥和律师全力应对,若莹助理全力配合。我认为,张武作为关键证人,出庭时机一定要把握得当。"

林若莹点头,她知道在这关键时刻需要自己迎难而上。

"二是3C店的发展问题。从布局两年多的情况看,原原本本复制我们在台湾的做法有些欠考虑,出现了水土不服的情况如果继续下去……"说到这里,朱云生难过地低下了头。……

"孙副总经理,您的意见呢?"看到朱云生说不下去,阿辉也有些不安,他将眼光投向孙玉胜。

"我主张公司立即做出抉择。要么调整经营策划,吸取跨国公司如家乐福、沃尔玛,或者大陆的苏宁等公司的做法;要么立即关张,中止这种无休止的巨额亏损。"孙玉胜快言快语,言简意赅地说出了自己的想法。

"那你倾向哪一种?"阿辉目光如炬,死死地盯着孙玉胜。

"我主张取后者。对不起,董事长,我没有做好工作。"孙玉胜直言不讳。

"你们几个的意见呢?"阿辉看着其他人。

"……"朱云生、张云山和林若莹都默默地点了点头。

"那好,就按照你们的意见办,组织清算小组,做好关张清算工作。"阿辉表情相当复杂地作出决定。

"三是上市以后的增资扩股工作。公司在上海证券所挂牌上市,下一步要按照大陆证券管理部门的要求,迅速作好增资释股工作,这涉及到融资的问题,换一句话说,事关下一步公司的发展。"

"这件事我亲自抓,待林助理打完官司后再与我配合。"阿辉又作出决定。

"四是董事长几个月前布置的公司从制造到创造转型的问题,请云山副总经理详细报告一下。"

第三十五章

远隔世界的思念

"对于设计，董事长本身便是专家。"张云山接过话题，"这一段时间，我们按照公司的规划，主要做了两个方面的工作。一抓队伍建设，延揽人才，先后引进了四十多位有专长，有经验的设计师，现在公司的设计队伍已经有了一定的实力。二抓设计，已经规划原来比较有基础的咖啡机、电烫斗作为技术突破口。"

"嗯……"阿辉听了以后满意地点了点头。搞设计是他的爱好，也是兴趣所在。以前，无论工作再忙，一有闲暇总是要在办公室拿出纸笔琢磨一阵，画它几张，然后不断修改，现在公司的定型产品中，有不少出自他的手。想到这里，阿辉总有一丝得意的感觉。

会议结束了，林若莹没有马上回到自己的办公位置，而是将阿辉茶杯里的凉茶倒掉，又重新沏好了一壶新茶。她倒好一杯香茗，捧到阿辉面前："茶要趁热喝。"就像叮嘱小弟弟一样。

"为什么？"阿辉以前好像没有听人这样说过。

"长辈有一句话，'每天喝热茶，喝的医生满地爬'。喝热茶能增强体质，提高免疫能力。知道了吧？"说完，林若莹就匆匆忙忙走了。

望着林若莹离去的身影阿辉有一种妻子生病以来，从未有过的感觉。人们都走了，办公室安静下来，阿辉沉思良久，才从抽屉中拿出了几张绘图纸，从笔筒中取来绘图笔，坐在桌前又沉思起来……

很长的一段时间以来，他一直在思考，宾馆里烤牛扒的时候，往往一烤便油渍横流，清理油渍费时又费力。记得有一次，与静娴到台北远东国际大酒店去招待一批外国人，刚进餐厅大门，竟与一位发小不期而遇，才知那发小就在这著名的五星级宾馆当大厨，主要任务便是负责烤牛扒。他烤的牛扒号称"全台第二牛扒王"。

"为什么不称第一呢？"当时阿辉绕有兴趣地问发小。

"原因有二，一呢，到目前为止，还没有发现第一。"那发小牛气哄哄，满脸的自豪之意。

"哦，那二呢？"

"二呢？我烤了十几年的牛扒，发现这牛扒机设计很不合理，每烤一批牛扒，油渍溅得到处都是，让人生厌，真想找一个设计师对这烤牛扒机改造改造。"那发小有一些失望："可是这设计烤牛扒机的人好像是个个笨得像牛皮似的，不透气。"

"你这不是骂我吗？"阿辉佯装生气。

"你不是生产咖啡机、电烫斗的吗？我什么地方踩到你的尾巴了？"发小小时候很调皮，讲话特别幽默。

"你是牛扒吃多了，烤牛扒机不是小家电吗？怪不得只能称'牛扒第二'。"阿辉乘机也毫不心慈手软地挖苦了他一下。

送走客人后，这发小邀请阿辉夫妇到烤牛扒现场看了一下他的烤牛扒机，还将了阿辉一军："如果你半年时间设计制造不出一架我所需要的烤牛扒机，那就请你以后不要再走进这远东国际大饭店的门。"

"那如果我们设计出来了，又如何？"静娴看到发小之间如此动情，也掺和进来，她哈哈一乐："是不是我以后来远东国际大饭店凡是点牛扒一律免费？"

"终身免费，与汽车终身保修一样！"发小爽快地笑出声来。

"一言为定！""驷马难追！"静娴与阿辉的发小击掌盟誓。静娴是一个乐天派，她的喜怒哀乐总是写在脸上，她又是一个讲信用的人。此后几次尽管不在远东国际大饭店请客，但每当点牛扒这道菜时，她总是提醒阿辉，别忘了对自己发小的承诺。

这本来是阿辉夫妻与发小开的一个玩笑，现在阿辉想起来还真切地感受到夫妻间默契的温馨。

这件事一晃半年即将过去，静娴也已经走了快十天时间了。

由于最近实在是太忙了，阿辉几乎将这件事忘到脑后。现在他蓦然想起，竟有一种深深的愧疚。这是静娴见证，同事们又一直关注的事情。如果不是今天开会后想起此事，下次再碰到发小将如何交代？如果静娴在云端上看到自己食言，也一定会很伤心的。

阿辉下了决心，一定要认真履行对发小的承诺。他要把践行这个承诺作为对妻子最好的思念，作为对自己提出的企业转型的一种身体力行。

办公室非常安静，静得连呼吸声都可以感受得到。

阿辉微微闭起双眼，在思考着远东国际大饭店里的那架烤牛扒机，一块不

锈钢结构的烤盘，平平地安装下面，没有搜集油渍的沟槽，也没有一个让油渍流动的倾斜度，不锈钢烤板底下是电热管……

如果在这不锈钢烤板上设计一个搜集油渍的槽沟，如果将这不锈钢烤板安装得有一定的倾斜度，然后在适当的位置再安装一个收集油渍的容器，这不就可以应验民间常说的"人往高处走，水往地处流"的古话了么？

阿辉是熟行人，脑海中一闪念思路便豁然清晰起来，他拿起笔，慢慢地勾画起来。

阿辉非常投入，因为这是近半年来第一次拿起绘图笔；

阿辉非常投入，因为这是守信誉的人在履行承诺；

阿辉非常投入，因为这是在用自己的行动悼念亡妻。

从中午，到下午，再到傍晚，他是那么专注，那么用心，将自己对妻子的思念，全部倾注在手中绘图笔的笔尖上。

突然，他感到眼睛一阵阵的酸痛，便放下手中的笔，用手揉了揉眼睛。而当他把双手放下，睁开眼睛的后，正好看见了办公桌上嵌着的静娴的照片。

这是一张刚到厦门投资办厂时，静娴在公司这块还是荒芜的地皮上站着，碎花的短袖衬衫，合身的牛仔裤，丰满的身材，吟吟的笑脸，充满着阳光，充满着活力，更充满着对事业、对生活，对未来的无限自信……

可是，距今才两年多的时间，这么一个充满活力的人，变成了一捧黄土，化作一团烟雾，飘到另一个世界去了……

阿辉痴痴地凝视着照片。他记得，在静娴短暂的一生当中有无数的照片。因为，她很乐观，对生活和未来充满着追求与自信所以她的照片都很阳光。

在众多的阳光照片当中，阿辉最中意这一张。因此，将之嵌起来，放在自己的桌上。工作之余，看上一眼，总能给自己增添一份温存与力量。

可是，现在这张照片却成了遗照……

"静娴，你走了十天了，在那里你过得还好吗？"阿辉在内心深处一声一声地呼唤着亡妻的名字，呼唤着那不会，永远不会应答的名字。

慢慢地，慢慢地，阿辉有些疲倦了，这是以前从来没有过的疲倦，他流着伤心的泪水，趴在办公桌上昏昏沉沉地睡着了。在睡梦中，他梦见了静娴……

在阵阵秋雨中，静娴孤身一人站在一座木桥上，一阵瑟瑟秋风吹来，那木桥摇摇欲坠，随时都有垮塌的危险……

静娴想走过去，可那风太狂，雨太大，木桥摇晃得太历害，她又畏畏缩缩地退了回来。她在徘徊，她在犹豫，她在桥头痛苦地等待。

那雨还在无休无止地下着，而且越下越大，越下越猛；秋风瑟瑟，吹散了她原本已经有些凌乱的头发；绵绵细雨，从天际飘洒下来，落在她的发际，汇集成串串水珠，顺着她的脸颊不停地往身上流淌，湿透了她的翠花上衣，湿透了她的牛仔裤……

她瞪着一双恐惧的双眼，无助地四周张望，可是，四周空无一人。又一阵风夹杂着雨滴吹过来了，她孤独地发出了呜呜的哭声。

"阿辉，阿辉……"静娴似乎无法应对这一切，一个无助而柔弱的女人，仰天长啸，嘶心裂肺地呼唤着丈夫的名字。

阿辉的心碎了，他想不顾一切地冲上前去，与妻子肩并肩站在一起；他想拉住她，叫她不要过桥；他想叫她回家换上一身干净的衣服，免得伤风感冒……

可是，阿辉却感到自己的脚是那么沉重，好像被一根绳索捆住，又好像被灌了铅，很沉、很沉，沉得根本抬不起脚。

"阿辉，阿辉……"阿辉的耳边又一阵又一阵地响起了静娴带哭腔的呼唤声。

"静娴，回来……"阿辉踉踉跄跄往前冲，可是不管他怎么冲，怎么挣扎，双脚始终丝毫动弹不得……

又一阵风无情地刮了过来，那雨下得更大了。

风雨中，静娴撕心裂肺地哭泣着；风雨中，静娴浑身湿漉漉地不停打着抖，她的嘴唇发紫，牙根咯咯咯地响个不停……

阿辉几次努力都失败了。他被摔倒在地上，气喘吁吁，泪水、汗水、雨水在身上横流……

又一阵更猛烈的风，又一阵更残酷的雨。

阿辉艰难地爬了起来，爬到眼看就可以拉住静娴的手了。正在这时，一阵狂风夹杂阵阵雷鸣呼啸而来，在桥头站着的静娴打了一个趔趄，被狂风一推，竟从

第三十五章 远隔世界的思念

那摇摇欲坠的木桥上飞了过去。

瞬间化作一团白烟，慢慢消失在视野当中。

瞬间木桥塌了，被山洪冲得无影无踪……

"静娴，静娴……"肝肠寸断的阿辉双手乱舞，双脚乱踢，他坐着的椅子在剧烈地抖动……

与孙祥和律师分析完案情后，林若莹准备返回宿舍，看到董事长办公室的灯还亮着，便想过来劝说阿辉早点休息。可是，当她推开办公室的门时，却发现阿辉正在痛苦挣扎之中……

她想早日唤醒阿辉，让他摆脱悲伤至极的噩梦的折磨；可又不想破坏阴阳两界相互依恋的苦难夫妻在梦中相聚。

她默默地站在阿辉身边，用湿毛巾一遍又一遍地擦着他从额头上的汗水……

许久，许久，阿辉终于从梦中醒了过来，发现林若莹站在自己身边，赶快用手擦拭满脸的泪水。

"阿辉哥……"林若莹哽咽。

"若莹，奈何桥是木头做的。"阿辉的思绪还停留在梦中。

"嗯……"林若莹心碎了，她不知该如何回答，不置可否地点了点头……

第三十六章

法锤落定之后

东林公司诉安泰公司非法获取其设计图纸的案事定在十点钟开庭。为了做好应诉准备，林若莹配合公司法律顾问孙祥和律师作了周密的准备。

这是一桩涉及到安泰声誉及重大经济赔偿的案子，作为董事长特别助理的林若莹不敢掉以轻心，对庭审过程中可能出现的问题进行了一次又一次推演。她知道，自己的对手非常狡诈，庭审过程中随时都可发生意想不到的情况，必须预有准备，沉着应对。

"叮铃铃，叮铃铃……"清晨六点，闹钟和手机同时响起，林若莹一骨碌爬了起来，麻利地穿好衣服，快步走进卫生间进行洗漱。当她走近梳妆台对着镜子想化妆时，发现眼皮有些浮肿，眼圈有些发黑，无奈地苦笑了一下。她简单地化了一下妆，便拿起案件的卷宗再细细阅读起来。

她听到了敲门声，赶紧打开房门，发现张武站在门外。这后生经过这次人生遇到的第一次挫折，似乎成熟了许多。看他那凌乱的头发，红肿的眼睛，不用说，他昨天晚上也是一夜未眠。

"张武，有事么？"林若莹没想到张武这么早会找上门来，关切地问道。

"林助理，我需要做什么吗？"张武满脸真诚。

"张武，昨天不是孙律师都给你讲清楚了吗？你先在车上等着，出庭作证时，不要紧张，如实回答法官的提问，都记住了吧？"林若莹耐心地嘱咐张武。

"那……那我现在还能帮你做点什么吗？"张武点了点头后又感到不满足。

"现在，现在……"林若莹看到眼前像小弟弟一样的张武，心里真有一种说不出的滋味。是啊！一个农村的孩子，谁不想摆脱父母脸朝黄土背朝天的生活，过上城市人那样的生活？但年轻人却被浮躁心理支配，张武失足，无疑是他遭受的人生当头一棒，足以让他晕乎乎一段时间，如何让他尽快走出人生低谷，不也是自己的责任与义务吗？于是，她用轻松的口吻告诉张武，"现在给你一个任务，马上去完成？"

"是吗？林助理。"张武心情陡然开朗起来。

"你现在抓紧时间，立即去理发，回来洗个澡，换套干净的衣服。好吗？"林若莹郑重地说。

"就这个任务？"张武以为听错了。

"对，马上去！"林若莹用不容商量的口气说。

"是！"张武欢天喜地地跑着走了。

送走张武，林若莹将卷宗和相关材料一一整理好装进包包里，这时才感觉肚子咕咕直叫，她提上包包，快步向食堂走去……。

审理东林公司诉安泰案件法庭于上午十点准时开庭。

提前十分钟，法庭铃声响起，东林公司和安泰公司在法官的左右位置面对面坐了下来。

东林公司主拆人东进一郎没有出庭，委托老阿庚全权代理。他身旁坐着东进聘请的辩护律师，安泰公司的应诉人阿辉也没有出庭，由林若莹全权代理。控辩双方坐定，老阿庚抬头一看，被告席上坐的竟是林若莹时，心里又是惊又是喜，喜忧参半。他的眼珠子转过来转过去，也没有琢磨透，今天这林若莹将扮演一个什么样的角色。他真有点后悔，后悔自己怎么没有把林若莹代表那臭小子阿辉出庭的情报搞到手，后悔为什么竟忘记了事先找林若莹摸一摸安泰的底，或是提前与林若莹商量一下如何在法庭上演好双簧而又不露破绽。想到这里阿庚压力重重，坐立不安起来。他隔空用眼色给林若莹提示一下，可看到威事的法官端坐在审判席上，他又胆怯了。"哎，听天由命吧！"

主审法官见双方坐定，宣布法庭正式开始，并介绍了庭审的程序和控辩双方必须恪守的法庭纪律。

首先，由作为原告方的东林公司委托律师向法庭陈述安泰公司以非法手段获取东林公司小家电设计图纸的诉状。"目前这五款小家电由于设计先进，市场份额飙升，使安泰公司获取了巨额非法收益，使东林公司遭受了巨额财产损失。因此，我受当事人委托要求法庭判定：一、被告立即终止违法行为，不再使用本公司设计的图纸；二、在全国性媒体刊载道歉广告三天；三、对五张图纸形成的违法所得如数归还我公司；四、本次官司的诉讼费、律师费等一切费用由被告承担。"

"被告，请陈述你的意见。"主审法官面无表情地朝着安泰公司的律师说。

"谢谢，"法官话音刚落，孙祥和律师便站了起来，用不高的声调说道："请问原告，东林公司诉安泰公司非法获取图纸的证据是什么？换一句话说，你们诉安泰公司非法获取也罢，合法获取也罢，具体的标准是什么？"

孙祥和律师的质问让原告律师愣了一下，他身边的老阿庚打了一个冷颤。

"众所周知，工业图纸的设计是有知识产权的。具体地说，经过设计的图纸是有价值的，其使用的转移，必须是有偿的交易，是经过双方共同认可，达成一致意见的，才是合法的。"原告律师陈述得很专业。

主审法官点头，表示认同。

"我非常赞同原告律师的阐述。"孙祥和换了一个姿势，仍然用那不太高的声调问道："假设一方主动要求将这个有价值，即有知识产权的图纸馈赠给另一方，而另一方也接受了，那么是合法的，还是非法的。"

"我抗议，因为根本不存在这种假设！"老阿庚坐不住了，大声叫了起来。

"啪，啪，啪"，法锤重重地落在案桌上，法官发出警告："原告，请遵守法庭纪律。"

望着法官的怒目，老阿庚不情愿地坐回原位。

"被告继续陈述！"法官作了一个手势。

"谢谢。"孙祥和彬彬有礼地点了点头，接着说："我受我当事人的委托，请求法庭令原告回答我刚才的提问。"孙祥和步步逼近。

"支持被告的意见，请原告回答！"

"本案中被告指使其设计科长张武潜入我委托人的办公场所，看到我委托人具有开发前景的咖啡机等五张图纸，未经任何许可，窃为已有，并投入生产。这是我委托人所设计的图纸底稿和被告生产的家电产品的照片，以及专家所作的两者对比的签定书。"原告律师将一叠材料呈递给了法官。

孙祥和从容地站了起来："我请求法庭允许我将这件事的来龙去脉作一个详细的陈述。"

"法庭支持！"

"两年前，我委托人的公司在全公司范围内组织了一次图纸设计大比赛……"孙祥和律师还是一样声调地慢条斯理地，将黄海林怎么引诱张武去喝咖啡，如何带他到自己住所将那图纸送给张武，又如何从张武套取安泰内部商业情报，又如何栽赃陷害安泰公司的每一个环节都作了详细的陈述。说到这里，孙祥和话锋一转，继续说道："尊敬的法官，从本案发生、发展，到目前为止，我们已经非常清楚地看到，这是一起由原告精心策划的阴谋。在本案当中，我们纵观全过程不难看出以下几个问题："一、东林公司和我的委托人安泰公司原来在台湾就有过十多年激烈商战的历史，这场案件实际上是东林公司对安泰公司的报复行为；二、这个案件原告精心策划出来的，是栽赃陷害，目的在于搞垮我的委托人在大陆的事业，属于一种不正当的、恶意的违法的行为；三、在本案中，安泰公司没有任何过错，张武先生获得的图纸实传峡投资咨询顾问公司总经理黄海林的馈赠行为。馈赠与接受馈赠，均未发现有违背当事人主观意愿的行为，因而也就不存在安泰公司的过错。至于黄海林先生从何处获得图纸，又是以何种手段获得图纸，他是否存在非法行为，与我的委托人无关，也与本案无关。四、鉴于本案已经对我的委托人信誉和经营上造成的损失，我受委托人要求法庭责成源告进行赔礼道歉和经济补偿。请法官先生裁定。"

"我反对，我的委托人不存在赠予张武图纸一说。"原告律师表示抗议。

"我也愿意看到东林公司会干出这种事情，但是这种事情却真实地发生在原告人身上。请看证据。"孙祥和律师拿起一盒录音带。

"支持！"一个法警走向孙祥和，从他手中接过录音带。

"播放证据。"主审法官指示法庭工作人员。

整个法庭内静悄悄的，静得连呼吸的声音也清晰可鉴。而那音响设备也特别的清晰，将林若莹那天晚上与东进一郎、阿庚、黄海林的对话重现了一遍。

原告席上的律师如坐针毡，他对委托人未能如实提供案件的情况而愤怒不已，他身边的老阿庚更是气得面如猪肝色。

"尊敬的法官，为了证明我的陈述的真实性，请法庭传唤我的证人到庭，以正本清源。"孙祥和仍然不罢休。

"原告，你对被告的要求有异议吗？"主审法官问。

"……"原告律师与阿庚对视了一阵，没人应答。

"原告，请明确表示，是同意，还是不同意？"主审法官又问。

"放弃。请求法庭公正判决！"看来原告律师此时已经不愿再为自己的委托人继续进行辩护了。

法庭里出现了骚动，法官宣布休庭。

铃声响起，法官和原被告重新回到座位上。主审法官环视了一下会场，拿起法案上的判决书高声念道："现在，本庭对东林电子有限公司诉安泰小家电有限公司非法获取其设计图纸一案进行判决如下：

一、经法庭审理，安泰小家电有限公司不存在非法获取东林电子有限公司设计图纸问题；

二、庭审中安泰小家电有限公司诉东林电子有限公司信誉与经济损失，不属于本案审理范围；

三、本案诉讼费共计人民币玖万柒千一百三十元，由东林电子有限公司担负；

四、原被告如对本案判决有异议，可在接到本判决书之日起，十五天内向上级法院提请诉讼。"

"休庭。"庭长宣读判决的声音刚落，手中的法锤"咚"的一声响了起来。

那法锤的声音深沉、庄严。

"谢谢您，孙律师，您为我们安泰立下了汗马功劳。"林若莹兴奋极了，她冲着孙祥和深深地鞠了一躬。

第三十六章

法锤落定之后

"应该，应该的。"孙祥和也很高兴，只不过高兴之后又摇了摇，叹道："哎，这个张武啊！"不知孙律师是在叹息张武为满足自己的私欲，竟给安泰造成如此大的麻烦，还是惋惜张武这个年轻人的轻浮差点毁了自己的前程，还是……老人没有说明。

外面阳光灿烂，和风习习。见林若莹和孙律师走出法庭，焦急地等待判决消息的张武急冲冲地迎了过来，眼中衔着泪水迎了过来。林若莹也快步迎了过去，只是淡淡地说道："张武，我们赢了。"张武泪水横流，他深深地埋下了头。

三个人一同上了汽车，谁也没说话，不知过了多长时间，"张武忐忑不安地问道："林助理，我还能到公司上班吗？"

"……"林若莹被这突然一问，一时不知如何作答。

"给我改正错误的机会，我会用实际行动报答董事长和您的……"张武看到林若莹没有回答，眼泪扑簌簌流了下来……。

"回去，回去！再说吧！"林若莹心里很清楚即使张武留下来，他那设计科长也是不能再干了。

汽车转了一个弯，停在了公司办公大楼门前。

阿辉、朱云生、张云山几个领导都站在门前迎接孙律师和林若莹。

"赢了，我们赢了，安泰胜利了！"林若莹第一个跃出车门，兴高采烈地欢呼着。要不是在这大庭广众面，她真想扑向前，与阿辉拥抱在一起。

阿辉快步向前，拉开车门，和林若莹一同把孙祥和律师扶下车来，他们打心眼里感谢这位为安泰呕心沥血的老人。

朱云生、张云山也快步向前，与孙祥和、林若莹亲切握手，大家欢呼雀跃，庆贺安泰的胜利。只有张武呆呆站在车后面，感情复杂地看着这喜庆的场面，他不知道自己是不是上前和大家一起庆贺欢呼，他还弄不清楚，安泰的胜诉对他意味着什么，他此刻最关心的还是能不能在安泰上班……

仙岳儿女

第三十七章

战略合作伙伴

上次阿辉召集会议决定对大陆布局的八十二家安泰3C店关张清算之后，孙玉胜表现出了惊人的睿智和过人的才华。表面上，他不动声色，内紧外松，给人造成了以安泰3C不但不会关张，而且还要强势拓展的架势，这让处在血腥拼杀的商业零售业的几个巨头都感到紧张；另一方面却通过巧妙的手法与沃尔玛、家乐福和苏宁、国美等进行接触，用兼并收购的办法，将安泰3C的卖场、库存连同员工先后被几家公司收购。

这样一来一往，原本累积亏损的资金反而出现了逆转，不到半年时间，亏损的过亿资金在这一巧妙的关张过程中得到了弥补，孙玉胜带着他的安泰3C全身而退。

春节刚过，孙玉胜只带着几个留下的高管返回厦门总部，喜笑颜开地向阿辉董事长交上一份成绩优异的答卷。

当带着成功喜悦，颇显疲惫的孙玉胜推开阿辉办公室门时，阿辉欣喜若狂地站起身，像久违的兄弟相见，拥抱着孙玉胜久久不肯撒手。

"董事长，我回来给您交差了！"此时的孙玉胜犹如凯旋而归的将军，开心地笑着，笑得有一些傻。

"孙兄，谢谢您啦！一亿多呀！这个大窟窿，就这样被您抹平了，您可是安泰的功臣呀，我要深深地感激您！"拥抱过后，阿辉把孙玉胜叫到沙发上坐定。

"应该的，应该的！"孙玉胜显得有些不好意思。

"回来了，对工作有什么要求吗？"阿辉看着这个几乎与自己同龄的部下关切地问道。

"听候董事长安排，但不论在哪个岗位，我都会尽职尽责努力做好的。"孙玉胜回答得很认真，丝毫没有因为自己为公司立了汗马功劳而得意的情绪。

"先在总公司担任副总吧，主管营销工作，这是你的强项。"阿辉征询孙玉胜的意见。对孙玉胜的工作安排，实际上阿辉已经考虑了许久，安泰3C的副总经理和安泰公司总经理助理都是安泰公司中层的待遇，提拔孙玉胜担任公司副总经理，便进入了公司高层，这既是对他所作贡献的奖励，也是选贤任能，强化公司高屋的需要。

"谢谢，我会努力工作，不会让您失望的！"孙玉胜还是那样平静，那样低调。

"咚、咚、咚！"有人敲门。

"请进！"阿辉应了一声。

门被推开了，陈子茵的半个脑袋露了出来。

"子茵！"

"阿辉！"

"来之前怎么不打个招呼？我好派车接你！"阿辉很高兴，这陈子茵又已经许久不见了，这一段各忙各的，连个电话也没有。

"我想给你一个惊喜！"陈子茵看到办公室有陌生人，显得有些拘谨："哟，有客人？"

"来，请坐，我介绍一下。"阿辉指着已经站起身来的孙玉胜："这是我们公司新上任的副总经理孙玉胜先生。"

"久仰、久仰……"陈子茵彬彬有礼地主动与孙玉胜握手。

"这位是飞利浦公司总经理陈子茵小姐。她可是我们安泰公司的大恩人，是我的老朋友，按大陆的说法是哥们！"阿辉旋即将陈子茵介绍给孙玉胜认识。他

仙岳儿女

不知道今天陈子茵的来意，但从那富有表情的脸上已经猜到了大概的原因。

"你们的董事长啊！他可是我的偶像。十多年了，每时每刻我都在学习他，效仿他。可是，我这个人，老学不会，学不到。"陈子茵已意识到自己的心态，也意识到阿辉的感觉，立即换了一副笑脸："我这次来，就想跟你的董事长聊一聊下一步彼此合作的事情。"

阿辉为陈子茵过人的应变能力感到欣慰，他接过话茬儿说："飞利浦公司是我们安泰的老主顾了，以前我们的业务发展都是来料加工模式的OEM，现在准备将原来的合作形式提升为安泰设计、飞利浦下单的ODM。"

陈子茵也连忙点头称是。

二个人你一言，我一句，一唱一和，把个局外人孙玉胜弄得满头雾水，只能跟着傻乐。因为，作为商场竞争如此激烈的今天，又是同一行业的两家强强对手，二十几年如一日忠诚携手，实在是令人惊叹。

"董事长、陈总，你们接着谈，我先告辞了。"看到二人如此熟悉，孙玉胜借机告退。

阿辉本想多留孙玉胜一会儿，陈子茵却站起来反客为主，递了一张名片给孙玉胜：

陈子茵这一段时间一直不在中国大陆，由于忙于公司的业务也几乎没有跟阿辉联络，更没有接过阿辉的电话。自从上次阿辉到德国出差，两个人在异国他乡有过一次欢快的交谈之后，飞利浦公司和安泰公司的合作几乎都由部属负责衔接处理。

将近二十年的合作，二个人之间似乎达成了一种默契，平时各忙各的，但公司之间的合作不但没有中断，反而不断深化。

人世间有许多说不清道不明的现象。有些男女海誓山盟，在短时间里一碰撞，感情的火花闪闪，着实让人感到有些被烤得发烫的感觉。但感情是一种耐力的冲刺，因为没有马拉松的持久和耐力，片刻过后余热褪尽，一切如常；有些男女表面如水，可是在整个身躯当中，却蕴藏着一团炽热的火，整个胸腔宛如随时都可能喷涌而出的熔浆，但却能保持一种平衡，一种持久的永恒，一种比马拉松更持久的韧性。而眼前的陈子茵和阿辉既不像前者，也不像后者。他们之间有着

狂热的爱，又是一种没有超越传统道德底线的爱；有着一种中华民族子弟独有的矜持，在产生偶然的情感冲动之时，却能保持着令人敬佩的追求与深沉。

"阿辉，难道你就没有什么东西要告诉我吗？"看到孙玉胜走出门外，陈子茵低着头，用一种忧郁的声音问阿辉，不难看出，此时陈子茵的感情在激烈地起伏着。因为昨天她从一个朋友口中偶然知道静娴因患病离世的消息，当时她感到伤心，既为自己的朋友遭遇人生困境而伤心又为自己与阿辉的感情发展获得新的机遇而宽心……

被子茵一问，阿辉脸上原有的笑意尽失，取而代之的是一片忧伤。

"怎么啦？阿辉！"陈子茵没想到自己的话触到了阿辉的伤痛之处时，很是内疚，很是心疼，忍不住扑上去将阿辉拥抱在怀中，而且抱得很紧，很紧……

"别，子茵，这是办公室。"阿辉经过近半年时间，繁忙的工作，对静娴的思念之情多少总是有了一些冲淡。陈子茵的突然出现，却使他刚刚平静的心田又荡起了层层的涟漪。他想到了静娴，想到了那个与自己打拼终生的妻子；他又想到了一个常常在自己的眼前晃动的女人身影，虽然她没有像陈子茵这样坦露自己的心境，但她的一颦一笑，一举一动都让自己难以释怀。

静娴走了快有半年了。每天清晨当自己睁天眼睛的时候，当投入紧张工作的时候，可能是一怕打扰丈夫，静娴总是静悄悄回到另一个世界，而当夜幕降临的时候，她又飘然而至，每当进入梦乡，总能看到她那阿娜多姿的身影，听见她那画眉一样委婉的笑声。

以前夫妻虽然常常斗嘴，但喜怒哀乐总是相随相伴，吵架有对象，喜事有人分享，痛苦也有人倾诉。可是现在，除了应付繁沉的工作，每当夜幕降临，自己只能面对孤灯长相思，一张又一张地画着那小家电的图纸，又一张张撕掉，丢弃在废纸篓里。

日复一日，月复一月，有多少个晚上，林若莹总是静静地陪伴着自己，给自己沏茶，给自己洗衣服、晒干、烫好，叠得整整齐齐，……

有多少次，林若莹在自己跟前好像要说些什么，每次到办公室，做完了她该做的工作之后，又不声不响地离去……

有多少次，自己想张开口跟林若莹说句感激的话、体贴的话，可是话到嘴边又总是在脑海里出现静娴的音容笑貌……

陈子茵突然出现,让阿辉发现,自己的心还被静娴占据着。

"出了那么大的事情,这都半年快过去了,怎么不给我透露一丝信息?"看见阿辉面无表情,陈子茵忍不住问道。

阿辉没有回答,只是悲痛地摇了摇头。

"难道你的生活就这样静止了么?难道你不应该有新的追求和新的生活么?"陈子茵不解地问道。

"不,子茵,你不了解我。"阿辉好像是在接受拷问。

"您的心难道已经另有所属?"陈子茵目光咄咄。

"不……"阿辉不想隐瞒自己的观点,但又不想伤害追求自己二十年,现在正拥抱着自己的这个可怜的女人。

"难道你不了解我的心么?难道你心里就真的没有我么?难道你从来就……"陈子茵松开了紧紧搂着阿辉的手,情绪很是激动。这二十年时间啊!苦苦地追寻,随着时间的流逝、年龄的增长,这种追寻越来越紧迫,越来越强烈。

以前静娴在他身边,这个憨仔就是那么一副死心眼,无论怎么暗示,甚至不顾他的反感,公开地表达自己对他的爱意,而他却目不斜视、坐怀不乱。现在静娴走了,难道这个机会会就不能让自己得到么?难道还要让自己再等二十年么?

"子茵,别再问我这个问题,谈点别的好么?"阿辉万般无奈,恳求道。

"不!阿辉!我今天是特地为你而来,我没有心思谈别的,我没有!"陈子茵有些疯狂地吼了起来……

"咚咚咚、咚咚咚",阿辉熟悉的敲门声……

"董事长!"不知是心灵相通,还是刚才在办公室隔壁的林若莹听到这边声音很大,担心阿辉有事,便过来想问一声,没想到却看到了她非常不愿意看到的一幕……

"噢,若莹,来,我来介绍一下,这是……"阿辉好像见到了救星,慌忙起身想将陈子茵介绍给林若莹。

"对不起,打扰你们啦!"林若莹看到眼前的状况,赶紧将门关好,匆匆离去。

陈子茵一脸失望,软软地坐到了沙发上;

阿辉无所适从，呆呆地站在原地。经历了人生无数的大事小情，他却无法应对眼下的被动局面。是啊！一个是追逐自己二十年的朋友。尽管自己没有向她作过任何承诺，也没有跟她有过任何超越道德底线的行为，但陈子茵这么长时间持之以恒地追求不能不令人感佩。可是这么多年来，而自己始终是把她当作一位知心的朋友，当作人生旅途上的知己，当作事业上精诚合作的朋友。而掩门而去的林若莹，尽管没有过亲热的交谈，更没有过亲热的举动，可从应聘到安泰看到她的那第一眼起，就有一种说不明，道不清的好感。尤其是在静娴病重和离去以后这一段时间，仿佛在一夜之间，自己与她的关系就变得更加紧密起来。她知道自己喜欢喝地瓜粥，便会在离开办公室之前，将地瓜洗得干干净净，切成不大不小的块，然后像一位营养大师，配上薏米、莲子、荞麦，放在电饭煲里……。她每天如此。每当离去时，她只有一句话："阿辉哥，静娴姐走了，你可要多保重！"

两个女人，一个苦苦追求，火力四射；一个平平淡淡，精心呵护。可是，两个人都很美丽，都那么情深意切，都那么令人难以取舍。阿辉陷入了困境……

"对不起，阿辉，我太冲动了，让你为难了。"陈子茵是一个智商很高的女性，她从自己的心灵感悟到，这阿辉对自己的印象并不坏，而且可以说是相当不错的。可是几十年在海外的生活经历，自己的身上尽管都是流淌着中华民族子孙的血液，可是自己的言行少了中华民族女性应有的贤淑，应有的内敛，应有的情感的细腻。也许正是这个致命弱点，二十年来始终无法占据面前男人的心……

"不，子茵，都是我的不是！"阿辉感到很累，也在沙发上坐了下来，显得有些木讷，一动不动。

"阿辉，是我的不是，我不应在这个时候打扰你……"陈子茵想表达歉意，但却吐不出来。这在国外这算什么呀？

"子茵，我真心感谢你的关爱，感谢你一路走来对我的关爱，对我的无私帮助与支持，我此生有您这个红颜知己足矣。我谢谢您，一生都谢谢您，真的。"阿辉真不知如何来表达自己对她的那种矛盾而又复杂的心情。

"阿辉，别说了，我已隐隐约约地感到我们此生已经无缘。"陈子茵的湿润了，她从挎包里掏出纸巾轻轻地擦了擦。"尽管我陈子茵进入不了你的生活，可是，请别忘记我。"说完，她站起身来要离开。

"怎么会呢？我阿辉是永远不会忘记我的子茵姐姐的。"阿辉说得情真意切。陈子茵与静娴同年，比阿辉大三岁。

六岁大冲，三岁小冲。这在闽南语系地区是一个众所周知的乡间风俗。尽管没有任何证据可以证明，但阿辉笃信乡间这一风俗。这也许是二十年来，他与陈子茵始终保持一种既热情又疏离关系的重要原因之一。

"我相信，我也会始终把你当成我最心爱的弟弟的，永远。"陈子茵双手捧起阿辉的脸庞仔细地端详着："放心吧，我的阿辉弟弟。"

"子茵姐……"阿辉被陈子茵的真诚感动了，他紧紧地搂住了陈子茵的腰，在她的脸颊上轻轻地吻了一下。

"阿辉……"陈子茵哭了，她推开阿辉，打开门嘤嘤地哭着走了……

"子茵姐……"阿辉想追上去送一程，却听见楼道里传来了陈子茵的声音："有什么合作的事，直接给我的秘书打电话。"

第三十八章

静悄悄的春雨夜

秋天响了雷，前一段接连不停的下着雨。可近两个多月来，却又几乎没有下过一场有效的降雨，原本湿润的大地又扬起了尘土，不论你怎么擦洗，那办公楼的玻璃窗总是被蒙上一层厚厚的尘土。

春节即将来临，人们都盼望着能下一场透雨，滋润一下干渴的土地，滋润一下如火烧烤焦的空气，也好让人们在大年期间过得舒心一些。

这也怪了，大家盼着，盼着，临到天黑前，天空果然慢慢飘过来一阵阵乌云，没过多久，便雷声滚滚，接着那雨便瓢泼一样倾倒而下。

阿辉站在办公楼的阳台上，看着那不停地下着雨，雨点很大，落在楼前空地的水泥板的积水当中，冒起了一个个手指头肚大的泡泡。

"看样子这雨一定能下透了，干旱总算解决了。"阿辉痴痴地看着那泡泡，浮想联翩。今年春节是静娴走的第一年，最近他一直在想，如何将这个年过得能够轻松一些。他想起了在台湾的岳父母，白发老人送走黑发人之后，好像瞬间老了十岁。上个月因事返回台北，匆匆忙忙处理完业务，便心急如焚地往家里赶。静娴走了，尽管还有荣生，孝顺二位老人也自己应该尽职责。

然而，当阿辉走进曾经温馨而又熟悉的家门，却几乎让自己心碎。静娴走后，岳母彩凤原来花白头发一夜之间全白了，已是风烛残年的岳父文康从那时起便卧床不起。

"爸、妈……"走进二老的房间，想想当年第一次与静娴手牵手走进的家，此时阿辉才切腹地感到这个家的变化，感悟到失去静娴对这个家造成的巨大创伤，给二位老人前所未有的打击。

阿辉站在岳父的床边，看见老人的嘴在不停的抖动。老人可能是想控制自己的感情，当看到成双成对进出家门的女儿、女婿，现在只有女婿孤身一人在自己的跟前时，眼眶里流出两行混浊的泪水。

"爸，我回来了……"看到岳父半年之后仍然对女儿的离去难以释怀，阿辉努力装出一副让老人开心的表情。可是老人也感觉到了，女婿也像自己一样，女婿的心也在流着血。

"嗯……"岳父在喉咙里哼了一声，岳母赶快给他抹去眼角的泪水。

"爸，我背您出去晒晒太阳吧！"正是下午三点多钟，那冬天的太阳还有些许的暖意，站在老人的眼前，阿辉感到自己所能做事只有这一件。

"嗯……"岳父还是喉咙里发着声音，头却努力地摇摆着谢绝。

"你也够累的，先休息一下吧。"岳母看着一脸憔悴的女婿，心痛地说："我去给你泡杯热茶。"

"妈，我自己来。"阿辉一阵心酸，他不再忍心让老人再为自己操劳。

"阿辉，小俊有电话给你吗？"阿辉刚坐下沏茶，岳母问道。

"没有，我正想今天晚上给他拨电话。"被母亲一问，阿辉想起来了，自从静娴走时叫小俊从美国赶回来与母亲见最后一面，到现在父子之间还没有通过一次电话。

"这小子，也不知道要不要回来过年。"

阿辉嘴里说着，心里又涌上一阵酸楚。儿子很快就要毕业了，多么希望他能回到安泰帮自己一把，可从上次见面的神态看，他的意愿并不高。

"他说春节不回来了。"岳母接话。

"为什么呀？"阿辉听了有些惊讶。

"是啊！我也问他为什么？可是，他没有说！"岳母叹气。

"小达补!"阿辉心里暗暗骂了一句,从口袋里掏出手机,也没看时间,便给远在美国的儿子拨了电话。

"嘟、嘟、嘟……"电话又响了许久。

"您好。"也许此时小俊正在睡熟当中,有些睡意朦胧地问道。

"我是老爸,小俊。"

"怎么这个时间给我打电话。"电话那头似乎有些不乐意。

"我刚回到家里,外公、外婆想您!"

"我知道!"

"春节回来吗?"

"我不是给外公、外婆打电话了吗? 我不回去了"。

……

话不投机,句句回话硬邦邦,阿辉本想多说几句话,可实在索然无味,惆怅地将电话断掉了。

"怎么样,小俊春节回来吗?"老人盼孙子,看见阿辉跟孙子通了电话,赶紧问了一句。

"妈,他说不回来了,这小达补!"阿辉嘴巴应道,心里却一阵难言的痛。二个风烛残年的老人,静娴走了,儿子小俊不回啦,这个年在怎么过呀!

"阿辉,那你呢?"岳母看见女婿跟外孙通完电话后,只顾一口又一口地喝着茶,一句话也不说,知道他心里难过。常言道,岳母爱女婿胜过爱儿子,了解女婿也胜过了解儿子。"哎,这确实太难为女婿了,事业那么大,每天在海峡两岸间飞来飞去,老的、小的都得挂在心头……"老人心中想。

"我……"阿辉真的很难过,他语塞了。

"阿辉,听妈说一句话好吗?"岳母等了许久,又开口说道了。

"妈,我是老女婿了,尽管说。"阿辉不想使自己的情绪影响老人,赶快搭话。

"你工作那么多,身边又没有人照顾,有合适的,尽快再找个人吧! 爸、妈都想得通。"老人说到这里有些哽咽。

"妈……"阿辉眼睛又发酸了,他感到这一段自己特别脆弱,每当听到、想到这类事情,总会有一种痛哭一场的想法。可是,人生将近四十,经历了这么多困难，磨练了自己的意志，总是咬咬牙，抑制自己的情感，死死地控制着感情的山洪不决堤，不爆发。

……

在家陪着两位老人住了几天，阿辉回到厦门。又是一个夜晚，公司办公楼里已经静悄悄的了，百米之遥的生产区九栋厂房仍然灯火通明。这一段时间ODM业务与飞利浦公司签订了大笔订单，而且交货日期又紧，朱云生和张云山正带着员工在夜以继日加班。而且可能还得延续到春节以后。

屋外的雨在不停地下着，原来干燥得可以嗅到浓浓尘土味的空气变得清新起来，让人感到一种难得的舒心与畅快。阿辉看了看手表，时间已经六点半了，他想从阳台上返回房间。因为往常这个时候林若莹已经开始自己做晚餐了，可是今天却没有一点动静。

"也许她忙别的事情去了吧！"阿辉自言自语，准备自己动手，烧一壶开水，泡上一包牛肉酸菜面，这可是自己每次出门便作为美味佳肴的食品。记得有一年过年，不就是靠这样一包泡面过的吗？阿辉想到这里，忍不住嗤嗤笑出声来。

走进房间，关上阳台门，让阿辉突然发现，小厨房里灯亮着，林若莹正在专心地给自己做晚餐。

可能是她太投入，也没有感觉到阿辉已从阳台上回到了房间里来了，此时的她正背对着阿辉把米放进电饭煲里……

"若莹……"阿辉心里一热，他轻轻地叫了一声。

"嗯！阿辉哥，今晚想吃点什么菜？"林若莹还是背对着阿辉，只是头稍稍转过来一些。

"若莹，真难为你了。"阿辉不知是感激，还是感情涌上心头，将脚步放得很轻，慢慢地走近林若莹。

林若莹调好电饭的温控后，又开始整理清洗蔬菜，一次次地将水放进盆中，把菜捞出来，把水倒入水池……

阿辉看得入神。自从静娴生病到现在将近一年了，三百多天，林若莹都是这样细微，这样贤淑，这样充满温情地干着与她本职工作毫无关系的事情，

第三十八章 静悄悄的春雨夜

而且日复一日，无怨无悔。这是在用她一团炽热的火，温暖着自己伤痕累累的心……

记得那次陈子茵到自己办公室搂着自己的时候，恰好被林若莹撞见，她旋即转身离开。从那以后，她在自己面前言语更少了，可对自己的关心和照顾却更多了，更加细心了……这可能便是她与陈子茵之间最大的差别。

到目前为止，她从没有用言语表达过对自己的一丝爱意。可自从静娴离去之后，不知道多少个晚上，自己躺在床上，一闭上眼睛，在思念静娴的过程中，林若莹和陈子茵的身影便会交叉出现在自己的梦中……

一个是热情奔放、炽热得像一团火，只要有机会便是又亲又抱，那团火能够瞬间让你口干舌赤，大汗淋漓；一个是不愠不火，用犹如春天的阳光，用时间、用耐力，还有一种坚韧慢慢地吸引着你，熔化着你……

现在，阿辉终于从那不解的思维中找到了答案，尽管与陈子茵从相识二十多年了，现在冷静下来想一想，那是一种友情，而不是爱情。眼前的林若莹表面平静如水，内心深处却蕴藏一种炽热的爱。这种爱，这种情如同表面平静的火山，一到时机成熟，便会喷涌而出……

也许，这才是真正的爱情，最淳朴、最真实的爱情。

阿辉的心情豁然开朗起来。他站在林若莹的身后，静静地，她的心跳声、喘息声听她那身躯里的岩浆涌动声……。

阿辉的举动若莹全然不知，她还在专心致志地打理着晚餐的菜肴。

阿辉心有些发慌，喘气开始急促。他突然鼓足勇气，将林若莹紧紧地搂在自己宽阔的胸前……

"阿辉哥……"林若莹的身子剧烈地颤抖着，泪水止不住唰唰流淌下来。

"若莹……"阿辉感到林若莹全身软绵绵的，像一头乖巧的绵羊，任由摆布……

电饭已经开了锅，噗噗地冒着热气，洗菜池水龙头的水还在哗哗地流着……

"阿辉哥……"林若莹喃喃，抬起头张开嘴巴。阿辉理解此时此刻林若莹的所思所想，两个人嘴贴着嘴，心贴着心。谁都没有说一句"我爱你"之类的话，彼此之间也没有半句海誓山盟。阿辉的眼睛模糊了……

林若莹很清楚，这是她自己，三十多岁人生得到的第一次爱，迟来的爱、诚挚的爱。

阿辉将林若莹紧紧搂在怀里，感到林若莹身上飘荡着一种淡淡的体香，让他浑身上下感到兴奋。他低下头，他久久地看着林若莹，她微微地闭着漂亮的双眼，享受着一个成熟男人的亲吻，成熟男人的体香。她知道，自己的单身女人的生活将从今天结束，展现在自己面前的将是一个崭新的生活。

窗外的春雨还在不停地下着。

晚班加班的工人们已经下班了，热闹了一天的厂区恢复了宁静。林若莹不知什么时候已经离开了阿辉的怀抱，继续着她的家庭主妇工作，熟练地做好了晚餐，把碗筷和饭菜摆上餐桌后，才深情地看了一下阿辉："时间不早了，我，我该回宿舍了！"

"若莹，留下吧！"阿辉好像在乞求。

"太突然了，得让我有一个思想准备。"林若莹摇了摇头，感到自己的头乱哄哄的。等待了这么长时间，既没有前兆，也没有预警，只在片刻之间便遭遇了这样一番感情的狂轰滥炸，真让这位三十多岁的老姑娘实在猝不及防，还以为是在梦幻当中。一个时代结束了，自己也应该理清一下思路了！"她在想。

"那……我送你回去吧！"阿辉不再勉强。因为他了解若莹的性格，了解她的处事原则，尊重她，珍爱她，才能得到最完美、最纯真的爱。

"你赶紧趁热吃饭吧！"林若莹把阿辉拉到了饭桌前坐下，又说道："吃完饭后早点休息，碗筷明天早晨我过来再洗。"

"嗯……"此时的阿辉像是一个听话的小弟弟在倾听姐姐的嘱咐。

"再过十天就要过年了，在哪儿过年？"林若莹正想跨出门外，忽然又转过身问道。

"这……"阿辉没想到林若莹会突然提出这样的问题，一时真难住了他。是啊！不回台北陪伴二个老人过年，于情于理不合，可是如果回去，又舍不得丢下林若莹。都说人生有九九八十一难，怎么我阿辉就事事都难呢？

"回去吧，过完春节快点回来。这几天我叫爸爸给你准备一些厦门的土特

产。"林若莹话说得很自然，通情达理。

"那你呢？"阿辉被林若莹的大度深深地折服，不免又增添了几分敬意。

"我习惯了。"说完，林若莹抬脚迈出房门，撑开雨伞，钻进了雾濛濛的细雨中……

仙岳儿女

第三十九章

张文和同学、老师

阿辉吃过林若莹给自己做的丰盛可口的晚餐之后，撑着雨伞在厂区的广场上散步，看见安泰学院的学生正好下课，一帮帮兴高采烈地从教学楼走出来。

"糟了，怎么把这事儿给忘了呢？"阿辉左手撑着伞，用右手拍了一下脑门。

看到那些下课的同学，阿辉想到了已经换岗到学院当老师的张武。上次庭审之后，自己曾表示找张武谈一谈，这一晃两三个月过去了，竟然自己还没有见过这个年轻人的面。

讲实在话，阿辉在得知因张武拿了别人的图纸参赛，结果让公司吃了官司的事之后，非常生气，以土地公为信仰的安泰福德文化是次不充许这种事情发生的，也不充许有这样的员工存在的。但转念一想，福德文化又以仁慈为本，把张武开除，把他丢向复杂的社会，又与对土地公的信仰相背。如果在征集设计图纸时，公司能够明确地强调守信、诚实的原则，可能也不致于出现这样的事情。出现这种事情固然与张武的浮躁有关，但与公司对年轻员工的关心教育也不无关系。想到这里，他决定还是把张武留下来更好一些，权当作是对土地公的报答吧！

"董事长……"阿辉正在思考身后传来生怯怯的声音。声音便是张武。阿辉真是说曹操，曹操到。阿辉正想着张武，这张武正好给学员上完课在回宿舍的路上碰上了董事长。

"张武，我正想找你谈谈。"可能是经历了人生的挫折，经过反省走出了阴影，阿辉看到灯光下的张武比几个月前精神好多了，也老练成熟了。

"董事长，我对不起你，我会好好工作来弥补自己的过失。"张武不知阿辉要找他谈什么，心里紧张得咚咚咚直跳。

"走吧，到我办公室去。"

"嗯！"张武战战兢兢地紧随阿辉身后走进了办公楼。

"张武，我本想早点找你聊聊，结果结果最近事情太多……"二人坐定，阿辉直奔主题。

"不，董事长你已经够忙的了，是我不争气，给您添麻烦了。"张武低着头，不敢正视阿辉。

"啊，张武，今天咱们不说这个。你来公司时间不短了，也没得空聊聊家常，今天我正好有点空闲，咱们就聊一聊好么？"阿辉见张武坐着都双腿发颤，便换了一个话题。

"家里几个人？张武。"看张武点了点头，阿辉很自然地问起了张武的家庭情况。

"爸妈、哥和我四个。"

"都在厦门吗？"

"父母他们经济特区建设一开始便来厦门打工，哥哥高中毕业扣来的，我最后来的。"

"噢，你有女朋友了吗？"阿辉看看张武应该是二十六七岁的年纪，自己这个岁月，小俊都已经七八岁了。

这是阿辉无意识的询问，却不偏不倚触动了张武内心深处最痛苦的伤疤，他将头埋得更深了，身体不由自主地剧烈抖动了一下。

"怎么啦？"阿辉不知内情，感到奇怪。

张武痛苦地摇了摇头，两行泪水涌了出来。

"没关系，张武，今晚就我们两个人，你有话尽管说，看我能不能帮帮你。"

阿辉凭着直观感觉,这小伙子内心一定隐藏着难言的痛苦,而且这种痛苦与他误入歧途可能有着某些内在的联系。

张武还是那样,只是在哽咽着,二个肩膀在一耸一耸呜咽着。

"不要这样,张武,男儿有泪不轻弹。你是一个男人,有话说出来你会感觉好一些的,憋在心里可是要生病的。"阿辉开导说。阿辉虽然看不惯男人流泪,但男人流泪一定是有流泪的原因。自己从未流泪,可是,在静娴离去的时候,自己不也是经常以泪洗面么?

"董事长,我……"张武被阿辉的关切之情感动了,慢慢抬起头,将自己出生在大西南,住在石板屋里过着贫困的生活。高中毕业后,兄弟两双双考上大学,却因为父母无力同时供养,只好采取抽签的形式决定取舍等情况一一向阿辉作了倾诉。

"四年以后,我大学毕业在家乡找不到工作,也加入到打工仔的行列,从那时候起自己就便暗暗下决心,一定要出人头地,报答父母、补偿哥哥。"张武不时地抹着眼泪,诉说着。

阿辉没有吭声,一直在认真地听着张武的诉说,听到这里,他为还能有这样的孝道所感动。是啊!养育之恩,兄弟之情,只要有良心、良知的人一定会报答的。

"后来出现的事情连我这也没预料到。"张武呜咽着继续追忆往事:"一同招聘到安泰公司的不少同伴都先后被公司委以重任,自己却名落孙山。这跟自己的期望产生了巨大的反差。我心情非常失落,既感到自己没了面子,更感到无颜面对父母和兄长。后来有一个晚上,为了排解自己的烦恼,我一个人到了咖啡一条街……"张武回忆了见到黄海林的过程和结局,已经泣不成声。

阿辉的感情随着张武一起起伏,他张武实际上是一个单纯的,如同一张白纸的年轻人。如果不是碰上了安泰的宿敌,如果在他迷惘之际有人给他以及时的点拨,是决不会掉进坏人设计的陷阱的。

"不要哭,张武,把苦水都倒出来,我们一同想办法好么?"看见张武沉浸在痛苦的往事当中不能自拔,阿辉像师长对学生,哥哥对弟弟一样开导张武。是啊,一个刚步入社会的青年,人生当中遇到了困难,他不可能跟父母去倾诉,

又无法向兄弟去诉说，只能闷在肚子里，迟早是会出问题的。作为安泰公司的董事长，阿辉感到于公于私，于情于理都必须伸出援手，帮助他走出人生挫折的阴影。

"在这期间，我的生活当中闯进了赵明英。"张武有一点羞涩，但更多的是一种伤感。

"她的父母跟我父母一样都是第一批进入经济特区打工的农民工，又同时在一个叫'贵州村'的临时搭盖的房子里住了将近十年的时间。我哥哥张文到这里打工时，他们在这'贵州村'里同生长，同打工。"

"那就是说赵明英和你哥是先认识的了。"阿辉插话，张武点了点头。

"后来我拿了那五张图纸，得奖了，紧接着提升为设计科长，大家都刮目相看，赵明英不断地向我示好，我自己也觉得她非常纯朴，于是我们相爱了。但相爱是一回事，自己的经济能力又一回事。我们在我跟哥哥张文租住的房子中间拉起一道布帘子，与赵明英过起了同居生活。"

"这一段时间，我们很甜蜜，却没有顾及哥哥隔着布帘的痛苦。后来，黄海林经常约我，我也不时在外与他们喝咖啡，他借投资咨询企业名义，经常向我了解安泰的情况，我开始还以为会给公司带来好处……我犯了一个不可饶恕的错误！"张武说到这里追悔莫及，不时地用拳头打击着自己的脑袋。

"张武，不要激动，冷静一些。"阿辉看着眼前这个年轻人，有一种说不出的感觉，他叹了一口气问道，"那你为什么会选择出走呢？"

"以前我只跟黄海林见面，最后一次东进一郎、阿庚和黄海林三个人。现在想起来，他们了解到静娴总经理病重，认为报复安泰的机会到了，便准备起诉安泰，想将林助理挖过去当他们的副总经理……就是那天回到家后，赵明英告诉我她怀孕了……"张武痛哭失声。

"这不是好事么？你要当爸爸了！"看到张武感情变化如此之大，阿辉有些不解，这个张武越劝越哭呢？

"董事长，我，我……"张武哭成了泪人，可怜巴巴地将头抬起来看着阿辉。

"张武，有话慢慢说，今晚只有我们两个人，我会给你保密的。"看到张武那神态，阿辉隐隐约约感到这个年轻人可能还有难以启齿的痛苦。

"那不是我的孩子，不是！"

"什么"阿辉惊讶了。

"是我哥哥张文的！我们是兄弟……"张武愤怒着、痛苦着。"当时，我真想从厨房里找出菜刀，一刀把张文给砍了，再一刀把赵明英给砍了然后我……

"不会吧？"阿辉不解。

"除了他，还能有谁？一个十来平米的房间，我那几个月常常被黄海林叫去，几乎没有时间、没有心情理赵明英。两个同龄的男女，总是这样能不出事吗？"

"十来平米的房间，中间拉一布帘，里边住着你和赵明英，外面住着张文……"阿辉的心被猛力地撞击了一下，他无言了……

阿辉在反思，这几年，他只思考如何加快企业的发展，如何来搜罗人才，如何来追求企业效益的最大化，可他却忽略了一点，那便是如何照顾员工的福利、员工的生活、员工的家庭。是啊！这些年轻的员工大都到了谈婚论嫁的时节，他们都有情有欲。

自己在失去静娴后，不也是长夜难熬么？可是……还有一大批台湾干部离家到这里发展，尽管公内型加成给他们租了别墅，但他们大多数都是夫妻长期分离，自己却没有考虑这个问题，怪不得前一段有传言说台湾的高层干部中有人怎么怎么……这实在是自己的一种失职……安泰要发展，员工的住房、家庭、婚姻等都不能不列入公司发展规划加以考虑。

"现在你哥哥和赵明英两个人情况怎么样了？"本来阿辉不想再问下去，以免引起张武的痛苦但想到张文和赵明英也是自己的员工，也需要自己去关注，这对于下一步调整公司的经营管理是有益处的。

"他们现在已经在一起了！"张武说："我哥哥是一个负责任的人，而且实际上在我还没有毕业到特区之前，他们已经有了感情。千错万错，都是我的错我不该出现在他们的生活当中。"

"哦……"阿辉若有所思地点了点头，随后又摇了摇头。他不知道对张武的观点应该是赞同，还是反对。

"孩子呢？"阿辉打算问个水落石出。

第三十九章

张文和同学、老师

"孩子他们没有要。因为他们觉得自己没那个能力。这是他们的朋友告诉我的。"张武说。

"你们没有联系了?"

"……"张武沉默。

"事情毕竟已经过去,你们毕竟是兄弟……"阿辉劝解道。

"我知道。现在他们俩都报考了安泰学院,同时录取到设计专业。"张武说到这里,脸上露出了一丝宽慰,一丝轻松。

"那不是你教的班级吗?"阿辉问。

"是的,我们每天都能见面。"张武显得有些难为情。

阿辉被揪着的心稍稍舒展开来,不由自主地站起身走近阳台,从那扇落地窗看出去,屋外的雨还在淅淅沥沥地下着,那从天而降的雨在灯光下好像是一条条丝线,一根又一根,一根连着一根,缠绵不断。……

"董事长,我错了,我希望用时间行动弥补自己的过失,改正这的错误……"张武不知道此时阿辉在想什么,他后悔,他在反省,他期望得到董事长的原谅。

阿辉满意地拍了拍张武的肩膀,转身打开办公桌的抽屉,拿出一万块钱递给张武:"张武,往事已成历史,但人生教训却要深深地吸取。这一万块钱是我私人送给你的,你拿去租间房,在那里好好用功,多学习,做好工作,重新上路。"

"不不不,万万不可!"张武推辞着,泪水又涌了出来。

"你现在不是还没有能力吗?拿去!"阿辉像是命令。

"不!我要靠自己的力量,我能克服。"张武还告诉阿辉,他自回来之后,没有回到哥哥那里,暂时与一个同事住在一起。

"冬天挤一挤还凑合,可现在春天就要到了……"阿辉语气又严肃起来了。

"董事长,春天到了我有春天的办法,请您放心。"张武的自信心好像又恢复起来了,他感激地说了声:"谢谢您的关怀后,快步跑出了办公室。"

"张武……"阿辉手里拿着钱,长长地舒了一口气,拿起手机拨了一个电话:"若莹……"

"我是。"已经睡得朦朦胧胧的林若莹说。

"你明天能早些来么?"阿辉问。

"有什么重要事情?"

"明天是十二月十六,我们到仙岳山去拜土地公好么?"

第四十章

站在土地庙前眺望

一场下了将近两个月的冬雨终于在凌晨停了下来。仙岳山上下被洗刷得异常干净，安泰公司院子里种植下去的紫荆花也借着充沛的雨水竞相怒放起来，在还没熄灭的路灯下照射出摇曳着娇媚的色彩……

五点钟，寒冬的厦门天还没亮，大约是心有灵犀，阿辉和林若莹几乎是一秒不差地同时来到了公司的大门口，保安看见董事长和特别助理这么早便要出去，给了一个非常漂亮的敬礼。

"走吧！"阿辉看见林若莹身上穿着一件米黄色的风衣，马尾巴在寒风吹拂当中不时地左右摇尾着。

"嗯……"若莹应了一声，见阿辉衣只穿了一件紧身羽绒服，关心地问："天气这么冷，衣服穿够了么？"

"没事，爬一段山路，汗准出来。"阿辉将双手伸向若莹，双双朝仙岳山走去，他们每张一次口，便从嘴里哈出一团团的热气。

林若莹昨晚从阿辉的办公室回到自己的宿舍之后，不知兴奋，还是激动，躺在床上，不知何故，翻来覆去一夜都睡不着，她的脑子一直在追忆这几年在阿辉身边工作的情景。

应该说，尽管年过三十，为了事业她几乎没有多少时间去考虑个人的问题。这几年，同事也好，家里也罢，都很着急，不时地给自己张罗对象。可是，要么，见面不来电；要么，兴趣志向相差甚远。慢慢地随岁月的流逝，自己便成了一个地地道道的剩女。

当时应聘安泰公司，应该说纯属看中这家企业原本是自己村里的人，更重要的是听了阿辉是一个学徒出身，没有上过一天正规学校，却又是支撑中华民族小家电制造业头把交椅的企业家的神奇故事，让这个湖里村第一个女硕士有一种好奇之心，所以投到他的门下。

开始，林若莹只觉得这阿辉尽管打拼精神令人敬佩，却无其他过人之处。后来，在品牌研发、培植和营销过程中，尤其是静娴总经理生病离去那段日子，安泰面临着巨大的挑战，阿辉却以过人的智慧组织大家沉着应对，让若莹开了眼界，仰慕之情得到迅速的提升。她的心中的天秤开始倾斜，她的脑子里常常浮现这个企业家的身影，心思发生了剧烈的变化。尤其是那天在办公室看到飞利浦公司总经理陈子茵在办公室搂着阿辉，让阿辉无所适从的窘境时，使林若莹平静的心再也难以平静。她曾几次暗想，应该主动出击，去安慰阿辉那颗经历创伤的心。可是父辈的传统教育，女人的矜持，始终让她不敢贸然跨前一步。只想通过自己默默无闻地给予阿辉尽所能及的照顾，让他发现自己，了解自己的一片真诚与爱慕之心。

她只想通过自己的真心和付出，让时间作为一种见证，让心灵创伤的阿辉能在心病愈合的过程中慢慢地理解自己，接纳自己，从而让自己走进他的生活。因为，她感到男女之爱，不需要海誓山盟，不需要豪言壮语，而是需要给予，需要彼此的真诚付出。记得在上大学的时候，一帮同学利用暑假相约到四川的峨眉山，记得那是一个酷暑的季节，当同学们兴高采烈地登上金顶的时候，看到那临崖的一边重重叠叠挂着无数的连心锁。当时自己还不了解这连心锁的含义。正想开口求教，看见一个五十多岁，连脑袋都光得没剩几根头发的老头，携着一个穿着时髦的女性在挂着一把金光闪闪的铜锁。当时自己睁大眼睛，百思不得其解的时候，一位同学地走近自己，不屑一顾说："这是一对野鸳鸯，说不定过两天回去，便拜拜了。"

从那时起，林若莹对自己的婚姻，对自己的未来，慢慢地不愿再花心思去、去思考了，她相信婚姻大事可遇不可求。昨天晚上，她与往常一样去给阿辉做晚餐，在没有任何预警的情况下，阿辉将自己搂在他宽阔的胸膛前，自己蓦然间产生了一种心灵被剧烈撞击的感觉。

这是她此生第一次被　个成熟男人拥抱，第一次与一个异性亲吻。虽然她对成家有一种渴望，想尽快找到一个自己心仪的男人。可当自己梦中追寻的男人拥抱自己的时候，却有一点头晕目眩，感到无所适从，这一切好像来得太快，来得太突然……

"若莹，你在想什么？"一路走来，阿辉见林若莹只顾埋头走路，却一声不吭。

"没，没有！"若莹的心有些慌乱，她不知道如何回答阿辉，不敢正视阿辉投来的那股火辣辣的眼光，只是低声说了一句："我感到太突然了。"

"不，若莹，我需要你！"平时不太善言语的阿辉心里一激动，转过身一把将若莹抱在自己的怀里。

"阿辉哥，不要！"林若莹猝不及防，惊叫起来。

"若莹，我喜欢你，我需要你！"阿辉没有松手，搂着林若莹使劲地亲吻起来。

两团热气汇聚成一团，不断地升腾，在两人的头顶上转着圈慢慢地飘散开去。

"慢一点，轻一点，阿辉！"林若莹的激情被点燃了，两个人紧紧地搂在一起，忘情地亲吻着，似乎这天地之间，这青山绿水之间只有他们两个人。

突然，阿辉用力抱起了林若莹，结果没站稳，倒退了几步碰触到路边的一棵小灌木。那小灌木被外力一撞击，噼里啪啦落下无数的雨点，洒落在这对成熟而又激情万分的男女身上……

"啊……"两个人不约而同尖叫起来，随后又变作一阵阵发自内心的笑声。那笑声划破了黎明前的天空，惊扰了还在夜眠的小鸟，惊慌失措，展开翅膀飞将出去……

"您……"若莹娇嗔地盯了一下阿辉。

阿辉站稳，轻轻地方下林若莹，伸出手心痛地拭去她头上、脸上的水滴。

"这就是你这么早约我来仙岳山的目的，"林若莹佯装生气瞪了一下阿辉。

"是啊，我有了你，应该赶快报告土地公，请求土地公保佑你。"此时，兴奋之中的阿辉收起了笑容，一脸虔诚。他从贴身的口袋里取出那副掷筊，深情地仰望着不远处隐没在云雾中的土地公庙。

"你什么时候开始有了我呀？臭美！"林若莹这才感到，眼前这个阿辉平时不吭不声，原来也是个如此多情的大男孩。

"说心里话，早从半年前，晚从昨天晚上。"说完，阿辉得意地大笑起来。

"蓄谋已久。"林若莹恬怪道。

"什么？"被林若莹一说，阿辉不由得满脸通红。其实阿辉说的实在话，在静娴未走之前，尽管他对林若莹有好感，但那更多的是对她的才华和美貌的欣赏和赞美。

两个人说笑着沿着那崎岖的山路拾级而上，没多久便到了仙岳山土地公庙。

也许是冬天，又是阴雨刚停，今天到土地公庙上香的香客没有以往多，阿辉找到祭台上的一个空间，将怀里后得热乎乎的掷筊郑重地放在上面。

"记住，你的眼睛要盯住那掷筊，一刻也不能离开。"吸取上次的教训，阿辉特地交待林若莹。

"知道！"看到阿辉那认真劲儿，林若莹点头答应。

点上一炷香。

两个人朝土地公虔诚地跪拜，默默地许愿……

上完三柱香，天也已经放亮，山下的信众开始涌上仙岳山。祭祀的程序结束，阿辉将掷筊收起，认真包好放到自己贴心的口袋里。

"我们到那山顶上看一看吧！"林若莹提议。站在那仙岳山顶上，可以将湖里区一揽无余。林若莹记得小时候，曾无数次和同伴们站在山顶上看着山下那自己的家乡，一边唱着童谣，一边在这山间相互追逐嬉戏。时过境迁，自己从那扎着小辫子的小姑娘一晃到了而立之年。此时携阿辉来到这给自己带来无限童趣的地方，林若莹心潮起伏，感慨万千。

从土地庙登上仙岳山顶，整个湖里工业区尽在眼底，纵横交错的大街小巷，成片成排的工业厂房……此时，正值上班时节，街道上飞驰而过的汽车，匆匆忙

第四十章　站在土地庙前眺望

323

忙赶着时间上班的工人……经过一夜休息后的工业区顿时车水马龙，热闹起来。

山顶上的风绝对比山脚下大得多，那风将头顶上的树枝不时地摇曳着，把残留在枝叶上的水珠纷纷扬扬地摇落下来……

阿辉站在一块巨大的山石后面，他从近处看到远处，又从远处看到近处，最终将目光落在了安泰的办公楼和厂房上反反复复……

"阿辉哥，你不是誓言此生要建立一个属于自己民族的品牌，又在世界上可以一争天下的小家电王国吗？"看到阿辉眺望山下的美景入神，林若莹她凭着直观感觉，她知道阿辉那是在思考着今后自己事业的发展筹划着安泰的未来。

"若莹，登上这仙岳山顶，我每次都有着一种激情和冲动，我好像冥冥之中感到我的后半辈子将要回到大陆，回到仙岳山下来了。"阿辉背朝林若莹面对着那土地庙前一望无际的土地，内心深处涌现一种无限的憧憬。

"很浪漫，说来听听。"

"我理想当中的小家电研发王国，应该在大陆、在厦门，在这仙岳山土地公庙前的……"阿辉说了一半，眼睛在入神地看着远方山脚的一块山坡地。

若莹用眼睛在这土地公庙前反反复复地扫了几遍，她没有发现阿辉所指。

"要把眼光放远一些！"阿辉凝视前方，不知是对自己说，还是对林若莹说。

林若莹顺着阿辉的目光，远望还是不甚明白。

"那里是什么地方？"阿辉一手扶着林若莹，一手指着远方。

"是那里？"阿辉手指之处很远，应该不下十公里远。那地方连林若莹也不知道，更没去过。她摇了摇头，无言以对。

"那块荒坡地盘一定不小，应该在几个平方公里，将小家电王国建在那里应该是一个不错的选择。"看来阿辉对自己的选择相当满意。

"可那地方离湖里这么远，投资设厂条件成熟吗？"林若莹直观地感到那块地方离这太远，作为一个工业区也好，小家电王国也罢，水、电、道路和通位的保障，生活设施的配套，文化设施的配套建设怎么解决？仅靠企业自己已是难以承担的。而政府目前开发的重点并不在那里。所以她很疑惑。

"我知道，但我们一定会成功的！"阿辉还在眺望远方，似乎意志更加坚定。

"这是你这么早约我上来的真正目的吗？"

阿辉点头。

"你这想法源于何时啊？"林若莹不明白阿辉为何如此坚持。

"从厦门安泰注册那天开始。"阿辉说："只是当时还在朦胧的搜寻当中。因为资金、技术、人才等问题，我都觉得有一个过程去酝酿、去论证。"

"什么时候下定的决心？"林若莹有些激动，她为自己选择了这样一个靠得住，有远见的男人而高兴。

"昨天晚上促使我下定了最后的决心。"阿辉告诉林若莹，看来他是非干不可了。

"昨天晚上？"

"是的。昨天晚上我第一次向你，向一个我钟爱的女人表白了我的爱意，而且，你没有反对！"

"我也没有同意呀！"林若莹心里一乐。

"没有反对便视为同意！"阿辉自信地说："有了你，我便有了助手，我的底气便更足了。"

"那好吧，这算是一条理由。"林若莹笑了笑："那第二条呢？"

"公司要发展，必须有相应的空间。"阿辉说："尽管这安泰目前拥有九幢厂房和办公楼，但是公司的其他配套生活设施几乎一穷二白。骨干长期租用别墅，家属不能一起赴任。公司中层以上的骨干的工资不高，他们要立业，还要成家。长此以往，必然留不住人才，留不住人才，公司便谈不上发展。"说到这里，他想到了张武的情况，说到赵明英与他两兄弟之间的感情纠葛，说着说着，声音竟然有些哽咽。

林若莹静静地听着阿辉的诉说，思绪随着阿辉一道起伏……

"如果到那里去，生产车间、研发车间、安泰学院都会有足够的发展空间，还可以建一大批生活用房，用成本价卖给中层以上的骨干。这样，许多来自西部地区的年轻人，便在特区有了属于自己的资产，让他们充满自信，做一个真正的城市人。"阿辉仿佛是给一个年轻的朋友讲故事，末了还补充了一句："我这个想法曾经和开发区的领导谈过，如果我定下最后决心，他们会努力争取政府有关部

门支持的。"

"还有资金呢？"林若莹提醒道。

"这已经不是问题了，厦门安泰市值已超二十个亿。如果不够，台湾安泰家电还有上百亿。只是还有一个问题……"话到兴头上，阿辉却戛然而止。

"什么问题？"若莹猛然抬头问道。

"什么时候把你娶进门的问题！"阿辉趁林若莹期待自己回答的瞬间，一把将她搂在怀里……

仙岳儿女

图书在版编目（CIP）数据

西进三部曲.仙岳儿女 / 廖晁诚著.—北京：华艺出版社，2012.12
ISBN 978-7-80252-405-7

Ⅰ.①西… Ⅱ.①廖… Ⅲ.①长篇小说—中国—当代
Ⅳ.①I247.5

中国版本图书馆CIP数据核字（2012）第302796号

仙岳儿女

出 版 人：	石永奇
选题策划：	刘　泰　韩海涛
责任编辑：	常永富　金书艺
设计统筹：	宋福江
流程统筹：	吴　婧
出版发行：	华艺出版社
社　　址：	北京市海淀区北四环中路229号海泰大厦10层
电　　话：	010-82885151
邮　　编：	100083
电子信箱：	huayip@vip.sina.com
网　　站：	www.huayicbs.com
印　　刷：	北京天正元印务有限公司
开　　本：	1/16
字　　数：	316千字
印　　张：	20.75
版　　次：	2013年1月第1版第1次印刷
书　　号：	ISBN 978-7-80252-405-7
定　　价：	41.00元